| **PREMIUM** LABEL op. **009**

토끼와 흑표범의 공생관계

A.TEMPO MEDIA Inc

이 도서의 국립중앙도서관 출판시도서목록은 서지정보유통지원시스템 홈페이지(http://seoji.nl.go.kr)와 국가자료공동목록시스템(www.nl.go.kr/kolisnet)에서 이용하실 수 있습니다.

Ⅳ

토끼와 흑표범의 공생관계

야식먹는중 장편소설

PREMIUM
LABEL

CONTENTS

토끼와 흑표범의 공생관계

Romance Fantasy
crescendo

의문의 파트너

21

의문의 파트너

날이 저문 후, 잠깐 집무실에 들른 아힌은 이브린의 보고서를 들췄다. 아힌과 비비, 릴리언이 자리를 비운 후, 발렌스와 이브린의 주도하에 회의는 성공적으로 마무리됐다.

능력의 실체를 확인받은 상로회는 심지어 획기적인 가설까지 제안하고 들었다. 치유계 페로몬과 합쳐지면, 아힌의 지배계 페로몬이 후대에 전해지는 것에 대해서도 염려할 필요가 없지 않냐는.

보고서를 덮은 아힌은 나지막한 한숨을 내쉬었다. 비비의 팔을 그 지경으로 만들면서 이뤄 낸 결과에 마냥 기뻐할 수가 없었다.

달칵, 집무실을 나서던 그는 대기 중인 메이미를 물끄러미 응시했다. 그녀가 보고를 위해 이곳에 온 것은, 비비가 침실로 가지 않고 다른 곳으로 이동했다는 의미였다.

“실내 온실에 들른 후, 잠깐 릴 님과 인사를 나누기 위해 마구간으로 가셨습니다.”

“-실내 온실에 간 건 꽃다발을 만들기 위해서였겠지.”

"……예."

낮게 웃은 아힌이 마구간 방향으로 걸음을 틀었다. 낭만 토끼에게 꽃을 받을 때마다 너무 과하게 좋아했던가. 그 때문에 비비는 아힌이 꽃을 받으면 기분이 풀릴 거라 여기는 모양이었다. 사실 꽃은 관심도 없고, 비비가 주는 선물이기에 웃었을 뿐인데.

굳이 정정할 필요까진 없다고 생각한 아힌은 점점 걸음을 빨리했다. 걸음 끝에 비비가 있을 거란 생각이 발걸음에 조급함을 더했다.

제인의 마구간 앞. 흙바닥을 데굴데굴 구르던 새끼 흑표범 두 마리가 장난을 멈췄다. 시선을 올린 곳에는 언제 왔는지 모를 아힌이 서 있었다.

그놈이다.

그놈?

아빠가 그랬잖아, 토끼의 졸개라고.

아힌의 서열을 아래로 판단한 새끼 흑표범들은 까불거리며 턱을 치켜들었다.

지배계 페로몬으로 검은 솜뭉치들을 해롱해롱하게 만든 아힌이 마구간 창문을 들여다봤다. 그의 존재를 눈치 못 챈 비비와 릴, 애쉬, 바라, 심지어 제인까지 무언가 심각한 토론을 벌이고 있었다.

황당한 광경을 마주한 아힌이 창 옆의 벽에 비스듬히 기대어 섰다. 언제부터 그레이스가(家)가 이다지도 동물색이 짙었나. 새끼 토끼의 거주 이후부터라 생각하는 와중, 소곤소곤 대화 소리가 들려오기 시작했다.

"디너 파티? 토끼야, 그게 뭔지 잘 모르겠구나."

팔짱을 낀 릴이 의문스레 물었다.

'디너 파티?'

곱씹던 아힌은 이내 벨헬름 아카데미의 정기 행사를 상기했다. 아니나 다를까 비비는 아힌이 알고 있는 그대로 이래저래 설명을 이어갔다.

"그렇군, 아힌 님께 파트너 신청을 할 계획인 거구나."

설명을 전부 들은 릴이 끄덕이며 되물었다. 고작 그것 때문에 심각한 토론을 벌인 건가.

응당 파트너는 사신일 거라 자만한 아힌은 연미복 색깔을 고민하기 시작했다. 비비가 흠모하는 군청색 연미복으로 결정을 내렸을 때.

"아뇨, 파트너는 따로 있어요."

청천벽력 같은 비비의 목소리가 아힌의 귀를 때렸다.

비비와 릴의 수다는 근 한 시간이 넘도록 이어졌다.

"릴, 또 봐요!"

나중에서야 저녁이 늦었음을 깨달은 비비가 서둘러 마구간을 나섰다. 자박자박, 흙바닥을 지나던 조급한 발걸음이 우뚝 멎었다. 나란히 벌렁 드러누운 새끼 흑표범 두 마리를 발견했기 때문이었다.

'귀여워……, 아무리 맹수라도 새끼는 새끼구나.'

신나게 뛰놀더니 지쳐 곯아떨어진 걸까. 고롱거리며 코 고는 소리가 울려 퍼짐에 따라 비비의 입꼬리도 슬며시 말려 올라갔다.

크르릉- 보다 못한 애쉬가 엄하게 깨우자, 간신히 깨어난 새끼 흑표범들은 비몽사몽 눈을 깜박였다. 곧 완전히 정신을 차린 그들은 최상위 포식자인 비비를 향해 헐레벌떡 자초지종을 전했다.

토끼야, 네 졸개가 우릴 습격했어. 아주 어마어마하게 나쁜 녀석이야. 당장 혼쭐을 내 주자!

앞발을 붕붕 휘두르며 필사적으로 의사를 표했으나…….

"배고파서 그래……?"

비비에겐 그저 앙증맞은 재롱으로 보일 뿐이었다.

그렇게 비비는 유독 소란스러운 흑표범 일가족에게 둘러싸인 채 저택 본관으로 걸어갔다. 와중에도 새끼 흑표범들은 연거푸 그녀의 단화를 긁으며 발광했다.

'얘들이 왜 이런담.'

발치를 의아하게 내려다보던 비비가 멈춰 섰다. 그녀의 시야로 본관 입구와 연결된 계단 난간에 걸터앉은 아힌이 들어왔다.

'나를 기다리는 건가?'

경비 기사들의 불안 서린 흘끔거림은 신경 쓰이지도 않는지, 그는 묘하게 흉흉한 기세로 먼 허공을 바라보고 있었다.

비비는 아니꼬운 티를 내는 흑표범 일가족을 간신히 달래어 먼저 보냈다. 아힌은 흑표범들의 왕과도 같은 수인이건만. 도대체 무슨 심리로 덤비려는지 모를 일이었다.

휴, 근심 어린 숨을 내쉰 그녀는 비스듬히 뻗은 길쭉한 다리를 바라봤다.

"-비비?"

뒤늦게 비비의 기척을 눈치챈 아힌이 시선을 맞췄다. 마침 불어온 밤바람이 그의 은발을 가로로 흩날리게 만들었다.

비비는 한 아름 들고 있던 장미 다발을 꽉 쥐었다. 천천히 옮겨진 시선이 흑색 정복에서 올라가 밤을 담은 적안에 닿았다. 저 이질적인 붉은 눈을 볼 때마다 일족이 다르단 사실이 실감 났다.

아힌은 자신이 어떤 각오로 회의장 단상에 선 건지 알고나 있을까. 어쩌면 아힌에게 닿기까지, 장로회의 반발은 빙산의 일각에 불과한 시련일지도 모른다. 그러나 아힌으로 인해 제가 살고, 저로 인해 아힌이 살았는데 이 이상 뭔들 못하겠냐는 각오 하나로 참석한 것이었다.

'진짜 미쳤니 봐.'

언제 이렇게나 마음이 커다래진 걸까. 토끼든 사람이든 상관없이 이름을 불러 주는 저음이 좋았고, 밤과 잘 어울리는 청초한 얼굴이 좋았다. 손등과 달리 까칠한 손바닥도, 유독 붉은 아랫입술도, 나른한 눈웃음도. 짜증 나거나 마음에 들지 않을 때는 굳어지는 미간도. 하다못해 심심하면 튀어나오는 모난 말본새조차 좋았다.

벅차오르는 생경한 감정을 여과 없이 받아들인 비비가 아힌을 향해 다가갔다.

"아힌."

바구니 속에 갇힌 날 찾아 줘서 고마워.

네가 걷는 길을 함께 걸을 수 있도록 노력할게.

네 삶의 반을 갖고 싶어.

이 진심을 어떻게 표현해야 제대로 전해질지 감이 오지 않았다.

일편, 아힌은 제 앞에 다다라서 발뒤꿈치를 들썩이는 비비를 내려다봤다. 예상대로 꽃다발을 만들어 와선 상기된 뺨을 하는 꼴이라니. 간신히 무감한 표정을 유지하는 것에 성공한 그가 고심에 빠졌다.

'아뇨, 파트너는 따로 있어요.'

'아뇨, 파트너는 따로…….'

바람둥이의 만행을 떠올릴수록 이가 갈렸으나, 꽃다발을 든 채 들떠 하는 모습에 마음은 이미 흐물흐물 녹아내리기 직전이었다. 혹시 자신은 비비가 패악을 부려도 찍소리 한 번 못한 채 빌빌 기어야 하는 운명이 아닐까. 그것도 나름 짜릿하겠다고 생각한 아힌은 풀어지려는 입매를 다잡았다.

수 초 동안 비비에 대한 고뇌와 분노, 용서가 반복됐다. 기실 겁 많은 토끼가 스스로 맹수 가득한 회의장에 들이닥친 건 칭찬받아 마땅한 일이었다. 그 선택이 어떤 의미인지 모르지 않으니까. 그러나 팔을 뚫는 아찔한 시도 덕분에, 온종일 비비가 들은 말이라곤 질타와 나무람뿐이었다.

다소 기죽은 비비의 낯빛에 마음 약해진 아힌은 결국 스스로와 타협했다. 비비가 디너파티의 파트너 건에 대해 순순히 실토하면 정체 모를 그 수인만 은밀히 처리하겠노라고.

충격에서 허우적거린 지난 시간을 조용히 덮은 그가 느슨하게 눈매를 휘었다.

"비비, 나한테 할 말 없어?"

그러나 느릿한 음성에는 미처 숨기지 못한 노기가 묻어났다.

"……할 말?"

"응, 할 말."

그 분노에 기민하게 반응한 비비의 손끝이 파리하게 질렸다. 아까 릴리언의 개입으로 인해 못다 한 꾸지람의 연속이라 여긴 탓이었다.

'많이 반성했는데, 이제 그만해도 되잖아.'

옹졸한 흑표범 같으니라고. 비비는 삐딱한 심정을 감추며 장미 다발을 살며시 내밀었다.

"앞으로는 안 그러겠다고 했잖아……."

빨간 장미 다발을 받아든 아힌은 물끄러미 비비를 내려다봤다. 보라색 눈은 한없이 반항적인데, 생존 법칙을 따른 몸은 그렇게 공손할 수가 없었다.

"회의장 건 말고, 아카데미에 대한 거라든가."

아힌이 넌지시 운을 떼는 동시에 비비의 몸이 흠칫 경련했다.

'……아카데미? 아카데미에 대한 게 한둘이어야지.'

마른침을 삼킨 그녀가 신중히 아힌의 눈치를 살폈다. 아카데미에 입학한 사실을 숨긴 것을 이제야 추궁할 심산인가? 아니면 지난번처럼 본인도 입학할 거라 우길 셈일까? 그도 아니라면 설마 나를 아카데미로 돌려보내지 않으려고?

싶이는 게 너무 많은 비비는 불안하게 시선을 굴렸다. 침묵이 길어질수록 아힌의 오해도 차츰 깊어졌다. 도대체 파트너가 어떤 놈이기에 이렇게까지 감싸려 들까.

"나보다 예뻐?"

파트너란 단어조차 언급하기 싫었던 아힌이 우회적으로 물었다.

"……!"

덕분에 그의 의도를 완벽히 오해해버린 비비가 입을 가로막았다.

'설마 앨런과의 관계를 의심하는 건가?'

저번에 앨런이 누구냐 끈덕지게 물어 온다 싶더니. 또 바람쟁이다 뭐다 억울한 누명을 씌우려는 모양이었다. 억측을 정답이라 확신한 비비는 결백을 주장하고자 주먹을 말아 쥐었다.

"앨런에 대해서 말하고 싶은 거야?"

"앨렁?"

"그 맹수랑은 아무 관계도 아니야. 그저 자꾸 성가시게 굴기에 대충 받아 줬을 뿐인데……!"

앨런과의 대결을 떠올린 비비는 앞뒤 정황도 빼먹은 채 횡설수설 설명을 이었다. 그러나 붉게 상기된 뺨 하며, 당황스럽게 떨리는 눈은 바람 현장을 들킨 자의 어설픈 변명으로만 비쳤다.

뻔뻔스러운 토끼의 핑계를 마주한 아힌이 눈을 가늘게 떴다.

'앨렁이라면…….'

아힌은 곧 아카데미의 시계탑 아래에서 마주친 흑표범 일족을 기억해 냈다. 그자가 파트너인가. 앨런의 생김새를 기억하기 위해 당시의 상황을 뇌까린 아힌이 차가운 표정으로 뒤돌아섰다.

저벅저벅, 홀로 침실 쪽으로 걸어가 버리는 아힌을 멍하니 바라보던 비비가 황급히 뒤따랐다.

"아힌, 잠깐!"

아힌은 절박한 부름에도 불구하고 매정하게 앞서 나갔다. 차마 말도 못 붙인 채 뒤따르던 비비는 문득 이대로 함께 가도 되나 싶은 생각이 들었다.

아직 혼약도 치르지 않은 남녀가 계속 침실을 같이 사용해도 될까. 비비는 비록 마음은 불순하지만 보수적인 성향을 지닌 토끼였다. 하물며 새끼 토끼로서 지내 온 탓에, 고용인들마저 자연스럽게 여기는 것마저도 문제가 아닌가. 안절부절못하던 그녀는 일단 누명부터 벗고자 열심히 아힌의 뒤를 따라갔다.

"아힌 님을 뵙습니다."

철컹, 침실 앞 경비 기사들이 거수경례를 취했다.

"아힌, 얘기 좀 해."

겨우 따라잡은 비비는 침실로 막 들어서는 아힌의 손목을 다급히 붙들었다.

"……앨렁도."

"……?"

"제법 예쁘장했지, 아마."

아힌은 앨런이 예쁘장한 외모임을 어떻게 아는 걸까. 시소한 의문은 미룬 비비가 볼살이 흔들릴 만큼 고개를 저었다.

"그럴 리가. 한 번도 예쁘다고 생각한 적 없어."

단호한 부정을 마주한 아힌이 냉소했다.

"비비, 너는 거짓말을 할 때면 한쪽 눈썹이 올라가는 거 알아?"

"뭐?"

"앨렁을 예쁘다고 생각하긴 했나 봐?"

당황한 비비가 화들짝 양쪽 눈썹을 가렸다.

"했나 보네."

"……."

"변태 쓰레기 토끼."

얼음장처럼 시린 눈을 한 아힌은 비비를 지나쳐 침실로 들어가 버렸다. 탁, 문이 닫히고 나서야 그녀는 제가 덩그러니 남겨진 것을 깨달았다.

왜 내가 매번 저런 망언을 들어야 하는데!

억울해 미칠 지경인 비비가 눈썹을 어루만지자, 양쪽에 선 경비 기사들의 눈빛마저 의심으로 물들어 갔다. 예부터 토끼는 간사한 꾀를 부려 거짓말을 하는 건 습관이요, 심심하면 이성에게 추파를 던지는 것으로 저명한 일족이었다.

잠자리에 들 준비를 마친 후, 침대에 몸을 뉜 나는 쉬이 잠들지 못한 채 뒤척였다. 머리끝까지 덮은 이불을 조심스레 내리자, 사각거리는 펜촉 소리가 들렸다. 책상 앞에 앉은 아힌이 서류를 처리하는 소리였다.

욕실을 들락거리며 잠자리에 들 준비를 하는가 싶더니, 다시 견장 달린 제복을 입어 버리고. 직접 집무실에 가서 서류를 가득 가져온 것도 모자라 벌써 한 시간째 저러고 있는 중이었다.

농성이라도 벌이는 거야 뭐야. 뾰족하게 치켜 올라간 눈을 내린 내가 입을 달싹였다.

"아힌, 안 잘 거야-?"

어렵사리 질문을 꺼냈으나, 아힌은 새침한 눈초리로 나를 노려본 후에 다시 서류로 시선을 내렸다.

'앨런의 존재가 그렇게 거슬리나?'

누가 봐도 잔뜩 토라진 태도가 아닌가. 아니고서야 저렇게 정상적인 사람인 척 야간 업무에 임할 위인이 아니었다. 오기가 생긴 나는 관심을 끌기 위해 이런저런 기행을 시작했다.

죽은 시늉도 해 보고, 머리 위에서 팔을 좌우로 흔들고, 일부러 침대 위를 엉망으로 어지럽혔다. 그럼에도 불구하고 돌아오는 것이라곤 차디찬 무관심뿐이었다.

'너무하잖아.'

꽃다발에 기쁜 기색도 안 비치고, 해명하려고 해도 대화의 싹부터 차단해 버리고. 그 무관심에 괜히 서러워진 나는 베개를 들고 자리에서 일어났다. 나도 내가 싫다는 사람과 굳이 같이 잘 만큼 아량이 넓진 않아.

드르륵, 처음 열어 본 벽장 속은 여분의 이불을 넣어둔 덕분에 생각 이상으로 아늑했다. 이불을 탁탁 펴며 베개를 올린 나는 마지막으로 아힌을 매섭게 노려봤다. 가출을 감행하고 나서야 눈을 동그랗게 뜬 채 이쪽을 바라보는 작태라니. 이제 와 화해의 손을 내밀어도 받아 주지 않을 거야.

'뭘 봐.'

시선을 피하지 않은 나는 빗금 모양의 미닫이문을 천천히 당겼다. 점점 빛이 옅어지며 반쯤 보이던 아힌의 얼굴이 탁, 문이 닫힘으로써 완전히 보이지 않게 됐다.

베갯잇에 얼굴을 푹 파묻고 있자, 그제야 아힌이 움직이는 듯 발소리가 들려오기 시작했다. 침실을 가로지르는 발소리가 차차 커지더니 벽장문 앞에서 뚝 멎었다.

"비비."

이윽고 아까에 비해 풀어진 낮은 목소리가 벽장 틈새로 파고들었다.

"-인간화를 치르면 더 이상 좁은 곳에는 숨지 않는 거 아니었어?"

너 같으면 이십 년째 지켜 온 습관을 하루아침에 바꿀 수 있어? 속으로만 반박한 나는 묵묵히 자리를 지켰다.

"안 나오려고?"

"……."

"많이 좁을 텐데."

"……생각보다 안락하고 편하니까 내버려 둬."

그러니까 이 비비 님한테 관심 끄는 편이 신상에 좋을 거야. 오기로 버티자, 벽장문 너머로 웃음을 참는 듯한 바람 새는 소리가 울렸다.

"그럼 나도 들어갈래."

"뭐……?"

베개에 파묻은 고개를 번쩍 들기 무섭게 벽장문이 드르륵 열렸다. 문이 열리자마자 바로 보인 것은 아힌의 까만 정복 바지였다. 차차 올라간 시선이 반쯤 내리뜬 붉은 눈에서 멈췄다.

탁, 반사적으로 문을 닫았으나, 다시금 문이 드르륵 열렸다.

탁. 드르륵, 탁. 드르륵, 탁.

이유조차 알 수 없는 작은 공방이 벌어졌다.

문을 닫은 채 숨을 색색 몰아쉬고 있자니, 옷자락이 스치며 견장이 찰랑 부딪히는 소리가 울렸다. 어렴풋이 그림자가 움직이는 것을 보아 아힌이 무릎을 굽혀 앉은 모양이었다.

"토끼님, 벽장 속은 좁고 추워요."

아니나 다를까 코앞에서 나른한 음성이 들려왔다.

"혼자 있으면 감기 들 텐데."

"……."

"들어가게 해 주면 안 될까."

분명 건강을 염려하는 조곤조곤한 어투인데 왜 악마의 속삭임처럼 들리는지. 문득 어린 양들을 잡아먹기 위해, 문을 열어달라며 어미 양 행세를 하는 몹쓸 맹수의 이야기가 머릿속을 스쳤다.

그럼에도 명령을 거스른 손이 드르륵, 천천히 문을 열었다. 허공에서 눈이 마주친 아힌은 곧 누구나 경계를 풀 법한 묘려한 미소를 지었다. 홀리면 안 돼. 마음속으로 되뇐 내가 눈을 치켜뜨며 강경하게 주장했다.

"나 바람난 적 없어."

"……믿어도 돼?"

은근슬쩍 벽을 짚으며 벽장으로 들어온 아힌이 자리를 잡았다. 나름 아늑한 장소가 아힌에겐 더없이 비좁아 보였다.

'신장이 더 자란 것 같은데…….'

그런 생각을 하며 방심하기 무섭게 드르륵, 그가 벽장문을 닫아 버렸다.

나란히 벽장문을 보고 앉은 우리 사이로 정적이 내려앉았다. 빗금 사이로 새어 들어오는 빛에 시야를 의존한 나는 슬그머니 고개를 돌렸다. 딱, 눈이 마주치자 괜히 어색해진 내가 목석처럼 전방에 시선을 고정했다.

"뭐를 의심하고 있는 건진 모르겠는데, 아무튼 전부 아니야."

헛기침을 한 나는 조심스레 말문을 뗐다.

"그리고 아힌이 세상에서……."

"……."

"세상에서……."

"세상에서?"

"……제일 예뻐."

이런 말까진 하고 싶지 않았는데. 안 그래도 드높은 자존감에 날개를 달아 주는 꼴과도 다름없었다.

아마도 코웃음을 치며 당연하지 않냐는 답이 돌아오지 않을까. 그러한 예상과 달리, 별반 반응을 보이지 않은 그는 커다란 몸을 기울여 내 머리에 제 머리를 툭 기대었다.

설마 뜸 들이는 시간이 길어진 탓에 이마저도 거짓말로 여긴 걸까. 무반응에 내심 불안해진 내가 덧붙였다.

"진심이야."

"알아, 비비는 거짓말이 서투르니까."

"……."

"믿어 보도록 할게."

담담한 답변에 안심하던 나는 일순 미간을 바득 일그러뜨렸다.

"그럼 왜 자꾸 바람둥이란 누명을 씌워?"

이래 봬도 우리 토끼 일족은 순정이 있는……! 주장하려던 내가 입술을 꾹 말아 물었다. 생각해 보니, 토끼 영토는 순정은커녕 영토민의 다중 결혼을 법적으로 허용하는 곳이었다.

"무서워서."

나아가 토끼 일족의 피에는 바람기가 섞인 게 아닐지 고찰하던 내가 흠칫 떨었다.

"……무섭다니?"

"저번에 네가 그랬잖아, 언제 버려질지 몰라 불안하다고."

토끼 영토에서 홧김에 말한 것을 기억하고 있었구나. 뜻하지 않게 과거를 돌이켜 보게 된 나는 네글리제 자락을 만지작거렸다.

실제로 입 밖으로 토로하기 전까지 매일매일 나를 곪게 만들던 불안이었다. 새끼 토끼의 몸으로 래비안가(家)의 울타리를 벗어난 이상, 내 명줄은 아힌에게 달려 있었으니까.

이제는 사라진 불안을 오랜만에 상기한 내가 입술을 여닫았다.

"그건 갑자기 왜……?"

"나도 그래."

"……?"

"주워 온 토끼가 은혜는 다 갚았다며 떠나 버릴까 봐."

은혜 갚는 토끼도 아니고 그게 뭐야.

"일 년 반 전처럼, 눈을 떴는데 네가 사라져 버릴까 봐."

"그건……."

"이제는 덩치가 너무 불어나서 주머니에 가둬 둘 수도 없는데. 그래서 하루하루가 무서워."

딴죽 걸고 싶은 단어가 틈틈이 포함되어 있었으나, 처음으로 아힌이 약한 면을 보였기 때문에 아무런 타박도 할 수 없었다.

돌연, 호기심에 신청한 제왕학 강의가 떠올랐다. 사사로운 것에 얽매여선 안 되고, 나약함을 드러내서도 안 되며, 끝없이 의심해야 하고……. 온통 안 되는 것투성이에다, 자기 자신을 버리라는 것과도 다름없는 내용이었다.

제아무리 아힌이 미쳐 있다 하더라도 무의식중에 짊어지고 있는 무게겠지. 그래서인지 그가 내 앞에서 유순한 면모를 보이는 게 마음을 녹녹하게 만들었다.

스륵, 아힌은 내 머리에 제 머리를 비비적거리며 작게 말했다.

"버리지 마."

일순 심장이 튀어나오다 못해 쿵 아래로 떨어졌다. 다 가진 주제에 뭐가 부족해서 나 하나 잃는 것을 두려워하는 걸까. 그런 생각을 하면서도 명치에 몽글몽글 얽혀 있던 마음이 솜사탕처럼 부풀어 올랐다.

살며시 아힌 쪽으로 머리를 기울인 나는 그에게 마음을 완전히 내

주는 계기가 되었던 말을 되돌려줬다.

"……내가 아힌을 어떻게 버려."

별것 아닌 것 같은 이 말이 당시의 내게는 얼마나 큰 위안이었는지 알기나 할까.

아힌에게선 한참이나 어떠한 답도 돌아오지 않았다. 표정과 반응이 궁금했지만, 굳이 확인하지 않는 편이 좋을 것 같기도 하고. 아힌도 이 말에 조금이나마 안심하면 좋겠단 생각을 할 즈음, 그가 느릿하게 목소리를 냈다.

"비비."

"응."

"우리는 며칠 만에 겨우 만났잖아."

"그렇…… 지?"

"그런데 굳이 이렇게 건전한 자세로 대화해야 돼?"

미치기 직전인데, 덧붙인 아힌이 설핏 웃었다. 이 요망한 맹수. 경악할 새도 없이 관자놀이로 입술이 가볍게 닿았다 떨어졌다.

빠르게 몸을 돌린 나는 재차 다가오는 얼굴을 피하기 위해 목을 뒤로 쭉 뺐다. 닿지 못한 입술이 코앞에서 아른거리자 아쉬운 기분이 들었지만, 확실히 짚고 넘어가야 하는 것이 있었다.

"이제 바람둥이란 누명 씌우지 마."

"노력할게."

"……알았다고 해야지."

"그것도 저번에 내가 했던 말 아니야?"

아힌이 어이없다는 듯 비식 웃음을 흘렸다. 그 태도에 말리지 않은 내가 눈을 세모로 뜨며 재촉했다.

"빨리 알았다고 해."

"알았어."

"또 쓰레기란 말도 취소해. 이 쓰레기야……!"

"응, 쓰레기는 내가 할게."

혼신의 힘을 담아 못된 욕을 했으나, 아힌은 그마저도 행복해 보여 오히려 분통이 치밀었다.

"비비, 그럼 변태도 취소해?"

"……그건!"

그건……!

호령하다 말고 할 말이 없어진 나는 눈동자를 이리저리 굴렸다.

'변태는…… 맞는 것 같은데…….'

새끼 토끼일 때부터 버젓이 여러 만행을 저질렀는데, 변태가 아니라 잡아떼자니 내심 양심에 찔렸다.

괜히 시치미를 뗐다가 코피라도 나는 날엔 평생의 놀림삼이 될 텐데. 결국 변태임을 인정한 나는 욕망이 시키는 대로 양팔을 허공에 쭉 뻗었다.

"……?"

아힌은 의미를 곧장 파악지 못했는지 팔을 바라보며 눈을 깜박였다. 평소에는 그렇게 눈치가 빠르면서 왜 이런담. 갑갑해진 내가 팔을 가볍게 흔들었다.

"안아 줘."

화해의 포옹을 나눠야겠으니까. 멍하니 내 팔과 입을 번갈아 응시한 아힌은 제 귀를 톡톡 두드리는 기행을 벌였다. 그러더니 대뜸 양손으로 얼굴을 가렸다. 아……. 어찌할 줄 모르겠다는 듯한 신음성을 뱉은 그가 예고 없이 나를 훽 끌어당겼다.

"……비비는 가끔씩 사람을 미치게 만드는 재주가 있는 것 같아."

그게 아니라 네가 나한테 미쳐서겠지. 요망한 흑표범은 이제 이 비비 님의 앞발……, 아니, 손바닥 안이었다.

음침한 미소를 흘린 나는 아힌의 품에 이마를 비비며 파고들었다. 바위처럼 단단한 몸은 포근함은커녕 고통을 가져다줬다. 덩달아 내 정수리에 턱을 묻고 있던 그는 나를 당겨 안더니 갑자기 귀를 앙 깨물었다.

힉, 소름 끼치는 감각에 양쪽 귀를 틀어막은 내가 벌떡 무릎을 꿇은 채 일어났다. 눈높이가 살짝 높아진 덕분에 탁해진 아힌의 눈동자가 바로 앞이었다.

쪽, 쪽, 양쪽 볼에 입술을 맞추고 떨어진 그가 내 허리를 둘러 안았다. 가늘게 휘어진 눈매가 퍽 색정적이었다.

"-덮쳐 줘."

어떻게 저런 말을 입 밖으로 꺼낼 수가 있을까, 진짜 돌았나 봐. 그럼에도 열기에 휩쓸린 나는 벽장이란 장소마저 잊은 채 곧장 붉은 입술을 덮쳤다.

말캉한 입술 위를 지분거리고 있자니, 조개처럼 다물린 입술이 도통 열릴 기미를 보이지 않았다. 고개를 비스듬히 기울인 내가 도끼눈을 뜨자, 부스스 웃은 아힌이 느릿하게 입술을 열었다. 숨이 섞일수록 짙어지는 질척거리는 소리가 귀를 뜨겁게 달구었다.

잘그락, 잘그락. 제복 견장이 몸과 마찰할 때마다 온몸의 솜털이 예민하게 곤두섰다. 어느덧 아힌은 입술을 비집고 들어온 것도 모자라 삼키듯 달려들고 있었다. 간헐적으로 내쉰 숨마저 금세 그의 입속으로 사라졌다.

머릿속이 몽롱하게 번질 만큼 제멋대로 헤집어대던 아힌이 천천히 입술을 떼어냈다. 번들번들한 입술을 제 혀로 가볍게 쓴 그가 잠긴 음성을 냈다.

"짜증 나는 게 생겼어."

"……갑자기?"

잠깐 허공에 머물렀던 붉은 눈이 내 목 주변을 배회했다.

"스스로의 상처도 치유가 가능하면 바로 지울 수 있었겠네?"

"뭐, 뭐를?"

"뭐긴, 내가 남긴……."

찰싹, 나는 저도 모르게 아힌의 입술을 때려 다음 말을 가로막았다. 귀 끝이 용암에 담근 것처럼 화끈거렸다.

"나는 맞으면 흥분하는데."

"이 미친 맹수……!"

밤새 엎치락뒤치락하다가 거의 기절해 버린 경험을 상기한 내가 뒤로 물러났다. 내일 동이 트자마자 아카데미로 건너가야 한단 말이야. 이대로 유혹에 홀랑 넘어가 버리면 녹초보다 못한 꼴로 마차에 실릴지도 몰랐다. 발로 너른 어깨를 꾹 밀었으나, 나사 풀린 아힌은 오히려 발등에 입을 맞췄다.

"여기 벽장이야!"

"그래서 싫어?"

말문이 막힌 나는 마른침을 꼴깍 삼켰다. 아카데미냐 아힌이냐. 이성과 갈망이 충돌하며 머릿속이 뒤죽박죽 꼬였다. 등 뒤는 이미 벽으로 막히고, 다리 사이로 들어온 아힌이 아프지 않게끔 뒷머리를 받쳤다.

"……왜 오밤중에 정복을 입었나 했더니."

눈을 게슴츠레하게 뜬 내가 중얼거렸다.

"일부러 입은 거지?"

"이런 차림만 하면 음흉하게 쳐다보기에, 덮쳐 주지 않을까 해서."

정성스럽게 미친 맹수.

"내가 언제 음흉하게…… 읏."

그 말을 신호탄으로 네글리제를 잡아 내린 아힌이 쇄골에 입술을 파묻었다. 고무줄이 한계까지 늘어난 네글리제가 몸을 타고 흘러내렸다. 드러난 맨몸이 한기를 느낄 새조차 없게끔 단단한 팔이 허리를 휘감았다. 이어서 살갗에 닿은 열기 어린 손이 납작한 배를 지나 위로 올라갔다. 옷 너머로 느껴지는 근육이 맥동하듯 툭 불거졌다. 내 몸에 파묻힌 은발이 지나치게 선정적이라고 생각하는 와중, 시선을 든 아힌과 눈이 마주쳤다.

"스스로를 치료할 수 있으면 체력 회복도 가능한가?"

"아마도? 약간 정도는 가능하지 않을까……."

무심결에 대답하던 나는 걷잡을 수 없이 불길한 예감이 밀려들었다. 마치 그 예감을 사실화시키기라도 하듯, 아힌은 거부하기 힘들 수준의 청량한 눈웃음을 지었다.

"잘됐네."

"아니, 아니야. 체력 회복까지는 불가능, 아……!"

더 이상 사정을 봐주지 않은 그가 순식간에 나를 제 위로 올려 태웠다. 한평생 해본 적도 없는 욕지거리가 떠오를 만큼 맹수의 체력을 체감하게 된 밤이었다.

기다림의 끝

22

기다림의 끝

벨헬름 시가지.

클래스 메이트, 헨드리에게 이끌려 유명 디자이너의 의상실을 방문하게 된 나는 폭 한숨을 내쉬었다. 디너 파티가 코앞으로 다가온 만큼 들떠 하는 건 알겠지만……. 헨드리가 내게 들이낸 붉은 드레스는 심각하게 화려해서 보기조차 부담스러웠다.

발렌스 님이 보내온, 기숙사에 쌓인 드레스를 떠올려 보던 나는 뒤늦게 그녀의 탁월한 선견지명에 탄복했다. 전부 크게 튀지 않고 은은한 종류였지. 아마 아카데미에서 주목받는 것을 꺼리는 내 심경을 고려했음이 틀림없었다.

'타 영토 맹수들의 눈에 띄어 좋을 게 없으니까…….'

과한 붉은 드레스를 외면하고 있을 때, 의상실 깊숙한 곳에서 헨드리의 부름이 들려왔다.

"비비, 어디 가지 말고 봐 주셔야 돼요-?"

"……또?"

"또라뇨, 이번이 두 번째 갈아입는 건데."

"무슨 소리예요? 벌써 스무 번째잖아요."

"세상에, 수석인 분이 숫자를 잘못 헤아리면 어떡해요."

저 돼지가. 시치미를 떼는 것도 정도껏이지. 콧잔등을 움찔움찔 떤 나는 접객용 소파에 몸을 깊숙이 묻었다. 천장에 달린 노란 샹들리에를 보고 있자니, 아힌의 얼굴이 허공에 그려졌다.

한가로워지기만 하면 생각나는 걸 보면 나도 중증인가 봐. 그러면서도 벽장에서 혹사당한 기억을 떠올리면 차가운 토끼로 거듭나는 것을 반복하는 요즘이었다.

적당히를 모르는 맹수 같으니라고. 얼핏 금욕적으로 보일 수준의 청초한 외모 뒤에는 날것의 정염이 숨겨져 있었다. 벽장에서 반 실신한 나를 욕실로 옮겨선 또 얼마나 자극적인 소리만 해 대는지. 아힌의 못된 말버릇은 낮이나 밤이나 유효한 게 문제였다.

'유혹에 넘어간 내 잘못이지.'

괜히 달아오른 귓가를 매만지던 나는 그날의 대화를 상기했다.

'그래서 하루하루가 무서워.'

아힌이 나 때문에 불안하다니까 은근히 기분 좋기도 하고. 토끼 구이로 만들겠다며 입을 아- 벌리던 지난날을 보상받는 기분이었다. 흥흥 웃으며 발을 구르던 나는 의상실 사용인들의 시선을 깨닫곤 헛기침을 했다.

'불안감이라…….'

그 크기를 가늠하지 못한 내가 멍하니 천장을 올려다봤다. 사실 아힌은 유독 유난스러운 구석이 있었다. 새끼 토끼인 시절에도 불편을 감수하면서까지 제 권속인 퀸을 내게 붙여 두고. 며칠 전에 아카데미에 아힌과의 관계를 드러내고 싶지 않으니, 방문은 안 된다고 전했을 때는 난리도 그런 난리가 없었다. 충격받은 얼굴도 모자라 본모습으로 돌아가려 하질 않나. 흑표범의 외형으로 함께 다니면 된다는 게 그의 정론이었다.

'되긴 뭐가 돼.'

세상에 흑표범을 데리고 다니는 토끼가 어디 있는데. 애당초 아카데미로 돌아갈 때마다 데려가라 호령하는 애쉬에게 납작 부복하는 것부터 고역이건만. 이지가 있는 사람마저 저러니 관자놀이가 지끈거릴 지경이었다.

'그냥 원하는 대로 하게 내버려 둘까…….'

아카데미에 엄청 오고 싶은 것 같던데. 자포자기하려던 내가 고개를 도리도리 저었다.

'안 되지, 안 돼.'

조기 졸업을 위해선 가능한 조용히, 사건에 휘말리지 않고, 수석을 유지하는 게 최선이었다. 반면 할아버님은 조기 졸업 말고, 내가 학생회장도 하며 콧대 높게 굴기를 은근히 원하는 듯하지만. 그래도 나는 기다려 주는 이들이 있는 곳으로 하루빨리 돌아가고픈 마음이 조금 더 컸다.

만약 여러모로 유명한 아힌과의 관계가 알려지면……. 안 그래도 내가 맹수를 위협한다는 둥 헛소문을 퍼뜨리는 앨런부터, 아힌의 조부이자 학장인 할아버님까지 구설수에 휘말릴지도 몰랐다.

그렇기에 디너 파티 소식도 아힌에게 숨기느라 얼마나 전전긍긍했던가. 조찬 도중, 발렌스 님과 할아버님이 디너 파티의 디만 꺼내도 풀썩 기절하는 시늉을 하며 가로막은 참이었다.

'그래도 아힌이 불안한 건…… 조금 싫은데.'

디너파티가 끝나면 중간 방학이니, 그레이스저로 돌아가는 김에 확 청혼이라도 해 버릴까. 야심 찬 계획을 세우던 나는 무심코 햇살이 내리쬐는 통유리를 돌아봤다.

토끼가 산책이라도 나왔나 봐. 바깥으로 보이는 풍경을 흐뭇하게 지켜보던 내가 벌떡 일어났다. 벨헬름 시가지 한복판에 토끼가 혈혈단신으로 돌아다닌다는 게 말이 안 됐다.

'너 뭐니?'

통유리에 바짝 달라붙은 나는 하얀 토끼를 세심히 살폈다. 왠지 토끼 영토 경계의 숲에서 만난 토끼 가족을 닮은 것 같기도 하고. 토끼는 엉덩이를 덥히려는 듯, 볕이 내리쬐는 뜨스운 돌바닥에 자리를 깔고 앉았다.

'저러다 마차 바퀴에 치이기라도 하면 큰일인데…….'

걱정에 휩싸인 것이 무색하게, 주인으로 보이는 남자가 토끼를 들어 올렸다. 멋대로 뛰어가면 안 된다니까, 그는 꾸짖듯 무어라 말하다가 외려 토끼의 뒷발에 입을 뻑 차이고 말았다.

숙이고 있던 몸을 천천히 바로 한 나는 유리 너머를 멀거니 바라봤다. 룬이었다.

'세상에…….'

이런 식으로 마주치게 될 줄이야. 벨헬름이 여러 영토의 교차점이다 보니 거쳐 가는 중인 모양이었다.

거의 이 년 만에 만나게 된 그는 묘하게 달랐다. 체격이 자란 것은 물론 눈매가 조금 가느다래지고, 남아 있던 소년미가 아힌처럼 거의 사라진 상태였다. 초점 흐린 금안이나 영 의욕 없어 보이는 얼굴은 여전하지만. 무엇보다 기묘한 것은 웬 토끼에게 얻어맞고 있는 중인 점이었다.

토끼를 한 손으로 옮긴 후, 터진 입가를 엄지로 쓸던 그가 이쪽으로 고개를 틀었다.

"……."

나를 발견한 황금색 눈동자가 약간 확장되더니 곧 본래의 크기로 돌아왔다. 유리를 짚은 채 가만히 서 있던 나는 머쓱하게 웃었다. 밖으로 나가서 인사라도 해야 하나.

망설이는 동시에 룬이 아무렇지도 않게 입을 뻐끔거렸다.

'잘 지냈어요?'

입 모양을 읽은 나는 살짝 고개를 끄덕였다.

'그사이 큰 토끼가 되어 버렸네요.'

맹수들은 인간화를 치렀냐는 말을 저런 식으로밖에 못 하나? 발끈한 내가 주먹으로 궁 유리창을 내리찍었다. 그러자 푸스스 웃은 룬이 스스로의 재킷을 가리켰다.

'아카데미에도 입학했어요?'

반사적으로 아래를 내려다본 나는 뒤늦게 흑색 교복을 입고 있음을 깨달았다. 대답하기 위해 고개를 들자, 룬의 품에서 깡패 같은 얼굴을 한 토끼와 시선이 마주쳤다.

'……뭐, 뭘 봐?'

엉덩이를 덥힐 때의 노곤한 표정과 너무 다르잖아. 마치 평생의 숙적을 만난 것처럼 콧잔등을 부르르 떨고 있었다.

질세라 이글이글 눈싸움에 임하던 나는 똑똑, 룬이 통유리를 두드리고 나서야 깜박 정신이 들었다. 올려다본 그의 입은 호선을 그렸으나 눈은 웃고 있지 않았다. 무언가를 말하고 싶은 듯 입을 여닫았으나, 그만둔 룬이 긴 손가락으로 들고 있던 토끼의 뺨을 쿡 찔렀다.

'제 연인이에요-.'

……수인이었어? 아무리 봐도 일개 토끼로밖에 안 보이는데. 믿기 어려웠던 내가 통유리에 이마를 붙여 토끼를 관찰했다. 콱, 토끼는 뺨을 찌르는 그의 손가락을 자비 없이 깨물어 버렸다.

"룬 마니언츠……?"

둘을 바라보던 나는 음산한 목소리에 깜짝 놀라 뒤돌았다. 뒤편에는 탈의를 마치고 나온 헨드리가 경악한 얼굴을 하고 있었다.

"신문 속 초상화랑 똑같은데. 그 썩어 문드러진 비비의 애인이 저 분이었어요?"

"헨드리, 아니에요, 아니야."

"다 봤으니까 거짓말 마세요. 예사 쓰레기가 아니다 싶었는데……, 비비가 아닌 토끼를 들고 연인이라 소개까지 하다니!"

낯빛이 파랗게 질린 내가 연신 손을 내저었다. 그러나 아랑곳하지 않은 그녀는 거동이 편하도록 드레스를 집어 들었다.

"높으신 분이라도 할 말은 해야겠으니 비켜요, 비비!"

"헨드리, 진정해요. 룬!"

당황한 나는 해명을 요청하는 눈길로 룬을 돌아봤다. 그러나 그는 우수에 젖은 표정으로 이곳을 쳐다보고 있었다. 마치 진짜 바람을 시인하고 떠나려는 몹쓸 놈의 얼굴이 아닌가.

'저 사자가……!'

골리려는 거야, 분명히 골리는 거라고!

"비비, 지금, 지금 저런 사람을 감싸고 싶어요?"

아니나 다를까, 분개한 헨드리가 집히는 대로 한 손엔 내 멱살을, 한 손엔 동물 조각상을 집어 들었다.

'좋은 친구도 생겼네요. 또 봐요.'

강 건너 불구경 중인 얄미운 사자는 토끼의 앞발을 집어 흔들며 인사를 전했다.

"조, 조롱까지 하다니!"

"헨드리!"

결국 의상실 사용인들까지 들러붙어 간신히 헨드리를 진정시켰을 때, 룬은 이미 사라진 후였다.

탁탁, 도망치듯 의상실 앞을 벗어난 룬의 걸음이 점차 느려졌다. 벨헬름 광장 중앙에서 멈춰 선 그가 의상실 방향을 돌아봤다. 비비가 어떻게 변했을지 궁금해서 한 번쯤은 보고 싶었는데.

예상보다 훨씬 성숙하고 아름다워져서, 이제는 정말로 닿지 못할 사람처럼 느껴졌다. 젖살이 빠진 턱은 갸름했고, 보라색 눈동자는 고아했다. 그래도 처음 봤을 때부터 시선을 앗아간 결 좋은 백발과 사랑스러운 보라색 눈동자만은 그대로였다.

안고 있던 토끼를 높이 들어 올린 룬이 해사하게 웃었다.

"고마워."

네 덕분에 얼굴이라도 볼 수 있었어. 덧붙이지 못한 뒷말은 침묵 속으로 사라졌다.

공중에 들려진 토끼는 게으른 룬에게서 한 번도 볼 수 없었던 동적인 표정을 빤히 내려다봤다. 왜 나는 너나 그 토끼 수인이랑은 다르게 생겼을까. 인지할수록 심통만 났다. 이런 솜뭉치 같은 팔다리만 아니었다면, 나도 울고 싶은 얼굴로 웃는 너를 안아줄 수 있을까.

"왜 이렇게 얌전해? 어디 아파?"

눈치도 없이 쓸데없는 거나 묻고. 속상해진 토끼가 귀찮게 구는 룬의 뺨을 걷어찼다. 주인도 그렇고, 자신도 그렇고. 왜 일방적인 사랑만 하는지 동물의 머리로는 도통 모를 일이었다.

그레이스가.

집무 책상 앞에 선 이브린은 지그시 아힌을 살폈다. 그가 입고 있는 진회색 정복은 눈 감고 봐도 연미복이었다. 금일 아힌 님의 일정에 연회가 끼어 있었던가.

이브린은 집무실 한편에 나란히 앉은 세 명의 보좌관에게 시선을 보냈다. 단박에 의미를 알아챈 그들은 팔로 각 맞춰 엑스를 그렸다.

'그런 일정은 없다고?'

고심하던 이브린은 뒤늦게 오늘 밤 아카데미에서 디너 파티가 열리는 것을 상기했다.

"지시하신 서류입니다."

슥, 아힌의 앞으로 얄팍한 서류가 내밀어졌다.

"앨런 프레디안. 프레디안가(家)의 차남으로, 토끼님의 거동을 수상히 여겨 괴롭힘 아닌 괴롭힘을 일삼는다더군요."

"그런데 비비가 왜 파트너 신청을 받아 줬지?"

"토끼님의 심리까지는 알아내지 못했습니다."

앨런의 정보가 정리된 서류를 뒤적인 아힌이 느릿하게 턱을 괬다.

"어째서 도서관에서 서적을 빌린 게 괴롭힘의 시작인 거고?"

"토끼님이 해당 날짜에 빌린 서적 두 권이 흑표범에 대한 고찰 및 맹수를 굴종시키는 방법이었답니다."

"수상할 만하네."

"개인적인 의견으론, 굳이 그분이 읽을 필요가 없는 서적이라 사료됩니다."

짐짓 정색한 이브린이 의견을 피력했다.

"왜?"

"이미 흑표범 영토의 차기 수장을 굴종시켰지 않습니까."

세상에, 패악에 가까운 발언을 들은 세 명의 보좌관이 양손으로 입을 막았다. 그러나 아힌은 부끄러워하며 눈가를 사르르 접을 뿐이었다.

"안 그래도 며칠 전에는 멱살을 잡으면서 협박도 하더라고. 박력 있었지."

"축하드립니다. 무슨 협박인지 여쭤도 되겠습니까?"

"아카데미에 절대 나타나지 말라더군."

"……그렇군요."

대충 이유를 짐작한 이브린은 불경한 시선으로 아힌의 연미복을 훑었다.

"토끼님께서 협박도 마다치 않은 만큼, 디너 파티에 참석하시면 질타를 피할 수 없을 텐데요."

"걱정 마, 바람둥이의 파트너만 조용히 처리하고 나올 거니까. 영감한테 말하니 초청장도 챙겨 주던데.”

“하나 신문을 통해 아힌 님의 얼굴이 알려진 이상, 현실적으로 조용히는 불가능할 겁니다.”

“아니, 가능할걸.”

옅은 웃음으로 답한 아힌은 세 명의 보좌관을 향해 턱을 까딱였다. 그중 한 명이 조속한 손길로 책상 아래에서 상자를 꺼내 들었다. 종이 상자를 안아 든 보좌관은 이브린을 향해 좀 말려 달라는, 간절한 눈길을 보내며 무거운 발걸음을 옮겼다.

달칵, 상자를 연 보좌관은 비장의 물건을 하나둘 꺼내기 시작했다. 실제 머릿결 같은 가발을 비롯하여 눈동자 색깔을 바꿔 주는 너구리 일족의 약. 뒤이어 보좌관은 마지막을 장식할 가면을 집어 들었다.

무릇 연회에서 가면은 흔히 찾아볼 수 있는 물건이긴 했다. 특히나 수인들의 대륙인 만큼 동물 가면은 더더욱 흔하고.

‘하지만 이건…….’

토끼 모양 가면을 든 보좌관의 손이 바르르 떨렸다. 물론 토끼 가면도 쉬이 찾아볼 수 있는 것이긴 하나, 아무리 그래도 이건 아니었다. 뺨에 발그레한 홍조도 모자라 귀에는 빨간 리본을 달고. 으르렁거리는 듯한 흉악한 생김새의 가면이었다. 누구를 본떠 만들었는지 단박에 유추할 수 있지 않나.

가발과 눈동자 색을 바꾸는 약까진 나름 철저한 준비였으나, 이대로라면 가면 하나가 모든 준비를 말아먹을 위기였다. 이런 괴이한 것을 쓰고 다니다 아힌의 정체가 탄로 나기라도 하면 위신이……!

'……위신은 원래 없으시군.'

어찌 되었든 간에 보좌관은 이브린을 향해 간절한 눈으로 구조 신호를 보냈다. 이 가면을 쓰려는 차기 수장을 화려한 언변으로 말려 주길 바라며.

다행히 이브린도 이건 과도하다고 생각했는지, 딱딱하게 굳은 눈으로 가면을 응시하고 있었다. 한참 침묵을 지키던 이브린은 어렵사리 입을 달싹였다.

"……아힌 님. 감히 충언을 드리자면, 가면은 내려 두시는 편이 좋을 것 같습니다."

"왜?"

"저도 갖고 싶습니다."

"그럴 줄 알았어."

이 가면이 갖고 싶은 이유 열 가지를 나열하는 이브린과, 곧 죽어도 사수하려는 아힌 사이에 선 보좌관은 묵묵히 상자를 정리했다. 사직서를 내고 싶어지는 오후였다.

등불이 하나하나 켜지며 교정을 밝혔다.

징징대는 이브린을 떨쳐 낸 후, 벨헬름 아카데미에 다다른 아힌은 계획이 틀어질 것을 직감했다.

"죄송합니다, 아힌 님. 분명히 출발 전에 짐칸을 확인했는데……."

마차를 정비하고 달려온 릴이 절절매며 고개를 조아렸다. 이유인

즉슨 아힌의 발치에 덩치 순대로 앉은 흑표범 일가족 때문이었다.

"애쉬, 그 좋은 머리를 누가 이런 곳에 쓰라고 가르쳤지?"

가면을 머리 위로 올린 아힌이 몸을 숙여 앉았다.

전말은 이러했다. 아힌의 전속 마부인 릴이 심벌이 없는 낯선 마차를 손보고 있자, 그를 수상히 여긴 애쉬가 은밀히 짐칸에 올랐다. 당연히 바라가 그 뒤를 따르고, 애쉬는 깽깽거리며 떼쓰는 새끼 흑표범 두 마리를 물어 올렸다. 그리고 저들의 털 색과 같은 까만 천을 뒤집어쓴 채 숨죽여 따라온 것이었다.

"전부 제 불찰입니다."

어흑, 눈물을 훔친 릴이 재차 고개를 조아렸다. 그 가녀린 몸짓을 짠하게 바라보던 애쉬가 앞을 막아섰다.

"-이젠 비비의 권속이라 건드릴 수도 없고."

일련의 기막힌 행동을 마주한 아힌은 애쉬에게 손을 뻗었다. 수염을 당기려던 손은 대뜸 얼굴을 들이댄 바라의 수염을 죽 잡아당기고 말았다. 애쉬의 수염 한 올도 잃기 싫은 바라의 의지였다.

허탈한 웃음을 흘린 그는 릴의 뒤에 숨어 바들바들 떠는 새끼 흑표범 두 마리를 응시했다. 지금이야 조무래기들이지만, 애쉬와 바라의 새끼인 만큼 차후 성수(成獸)로 자라나면 제법 쓸모가 있겠지.

너그러운 용서를 택한 아힌이 천천히 몸을 일으켰다.

"고릴라, 데리고 그레이스저로 돌아가…… 아니, 잠깐."

연회용 새틴 장갑을 착용하던 그가 까만 흑표범들을 훑었다. 제법 유용하게 써먹을 만한 구석을 떠올린 덕분이었다.

"일 하나만 처리한 후에 함께 돌아가도 되겠군."

이 나부랭이가 또 비비를 못살게 굴려는 게 분명해. 반항심을 숨긴 애쉬가 으르렁 거친 숨을 몰아쉬었다. 그런 애쉬의 머리를 쓰다듬은 아힌이 속 모를 웃음을 지었다.

디너 파티는 더워지기 직전의 따뜻한 날씨에 개최되기에, 대체로 아카데미 후원에서 진행되는 야외 행사였다.

참석을 위해 교정을 가로지르던 앨런은 후원은커녕 짐짐 외진 길로 들어서고 있었다. 걸음이 점점 빨라지며, 종래엔 뜀박질에 가까운 수준의 속도로 변했다.

수인만이 가진다는 짐승의 감일까. 이상하게도 위험한 무언가가 자신을 쫓아온다는 위화감을 지울 수가 없었다. 쉼 없이 뒤돌았지만 보이는 거라곤 우거진 수풀과 꼭대기를 가늠키 어려운 높은 교목뿐. 교내 건물에서 새어 나온 불빛이 텅 빈 길을 외려 음산하게 밝혔다.

하아, 하아. 뒤를 보며 달리던 앨런은 미처 앞을 확인치 못한 채 교목과 쿵 충돌하며 나뒹굴었다.

“윽, 제길…….”

주저앉아 울리는 골을 짚던 그는 이내 파들파들 입술을 떨기 시작했다. 수풀 사이로 느껴지는 것은 분명한 맹수의 시선이었다.

이윽고 먹이를 몰아붙이는 것에 성공한 짐승이 오만한 걸음으로 모습을 드러냈다. 아힌의 명에 따라 앨런을 가장 먼저 찾아낸 애쉬였다.

“너, 너는……!”

분노를 금치 못한 앨런이 검지로 애쉬를 가리켰다. 일전에 토끼가 거느리던 흑표범이 아닌가. 자신을 은밀히 처리하기 위한 비비의 수작질이라 판단한 그가 자리에서 벌떡 일어났다. 제법 기세가 등등하긴 하다만, 흑표범 수인으로서 흑표범 한 마리의 처리 정도야 어렵지 않은 일이었다.

억지로나마 웃던 앨런은 크르릉, 뒤편에서 들린 낮은 울림에 등골이 서늘해졌다. 다급히 뒤도는 동시에 보인 것은 제게로 날아든 거대한 흑표범이었다.

"무슨……!"

간발의 차이로 바라의 입질을 피한 그가 휘청거렸다. 그사이 애쉬와 바라는 사냥감을 몰아넣듯 원형의 진을 치며 주변을 돌았다.

'이것들은 또 뭐야.'

흔들리는 붉은 눈동자가 발치에서 앞발을 휘두르는 두 마리의 새끼 흑표범에게 닿았다.

우리 남매의 따끔한 맛을 보여 주마. 네 이놈, 네 이놈! 첫 사냥감 몰이에 불붙은 새끼 흑표범들이 장엄한 포효를 내질렀다. 앨런은 기가 찬 표정으로 페로몬을 운용하기 시작했다.

"별 같잖은 것들이……!"

"앨렁."

순간적으로 들려온 목소리에 그의 행동이 뚝 멎었다. 들어 본 적이 있는 저음과 제 이름을 저런 식으로 부를 만한 자는……. 반대편으로 고개를 틀던 앨런은 잠깐 말을 잃었다.

도대체 저 망측한 가면은 뭐란 말인가. 남자의 큰 체격은 물론 진회색 연회복과도 전혀 어울리지 않는, 앙증맞다 못해 짜증마저 불러일으키는 가면이었다.

긴가민가한 앨런은 망설임 끝에 조심스레 입을 뗐다.

"아힌…… 그레이스…… 님?"

"어디 가는 중이었어?"

가면을 머리 위로 올린 아힌이 무해한 얼굴로 물었다. 그를 본 앨런은 다소 당황한 기색을 비쳤다.

'머리카락과 눈동자 색깔이……?'

분명히 얼굴은 맞지만, 줄곧 동경해 온 특유의 은발과 적안이 아니었다. 얼떨떨하게 바라보던 그는 뒤늦게 정신을 차리곤 횡설수설 답했다.

"그, 디너 파티에 참석하기 위해서……."

"파트너를 에스코트하러?"

"예? 아, 그렇죠……."

끄덕이던 앨런은 묘하게 아힌의 분위기가 스산하다고 생각했다. 착각인가. 아니면 혹 제가 앞서 불경한 언사를 내뱉었나. 앨런이 심오한 고민에 빠져드는 사이, 아힌은 은근히 애쉬를 자극했다.

"애쉬, 그거 알아? 앨렁 때문에 비비의 아카데미 생활이 힘든 거."

흠칫, 자세한 뜻은 몰라도 비비란 단어에 민감하게 반응한 애쉬의 귀가 곤두섰다.

심지어 앨런마저도 눈에 띄게 긴장했다. 도대체 무슨 관계이기에 아힌 그레이스의 입에서 음흉한 토끼의 이름이 나오는 걸까. 이내 학도들이 재미로 떠드는, 이 년 전 아힌 그레이스와 토끼 수인의 가십을 떠올린 앨런의 낯빛이 하얗게 질렸다.

"비비가 앨렁한테 넘어가 버리면 더 이상 그레이스저에서도 못 봐."

움찔움찔, 무언가 심각성을 느낀 애쉬가 콧잔등을 떨었다. 덩달아

기분이 저조해진 바라와 새끼 흑표범들도 눈을 사납게 떴다. 곧 머리를 맞댄 흑표범 일가족이 웅성웅성 토론을 이어 갔다.

애쉬, 저 앨렁이란 놈이 토끼의 숙적이라는데?

그럼 해치워야지.

"비비를 빼앗기기 전에 막아야 하지 않겠어?"

아힌의 턱짓을 끝으로, 달려든 흑표범 일가족이 앨런의 연회복을 단숨에 찢어발겼다.

"으악!"

만신창이가 되어가는 연회복을 붙든 앨런이 바닥에 벌렁 드러누웠다. 하필 아힌의 권속인 흑표범들에게 감히 반격할 수도 없는 노릇이었다.

"도대체 저한테 왜 이러시는, 그게 얼마나 비싼 휘장……! 아, 안 돼!"

고가의 연회복이 누더기가 되어 버린 앨런이 절규했다. 그런 그의 곁에 수그려 앉은 아힌은 능청스레 입술을 열었다.

"비비의 파트너는 나 아니면 안 돼."

"예? 그게 무슨 말씀이십니까……?"

"엉덩이를 맞을 수 있는 사람은 나뿐이라고. 머리는 장식이야?"

파트너? 엉덩이? 영문 모를 말을 곱씹던 앨런은 오래 지나지 않아 정답을 유추해 냈다. 인정하기도 끔찍하지만 아힌 그레이스가 토끼에게 빠진 건 사실이고, 언행을 미루면 그가 자신을 토끼의 파트너로 오인하고 있음을.

아무리 그래도 자신은 귀족가의 차남인데 어찌 이런 대우를 할 수 있단 말인가. 하나 곧 아힌의 여러 무용담-미친 짓-을 상기한 앨런이 연신 손사래를 쳤다.

"토끼…… 아니, 혹시 파트너의 여부를 물으신 거라면, 파트너는 제가 아닙니다."

"응, 그래."

"미, 믿어 주십시오! 제 파트너는 같은 일족 루즈벳가(家)의 영애입니다!"

간절히 외치는 앨런을 내려다본 아힌이 일순 멈칫했다. 기실 비비가 관계도 좋지 않은 자의 파트너 신청을 왜 수락한 건지 의아하긴 했지. 떠올려 보면 비비는 앨런을 예쁘다 생각했다고만 했을 뿐, 직접적으로 그가 파트너라 시인한 적은 없었다.

질투에 뒤집혔던 이성이 차차 돌아온 아힌은 그제야 머리가 정상적으로 돌아가기 시작했다.

"……그럼 누군데?"

그걸 제가 어찌 압니까, 억울해진 앨런이 도리도리 고개를 저었다. 씌, 가면을 내려 쓴 아힌은 지체 없이 디너 파티가 개최되는 후원 쪽으로 발을 돌렸다.

달릴수록 빛이 환해지며 야외 파티장이 나타났다. 이토록 미친 듯이 달린 건 오랜만인 아힌은 가면 아래 눈으로 비비를 찾았다. 이번 디너 파티는 학장인 릴리언이 사비까지 지원한 덕에 웬만한 규모의 무도회보다 화려했다. 이곳을 한참 뒤졌지만 비비는 코빼기도 보이지 않는 걸 미뤄, 아직 참석 전인 모양이었다.

초조함을 감춘 아힌은 곳곳의 시선이 저를, 정확히는 가면을 향해 있음을 눈치챈 후 외진 곳으로 존재를 감췄다. 사용인에게 와인 잔을 받아 든 그는 빛을 등지며 섰다.

"그거 들었어요? 루즈벳 영애가 전한 소식."

오로지 청각만 곤두세우고 있으니, 영애들의 소곤거리는 음성이 그의 귀를 스쳤다.

"아, 헨드리 영애께서 의상실에서 난동을 부린 것 말이죠? 왜 그러신 거예요?"

"글쎄요……. 정확히는 몰라도 수석으로 입학한 신입생 때문인 것 같던데요. 그 토끼 수인."

토끼 수인이란 단어에 민감하게 반응한 아힌이 대화에 귀를 기울였다.

"자세히는 몰라도, 토끼 수인이 룬 마니언츠 님과 관련이 있었던 모양이에요."

"설마 사자 영토의?"

"네. 왜 그, 예전부터 쉬쉬하던 소문이 있었잖아요. 무용수 가십의 장본인이라는."

"설마 오늘 파트너로 함께 오는 것 아니에요?"

대화를 멈춘 영애들은 내심 기대에 찬 눈길로 주변을 두리번거렸다. 룬 마니언츠. 하마터면 들고 있던 와인 잔을 손의 압력만으로 깰 뻔한 아힌이 아랫입술을 혀로 쓸었다. 여러 번 반추해도 비비는 바람둥이가 확실했다. 그것도 예쁜 맹수들만 골라서 호령하는.

그 변태 토끼를 어떻게 할지 고민하던 그는, 문득 영애들의 대화가 뚝 멎었음을 깨달았다. 그들의 눈길은 전부 한곳을 향해 있었다. 자연스레 고개를 돌린 아힌은 시선 끝에 선 비비를 발견하자마자 머릿속이 조금 멍해졌다.

디너 파티의 준비는 헨드리와 지난나 교수의 철저한 관리 아래 이루어졌다. 여전히 연회용 차림이 어색한 나는 슬그머니 교내 연못을 들여다봤다. 환한 램프 빛을 받은 내 모습이 연못 표면에서 일렁였다.

'흠…….'

머리카락 한 가닥을 땋아 장신구로 고정한 후, 나머지는 아래로 늘어뜨린 백발이 가장 먼저 시야에 들어왔다. 흰빛이 섞인 연보라색 드레스는 계절에 맞춘 하늘하늘한 종류였는데, 드러난 쇄골 부분을 보석으로 장식하니 그리 부담스럽진 않았다. 부족하지도 과하지도 않은, 딱 적당한 차림새였다.

"이 녀석아, 최고이니 어서 가자꾸나. 주인공이 지나치게 늦어도 좋지 않아."

"……어째서 디너 파티의 주인공이 저예요?"

"네가 아니면 누구란 말이더냐? 그리고 이 할아비의 말에 딴죽을 걸면 못 쓰니라."

뒤편에 선 할아버님의 계속되는 억지를 못 견딘 내가 허리에 손을 얹었다.

"할아버님, 동반 입장은 절대 안 돼요."

정말이지 곤란한 일이 아닐 수 없었다. 디너 파티의 일정이 정해지자마자 러셀과 할아버님도 모자라 발렌스 님마저 파트너를 하겠노라 박박 우겨 댔으니. 간신히 어르고 달래어 러셀과 입장하기로 약조했건만, 당일에 할아버님이 고집을 부리고 있는 실정이었다.

"어차피 네가 그레이스가와 관련된 건 나중에 다 알려질 사실이지 않더냐."

"말씀드렸잖아요, 졸업 후에는 상관없다고. 그전엔 분명 할아버님까지 구설수에 오를 거예요."

"나는 괜찮다만, 네가 꺼려 하니 직접 변장도 해 왔지 않느냐. 이리하면 아무도 나인지 모를 게다."

질린 낯을 한 나는 불온한 시선으로 할아버님을 훑었다. 한쪽으로 땋아 내린 성성한 백발은 고사하고, 얼굴을 가린 께름칙한 토끼 가면은 도대체 어디서 구한 건지 모를 노릇이었다.

"뒤구르기 하면서 봐도 할아버님이세요."

"우리 토끼가 이런 모진 말을 다 하고……."

"할아버님-."

절대 안 된다는 엄한 눈빛을 비치자, 할아버님의 어깨가 축 늘어졌다. 일순 마음이 약해졌지만, 여기서 무르게 나가면 또다시 따라붙으시겠지. 눈 딱 감고 외면한 나는 안절부절못하며 우리를 말리던 러셀을 안아 들었다.

"가자, 러셀."

바스락바스락, 발을 옮길 때마다 마찰한 드레스가 소음을 냈다. 야외 파티장에 가까워질수록 교정이 낮처럼 환해졌다.

"……러셀."

속으로 귀족식 예법과 에스코트 순서를 되뇌던 나는 무언가 잘못되었음을 인지했다.

"왜 연회에 발레용 튜튜를 입고 왔어?"

너무 잘 어울려서 인지를 못 하고 있었어. 심지어 러셀은 튜튜뿐만 아닌, 어린이용 왕관까지 완벽하게 착용한 상태였다.

"지난나 교수랑 족제비들이 입혀 줬어."

"족제비라면 클래스 메이트들?"

"으응."

고사리 같은 손으로 양 뺨을 감싼 러셀이 수줍음에 몸을 배배 꼬았다. 이렇게나 잘 어울리는데 뭐 어떤가. 수긍하곤 걸음을 옮기던 내가 재차 멈춰 섰다.

"그런데 입장도 꼭 이렇게 안아서 해야 돼?"

"안아서야."

"……아닐 텐데."

러셀은 품에 꼭 안기며 손을 휘이휘이 저었다. 결국 러셀을 안아 든 상태로 야외 파티장에 입장하게 된 나는 살금살금 발을 내디뎠다. 우리의 독특한 입장 때문인지 걸음걸음마다 시선이 따라붙었다.

'고, 곰 수인!'

맙소사. 기겁한 나는 우람한 곰 수인을 피해 이리저리 장내를 옮겨 다녔다. 러셀은 그런 내 품이 불편한지, 퉁 내려서선 파티 음식을 먹으러 달려갔다.

힉, 엄마야.

홀로 고군분투하며 피해 다니던 중, 정신을 차리니 어느덧 학도들은 파트너와 짝을 이뤄 춤에 취한 상태였다. 인파 속, 새로 만난다던 뱀 일족과 시선을 맞추고 있는 헨드리도 보였다. 불빛에 반사된 사람들의 미소가 왠지 나까지 행복에 젖게 만들었다.

새끼 토끼였다면 절대 볼 수 없었을 광경을 멍하니 바라보던 나는 눈을 굴려 러셀을 찾았다. 러셀은 또래 학도에게 내가 가르쳐 준 토끼 일족의 전통춤을 선보이고 있었다. 이래서 헨드리가 꼭 이성 파트너가 있어야 한다고 강조한 거구나. 묘하게 머쓱하고 외로운 기분이 들었다.

구석에 덩그러니 서있던 나는 일순 괴이한 것을 발견하고 가자미 눈을 떴다.

'……이 사람 뭐야.'

언제 다가왔는지도 모를 남자가 내 옆에 나란히 서 있었다. 그것만이라면 다행이지. 어디서 돌아버린 토끼 가면을 구해선 당당히 착용한 꼴이었다.

'토끼 가면이 유행인가……?'

아까 할아버님도 쓰고 있었는데. 앞서 고양이 가면을 쓴 사람도 있었던 걸 미루면, 이상하게 여기는 건 무례인 걸지도.

아직 연회 문화에 대해 숙지가 덜 된 나는 슬그머니 옆으로 한 걸음 거리를 벌렸다. 그러자 남자도 따라서 옆으로 걸음을 옮긴 탓에 결국은 제자리였다.

흘끔흘끔, 의심 어린 시선이 남자를 향했다. 체격도 엇비슷하고, 혹시 몰래 참석한 아힌은 아닌가 싶었으나……. 귓가에 머문 남자의 백금발이 가발임을 감안하더라도, 가면 너머의 보라색 눈동자는 어떻게 위장할 수 있는 것이 아니었다.

'아카데미 학도인가?'

같은 토끼 일족이랍시고 내게 친근감이라도 느끼는 걸까. 경계를 늦추지 않은 채 다시금 거리를 벌리려 시도할 즈음, 남자는 미약한 힘으로 나를 이끌었다. 마침 느릿한 박자로 음악이 바뀌는 순간이었으니. 얼떨결에 따라나선 나는 그에게 어설픈 춤 솜씨를 보여 줘야만 했다.

'아무리 봐도 아힌 같은데…….'

그러나 남자에게서 느껴지는 향은 낯선 종류였고, 손을 확인하면 바로 알 수 있겠지만 그마저도 두꺼운 새틴 장갑이 가로막고 있었다. 부드러운 손길에 이끌려 잔디 위를 도는 와중에도 탐색전은 끊이질 않았다.

"아-."

힌…… 아니냐고 다짜고짜 물었는데, 만약 아힌이 아니면 어쩌나. 돌았다고 해도 여기까지 쫓아올 만큼 한기로운 맹수가 아닌데. 붕이처럼 입을 뻐끔뻐끔 여닫은 나는 빠르게 질문을 전환했다.

"……실례가 아니라면 성함을 여쭤도 될까요?"

좋게 말할 때 목소리라도 내 봐. 무언의 압박을 보내며 올려다보자, 보라색 눈동자의 남자는 그저 싱긋 웃을 뿐이었다. 입까지 가려 주는 토끼 가면으로 인해 송곳니의 유무조차 확인할 수 없었다. 진짜 모르는 사람이면 또 바람피운나는 누명이나 쓸 텐데. 휙, 하늘을 확인했으나 다행히 감시꾼인 퀸은 보이지 않았다.

시의 알맞게 음악도 멎어 들자, 이때다 싶었던 내가 어색하게 웃었다.

"그, 그럼 안녕히……."

인사도 이상하게 해 버렸어. 낭패 어린 심정을 감추며 물러나는 동시에, 손을 잡은 남자의 손에 약간의 힘이 들어갔다.

"……?"

놔. 손을 떨치려 파닥파닥 흔들었지만, 남자가 짝짜꿍이라도 치듯 같이 손을 흔들어 댔다.

'이게!'

대륙엔 원래 이렇게 미친 사람이 많나. 콧잔등을 부르르 떤 내가 회오리처럼 팔을 돌려 밀치려 할 때,

"흑표범들이 교정을 돌아다닌다고?"

"모, 목소리 낮추게."

저도 모르게 언성을 높여 버린 경비 기사가 입을 틀어막았다.

'흑표범이라고……?'

일순 아카데미에 짠 나타나서 이브린의 정수리를 물어 대던 애쉬가 눈앞을 스쳤다. 설마 애쉬는 아니겠지. 경비 기사들을 마주치면 험한 취급을 당할지도 모르는데.

탁탁, 이성적인 판단을 내리기도 전에 발이 앞서 나가기 시작했다.

흑표범이란 단어에 번개처럼 반응한 비비는 쫓을 새도 없이 순식간에 사라졌다. 토끼 수인이 흑표범 수인보다 더 흑표범 수인처럼 행동하면 어떡하나. 남겨진 아힌은 어이없이 눈을 깜박이다가 종국엔 웃음마저 새어 나왔다.

연회장이 소란에 휩싸이기도 잠시, 경비 기사들이 진정시키며 대열을 갖추자 금세 원래의 분위기를 되찾았다.

"은밀히 오겠다던 녀석이 흑표범은 왜 데려온 게냐?"

아힌의 옆으로 다가선 릴리언이 투덜거렸다. 그가 쓴 토끼 가면을 발견한 아힌은 자신도 저런 꼴인지에 대해 잠깐 고찰했다.

"비비만 관련되면 다들 유난이라. 이미 그레이스가는 토끼한테 먹혔어."

"아직 멀었다. 제대로 된 실세 노릇을 하려면 토끼의 집무실도 하나 만들어야겠구나. 내 발렌스 수장과 상의하마."

의외로 릴리언에게선 진지하기 짝이 없는 답변이 돌아왔다. 아힌은 약간 멍한 얼굴로 릴리언을 돌아봤다. 원래대로라면 어딜 토끼 따위가 그레이스가를 넘보냐고 답해야 하지 않나. 일족에서 그나마 상식적인 사고를 지닌 릴리언마저 무너지고 만 실정이었다.

언제부터일까. 웃음이 난 아힌이 가면을 들어 올렸다.

"영감, 많이 변했네."

"마땅한 결과인 게지. 네놈은 목숨을 구해 준 우리 토끼에게 평생……."

퉁명스레 답하던 릴리언이 숨을 뚝 멈췄다. 백금발의 가발을 쓴 아힌이 순간 이디스와 겹쳐 보인 탓이었다. 그를 모르지 않는 아힌이 느릿하게 고개를 기울였다.

"아버지가 조부님한테 전해 달라더라, 많이 사랑한다고."

"……."

"이제 전해서 미안."

이디스의 죽음을 유일하게 목격했던 아힌이 처음으로 전하는 유언이었다. 지배계 페로몬이 안정을 찾음으로써, 이제야 이디스의 죽음을 온전히 받아들이기 시작한 덕분이었다. 그리고 그것은 발렌스도, 릴리언도 마찬가지였다.

가면을 쓴 덕분에 표정을 감출 수 있어 다행이라고 생각한 릴리언이 뒷짐을 졌다.

"꼭 중요한 말을 할 때만 호칭을 제대로 부르는군. 이러니 네놈을 예뻐하려야 예뻐할 수가 없어."

"마찬가지야."

아힌은 다시 토끼 가면을 내려써 얼굴을 완전히 감췄다. 그러고도 퉁명스레 대화를 주고받고 있을 때, 헨드리가 두 사람의 곁으로 조심조심 다가섰다.

'흑표범 수인이 아니라 토끼 수인이네?'

비비와 아힌이 짧게나마 춤을 춘 것을 상기한 그녀의 눈빛이 날카로워졌다.

"혹시 당신이…… 비비의 애인인가요?"

"-그 단어 괜찮네."

"……그 쓰레기?"

"어떻게 알았지?"

턱을 매만진 아힌이 릴리언에게 자문을 구했다.

"네 녀석 얼굴에 쓰여 있겠지."

"가면을 썼는데?"

"인성은 가면으로도 숨길 수 없는 법이지. 이 학도는 우리 토끼의 절친한 친우이니, 무례하게 대하지 말거라."

"무례는 내가 당한 것 같은데."

헨드리는 다소 황당한 눈으로 아힌과 릴리언을 번갈아 살폈다. 비비의 애인은 학장과 친분이 있는 것으로도 모자라, 쓰레기란 단어에도 기뻐하고 있었다.

"영감, 가 볼게. 슬슬 비비가 애쉬랑 바람날 시간이라서."

이쯤이면 애쉬와 릴을 만났을까. 아힌은 멀리 시계탑을 올려다본 후에 걸음을 돌렸다.

"……잠깐만요!"

비비를 나쁜 남자의 마수에서 구해 낼 심산이었던 헨드리가 꽥 외쳤다. 앞서가던 것을 멈춘 아힌은 살짝 가면을 위로 올리며 웃었다.

“비비만 쫓기도 바쁜 쓰레기니까 너무 걱정 마.”

아는 토끼 수인이라곤 비비밖에 없는데 왜 낯이 익을까. 멀거니 굳은 헨드리가 멀어지는 아힌의 뒷모습을 바라봤다. 끝끝내 정체를 유추할 순 없었지만, 비비가 애인의 천사 같은 얼굴에 홀랑 넘어간 거란 사실 하나만은 틀림없었다.

밤이 드리워진 교정을 가로지르는 와중, 어딘가에서 불길한 소음이 들려왔다. 풍덩 풍덩, 얼핏 물장구를 치는 소리 같기도 했다.

‘설마…….’

곧 그게 연못 방향임을 인지한 나는 사색이 되어 달려갔다.

애쉬, 애쉬.

빠르게 연못 인근까지 다다르자, 아니나 다를까 연못에 빠진 두 개의 인영이 허우적거리고 있었다. 새끼 흑표범들이었다.

왜 이곳에 있는지 의문을 가질 새도 없이 풍덩, 이를 악문 내가 연못으로 몸을 던졌다.

“슈, 비온!”

내가 구해 줄게. 열심히 팔다리를 휘젓고 있을 즈음, 빤한 시선이 느껴졌다.

‘바라……?’

뱁새눈을 한 바라는 꼬물꼬물 헤엄쳐 슈와 비온을 건져 올렸다.

손쉬운 구출을 얼떨떨하게 쳐다보던 나는 천천히 몸을 일으켰다. 고작 허벅지에 닿을락 말락 한 깊이의 연못이었다.

'……이게 뭐야.'

푸르르 몸을 턴 슈와 비온은 물에 쫄딱 젖은 내 꼴이 재밌는지 신나게 바닥을 뒹굴어 댔다. 저 장난꾸러기들. 분명 저런 식으로 놀다가 연못에 빠진 거겠지.

안도도 잠시, 따끔하게 혼내리라 마음먹던 나는 문득 인기척을 느끼곤 고개를 틀었다. 그새 쫓아온 괴짜 토끼 가면의 남자가 거리를 두고 멈춰 서 있었다.

연못 중앙에 자리한 내가 미동 없이 바라보자, 남자도 제자리를 지켰다. 불어온 밤바람이 귓가에 머문 그의 백금발을 어지럽혔다.

순간 괜히 눈물이 날 뻔한 내가 입술을 꾹 깨물었다. 오늘 제대로 차려입은 김에 확 청혼이라도 할 셈이었는데, 왜 세상만사는 마음대로 되지 않는 걸까. 늘 이런 못난 꼴만 보이게 되는 것이 자못 속상했다. 맹수를 피해 도망치느라 흙바닥을 구른 꼴이나 잉크로 꼬질꼬질해진 모습. 또 픽 하면 토끼에서 벌거숭이인 사람이 되어 버리고. 지금은 분명 물귀신 같을 거야.

'……변장을 할 거면 완벽하게 했어야지.'

작정하고 눈동자 색까지 바꾼 탓에 긴가민가했지만……. 한쪽 귀에 착용한, 나와 나눠 가진 은 귀걸이는 남자의 정체를 여실히 증명하고 있었다.

조용히 흘겨보고 있자니, 그가 다가오려는 듯 느릿하게 발을 뗐다.

"……다가오면 엉덩이를 때려 주지 않을 거야."

일순 남자의 몸이 석상처럼 굳어졌다. 이런 창피한 협박에 굴종하는 사람은 세상에 단 한 명뿐이지 않은가. 기가 찬 얼굴로 토끼 가면을 노려본 내가 으르렁 이를 드러냈다.

"벗어."

남자는 별반 반응 없이 천천히 주위를 둘러봤다. 외진 연못 주변의 기척은 수풀 쪽에 앉아 우리를 주시하는 흑표범 일가족뿐이었다.

곧 그는 느슨한 손길로 목을 조인 크라바트를 만지작거렸다. 직후 내려간 남자의 손이 연미복 재킷 단추를 하나둘 풀기 시작했다.

"……?"

저 무슨 망측한 짓이람. 깜짝 놀라 눈을 가린 나는 벌어진 손가락 사이로 전방을 바라봤다.

"뭐 하…… 뭐 하시는 거예요?"

"벗으라고 하셨잖아요."

사근사근히 답한 남자는 벌써 마지막 재킷 단추만을 남겨두고 있었다. 그제야 가면이란 단어를 생략한 사실을 깨달은 내가 첨벙 물을 때렸다.

"의복이 아니라 당연히 가면을 말하는 거잖아!"

"……."

"……요!"

"당연히 의복이라 생각했는데."

그거야 네 희망 사항이겠지. 차마 당황을 감추지 못한 내가 꽥 소리 질렀다.

"헛소리하지 말고 당장 벗어!"

"전부?"

"그래! ……아니, 가면이래도!"

요망한 흑표범은 오늘도 위신과 체통머리가 현저히 부족했다.

실랑이 끝에야 그는 가면을 고정한 머리 뒤쪽 끈을 풀었다. 툭, 해괴한 토끼 가면이 벗겨지며 드디어 남자의 정체가 드러났다.

"……!"

여전히 얼굴을 가린 상태인 내가 손가락 사이로 눈을 껌벅였다. 고작 머리카락과 눈동자 색만 바꿨을 뿐인데 왜 이리 낯설게 느껴질까. 상상 이상의 시각적 충격으로 인해 숨이 턱턱 막혀 왔다.

"……다시 써."

"-왜?"

이유를 뻔히 알면서 모른 척한 아힌이 재킷을 벗으며 다가왔다. 연못 앞에서 숙여 앉은 그가 나와 시선을 맞췄다.

"비비, 눈을 가릴 거면 제대로 가리든가."

"……."

"시늉만 하면 뭐 해, 이미 눈빛이 음흉한데."

예전부터 아힌의 이런 면이 가장 싫었다. 그냥 넘어갈 수 있는 것을 콕 집어 말하는 점.

"계속 거기 있으려고?"

"……나갈 거야."

퉁명스레 답한 후, 축축한 드레스를 모아 들던 나는 일순 행동을 멈췄다. 아힌의 뒤편으로 은밀히 접근한 애쉬와 눈이 마주친 덕분이었다. 풀어질 뻔한 표정을 다잡은 나는 눈썹을 꿈틀거려 애쉬에게 신호를 보냈다.

'애쉬, 밀어 버릴까?'

눈썹 신호만으로도 의사가 통한 애쉬가 슬며시 뭉텅이 같은 앞발을 들었다. 아무것도 모른 채 나를 향해 팔을 뻗고 있던 아힌은 비식 한쪽 입꼬리를 올렸다.

"서, 애쉬."

이 맹수는 등에도 눈이 달린 걸까. 금세 만행이 탄로 난 애쉬가 화들짝 눈을 크게 떴다.

가능할 리가 없지. 체념하며 드레스를 모으는 찰나, 애쉬의 입이 크왕 벌어졌다. 풍덩! 방심한 아힌을 흑표범의 무력으로 밀어뜨리는 것은 순식간이었다.

팔을 들어 물보라를 막은 나는 멀거니 입을 벌렸다. 반면 애쉬는 내가 없는 일 년 반 동안 쌓인 게 많았는지 후련하게 콧방귀를 뀌었다. 보글보글, 물 표면에서 거품이 들끓더니 이윽고 거대한 장신이 솟아올랐다.

"……헤엄은 별로 좋아하지 않는데."

고양잇과 수인다운 말을 한 아힌이 물에 젖은 은발을 쓸어 넘겼다. 연못에 빠지면서 가발이 벗겨진 모양이었다.

"어딜 가려고."

"자, 잠깐!"

슬그머니 도망가려던 내 몸이 대뜸 공중으로 붕 떠올랐다. 허벅지 아래를 받쳐서 나를 안아 든 아힌이 물끄러미 올려다봤다.

"나인 건 어떻게 눈치챘어?"

빛에 일렁이는 보라색 눈동자가 서서히 붉은색으로 변해갔다. 이전에 한 번 사용했던 너구리 일족의 약을 이용한 듯했다.

"……모를 리가 없잖아."

"모르던데. 춤출 때 중반 정도까지도."

어쩜 사람이 이렇게 예리할까. 입을 삐죽인 내가 아힌의 한쪽 귀를 만지작거렸다.

"이 귀걸이, 내가 편지에 동봉해서 보내 준 거잖아. 빼는 걸 잊었지?"

"-아."

정말 잊고 있었던 듯 아힌이 눈을 동그랗게 떴다. 그 허술함이 귀엽다는 생각이 들면 중증인 걸까. 조금 멍한 얼굴을 하던 그는 곧 나른하게 웃었다.

"한쪽만 보낸 건 의미가 있단 뜻이겠지."

"그건……."

귀걸이의 의미는 물에 흥건히 젖은 몰골로 말하려던 게 아니었는데. 서글프게 내려가는 눈매를 애써 올린 내가 손가락을 꼼지락거렸다.

"클래스 메이트가 그러던데, 돼지 영토에서 귀걸이를 나눠 갖는 건……."

수줍음에 얼굴 위로 방싯 어설픈 미소가 자리 잡았다.

"평생 함께하고 싶단 뜻이라기에."

아힌은 오늘따라 유난히 어벙한 표정을 여러 번씩 지었다. 심지어 시간이 지날수록 뺨과 귀 부근에 열이 오르더니, 이내 휙 시선을 피하는 게 아닌가. 퍽 신선한 반응이었다.

얘도 부끄러움이 뭔지는 아나 봐. 나는 신기한 마음에 목을 길게 뺐다. 휙, 그러자 아힌은 아예 반대편 방향으로 고개를 틀어 피했다.

'이게.'

오기로 따라가자, 그는 예고도 없이 쪽 입을 맞췄다가 떼어 냈다.

와중에도 아랫입술을 가볍게 물고 간 것을 인지한 나는 양 뺨을 감쌌다. 예쁘게 불그스름해진 아힌과 다르게, 내 얼굴은 홍당무처럼 빨개졌을 게 분명했다.

"평생 함께하자는 말을 하면서 표정은 왜 그래?"

아힌이 나지막한 음성으로 물었다.

"내, 내 표정이 왜?"

"울 듯한 얼굴인데. 눈썹 끝이 내려갔어."

기분이 축 처진 게 표정에 드러났구나. 멋쩍게 목덜미를 쓴 내가 고개를 푹 숙였다.

"실은, 이런 말은 좀 더……."

"잘 차려입고, 분위기 좋은 곳에서 선물을 내밀며 말하고 싶었겠지."

"……어떻게 알았어?"

"낭만 토끼의 생각이야 뻔하니까."

수를 전부 읽힌 건 딱히 좋은 느낌은 아니었다. 조용히 째려보던 나는 아힌이 소금 더 높이 들어 올린 탓에, 반사적으로 그의 어깨를 붙들었다. 젖은 의복 너머로 근육이 그대로 느껴졌다.

아힌은 고개를 살짝 꺾어 나를 올려다보며 무해한 미소를 걸었다. 유려하기 짝이 없는 웃음에 홀린 내가 멍하니 아래를 내려다봤다. 어쩐지 이곳만 시간이 느리게 흘러가는 듯한 기분마저 들었다.

파티장의 왁자지껄한 소음이 멀리서부터 들려왔고, 수풀에서 울리는 고요한 풀벌레 소리가 주변을 채웠다. 똑, 똑. 젖은 옷에서 떨어진 물방울이 연못 표면과 마찰하며 작은 소음을 일으켰다.

나는 구름이 개어 완전히 제 모습을 드러낸 달을 잠깐 바라봤다. 지금 같은 분위기라면 청혼해 버려도 괜찮지 않을까. 그렇게 생각하자 조급함이 밀려든 내가 입을 달싹였다.

"아힌, 우리……!"

"비비."

"어……?"

"초조해하지 않아도 돼."

"……."

"장로회 때문에 우리가 쫓기듯 서두를 필요는 없으니까."

당장 어머니도 수장직을 넘길 생각은 추호도 없으시고. 아힌은 느릿하게 덧붙였다.

순간 말문이 턱 막혀 버린 나는 아무 대답도 하지 못했다. 어딘지 미안하기도, 한편으론 답답하기도 했다. 혼약에 대한 내 망설임을 아힌이 전부 읽었다는 뜻과도 같았으니까.

"비비, 그거 알아? 네 시선의 끝은 가끔 그레이스저가 아닌 바깥을 향해 있었던 거."

"……내가?"

"그래. 그걸 알게 되었을 당시엔, 새끼 토끼로 살아왔으니까 바깥이 궁금한 건 당연하다고 생각했어."

나와 시선을 맞춘 아힌은 잠깐의 침묵 후 말을 이어 갔다.

"그런데 그게 어느 순간부터 불안해지더군. 잠깐 인간으로 변한 사이 사라지진 않을까, 혹은 완전히 인간화를 치른 후에 떠나가진 않을까."

"……."

"그래서 네가 사람으로 변하는 횟수가 늘어가는 게 달가우면서도 달갑지 않았어."

그의 말을 듣고 있던 나는 조금 어안이 벙벙해졌다. 나야말로 완전히 사람이 되어 버리면 더 이상 그레이스저에 있을 명분이 없기에, 매일매일 버려질까 불안에 떨었으니. 우리는 서로 비슷하면서도 전혀 다른 고민을 했던 모양이었다.

울지도 웃지도 못하는 사이, 계속해서 아힌의 진심이 이어졌다.

"사실 지금도 불안하지 않은 건 아니야. 당장 조금 전만 해도 가면 쓴 이름 모를 남자랑 춤바람이 나 버리는데."

"……결국은 아힌이었잖아."

"그렇긴 하지만."

박자 느린 음성으로 긍정한 그가 바람 새는 소리를 냈다.

"그래도 원하는 걸 해. 가고 싶은 곳은 가고, 하고 싶은 게 있으면 하고. 아카데미든 뭐든."

끝끝내 잘 참고 있던 눈물이 글썽글썽 차오르며 툭 떨어졌다. 아힌은 자신과의 혼약이 내 발목을 잡을 거라 확신하고는, 오로지 나를 위한 것만 말하고 있었다.

이 못되고 사랑스러운 맹수를 어떡해야 할까. 메인 목을 억지로 삼킨 내가 간신히 입을 열었다.

"……그럼 아힌은?"

"-기다려야지."

"이미 일 년 반이나 기다렸는데도?"

"어쩔 수 없……."

조곤조곤 답하던 그는 별안간 미간을 바득 굳혔다.

"아니, 솔직히 말하면 못 기다려."

"도대체 어쩌고 싶은 건데?"

"뭐든 같이 하는 편이 낫겠네. 차라리 입속에 넣어서 데리고 다녀야…….”

찰싹, 정색한 내가 몹쓸 주둥이를 응징했다.

한 대 더 때려 줄까 고심하던 나는 엄지로 그의 붉은 입술을 살짝 쓸었다. 오늘만은 예쁜 말을 더 많이 했으니 너그러이 용서해 줘도 괜찮지 않을까 싶었다. 뒤를 돌면 언제나 아무도 없는 게 무서웠는데. 이제는 앞에서 손을 내밀어 주는 사람이 있단 사실이 이루 말할 수 없는 충족감을 줬다.

“……걱정 안 해도 돼.”

늘 안정감 있게 받쳐 주던 까칠한 손바닥을 떠올린 내가 활짝 미소 지었다.

“내가 돌아갈 곳은 아힌의 옆뿐이니까.”

가득 찬 마음을 고스란히 내보인 나는 망설임 없이 입술을 맞췄다.

‘애들아, 쉬이, 제발 조용히 하렴. 부탁이란다.’

바스락바스락. 연못 주변의 수풀 속, 릴은 날뛰는 새끼 흑표범 두 마리의 입을 간신히 봉했다. 연못 중간에서 펼쳐지는 한 편의 화폭 같은 장면을 감히 망칠 순 없는 노릇이었다.

고릴라가 수고가 많군. 손을 앙 깨물리는 릴을 돌아본 바라는 앉은 채 슬금슬금 애쉬의 곁으로 다가갔다. 툭, 머리를 기대며 눈치를 살피자, 피식 콧방귀를 뀐 애쉬가 다시 전방을 바라봤다. 평소라면 귀찮다며 앞발로 머리를 후려치고도 남을 텐데. 아무래도 연못 쪽 분위기 때문에 한 수 접어준 모양이었다.

애쉬, 내 마음이 얼마나 큰지 알아?

딱히 궁금하진 않은데.

저 토끼의 졸개보다 내 마음이 이만큼 더 커.

그건 조금 놀랍네.

애쉬의 대답이 뭐가 됐든 좋은 바라가 몸을 기대며 가르릉거렸다. 행복이 흘러넘쳐 연못가를 뒤덮은, 흑표범처럼 까만 밤이었다.

+

우리가 함께 살아갈 곳으로

그레이스가.

발렌스 님의 집무 책상에 앉은 나는 못마땅하게 당근 배낭을 등에 멨다. 발렌스 님이 유독 내 토끼 모습을 보지 못하는 것을 아쉬워하는 탓에, 종종 본모습으로 돌아와 그녀의 사리사욕을 충족시켜 줘야만 했다. 그리고 지금이 바로 티타임을 가장한 그 시간이었다.

'뭐, 꼭 나쁘지만은 않지.'

일부러 보여 주기라도 하듯, 발렌스 님은 틈틈이 내가 업무 처리 방식을 눈으로 익히게 했으니까. 나는 대형 치료소 개설과 관련된 서류를 물끄러미 내려다봤다.

"아가, 오늘 자 대륙 신문은 읽었니?"

그때 발렌스 님의 나긋한 물음이 들려왔다. 고개를 젓자, 옆에서 대기하던 메이미가 칼같이 대륙 신문을 내밀었다. 묘하게 불길해진 나는 힐긋 눈치를 살피며 신문을 펼쳤다.

「반려 토끼 열풍」

이 괴상한 헤드라인은 뭐야. 기겁한 내가 앞발로 신문을 짚었다.

기사에는 한 손에 토끼를 든 채 광장을 걷는 룬, 그리고 사육장 토끼를 들고 서로의 뺨을 맞댄 지난나 교수와 러셀의 삽화가 포함되어 있었다.

유명 인사가 줄줄이 토끼와 엮이는 것을 시초로, 대륙에 토끼 바람이 불고 있다는…… 턱도 없는 기사를 읽은 내가 신문을 거칠게 구겼다.

"아가 네가 일 면에 실렸어야 하는데."

저는 정확히 말하자면 반려 토끼가 아니라 비상식량이었죠. 분개한 나는 앞발을 척 뻗으며 아쉬워하는 발렌스 님을 지적했다.

"솜뭉치가 두 배로 커지니 더 귀엽구나. 그러고 보니 아힌은 어디 갔지? 이쯤이면 방해하러 올 때가 되었는데."

"집을 나가셨습니다."

집무실 한편에서 대륙 신문을 스크랩하던 이브린이 대신 답했다.

"그게 무슨 소린가."

"현재 토끼님의 전속 보좌관을 선별하는 중이지 않습니까. 그런데 토끼님이 프레디안가의 앨렁 프레디안 님을 추천하는 바람에, 크게 다투시곤 그길로 가출을 감행하셨습니다."

"그래? 아가, 프레디안가의 자제를 추천한 이유가 있니?"

발렌스 님의 의문 서린 눈길을 피한 내가 지끈거리는 관자놀이를 문질렀다. 앨런이 차기 수장의 보좌관 자리를 노린단 소문이 있었으니, 나를 괴롭힌 만큼 혼내주고 싶은 마음에 추천했지. 불순한 사적 감정이 포함된지라, 금세 철회했으나 이미 토라진 아힌이 가출까지 감행한 것이었다.

'데리러 가야 하나…….'

한숨을 내쉬던 나는 주변을 알짱거리는 이브린을 향해 앞발을 으쓱였다.

도대체 너는 아까부터 여기서 뭘 하고 있는 거야. 그 몸짓을 곧바로 해석한 이브린이 가슴에 손을 얹었다.

"저도 토끼님의 보좌관 지원자입니다."

'아힌은 어쩌고?'

"이 이브린은 출중한 외모부터 유능한 업무 처리 능력까지 빠질 것 하나 없는 인재입니다. 토끼님, 부디 저를 아힌 님으로부터 빼앗아 주십시오."

전혀 구미가 당기지 않는 이브린의 자기소개를 외면한 내가 메이미에게 발짓했다. 메이미, 아힌이나 데리러 가자.

"토끼님, 저를 받아 주셔야 합니다. 실은 어젯밤 아힌 님께 신랄한 사직서를 제출해 버렸으니까요."

'산사한 흑표범 같으니라고.'

내 꼬리를 붙든 이브린이 빌었으나, 뒷발로 차버린 내가 발렌스 님의 집무실을 나섰다. 첫 만남부터 단단히 꼬인 우리는 영원히 어우러질 수 없는 관계였다.

끼이익, 경계의 숲 입구에 다다른 마차가 천천히 멈춰 섰다. 가벼운 경장 바지 차림인 나는 망토를 두르며 마차에서 내려섰다. 자연스레 애쉬와 바라가 뒤따라 내렸다.

'쌀쌀하네.'

아직은 서늘한 바람이 부는 탓에, 애쉬와 바라에게도 망토를 둘러주던 내가 고개를 틀었다.

"메이미, 여기서 기다리려고?"

"예. 슈와 비온이 경계의 숲 흑표범들을 만나기엔 아직 무리라 사료됩니다."

생떼 쓰는 슈와 비온을 마차로 밀어 넣은 메이미가 묵례했다.

"그럼 아힌을 찾아서 여기로 올게."

릴과 메이미에게 인사를 전한 나는 곧장 경계의 숲으로 들어섰다. 양옆에 선 애쉬, 바라와 함께 거닐자 여러 개의 발소리가 울려 퍼졌다.

어느덧 숲의 중앙쯤 들어온 내가 발을 뚝 멈췄다. 크르릉- 초입부터 계속 좇아온 경계의 숲 파수꾼, 흑표범들이 하나둘 모습을 드러냈다.

'이, 이놈들.'

저번에 나한테 혼쭐이 나고도 정신을 못 차렸나. 원형으로 주위를 둘러싼 그들을 하나하나 눈여겨본 내가 발을 쾅 굴렀다. 의외로 움찔 떤 흑표범들은 딱히 공격 의사 없이 호기심 어린 눈으로 기웃거릴 뿐이었다.

혹시 이곳에 먼저 온 아힌에게 명령이라도 받은 걸까. 막연히 추측하던 나는 하늘을 올려다봤다. 삐이- 퀸이 방향을 인도하듯 허공을 돌고 있었다.

손쉽게 가출 흑표범을 찾을 수 있겠다 싶었던 내가 퀸이 하늘에 만든 길을 따라 걸음을 옮겼다. 덩달아 애쉬와 바라를 비롯한 흑표범들이 우르르 뒤따랐다.

자박자박.

차진 흙길을 걷던 나는 문득 이곳이 모든 일의 시작점이란, 새삼스러운 감회가 밀려들었다.

'조금만 더 가면 흑표범의 영역일세.'

'반드시 흑표범들의 손에 죽게 하라 명하셨으니.'

싸한 바람이 불어와 수풀과 나무를 뒤흔들었다.

'새끼 토끼?'

'우네?'

'더 울어 봐.'

돌아버린 맹수. 과거를 아름답게 각색하려 노력해 봐도 아힌의 첫인상은 여전히 엉망진창이었다.

이제는 헛웃음밖에 안 나오는 첫 만남을 회상하던 나는 제자리에 뚝 멈췄다. 멀리, 평평한 수풀 사이에 고독하게 앉아있는 흑표범이 보였다.

"……?"

인상을 찌푸린 나는 경계하며 조심조심 다가갔다. 거리가 가까워지자 곧바로 고독한 흑표범의 정체를 파악할 수 있었다. 오늘 점심경, 그레이스저에서 가출한 흑표범이 아닌가. 바로 곁까지 다가간 나는 눈을 조금 크게 떴다.

"아힌, 여기서 뭐 해? 본모습으로는 왜 돌아간 거고?"

이게 다 무슨 꼴이람. 아힌은 본모습으로 돌아간 것도 모자라, 짚으로 엮은 바구니 속에 앞발 하나를 욱여넣은 상태였다.

멍하니 내려다보고 있자니, 뒤늦게 오늘이 무슨 날인지 떠올랐다. 아침저녁은 다소 쌀쌀하고 하늘이 청명한 날씨. 아힌이 나를 바구니 속에서 꺼내어 준 날이었다.

또라이는 깜짝 이벤트도 또라이처럼 하는가 봐. 그럼에도 울컥 치미는 감정을 누른 내가 옆에 무릎을 모으고 앉았다.

'새끼 토끼?'

"-흑표범?"

장단을 맞춘 내가 일부러 아힌을 따라 나른한 음성을 냈다. 끄덕, 아힌은 긍정하며 마치 자신을 주워 가라는 듯 한쪽 앞발을 내밀었다.

내가 언제 이렇게 냉큼 데려가 달라 그랬어. 가자미눈으로 흘기던 나는 다소 망가진 바구니를 보자마자 웃음이 났다. 억지로 들어가려다 망가뜨린 모양이었다.

'더 울어 봐.'

"울어 봐, 그럼 살려 줄 테니."

아힌은 앞발로 눈을 비비며 강제로 눈물을 쥐어짜 냈다. 노력이 무색하게도 눈물은 한 방울이 전부였다.

'근성이 부족하네. 모레 잡아먹을 테니까 노력해 봐.'

"근성이 부족하네. 잡아먹어 버릴까?"

여기서 고개는 왜 그렇게 열심히 끄덕여. 바구니를 준비한 것까진 좋았지만, 그 이후의 태도는 전부 실격이었다. 참나. 어이없이 코웃음 친 내가 수염을 당기자, 아힌은 모른 척 손에 뺨을 비벼 댔다.

"비상식량으로 데려가야겠네."

잡초가 묻은 망토를 탁탁 털어 낸 나는 바구니를 들며 몸을 일으켰다. 비상식량으로 끌려가는 주제에 뭐가 좋은지, 아힌은 오히려 꼬리로 내 손목을 휘감았다. 이동할 기색을 비치자 애쉬와 바라를 비롯한 흑표범들이 길을 비켰다.

잠깐 제자리에 선 나는 멀리 토끼 영토로 가는 길목을 바라봤다. 이어서 천천히 그레이스저가 있는 방향을 돌아봤다.

'저는 아힌 님의 수족, 러드 이브린이라 합니다.'

'그래, 메이미. 이 아이가 아힌의 먹이라?'

'아가, 손을 내밀어 보거라.'

이브린과 발렌스 님, 메이미도.

'이분, 인간화를 푼 수인이죠?'

'역시 그냥 토끼가 아니라 수인이었군.'

'말세로다, 간병을 하는 것도 모자라 말을 알아듣는 토끼라니.'

'망할 토끼.'

룬과 할아버님, 퀸.

그리고 내 곁을 묵묵히 지켜 주는 애쉬와 바라까지.

모두를 만난 곳은 높다란 첨탑이 치솟은 그레이스가였다.

"아힌."

경계의 숲에선 보이지 않는, 그 아름다운 저택을 그린 나는 아힌을 향해 행복하게 웃어 보였다.

"집에 가자."

우리가 함께 살아갈 곳으로.

> 외전으로 이어집니다.

segue.

이어서

a due.

외전

외전 I

겨울이 지나기 전

비비와 아힌이 재회한 지도 어느덧 이 년. 그사이 슈와 비온은 그레이스 저택 사람들의 사랑을 듬뿍 받으며…….

"누구야! 대체 누가 연회에 올라갈 당근 케이크를 훔쳐 먹은 거야!"

"내 목검이 왜 이래? 어째서 이갈이 자국이……?"

"세상에, 아힌 님의 셔츠가 넝마가 되어 버렸잖아!"

"슈-! 비온-!"

아무튼 사랑을 듬뿍 받으며 무럭무럭 자라났다.

시간이 흘러, 질풍노도의 시기에 들어섰을 즈음. 그들에게 닥친 인생 최대의 시련은 다름 아닌 자아 정체성에 관한 것이었다. 두 흑표범을 번뇌에 빠지게 만든 건 바로.

-슈, 비온. 어엿한 성수가 되기 위해서 이제는 알아 둬야 할 것이 있다.

어렵사리 꺼낸 바라의 진심 어린 한마디였다.

-사실 너희는…… 토끼가 아니란다.

우리가 비비와 같은 종족이 아니라니! 일생을 토끼로서 살아온 그들에겐 마른하늘에 날벼락이 아닐 수 없었다. 비비를 따라 깡충깡충 뛰어다니고, 건초가 주식인 줄 알고. 자신들의 동그란 귀도 언젠가는 비비처럼 길쭉해질 거라 굳게 믿어 왔는데.

–이럴 수가…….

깊은 밤, 산책으로 심란한 마음을 달래던 비온이 폭 한숨을 내쉬었다.

–어쩐지 이상하다 했어, 엄마랑 아빠만 우리와 생김새가 달랐잖아.

–그게 아니지. 애초부터 우리는 비비가 아니라 엄마 아빠랑 똑같이 생겼던 거야.

정정하던 슈는 복도에 비치된 거울 앞에서 멈춰 섰다. 둥근 귀에 긴 꼬리, 예리한 송곳니까지. 비비와 다른 면면을 마주한 슈가 세뇌하듯 고개를 저었다.

–아냐, 비온. 누가 뭐래도 우리는 엄연한 토끼야. 조금 몸집이 클 뿐이라고.

–거짓말. 세상에 우리처럼 산더미만 한 토끼가 어디 있어?

아흑, 비온은 거울에 비친 제 모습을 외면하며 울먹였다. 인지하고 보니 비비와는 앞발 생김새부터가 달랐다.

–인간들이 우릴 속였어. 다들 우리더러 애쉬와 바라의 토끼 같은 자식들이라고 했으면서!

–비온…….

–누이, 이제 우린 비비의 친구가 아닌 거지? 언젠가는 비비랑 헤어져야 하는 거야?

슈는 이브린의 조언을 되새기며 비온을 타일렀다.

-정신 차려, 졸개의 졸개가 비비는 그릇이 큰 토끼라고 말했잖아. 설마 비비가 종족이 다르단 이유로 우리를 버리겠냐?

-경계의 숲에서 만난 녀석이 토끼랑 흑표범은 함께 살 수 없다고 했는걸!

-어떤 똥강아지 같은 놈이 그래?

-자하 녀석이…….

-야, 너는 그 허풍쟁이의 말을 믿어?

의연한 척 대꾸하는 슈의 눈망울이 약간이지만 흔들렸다. 누이의 반응에 더욱 불안해진 비온은 결국 목 놓아 울기 시작했다.

-어떡해? 나 너무 슬퍼…….

-그만 울고 방으로 돌아가자. 이 누님께서 흑표범이 토끼가 될 수 있는 방법을 찾아낼 테니까.

어차피 전방은 비비의 침실-과거 아힌의 침실-이기에 더 이상 나아갈 수 없었다.

슈가 버티는 비온의 꼬리를 물어 당기는 찰나, 갑작스레 비비의 침실 안에서 고성이 오갔다. 벌컥. 곧장 문이 열리며 네글리세에 배낭을 메고, 베개까지 단단히 챙겨 든 비비가 퉁 튕겨 나왔다. 토끼 일족답게 층계참으로 내려가는 속도가 바람처럼 빨랐다. 하얀 머리카락이 어둠 속에서 잔상처럼 흔들렸다.

"비비!"

뒤이어 비비의 망토를 집어 든 아힌이 뛰어나왔다. 비비가 네글리제를 입은 반면, 그는 막 퇴근한 듯 말끔한 차림새였다. 난데없는 소란에 울던 것도 잊은 비온이 슈를 톡톡 쳤다.

-……누이, 또 다툰 걸까? 이번에는 조금 심각해 보이지 않아?

-보나 마나 말 안 듣는 저 졸개가 하극상을 벌인 거겠지.

-하긴, 쟤도 참 나빠. 직속 졸개란 이유로 매일 비비 옆을 차지하면 좀 잘할 것이지.

신랄하게 아힌을 험담하던 슈와 비온은 불현듯 시선을 맞췄다. 그렇다면. 저 못된 졸개를 몰아내고, 우리가 비비의 직속 졸개가 되면 헤어질 일은 전혀 없지 않을까. 생각이 일치한 두 흑표범은 어둠 속에서 음산하게 눈을 빛냈다.

푸드덕.

한편, 교목에서 그 광경을 내려다보던 퀸은 순간 묘한 불길함에 인상을 찌푸렸다. 두 흑표범이 비비와 아힌이 사라진 방향을 바라보며 삐약 삐약 떠드는 게 영 수상했다.

저것들이 또 무슨 사고를 치려고. 심중을 파악하기 위해 주시했지만, 안타깝게도 매가 흑표범의 언어 체계를 이해하는 건 불가능한 일이었다. 영원히.

아힌과 재회하고 나서도 이 년.

지난 시간 동안 나는 한층 훌륭한 토끼 수인으로 거듭났다. 내내 아카데미 전체 수석을 유지하고, 토끼 수인이 학생회장으로 선출되는 전례 없던 일도 이룩하고. 심지어 이것은 그레이스가와의 관계를 완전히 숨긴 채 이뤄낸 나름의 성과였다.

어느덧 낙엽이 지고 겨울의 끝자락, 아카데미 졸업식이 머지않았을 시점이었다.

'토끼님, 이제 집무실로 들어갈 테니 절대 움직이시면 안 됩니다.'

귓가로 이브린의 낮은 속삭임이 들려왔다.

'아힌 님께 기척을 읽힐지도 모르니까요. 그분은 사람이 아닙니다.'

준비됐어. 토끼로 변한 채 이브린의 베스트 속에 숨은 나는 앞발로 동그라미를 그렸다.

달칵. 문이 열리는 소리와 동시에 숨죽이자, 이브린이 태연스레 개인 책상 앞에 착석하는 게 느껴졌다. 수월히 집무실 잠입에 성공한 나는 눈을 날카롭게 빛냈다.

이 번거로운 행위는 전부 아힌의 심중을 읽기 위해서였다. 날이 추워진 이후부터 그가 묘하게 달라졌기에. 이상해진 기점이 따로 있는 건 아니었으나, 순간순간 느낄 수 있었다. 그가 나를 은근히 피하고 있단 사실을.

자세히 말하자면 형용 못 할 거리감이 생겼다는 표현이 맞았다. 처음에야 서 뱅수가 또 관심이 고픈가 보다…… 생각했지만, 그 기행이 생각보다 길어지는 게 문제였다.

기행의 시작은 퇴근이 늦어신 것에서부터였다. 아직은 아카데미 기숙사 생활을 하기에, 내가 저택에 머무는 날이면 아힌은 서류를 침실로 가져오면서까지 조기 퇴근을 하곤 했다.

그런 그가 요즘은 새벽이 깊어서야 슬그머니 들어오고. 아침도 바쁘다는 핑계로 함께 하는 횟수가 점점 줄어들었다. 비단 이뿐만이 아니었다. 대화는 평소처럼 하면서 왠지 시선을 맞추지 않고, 피부가 닿는 횟수도 차차 줄었다. 그러나 주변인들은 눈치채지 못할 수준의 미세한 변화였기에, 굳이 언급하기에도 애매한 사안이었다. 이유를 물었을 때 아힌이 그런 적 없다고 답하면 할 말이 없어질 만큼의, 딱 그 정도.

그럼에도 나는 가슴 한편이 뻥 뚫린 듯한 묘한 상실감을 느꼈다. 잠을 청하다가도 물 흐르듯 내게서 시선을 돌리는 아힌이 스쳤고, 강의를 듣다가도 손이 닿았을 때 자연스레 거리를 벌리던 아힌이 떠올랐다. 그 애매한 변화는 졸업을 앞두고 그레이스저에서 머물기 시작한 이후 더욱 여실히 와닿았다.

결국 지난밤. 말도 못 한 채 앓던 나는 핏발 선 눈으로 아힌의 퇴근을 기다렸다. 밤이 깊어지고 소리를 죽인 발이 침실로 들어왔을 때,

'아힌, 왜 요즘 나를 피해?'

내내 목구멍으로 삼켜 온 물음을 던지고 말았다.

그러나 기대한 진심은 들을 수 없었다. 하물며 그런 적 없다며 시치미를 떼거나, 다른 핑계라도 댈 줄 알았던 아힌은 오히려 아무런 반응조차 하지 않았다.

어째서 대답을 못 하는 걸까. 예상 못 한 긴 침묵은 마치 살얼음판 한가운데 서 있는 듯한 긴장을 불러왔다. 참을 수 없이 불안하고 두려웠다.

그 고요를 버티지 못한 나는 충동적으로 침실을 뛰쳐나와 버리고 말았다. 그토록 피하고 싶다면 당분간 떨어지자는, 오기 어린 가출 선언과 함께. 거기까지가 지난밤에 일어난 소동이었다.

'숨이 안 쉬어져.'

답답함에 살짝 꼼지락거리자, 손가락이 몸을 톡톡 두드려 왔다.

'토끼님, 간지러우니 제발 얌전히.'

오늘만큼은 순순히 협조 중인 이브린의 신호였다. 하지만 옷 속이 너무 갑갑한 걸 어떡해. 심지어 셔츠 너머로 느껴지는 이브린의 탄

탄한 복근-의외로-이 뺨을 짜부라트렸다. 하는 수 없이 조심스레 뺨을 움직이던 나는 뻣뻣하게 얼어붙었다.

"흡!"

결국 간지러움을 참지 못한 이브린이 웃음을 터뜨리고 만 것이었다.

'어떡해, 들켰나?'

긴장한 나는 입을 가로막은 채 청각을 곤두세웠다. 그러나 집무실의 어느 누구도 웃음의 여부에 관해 묻지 않았다. 아무래도 이브린이 홀로 웃어대는 정도는 놀랄 일도 아닌 모양이었다.

난생처음으로 이브린의 인성에 감사한 나는 숨죽여 시기를 기다렸다. 얼마나 시간이 흘렀을까. 개인 책상에 앉아 업무를 지속하던 이브린이 내게 신호를 보냈다. 슬슬 아힌을 떠보겠다는 의미였다.

"아힌 님."

집무실에 퍽 건조한 음성이 울려 퍼졌다.

"아침부터 서택이 꽤나 떠들썩합니다만."

"-비비가 어머니의 침실로 가출한 것 때문이겠지."

대납하는 아힌의 표정을 볼 수 없는 게 내심 삽삽했다.

"……예. 송구하나 어쩌다가 장군님의 분노를 사셨는지 여쭤도 되겠습니까? 하늘도 노해서 곧 천둥 번개가 칠 겁니, 컥!"

자연스레 이어지는 조롱에 분개한 나는 이브린의 배를 뒷발로 뻥 차버렸다.

'필요만 말만 해, 필요한 말만!'

"이브린, 갑자기 왜 그래?"

아힌의 의아한 물음에, 그제야 정신이 든 내가 눈을 커다랗게 떴다.

"죄송합니다, 배가 조금……. 원래 저 같은 미인은 병약한 법이죠."

"헛소리만 지껄여 대니 배에 천둥 번개가 내리지."

다행히 이브린의 의연한 대처로 인해 아힌은 별다른 의심을 하지 않았다.

'쟤가 웬일로 무르게 넘어간대?'

아무렴 어때.

안심한 나와 이브린이 안도의 숨을 삼키고 있을 때였다.

"이브린."

"예."

"자리에서 일어나 봐."

앞뒤 생략된 아힌의 명령으로 인해 우리는 뚝 굳고 말았다. 지금 일어나면 의복 속에 나를 숨겨 둔 사실을 들킬 텐데. 쿵, 쿵. 빠르게 뛰는 심장이 내 것인지 이브린의 것인지 구별이 되지 않았다.

드물게 뜸 들인 이브린은 느지막이 입술을 열었다.

"시키실 거라도?"

"오늘따라 말수가 적은 게 조금 수상해서."

도대체 평소에는 얼마나 말을 많이 한다는 거야. 초조해진 내가 부르르 몸을 떨었다. 아직 아힌이 이상한 태도를 보인 이유를 알아내지 못했는데. 오늘만큼 아힌의 비상한 눈치가 원망스러운 날이 없었다.

드르륵, 결국 별다른 방안을 찾지 못한 이브린이 천천히 자리에서 일어났다. 시야를 가린 의복이 이다지도 답답할 수가 없었다. 무거운 정적이 견디기 힘들어질 즈음, 아힌의 느릿한 음성이 들려왔다.

"하루 사이에 배가 많이 불었네."

"부끄럽습니다."

이브린은 내가 뱃살이라도 되는 양 느른히 문지르며 너스레를 떨었다.

"조식을 너무 많이 먹었나 봅니다. 메뉴에 제가 즐겨 먹는 고기가."

"벗어."

"……예?"

"베스트."

그러나 저 맹수의 집요한 추궁은 피할 길이 없었다. 하여간 눈치만 비상하게 빨라선.

더는 숨기는 건 무리라고 판단한 나는 이브린의 옷 속에서 헤엄치기 시작했다. 이렇게 된 이상 뻔뻔하게 나가는 수밖에. 앞발과 뒷발을 구르며 거슬러 올라가자, 다른 보좌관의 짧은 비명이 들렸다.

"맙소사, 이브린 님의 뱃살이……!"

드디어 베스트의 첫 단추까지 다다른 나는 바깥으로 고개를 쏙 내밀었다. 그와 동시에 이쪽을 물끄러미 주시하고 있던 아힌과 시선이 부딪혔다.

뭐, 뭘 봐. 어제부로 엇나가기로 결정한 내가 도끼눈을 떴다. 비록 염탐 시도는 들켰으나 마음만은 당당했다.

내가 숨어 있을 것까진 생각 못 했던지, 조금 놀란 표정을 짓고 있던 아힌은 이내 입술을 비틀었다. 기분이 저조하다는 증거와도 다름없었다.

"……이브린, 조식에 먹은 고기가 토끼 고기였나 봐?"

"아힌 님. 안 그래도 말씀드리려 했는데, 여기 첩자가 있습니다."

척, 단호한 손가락이 내 귀를 향했다. 작전에 실패하자마자 배신을 택한 이브린의 손가락이었다.

"저는 결백합니다. 아힌 님의 동태를 염탐하는 것에 협조하란 협박을 당했을 뿐입니다."

흑흑. 높낮이 없는 음성으로 우는소리를 낸 그가 양손에 얼굴을 묻었다.

단번에 첩자로 몰린 나는 씩씩 거친 숨을 몰아쉬었다. 몹쓸 흑표범 같으니라고. 네가 자진해서 아힌의 심경을 살필 수 있도록 도와준다고 했잖아!

앞발로 이브린을 응징하는 와중, 몸이 공중으로 붕 떠올랐다. 어느새 다가온 아힌이 이브린에게서 나를 빼어 든 탓이었다. 새삼 이게 며칠만의 접촉이란 사실을 깨닫자마자 울컥 설움이 치밀었다. 굳은살 박인 손바닥이 퍽 어색하게 느껴질 정도였다.

"……비비."

속이 꼬인 내 앞으로 아힌의 얼굴이 드리워졌다. 창문을 등진 아름다운 얼굴은 자칫 조각상처럼 느껴질 만큼 잔잔했다. 감정이 격양된 나와 달리 한 치의 동요도 찾아볼 수 없었다.

어째서일까. 나는 그 고요한 얼굴에서 오랜만에 처음 만났을 때의 낯섦을 느꼈다. 어제도, 그저께도. 하루 이틀도 아닌, 가을에서 겨울로 넘어갈 때부터 보인 아힌의 행동거지가 파노라마처럼 머릿속을 지나쳤다.

왜 그래?

왜 자꾸 나를 피해?

내가 뭐 잘못했어?

쉽게 내뱉지 못한 서운하고 속상한 감정이 퍼져나가 파문을 일으켰다.

"비비. 나한테 화나서 이러는 건 알겠지만……."

공중에 대롱대롱 매달린 나는 입을 꾹 다문 채 아힌에게서 고개를 돌렸다.

"-아무리 그래도 이브린의 옷 속은 싫어."

'……지금 그런 걸 따질 때야?'

뚝, 내 안에서 이성 줄이 끊어지는 소리가 들렸다. 네가 나를 멀리하는 바람에 몇 날 며칠을 끙끙 앓았는데. 대체 왜 아무것도 말해 주지 않는 거야.

'이제 됐어.'

피하든 말든, 나도 이젠 이유 따위 몰라도 돼.

"비비, 표정이 왜 그……."

'내려 줘.'

참아 온 설움이 터진 나는 다가오는 아힌의 손가락을 충동적으로 꽉 깨물어 버렸다. 전례 없는 일에, 붉은 눈동자가 충격과 경악으로 물들었다. 그것은 입을 가로막은 이브린과 보좌관들도 마찬가지였다.

'나 갈 거야.'

내려줘, 아랑곳하지 않고 잘근잘근 물던 나는 앞발로 바닥을 가리켰다. 넋 나간 아힌이 기계적으로 몸을 굽히자, 손에서 뛰어내린 내가 팽하니 입구 쪽으로 달려갔다. 그러나 닫힌 문을 토끼의 힘으로 열 수 있을 리가 만무했다.

대리석 문을 아득하게 올려다보던 나는 문득 못 보던 그림으로 시선을 옮겼다. 연무장에서 체조를 하는 토끼의 초상화였다. 다 없앴다고 생각했는데, 저런 수치스러운 장면은 또 언제 그려 둔 거람. 복받친 감정에 기름까지 부어진 나는 멀거니 선 보좌관의 바지 자락을 흔들었다.

"이, 이 그림을 말씀하시는 겁니까?"

용케 의사를 알아챈 보좌관이 허둥지둥 초상화를 떼어 내밀었다. 좍, 좍. 날카로운 앞발질에 따라 체조하는 토끼가 갈기갈기 찢어졌다.

"그건 안 돼. 세상에 한 장밖에 없는……."

드물게 당황을 내비친 아힌이 한 걸음 한 걸음 가까워졌다. 저리 가. 그의 접근을 허락하지 않은 나는 앞발로 힘차게 구두코를 밀었다.

'……악!'

그러나 오히려 뒤로 벌렁 넘어지고 말았다.

"안 다쳤어?"

나를 피할 때는 언제고, 마음대로 만지지 마. 시련에 굴하지 않고 일어난 나는 다가오는 아힌의 손을 찰싹 쳐 냈다. 덕분에 2차 충격을 받은 그의 동공이 순간적으로 물결쳤다.

일순 심했나 싶었지만, 마음을 다잡은 내가 보좌관의 손을 빌려 책상 위로 올라섰다. 댕댕댕, 솜방망이 같은 앞발이 간이 종을 여러 번 울렸다. 동시에 입구에서 대기하고 있던 애쉬가 집무실로 들이닥쳤다. 염탐을 들켜 도주해야 할 때를 대비한 히든카드였다.

진짜 미워. 우리는 달아나기 직전까지도 아힌을 길이길이 째려보는 것을 잊지 않았다.

짙은 새벽.

휙, 검은 인영이 은밀히 테라스 난간을 뛰어넘었다. 곧장 발렌스의 침실로 이어지는 테라스였다. 소리 죽인 침입자의 발걸음은 침실을 가로질러 이윽고 넓은 침대 앞에서 멈췄다.

"함부로 수장의 침실에 잠입하다니, 목이 두 개라도 부족할 텐데."

그 순간 발렌스의 우아한 음성이 적막을 깨뜨렸다.

"-아힌."

"……들어올 때부터 이미 알고 계셨지 않나?"

"그렇긴 하다만."

비뚜름히 웃으며 일어난 발렌스는 침대와 가까운 램프 불을 밝혔다. 침실이 환해지는 동시에 깊이 잠든 비비가 드러났다.

툭, 가볍게 침대에 걸터앉은 아힌은 이틀째 가출 중인 비행 토끼를 내려다봤다. 침대 헤드와 반대로 누워 있는 것을 보아 또 자면서 반 바퀴 회전한 모양이었다.

무심코 검지로 하얀 뺨을 쓸려던 그가 멈칫했다. 낮에 비비에게 손가락을 깨물린 사건이 떠오른 탓이었다. 비비는 정말 싫은 놈만 깨문다고 알고 있는데. 미움받는 것도 나름 짜릿하지만, 지금과 같은 상황에서의 미움은 독이었다.

아힌은 심각한 얼굴로 자는 비비에게서 시선을 돌려 발렌스를 흘긋 봤다.

"어머니, 뺨이 부으셨는데?"

조르륵, 잔에 와인을 따르는 중인 그녀는 뺨이 미세하게 부은 상태였다.

"방심한 탓에 토끼의 발에 차였지. 의도가 없는 공격이라 기척을 읽기가 어렵더구나."

"그거 제법 아플 텐데."

"따끔하더군."

대륙에 내게 발찌검을 할 수 있는 자는 아마 그 아이밖에 없을 거다. 농담 아닌 농담을 던진 발렌스가 입에 술잔을 가져갔다.

와인을 한 모금 머금은 그녀는 반 박자 늦게 말문을 뗐다.

"그래서, 왜 그러니?"

왜 비비를 피하냐는, 우회적인 질문의 의미를 모르지 않는 아힌은 침묵을 선택했다.

"뭐…… 내게도 이유를 말해 줄 것 같진 않구나."

딱히 답을 기대하지 않은 발렌스가 잔으로 문 쪽을 가리켰다.

"얼굴도 보았으니 이제 그만 나가 보거라."

"조금만 더."

"하루도 못 견디고 내 방에 침입할 정도면서, 무슨 용기로 토끼를 멀리하는지 모르겠구나."

"……."

"힘들게 만들지 말렴. 네게서 토끼를 두 번 숨기는 건 내겐 그리 어려운 일이 아니란다."

한쪽 눈썹을 든 아힌은 발렌스를 정면으로 마주했다. 현재 비비가 가출한 상황만으로도 아힌의 세상은 이브린보다 지독하고 끔찍한데. 비비와 그런 식으로 생이별을 경험하는 건 한 번으로 족했다.

발렌스 또한 몸을 비스듬히 틀어 그를 마주 봤다. 아힌이 때때로 비치는 무감한 표정은 이디스를 너무도 빼닮아 있었다.

"도통 무슨 생각을 하는지 모르겠군."

비비의 답답한 심정을 십분 이해한 그녀가 나긋이 미소 지었다. 아마도 페로몬 발작은 아닐 테고. 과거에 비비를 잃을 뻔한 이상, 아힌은 페로몬 발작을 숨기는 등의 같은 실수를 반복하지 않을 것이었다. 보통 극성이 아니니까.

발렌스는 비비를 제대로 만지지도 못한 채 손끝만 만지작거리는 아힌을 응시했다. 이어서 잠든 비비의 얼굴로 시선을 돌렸다. 세상을 잃은 듯한 근심이 내려앉은 표정이었다.

퍽 심각한 미간을 바라보던 그녀는 비비가 잠들기 직전에 한 말을 떠올렸다.

'아힌이 가끔씩 우울해 보인다…… 라.'

달리 이유도 없이, 하물며 다른 이도 아닌 아힌이?

고민하던 발렌스는 우연히 침실에 비치된 달력을 발견했다. 겨울의 끝자락은 비비의 졸업식, 그리고 봄은 혼약식.

"아힌, 어울리지 않게 메리지 블루라도 느끼는 거니?"

"메리지 블루?"

"혼인을 앞둔 이들이 큰 이유 없이 우울감을 느끼는 증상이지."

아힌은 말도 안 된다는 듯 입매를 끌어 올렸다.

"그럴 리가요."

"하기야, 나와 이디스도 평이하게 지나갔으니."

"당연히 그렇겠죠, 두 분의 혼인 과정은 아직도 회자될 정도니까."

흑표범 영토의 최연소 수장과 대륙에서 가장 아름답다고 칭송되는 미인의 사랑. 릴리언은 이디스를 험담하면서도 은근히 두 사람의 이야기를 자랑스러워하곤 했다. 불꽃 같은 세기의 사랑이었다며, 어린 아힌의 귀에 딱지가 앉도록 말해 줄 만큼.

"그 반대지."

의미심장하게 웃은 발렌스가 어깨를 으쓱였다.

"반대라는 말은……."

비비의 코를 콕콕 누르며 괴롭히던 아힌이 고개를 들었다. 발렌스의 말이 제대로 이해가 되지 않았다.

"애초에 사랑이 없는 혼인이었으니까."

"……?"

"메리지 블루 같은 걸 느낄 이유도 없지 않겠니?"

"……?"

릴리언이 듣는다면 지팡이를 수십 개는 부러뜨리고도 남을 사실이 아닌가.

입을 살짝 벌린 아힌은 저도 모르게 만지고 있던 비비의 코를 비틀었다. 헉, 덕분에 숨쉬기가 버거워진 비비는 망망대해에서 헤엄치는 꿈을 꾸며 발을 허우적거렸다.

열여덟. 태생부터 고귀한 발렌스는 규율에 엄격하고 명예와 권력을 우선시하는 사람이었다. 또한 본인의 영역을 침범하는 것에 민감하며, 애당초 침입을 허락하지조차 않았다.

그런 그녀에게 이디스는 이단 같은 존재였다. 페이언트가(家)의 삼남으로서 비교적 책임에서 자유롭고, 머릿속에 명예란 단어 따윈 존재하지 않는 놈팡이가 아닌가. 그럼에도 빼어난 미모로 타인의 호의를 쉽게 얻는 점이 이상하게 얄미웠다.

정반대의 성향인 이유에서일까. 두 사람은 어린 시절부터 사교 모임에서 마주쳤다 하면 냉랭한 분위기를 피워 냈다. 애당초 서로의 눈동자에 뻔히 드러나 있었다. 발렌스는 이디스를 재수 없는 종자로, 이디스는 발렌스를 오만하고 꽉 막힌 수인으로. 다만 신분의 상하 관계상, 발렌스만이 노골적으로 껄끄러운 티를 낼 뿐이었다.

'골이 깨질 것 같아.'

그리고 그날은 유독 장로회에서 혼인, 후계를 외치며 발렌스를 들들 볶은 날이었다. 실수인 척 장로회가 머무는 회의장을 폭파시켜 버릴까. 지지직, 집무실에서 서명 중인 서류에 구멍이 뚫렸다.

"그거 중요한 서류 아닌가?"

극단적인 생각에 사로잡혀 있던 발렌스는 천천히 창가로 시선을 돌렸다. 창틀에는 검은 인영이 걸터앉은 상태였다. 구름에 가렸던 달이 드러나며, 그녀가 익히 아는 백금발이 밤바람에 흩날렸다.

이내 시선을 뗀 발렌스는 서류에 서명을 지속하며 물었다.

"이곳을 허락 없이 드나들면 목이 잘리는 건 아시나요?"

"너무하네요, 수장님. 장로회 소속인 조부님을 따라온 건데도?"

"제아무리 고위 귀족이라도 즉각 처벌이 불가능한 건 아니죠. 또한 당신과 내가 이렇게 따로 만날 관계는 아니라고 생각하는데."

하물며 사교 모임도 아닌, 이런 식의 독대부터가 처음이었다.

팔락팔락, 서류를 넘긴 발렌스가 서명을 지속했다.

"처벌 전에 이곳에 온 용건이나 묻."

"혼인하죠."

"……."

"우리."

뚝, 서류 위를 유영하던 펜촉이 멈췄다. 고개를 든 발렌스는 창틀에 앉은 이디스를 응시했다. 남자는 상상도 못 한 말을 던져놓고선 뻔뻔하게 입꼬리를 끌어 올리고 있었다. 매끄러운 미소는 오늘도 눈부시게 아름다웠고, 여전히 재수 없었다.

이디스 페이언트.

그는 페이언트 가문의 삼남으로, 가주 자리를 잇는 것엔 무리가 따르는 평범한 영식이었다. 단, 동물도 눈을 비비게 만드는 잘난 외모와 정체를 알 수 없는 희귀한 페로몬을 지닌 특이점만 빼고는.

어쨌든 그럭저럭 평안한 삶을 영위해오던 이디스는 어느 순간부터 불편함을 느끼기 시작했다. 어딜 가나 뒤따르는 시선과 출처 모를 소문이. 껍데기만 보고 쏟아지는 혼담서가. 불필요할 만큼의 지나친 관심이 귀찮기 짝이 없었다.

때때로 어둠 한가운데 선 제 주변으로 무수한 눈동자가 떠다니는 기분마저 들었다. 이 모든 건 대륙 끝자락까지 알려진 아름다운 외모 하나 때문이었다.

그래서일까. 이디스는 보통의 수인이라면 절대 하지 않는 취미를 즐기기 시작했다. 지금처럼 아무도 알아보지 못하는 흑표범의 모습으로 나돌아다니는 것이었다.

탁탁, 어김없이 흑표범의 모습으로 변한 그는 달리는 속도에 박차를 가했다. 목적지는 토끼 영토로 이어지는 경계의 숲이었다. 숲 특유의 공기와 바람에 역행하는 속도감은 따분한 일상의 몇 없는 탈출구였기에.

'……혼담이 들어왔느니라. 여우 영토의 차기 수장 측에서!'

숨 가쁠 만큼 달리던 발이 서서히 느려졌다. 오늘 오전, 아버지인 릴리언이 꽥 외친 소식은 생각 이상으로 성가신 종류였다.

'그 미인 수집가?'

'그래!'

'하기야, 그런 자가 왜 나를 가만히 두나 했어.'

'이놈아, 아비가 지금 농담하는 걸로 보이더냐?'

'……농담이 아니라고요?'

'내 이럴까 싶어 적당한 영애와 약혼이라도 해두라고 몇 번을 말했건만. 이 혼담을 대체 어찌 거절할 셈이냐?'

여우 영토 차기 수장과의 혼담. 이번만은 지금까지처럼 적당한 핑계를 대며 거절하기엔 무리가 따랐다. 비록 페이언트가가 고위 귀족이라지만, 한 영토의 수장이 될 자와의 혼담을, 그것도 삼남이 쉽게 내칠 순 없는 노릇이었다.

더욱이 여우 영토는 흑표범 영토와 외교적으로 가까워지기 시작한 곳이기에, 꼼짝없이 혼담에 응해야 할지도 몰랐다. 심지어 여우 영토 차기 수장의 네 번째 정부로.

눈앞이 아득해진 이디스가 꼬리로 바닥을 탁탁 쳤다. 언젠가 제 혼인이 가문의 유리한 패로 이용될 것은 예상하고 있었다. 그러나 타 영토, 하물며 차기 수장의 부군은 생각조차 못 한 일이었다. 필시 외교적으로도 휩쓸릴 테고. 일처다부제인 여우 영토의 특성상, 정부 간의 알력 싸움도 모자라 평생 암살 위협에 시달릴 게 분명했다.

그러게 좀 작작 예뻤으면 좋았을 것을. 하- 앞발로 뺨을 짚은 이디스가 근심 어린 한숨을 내쉬었다.

의욕 없이 어슬렁거리던 그는 드넓은 초원 앞에서 우뚝 멈췄다. 영혼이 빠져나간 눈동자 속에 한 여성이 들어찼다. 곧 귀를 맑게 만드는 목소리가 울려 퍼졌다.

"안 그래도 찾고 있었는데."

초원 한복판에 자리 잡은 그녀는 이디스를 부르며 옆자리를 두드렸다. 저항 없이 다가간 이디스는 얌전히 옆자리에 착석했다.

"다행이야, 오늘도 만나지 못하나 싶었거든."

미소 지은 그녀가 이디스를 향해 왼손을 내밀었다.

"손."

'너는 앞발이 손으로 보여?'

애초에 흑표범을 교육하는 게 가능하다고 생각하나. 이디스는 눈썹을 꿈틀거리면서도 얌전히 앞발을 내밀었다.

"반대편 손."

'제길.'

착, 뭉텅이 같은 반대편 앞발이 여성의 손바닥 위로 안착했다. 거기서 멈추지 않은 그녀는 이디스를 향해 검을 휘두르는 시늉을 했다.

"얍."

풀썩, 이디스는 장단에 맞춰 꼴까닥 죽는시늉을 했다. 도대체 저가 왜 이러고 있는 건지. 주인과 놀아주는 전 대륙의 반려동물들에게 경의가 밀려드는 순간이었다.

"착하다."

드디어 만족한 여성의 입꼬리가 나긋하게 말려 올라갔다. 움직인 손이 기특하단 듯 이디스의 털을 살살 쓸었다.

"당분간은 이곳에 오기 힘들 거야. 아무래도 바빠질 것 같거든."

'네가 바쁜 게 하루 이틀인가?'

"-슬슬 혼인을 할까 싶어서."

쿵, 일순 발밑이 꺼지는 듯한 기분을 느낀 이디스가 그녀를 돌아봤다. 시선을 눈치채지 못한 여성은 그저 발끝을 응시하고 있었다.

풀어 내린 은발을 귀 뒤로 넘기는 손가락은 검을 쥐는 자 특유의 굳은살이 박인 상태였다. 그리고 옮겨진 시선이 긴 속눈썹과 살짝 열린 붉은 입술을 지났다. 근래 이디스의 신장이 부쩍 자란 것처럼, 여성도 날이 지날수록 소녀티가 사라지고 있었다.

그때 바람에 흩날린 은발이 그의 코끝을 간질였다. 그제야 제가 멍하니 여성을 바라보고 있단 사실을 깨우친 이디스가 황급히 고개를 틀었다.

'-무슨 상관이라고.'

여성은 당장 내일 혼인식을 치른다 해도 전혀 놀라울 게 없는 신분의 사람이었다. 발렌스 그레이스. 그녀와의 이런 이상한 관계는 벌써 이 년째 이어지고 있었다.

만남의 시작은 이디스가 여느 때처럼 흑표범의 모습으로 경계의 숲을 쏘다니고 있을 때였다. 때마침 마차로 주변을 지나가던 발렌스는 그의 아름다움에 홀려-이디스의 시선- 접근을 시도했다.

평소 그녀에게 딱히 좋은 감정이 없었던 이디스는 놀리는 심정으로 흑표범인 시늉을 지속했다. 아직도 무슨 오기였는지는 모르겠다. 사교 모임에서 보아 온 발렌스의 깔아보는 듯한 오만한 시선이 싫어서일까. 아니면 처음 마주한 그녀의 경계 없는 표정에 이끌려서일까.

문제는 금세 들통날 거란 예상과 달리, 발렌스가 이디스를 보통의 흑표범이라 여긴 것에서부터 발생했다. 흑표범 영토에서 가장 강한 그녀가 눈치채지 못할 리가 없는데.

따로 속셈이 있나 싶었지만, 종종 넋두리를 늘어놓기도 하고.

'물어 와!'

진지하게 원반을 던지며 놀이에 매진하는 모습을 보면…… 절대 연기일 수가 없었다.

이것은 이디스가 가진 페로몬이 발렌스와 대등하거나, 또는 그보다 높은 수준이란 의미였다. 흑표범 영토에서 본인의 페로몬과 대등한 자는 없다는, 발렌스의 자만에서 나온 방심도 한몫했고. 호위를 병풍쯤으로 여기는 성정만 봐도 쉽게 알 수 있었다.

이디스는 여태껏 본 적 없던 발렌스의 면면이 꽤나 신기했다. 이따금씩 경계의 숲에 들릴 때면 혹시 그녀가 오진 않을까 무심결에 찾을 만큼.

이 묘한 만남이 본격적으로 변한 건 초원에 가만히 선 발렌스를 발견한 시점부터였다. 그날은 하나 남은 부모이자 수장이 병환으로 사망한 후, 발렌스가 최연소 수장으로서 즉위를 마친 날이었다.

더 이상의 마주침은 안 되는데. 수장을 우롱한 죄는 사형이라 해도 할 말이 없는데. 그럼에도 이디스는 아무도 없는 곳에서 소리 죽여 우는 발렌스를 외면하지 못했다.

말없이 시간을 보내기도 하고, 때때로 엄격히 교육하려 드는 발렌스에게 맞춰 주고. 정체를 숨긴 아슬아슬한 만남은 어느덧 손에 꼽기 힘들 만큼 횟수가 늘어나 버리고 말았다.

"혼인도 수장의 의무 중 하나이니까. 당장 장로회에서도 난리라서…… 참, 내가 흑표범한테 무슨 말을 하는 건지."

웃음을 흘린 발렌스가 이디스를 베개 삼아 초원에 몸을 뉘었다.

"권력욕은 없는 남자이면 좋겠는데. 수장의 권력을 조금도 나눠 주고 싶지 않거든."

'귀족 중에 권력욕 없는 놈이 존재할 리가 없잖아.'

수장의 부군이라니, 어차피 자신은 전혀 해당 사항이 없는 이야기이지 않나.

"또……."

눈썹을 든 이디스는 중얼중얼 이어지는 발렌스의 혼잣말을 들었다.

그녀가 주장하는 부군의 조건은 허무맹랑하기 짝이 없는 내용이었다. 혈통을 위해 고위 귀족의 영식일 것은 필수. 후계의 페로몬은 어차피 발렌스가 가진 우성 유전자로 발현되니, 페로몬의 여부는 상관없었다. 또한 고지식한 면모가 있는 그녀를 보완하기 위해 사고가 다채로운 사람일 것. 외교적으로 유용하도록 인맥은 넓어야 하고, 이왕이면 영토민의 환심을 얻을 만한 외모이면 좋고. 무엇보다 서로 이성 간의 감정을 가져선 안 될 것. 사랑은 군주에게 있어 가장 큰 강점이자 약점이 되니까.

발렌스는 사랑을 영토를 통치하는 것에 가장 불필요한 감정이라 여기고 있었다.

'차라리 부군 자리에 허수아비를 세워 두시지 그래.'

그냥 살아가는 데 부군 따위는 필요 없다고 하지. 혼인식 날 발렌스의 옆에 덩그러니 선 허수아비를 상상한 이디스가 픽 헛웃음을 쳤다.

애당초 발렌스에게 이성적인 감정을 갖지 않을 남자가 세상에 존재하긴 하나. 무심코 미친 생각을 해 버린 그는 경악하며 제 뺨을 내리쳤다. 덕분에 깜짝 놀란 발렌스가 이디스의 양 뺨을 잡아챘다.

"너는 가끔씩 이런 나쁜 행동을 하더라?"

'그거야 전부 너 때문에…….'

신경질적으로 도리질 치던 이디스는 코앞의 발렌스로 인해 우뚝 굳어 버리고 말았다. 너무 가까웠다.

"간지러워서 그래?"

걱정스레 묻는 발렌스의 음성이 이디스의 의식 너머로 멀어졌다. 붉은 눈동자에 비친 흑표범을 마주하자마자 그간 모른 척해 온 감정이 파도처럼 범람했다.

언제부터였는지는 알 수 없었다. 그저 타인은 모르는 발렌스의 면면을 아는 것에서 온 우월감인 줄 알았는데. 단지 냉랭한 표정이 부드럽게 풀어지는 게 신기해서, 몇 번 더 보고 싶었을 뿐이었는데. 어느새 크기를 불린 마음은 발렌스가 혼인 따위를 하지 않길 바라고 있었다.

이디스는 발렌스를 홱 등져 흔들리는 동공을 감췄다. 굳은 나무도 가끔씩 기댈 곳을 찾듯, 발렌스가 자신을 찾는다고 생각한 건 얼마나 큰 오만이었는가. 이것도 흑표범일 때나 해당되는 이야기지, 인간인 이디스와는 데면데면을 넘어 말 한 번 제대로 섞어 본 적 없는 관계였다. 정확히는 별로 달갑지 않게 여긴다고 보는 편이 맞았다.

그와 마주쳤을 때의 시선 처리. 무감한 붉은 눈동자. 굳게 닫히는 입술. 빼어난 미모로 늘 호의만 받아 오던 이디스가 그 서늘함을 눈치채지 못할 리가 없었다.

'그만두자.'

이대로 달아나 다시는 만나지 않는 편이 좋았다. 자각해 봤자 조용히 묻어야 할 마음이었으니까.

무덤까지 가져갈 감정이라고 생각한 이디스가 휙, 도망을 택했다. 쿠당탕, 그리고 한 걸음도 못가 고꾸라지고 말았다.

"갑자기 어디 가니? 사냥감이라도 발견했어?"

살랑거리는 꼬리를 낚아챈 발렌스가 줄다리기하듯 이디스를 당겼다.

"얼마 있지도 않았으면서, 자꾸 이러면 서운해."

'뭔 인간의 힘이…….'

그레이스가의 혈통들은 하나같이 괴물이라더니. 실연의 슬픔을 만끽할 자유마저 박탈당한 그는 짐짝처럼 질질 끌려갔다.

결국 다시 발렌스의 옆에 끌려간 이디스는 해탈한 심정으로 자리를 지켰다. 발렌스에게서 테어날 후계는 또 어떤 어마어마한 인간일지 벌써부터 두려웠다.

"너는 어떻게 생각하니? 차라리 타 일족의 고귀한 혈통이 나을까."

'타 영토에도 그런 부군 후보는 없을걸.'

속으로 시큰둥하게 답변한 이디스가 혀를 찼다. 우수한 혈통에 권력욕은 없고, 여유롭고 자유로운 사고를 가진. 인맥은 넓고, 타인의 호의를 살 수 있는 외모…….

'애초에 고위 귀족의 혈통인데 권력욕은 없는 멍청한 놈이 세상에 어딨…….'

뇌까리던 이디스는 일순 머리를 망치에 맞은 듯한 충격을 느꼈다.

'-그 멍청한 놈이 나잖아?'

그 말도 안 되는 부군의 조건에 전부 해당되는 사람이. 비록 발렌스에겐 통하지 않았지만, 아버지인 릴리언도 한 수 접어 주는 외모도 있지 않나. 덧붙여 권력욕은 일 할도 부리지 않고 납작 부복할 자신이 있었다.

"……?"

한편, 발렌스는 도망가다 말고 까만 털을 자신만만하게 쓸어 넘기는 흑표범을 바라봤다. 이 흑표범은 생김새가 특출하게 예쁘긴 하지만, 왕왕 나르시시즘에 빠진 사람처럼 치명적인 척을 하곤 하는데…….

"그래, 그래."

의미를 이해하지 못한 발렌스가 미모를 뽐내는 흑표범의 머리를 쓰다듬었다. 흑표범들에게도 미의 기준이 있는 건지 도통 모를 일이었다.

"일평생 함께하는 반려로서……."

혼인식의 반은 대신관의 연설로 이어졌다. 따분함을 철저히 감춘 발렌스는 주변 귀족들의 부축을 받는 릴리언을 바라봤다.

'수장이시여, 제발 이 혼담을 물려 주십시오!'

절대 우리 아들은 줄 수 없다고, 흑표범 영토가 망할 거라며 노발대발하더니.

'당장 이 혼약을 막아야만, 허억!'

'리, 릴리언 님!'

결국 혼인식 도중에 뽀글뽀글 거품을 물며 넘어가고 말았다.

슬쩍 웃던 발렌스는 자연스레 부군이 될 남자를 올려 봤다. 큰 키를 따라 올라간 시선이 이 세상의 것이 아닌 듯한 얼굴에 머물렀다. 대륙에서 가장 아름다운 수인이란 명성을 증명하듯, 이디스는 무감한 표정마저 사연 있는 사람 같은 착각을 불러일으켰다.

비현실적인 외모를 올려다보던 발렌스가 생각에 잠겼다.

'혼인하죠.'

대뜸 나타나 미친 소리를 지껄일 때만 해도 감히 어느 안전이라고 주정을 부리는 걸까 생각했는데.

곱씹어 보면 이 놈팡이-이디스- 만큼 발렌스가 원하는 부군 상에 적합한 자가 없었다. 더욱이 생소하지만 지배계 페로몬이란 상급 페로몬마저 갖췄다지 않은가.

'제가 지금 꽤나 절박한 상황이라서요.'

이디스의 부탁은 제법 그럴싸한 종류였다. 발렌스가 이디스를 부군 후보로 지목함으로써 여우 영토 차기 수장과의 혼담을 막아 주는 것. 일개 영애도 아닌, 수장인 발렌스와의 혼담이 진행되는 순간부터 그쪽과의 혼담은 자연스레 파기하는 게 가능하니까. 여우 영토의 차기 수장이 호락호락한 위인이 아닌 만큼 이보다 확실한 거절 방법은 없었다.

'더 이상 첫 번째가 아닌 삶을 사는 건 싫기도 하고.'

느릿하게 흘린 한마디는 대충이나마 그가 겪어온 삶을 예상하기에 충분했다.

"왜 그렇게 쳐다봐요?"

제게 꽂힌 시선을 눈치챈 이디스가 발렌스만이 들릴 목소리로 물었다. 발렌스는 눈 하나 깜짝하지 않고 거짓을 말했다.

"예뻐서요."

"알아요, 제 얼굴 꽤 마음에 들어 하시는 거."

자기애도 적당히여야지. 순간이나마 혐오 어린 표정을 감추지 못한 발렌스가 입술을 움찔거렸다.

사람의 모습으로는 처음 보게 된 발렌스의 솔직한 표정을 마주한 이디스가 방긋 웃었다. 그 실없는 웃음에 오히려 당황한 발렌스는 천천히 시선을 내렸다.

처음 만났을 때부터 최근까지도, 그를 껄끄럽게 여기던 이유는 속내를 읽기 어려운 가식적인 미소 때문이었는데. 이상하게도 지금만은 그다지 별다른 의도가 느껴지지 않았다.

펑! 대신관의 축사가 끝나며 쩌렁쩌렁한 폭죽 소리와 영토민의 함성이 뒤섞였다. 흩날리는 하얀 꽃잎 한가운데 선 발렌스가 입술을 열었다.

“약속 지키세요, 서로 이성 간의 감정은 원하지 않는 것.”

“수장님이야말로.”

“……그러고 보니 이 조건이 지켜지지 않았을 때의 조항은 정하지 않았군요.”

“아.”

짧게 탄식한 이디스가 고민하듯 인상을 찌푸렸다. 답을 기다리던 발렌스는 영토민을 바라보며 손을 흔들었다.

“말했다시피 나는 이곳을 어떤 영토보다 강한 영토로 만드는 게 목표예요. 만에 하나 불필요한 감정이 생겨 문제가 생길 시에는…….”

“…….”

“떠나도 좋아요.”

물론 후사를 본 후에. 덧붙인 발렌스가 고개를 돌려 이디스와 시선을 맞췄다. 이디스는 속을 읽기 어려운 표정으로 물끄러미 그녀를 내려다보고 있었다. 이윽고 백금발 아래 자리한 붉은 눈동자가 예쁘게 휘어졌다.

“그럴게요.”

왜 이 순간 뜬금없이 경계의 숲에 있을 흑표범이 떠오르는 걸까. 발렌스가 그때의 흑표범이 이디스임을 알게 되는 건 혼인식을 치르고도 한참 후의 일이었다.

긴 이야기를 담담히 마친 발렌스는 흘러내린 은발을 귀 뒤로 넘겼다. 떠나라는 말은 영영 볼 수 없는 곳으로 가 버리란 의미가 아니었는데.

"아마 나도 모르는 사이 네 아버지에게 많은 상처를 줬겠지."

상상도 못 한 사실을 접한 아힌은 멍하니 눈을 깜박였다. 발렌스는 얼빠진 반응은 오랜만인 아들을 등지며 흘리듯 말했다.

"상처를 준 사람에게 남는 건 후회뿐이란다."

그러니까 있을 때 잘하란 의미와도 다름없었다.

미동 없이 가만히 앉아 있던 아힌은 이내 잠든 비비를 이불에 둘둘 말기 시작했다. 덕분에 네글리제만 입고 있던 비비의 몸통이 한층 거대하게 불어났다. 불어난 솜뭉치를 안아 든 아힌이 곧장 문 쪽으로 발걸음을 돌렸다.

"그럼 어머니는……."

잠깐 멈춰 선 그는 뒤돌아보지 않은 채 입술을 뗐다.

"아버지를 사랑하긴 하셨습니까?"

"……."

분위기상 하나뿐인 이불을 빼앗아 가면 어쩌냐고 말하진 못한 발렌스는 팔짱을 꼈다.

'수장님이 먼저 저를 사랑하는 경우는요?'

'당신한테 그럴 일은 없어요.'

'깐깐하네, 가정조차 못 해요?'

'쓸데없는 화제는 넣어 두죠.'

왜 그때 평생 놓지 않을 거라고 답해 주지 못했을까. 희미하게 미소 지은 발렌스가 입을 달싹였다.

"여전히."

짧은 답이었지만 무게는 결코 가볍지 않았다.

그대로 발렌스의 침실을 나선 아힌은 느린 걸음으로 복도를 걸었다. 자신은 아버지와 고작 어린 시절을 함께 보냈음에도 잊을 수가 없는데. 사랑하는 사람을 잃은 슬픔을 짊어지고도 제자리를 지키는 발렌스의 심정을 감히 재단할 수 없었다.

천천히 움직인 아힌의 시선이 비비의 얼굴에 떨어졌다. 언제부터 깨어 있던 건지. 연기력이라곤 열정밖에 없는 비비가 콧잔등을 움찔움찔 떨어 댔다.

모른 척 넘어가 준 아힌은 문득 창밖을 돌아봤다. 밤하늘에서 내려온 눈송이가 어두운 정원을 물들이고 있었다.

'아힌, 왜 나를 피해?'

분명 비비의 추궁에 적당히 둘러댈 만한 기회는 많았는데. 어째서 이 하얀 얼굴만 보면 거짓말은커녕 변명조차 나오지 않는지 모를 일이었다.

'상처를 준 사람에게 남는 건 후회뿐이란다.'

파도처럼 일렁이던 보라색 눈동자가 내내 머릿속을 떠나질 않았다. 뻗은 손을 피하던 위태로운 몸짓도, 주춤거리며 물러나던 발걸음도. 고개를 숙인 아힌은 이불 속에 꽁꽁 감춰둔 비비의 목 쪽을 내려다봤다.

얼마 전, 무심결에 만진 비비의 목 부근에서 느꼈던 감촉이 여전히 선명했다. 어느 겨울날 그의 송곳니가 만든 흔적은 사라졌지만, 남은 흔적 또한 제가 만든 것임은 부정할 수 없었다.

손끝이 미세하게 떨렸다. 자연스레 아힌의 눈앞에 죽어 가던 비비의 모습이 그려졌다. 목에서 피를 흩뿌리며 밭은 숨을 몰아쉬던 새끼 토끼의 모습이.

'정신을 차렸을 땐 상처는 거의 회복한 상태여서…….'

비비는 고집스럽게 괜찮다고 주장하지만, 아힌은 여전히 괜찮지 않았다.

"……."

새하얀 눈과 어울리지 않는 붉은 눈동자가 어둡게 가라앉았다. 언젠가부터 그는 겨울만 되면 비비가 두려웠고, 또 겨울이 진저리 날 만큼 싫었다.

덜컹덜컹, 마차 밖 전경이 빠르게 바뀌었다.

턱을 괸 채 창밖만 바라보고 있자니 어젯밤의 일이 떠올랐다. 발렌스 님과 아힌의 대화, 가출한 나를 몰래 다시 침실로 되돌려 둔 아힌. 그리고 깜박 잠든 후 눈을 떴을 땐 여전히 홀로였다.

'아힌, 어울리지 않게 메리지 블루라도 느끼는 거니?'

정말 아힌이 혼인 전 우울감을 겪고 있기라도 한 걸까. 멀거니 생각에 잠겨 있던 차에, 마부석 쪽의 릴이 말을 걸어왔다.

"토끼야, 정말 아힌 님께 인사도 없이 가도 되겠니?"

"잠깐 아카데미에 다녀오는 것뿐인데요, 뭐."

의도하진 않았으나 새침한 음성이 튀어나오고 말았다. 헛기침을 한 나는 빠르게 덧붙였다.

"아힌도 가끔씩 저와 떨어져 지내고 싶을 때가 있을 테니까요."

"맙소사."

"왜 그래요?"

"아힌 님이 그럴 분이 아닌데…… 어디 아프신 건 아니고?"

마음이 아픈가 봐요, 기어들어 가는 목소리로 대답한 나는 폭 한숨을 내쉬었다. 아힌은 가녀리고 섬세한 맹수니까. 이 비비 님께서 어른스럽게 기다려 주는 수밖에.

아무렇게나 뇌까린 나는 발끝부터 피어나는 불안감을 억지로 눌렀다. 혹시나 아힌이 내게 질린 건 아닐까, 하는 그런 작은 불안을. 자꾸만 머릿속을 복잡하게 만드는 생각을 떨친 내가 티 나게 말을 돌렸다.

"아 참, 릴. 짐칸이 무거운 것 같던데, 뭐예요?"

"릴리언 님께서 아직 아카데미에 계시잖니. 가는 김에 즐겨 드시는 사과를 가득 챙겼지."

"그렇구나."

"그러는 토끼 너는 아카데미엔 왜 가는 거니? 곧 졸업이라 강의도 없을 텐데."

"지난나 교수님을 뵐 일이 있어서요."

교복 위에 걸친 망토를 만지작거린 나는 최근 가장 걱정스러운 문제를 떠올렸다.

다가온 졸업식과 혼인식에 설렌 것도 잠깐. 곧바로 떠오른 사안은 차후 아힌과 나 사이에 태어날 아이에 대한 것이었다. 초식계와 맹수계란 일족 차이는 고사하더라도…… 아이의 페로몬이 아힌의 지배계 페로몬으로 나타나 버리면 정말 큰일이었기에. 물론 내가 가진 치유계 페로몬으로 억제할 순 있겠지만, 고통은 면치 못하는 게 문제였다. 내 페로몬 또한 만만치 않은 점도 걱정이고.

아힌과도 상의하려 했으나, 또라이의 성격상 아이는 됐다며 극단적인 선택을 해 버릴까 쉽게 입이 떨어지지 않았다. 그래서 우선 우리의 사정을 아는 지난나 교수에게 자문을 구해 둔 상태였다.

이런저런 생각에 잠겨 있을 즈음, 천천히 속도를 줄이던 마차가 이내 멈춰 섰다. 이어서 릴이 마부석과 연결된 창으로 불쑥 얼굴을 내밀었다.

"토끼야, 조금 문제가 생겼구나."

"문제라뇨?"

"아카데미로 가는 길목의 시가지에서 농성이 벌어졌다는데…… 아무래도 다른 길로 돌아가는 편이 안전하겠어."

"그럼 그렇게 해요."

위험하다면 당연히 우회해야지. 칼같이 대답하자마자 릴의 눈망울이 약간 떨렸다.

"벨헬름과 이어진 사자 영토의 초원으로 우회해야 할 듯한데, 괜찮겠니?"

"사자…… 요?"

덩달아 내 동공도 세차게 진동했다.

"혹시라도 지나가는 도중에 사자가 나타나면 어떡해요?"

"그런!"

릴은 사자보다 더 무서운 얼굴로 입을 틀어막았다.

"릴……."

"토끼야……."

목석처럼 서로를 마주 보던 우리는 호위로서 따라온 메이미에게 시선을 옮겼다. 과묵을 넘어 존재감조차 사라져 가던 그녀는 묵묵히 앞치마에서 단검을 꺼냈다. 사자 몇 마리쯤이야 문제없다는 의사 표시였다. 그 듬직한 모습에 나와 릴은 저도 모르게 고개를 끄덕였다.

덜컹덜컹, 별수 없이 사자 영토로 우회한 마차가 쉼 없이 바퀴를 굴렸다. 달달 다리를 떨던 나는 슬그머니 창밖으로 시선을 옮겼다. 어느덧 마차는 사자 영토의 초입을 지나 넓은 초원을 달리고 있었다.

'사자 영토도 한번 놀러 와요.'

'아, 초원 쪽으로 가면 야생 사자들이 있긴 하네.'

문득 짓궂게 말하던 룬의 얼굴이 스쳤다. 방정맞은 사자, 괜히 사람 겁먹게 그런 건 왜 알려줘선. 애꿎은 룬을 질타한 나는 잽싸게 커튼으로 창문을 가렸다.

빤히 쳐다보는 메이미를 향해 어색하게 웃은 나는 태연한 척 턱을 괬다. 물론 다리는 계속 떨리는 상태였다. 이 비비 님의 맹수 경력이 얼만데. 머리만 한 바가지인 사자가 무서울 리 없잖…….

덜컹.

"메이미, 사잔가 봐!"

마차가 크게 흔들리는 동시에 번개처럼 날아간 내가 메이미의 무릎 위에 착석했다.

"짐칸 쪽에서 기척이 느껴집니다."

나와 단검을 든 채 경계하던 메이미가 눈을 가늘게 떴다.

"짐칸……?"

릴이 짐칸에는 사과를 실었다고 하지 않았나. 사자도 애쉬처럼 사과 서리를 한다든가.

터무니없는 상상에 다다른 나는 짐칸을 확인하기 위해 조심스레 창문 쪽으로 다가갔다. 차르륵, 커튼을 걷자마자 와다다 달려가는 흑표범 두 마리의 엉덩이가 보였다.

'사자 영토의 초원에도…… 흑표범이 사나?'

조금 덩치 큰 검은 고양이인가? 멍하니 바라보던 나는 왈칵 인상을 찌푸렸다. 오른쪽 흑표범의 꼬리에 달린 리본은 분명 내가 비온에게 달아 준 건데.

깊은 정적 속, 몇 초 만에 슈와 비온이 짐칸에 숨어 따라왔음을 깨달은 나는 사색이 되었다.

'안 돼.'

저 사고뭉치들이 만일 사자 무리에게 덤비기라도 하면. 아직 다 자라지도 못한 흑표범 두 마리가 당할 일은 불 보듯 뻔했다.

짹짹, 짹짹. 새 지저귀는 소리가 멍한 정신을 일깨웠다.

'여기는…….'

머리 위의 교목이 파란 하늘을 가렸고, 눈앞으론 수풀이 성기게 자란 초원이 펼쳐졌다.

망망대해에 남겨진 기분이 된 나는 흙 묻은 앞발을 아연히 응시했다. 어쩌다가 사자의 서식지에서 길을 잃고 만 걸까. 마른침을 꼴깍 삼킨 나는 약 삼십 분 전을 되돌아봤다.

짐칸에 숨어 있던 슈와 비온이 초원으로 뛰어내린 장면을 목격했을 때. 둘을 잃을지도 모른다는 생각에 눈앞이 까마득하게 변했다.

그 순간 이성을 거스른 몸은 튕기듯 마차를 뻥 박차고 나갔다.

"세상에, 토끼야-!"

"토끼님!"

릴과 메이미의 다급한 부름은 귀를 스치고 지나갈 뿐이었다.

기동성을 위해 단번에 토끼로 변한 나는 드넓은 초원을 가로지르기 시작했다. 그리고 겨우 둘을 따라잡았을 땐, 이미 마차 따위는 보이지도 않을 만큼 달려온 게 사건의 전말이었다.

'너희들……!'

눈을 날카롭게 뜬 나는 휙 고개를 돌렸다. 그곳에는 닭똥 같은 눈물을 뚝뚝 흘리는 슈와 비온이 있었다.

'왜 그랬어!'

몰래 짐칸에 올라 따라오는 일은 거의 없었으면서, 왜 하필 오늘! 앞발로 둘의 엉덩이를 팡팡 매질하던 내가 숨을 골랐다.

우선 훈계보다는 한시라도 빨리 마차를 찾아야만 했다. 사자를 만나도 내 한 몸 정도야 건사할 수 있다지만, 어디로 튈지 모르는 슈와 비온을 통제하기에는 힘에 부쳤다.

'……사람으로 돌아갈 수도 없고.'

허허벌판이라 해도 벌거숭이인 몰골로 돌아다닐 순 없는 노릇이니까.

마차로 돌아갈 방편을 궁리하는 와중, 수풀 쪽에서 묘한 기척이 느껴졌다. 뭐야. 앞발로 입을 가로막은 나는 귀를 바짝 곤두세웠다. 사냥감을 발견하고 몸을 낮춘 사자라거나. 아니면 무리로 다니는 암사자들이라든지. 오만가지 생각이 밀려들었다. 그새 울음을 그친 슈와 비온도 내 뒤에서 경계하며 털을 세웠다.

바스락, 바스락.

이윽고 푸른 수풀이 두 갈래로 갈라지며 작은 생물이 힘차게 튀어나왔다. 동시에 맥이 탁 풀린 내가 끌어 올렸던 페로몬을 갈무리했다.

'토끼잖아?'

하긴, 사자 영토라고 사자만 있으란 법은 없지. 한시름 놓은 나는 뒤에 있을 슈와 비온을 돌아봤다. 그러나 둘은 내 뒤가 아닌, 멀리 나무 뒤에 숨어 이곳을 지켜보고 있었다. 답지 않게 겁먹은 모양새였다.

'……?'

왜 저래. 코앞의 토끼와 부들부들 떠는 슈, 그리고 비온을 번갈아 본 내가 미간을 구겼다. 아힌이나 이브린 앞에서도 겁먹은 적 없으면서. 설마 토끼의 먹이사슬이 그들보다 높다고 알고 있는 걸까.

'도대체 어디서 뭘 배운 거야.'

토끼를 두려워하는 저 흑표범들을 어떻게 해야 할지 감도 오지 않았다. 떨리는 눈으로 둘을 바라보던 나는 다시금 앞으로 시선을 돌렸다.

가까이에서 확인한 토끼는 제법 심오한 얼굴로 나를 관찰하고 있었다. 덩달아 심오하게 마주하던 찰나, 찰싹, 토끼가 앞발로 내 뺨을 갈겼다.

'때렸어……?'

어안이 벙벙해진 내가 뺨을 짚기 무섭게 찰싹, 또다시 고개가 반대편으로 돌아갔다. 참으로 이상한 일이었다. 순혈 토끼 수인인 이상 웬만한 토끼들은 내게 호의적으로 다가올 텐데.

'서열 싸움이라도 하려는 건가?'

이러지 마. 차마 똑같이 치진 못한 나는 앞발로 토끼의 몸을 살짝 밀었다. 그러나 콧방귀를 뀐 토끼는 재차 찰싹 뺨을 치며 반격했다.

'하지 말래도!'

밀면 반격하고, 밀면 반격하고. 마지막으로 토끼가 높이 도약하며 불거진 건 치열한 앞발 싸움이었다.

"내가 멋대로 돌아다니면 안 된다고…… 비비?"

이 비비 님의 뺨을 치다니. 파바박, 불붙은 우리는 인기척마저 무시한 채 흙먼지가 날리도록 바닥을 굴렀다.

"-잠깐, 잠깐. 둘 다 그만."

그때 공중에서 나타난 손이 나와 토끼를 억지로 갈라놓았다. 나는 커다란 손에 몸뚱이를 가로막힌 채 씩씩 숨을 골랐다.

"이제는 사자 영토까지 정복하러 온 거예요?"

'……어?'

분명 아는 목소리인데. 뒤늦게 위를 올려 보니, 가장 먼저 익숙한 분홍색 곱슬머리가 시야에 들어왔다.

"아, 콧등에 흙 묻었다."

슥, 엄지가 내 코를 살짝 훑고 지나가자마자 한량 같은 얼굴이 보였다. 룬이었다.

마니언츠가(家).

겨우 사람으로 돌아온 나는 룬이 건넨 의복을 주섬주섬 입었다. 새틴으로 된 원피스에 허리띠를 두르는 독특한 복식이었다.

'……이제 진짜 어쩐담.'

지금 선 장소는 다름 아닌 룬의 집무실에 딸린 간이 침실이었다. 즉 마니언츠 저택이자 사자 영도의 본거지라는 의미.

'비비, 열심히 씰룩이는데 미안하지만…… 무슨 말을 하고 싶은 건지 전혀 모르겠어요.'

토끼인 상태로는 도무지 처한 상황을 설명할 수 없었기에, 룬은 언제 사람으로 돌아갈지 모르는 나를 일단 이곳으로 데려온 것이었다.

"흠……."

초조하게 제자리를 놀던 나는 곧 비장하게 허리끈을 조였다. 초원에 있을 마차와 그레이스가에 이 소식을 전하는 게 가장 먼저겠지. 이런저런 방편을 세우던 나는 이 사건의 원흉을 향해 시선을 틀었다.

"슈, 비온."

엄한 부름에 커튼 뒤에 숨어 있던 슈와 비온이 빼꼼 고개를 내밀었다. 아까부터 묘할 정도로 기죽은 모습이었다. 주방 서리를 하고도 늘 위풍당당하던 슈와 비온이었는데.

"아까 그 토끼 때문에 그래?"

너무 겁을 집어먹어서일까. 둘을 향해 다가간 내가 무릎을 굽혀 앉았다.

"걱정 마, 토끼의 먹이는 흑표범이 아니니까."

토끼와 흑표범의 관계성에 대해 구구절절 설명한 내가 슈와 비온의 앞발을 붙들었다.

"잘 들어, 지금 문제는 그게 아니야. 여기에 우리 편은 없어."

아무리 우호 관계라곤 해도, 타 영토 수장의 저택이란 사실이 위기감을 가져왔다.

"룬은 여차하면 도와주긴 하겠지만, 게을러서 완전히 신뢰하긴 힘들거든."

"눈 때문에 더 게을러 보이나?"

"그렇지."

반사적으로 긍정해 버린 나는 뻣뻣하게 허리를 세웠다. 목소리가 들린 방향으로 고개를 틀자 문지방에 무료하게 기대어 선 룬이 보였다. 그는 타 영토에서 만났을 때와 달리, 지금은 허리끈이 달린 사자 영토 특유의 복식을 입은 상태였다.

"초원에서 만났을 때만 해도 구세주 보듯 앞발을 모으더니."

"……."

"도와주니까 이렇게 싹 안면 몰수를 해 버리시네."

흘끔흘끔 눈치를 살피던 나는 조금 의아하게 인상을 찌푸렸다. 아까 나와 결투를 벌인 토끼가 보이지 않았다. 그 시선을 눈치챈 룬이 고개를 모로 기울였다.

"흑표범들이 토끼한테 진짜 겁이라도 먹었나 싶어서. 잠깐 사용인들에게 맡겼어요."

저벅저벅, 천천히 다가온 그가 옆에 무릎을 굽혀 앉았다. 나는 움찔거리며 이빨을 드러내는 슈와 비온을 진정시켰다.

“비비를 따라다니던 흑표범이랑 되게 닮았네요.”

“애쉬의 아기들이니까요.”

이제 아기라 치기엔 덩치가 너무 산만 해졌지만.

“어쩐지. 레스틴.”

슈와 비온을 바라보던 룬이 손가락을 딱 소리 나게 튕겼다. 동시에 레스틴이 문 너머에서 불쑥 얼굴만 내밀었다. 그는 오늘도 예민함이 넘쳐흐르는 표정을 하고 있었다.

“해석해 봐, 이 흑표범들이 왜 이렇게 떠는지.”

“제가요? 싫습니다. 애초에 페로몬 능력을 사용하는 것도 선호하지 않고요.”

레스틴은 외알 안경을 추켜올리며 완강히 거부했다.

“그리고 저 토끼 분과 엮여서 좋은 꼴을 본 적이 한 번도 없지 않습니까.”

“그건……!”

“다, 다가오지 마십시오.”

반발하려던 나는 뒤늦게 수긍하며 고개를 끄덕였다. 생각해 보니 나와 엮이면 자연스레 아힌과 이브린 등 이상한 사람들이 따라오는 건 부정할 수 없는 사실이었다.

“레스틴.”

룬이 힘주어 부르자, 레스틴은 결국 쭈뼛거리며 눈으로 슈와 비온을 관찰했다.

“……버림받는 걸 두려워하는 것 같군요.”

“그런 건 어떻게 알아요?”

해석해 보라는 건 장난인 줄 알았는데. 당황한 내가 동공을 떨었다. 그러자 옆에서 턱을 괴고 있던 룬이 대신 설명을 이어 갔다.

"레스틴의 페로몬은 아주 약간이나마 동물과 의사소통이 가능한 거라서요."

"딱히 활용할 곳은 없는 페로몬이죠."

"하긴, 동물들도 꺼림칙한지 레스틴을 좀. 더러워하더라고요."

"더럽다뇨, 반기지 않을 뿐입니다!"

책으로만 보던 페로몬을 접하게 된 내가 눈을 커다랗게 떴다.

'어쩐지.'

드디어 사자인 레스틴이 나를 기피한 이유를 알게 된 순간이었다. 분명 동물임에도 아무것도 읽을 수 없으니까 꺼림칙했겠지.

그렇다면. 입을 삐끔거리던 나는 홱 소리 나게 슈와 비온을 돌아봤다. 둘은 아직도 꼬리를 내린 채 눈치를 살살 보고 있었다.

"저게 무슨 소리야, 도대체 누가 너희를 버려? 설마 그래서 마차까지 따라붙은 거야?"

속상하게 왜 그런 생각을 해. 둘의 앞발을 붙든 내가 추궁하듯 흔들었다.

"레스틴 경, 좀 전해 주세요."

"뭐라고 전하면 됩니까?"

"절대로 버릴 일은 없다고요."

"알겠으니까 너무, 너무 다가오지 마십시오."

무슨 사자가 저렇게 간이 콩알만 해. 뱁새눈을 한 내가 몸을 뒤로 빼자, 그제야 슬슬 다가온 레스틴이 페로몬으로 의사소통을 시도했다.

"혼인식 때 꽃도 뿌려 주고, 나중에 아이가 태어나면 지켜 주기로 약속도 했으면서……."

답답함에 중얼거리던 나는 아차 싶어 룬을 돌아봤다.

"방금 들었어요?"

"작아서 거의 못 들었어요. 혼인식 어쩌고부터?"

전부 들었네. 맑은 금안 속에 다소 당황스러운 낯빛을 한 내가 비쳤다. 아직 나에 대한 마음이 남아 있을까. 룬도 곧 있을 혼인식에 대한 소식을 전해 들었을 거라 생각하니 마음이 불편했다.

"비비."

그저 물끄러미 미주하던 룬이 붉은 입술을 여닫았다.

"마, 말씀하시죠……."

"왜 갑자기 극존칭을 써요?"

불리할 땐 자꾸만 존칭이 튀어나와서 그만. 머쓱해진 내가 양손을 가지런히 모았다. 그는 내 얼굴을 가로지르고 있는 머리카락 한 가닥을 뒤로 넘겨줬다.

"신짜 하나도 안 변했네요. 여전히 겁도 많고."

건조한 얼굴이 푸스스 허물어지는 모습이 어울리지 않게 다정했다. 조금 분위기가 묘해진다 싶을 즈음,

"실례."

레스틴이 우리 사이로 불쑥 얼굴을 디밀었다.

"버림받는 것에 관한 오해는 대충 풀었지만, 이 흑표범들이 그래도 졸개는 반드시 없애야 한답니다."

"……졸개? 졸개가 누군데요?"

"저야 모르죠. 눈엣가시 같은 쭉정이랍니다."

"설마 이브린인가?"

"일리 있군요. 그 쭉정이는 없어져야 합니다."

처음으로 마음이 통한 나와 레스틴이 눈빛을 교환했다.

뭐라 더 말을 덧붙이려던 나는 일순 창가를 돌아봤다. 먹구름이 약간 드리워진 하늘은 나중에라도 비가 쏟아질 모양새였다. 함께 창가를 바라보던 룬은 느릿하게 관자놀이를 문질렀다.

"비비, 일단 그레이스가 측에 전서는 넣어 뒀어요. 뭐, 그러지 않아도 어련히 아힌 그레이스가 날아오겠지만."

아힌의 이름이 나오자마자 내 어깨가 움찔 떨렸다. 최근 들어 자주 보게 된 넓은 등이 떠오르며 불안감이 엄습했다. 어쩌면 데리러 오지 않을지도. 부정적인 생각을 해 버린 나는 나도 모르게 눈썹을 축 늘어뜨렸다.

"왜 그래요?"

룬의 질문에, 퍼뜩 정신이 든 내가 주먹을 꽉 말아 쥐었다. 어차피 스스로 돌아갈 생각이었는데 뭐.

"별거 아니에요. 다들 걱정하기 전에 돌아갈까 싶어서."

"아, 그렇죠. 돌아가야죠. ……이곳에 너무 오래 머물기도 무리니까."

대답하는 룬은 드물게 난감한 표정을 하고 있었다. 덩달아 심각해진 내가 눈썹을 모았다.

"비비, 미안한데 제가 간과한 게 하나 있어요. 여기 도착한 후에서야 생각난 탓에."

"……뭔데요?"

불길하게 뜸 들이지 말고 당장 말해 봐.

"이 저택에서 나설 때 마주치면 안 되는 사람이 있어요."

'마주치면 안 되는 사람? 사자 영토 수장님인가?'

마니언츠가. 즉 이 저택은 사자 영토의 수뇌부들이 모인 곳과도 다름없었다. 일단은 나도 장차 그레이스가 소속이 될 사람이니까. 타 영토 수장을 만나는 건 외교의 일환이었기에 주의를 가할 필요가 있었다.

이윽고 망설이던 룬이 천천히 입술을 열었다.

"제 누이요."

"룬의 누이라면, 차기 수장님이요?"

"네, 뭐."

레오나 마니인츠. 수틀리면 주먹부터 나간다는 소문을 떠올린 내가 파르르 떨었다.

"주먹이⋯⋯ 아니, 그분은 갑자기 왜⋯⋯."

"설명하자면 복잡한데, 대충 아힌 그레이스와 비슷한 부류라서. 마주치면 꽤 귀찮아져요."

"뭐라고요?"

"비비가 여기 있는 걸 알게 되면 귀찮다고요."

"아니, 그거 말고."

"아힌 그레이스와 비슷한 부⋯⋯."

"세상에."

입을 가로막은 나는 연신 고개만 도리도리 저었다. 달리 더 이상의 설명이나 이유 따위는 필요 없었다. 아힌 같은 맹수를 인생에서 두 번이나 만나고 싶진 않으니까. 무조건 피해야만 해.

흑표범 영토의 끝자락.

히히힝, 제인을 멈춰 세운 아힌은 태양이 사라진 하늘을 올려다봤다. 차가운 바람에 은발이 이리저리 나부꼈다.

"비가 올 것 같군."

"날도 좋지 않은데, 토끼님의 마차를 따라잡아야 하는 이유를 여쭙고 싶습니다만."

뒤이어 말을 세운 이브린이 불만을 감춘 채 물었다.

"비비가 늘 들고 다니던 책을 두고 가 버렸잖아."

아힌은 로브 안에서 서적 한 권을 꺼내 들었다. 맹수를 길들이는 방법이 저술된 책이었다.

"그런 서적은 아카데미 도서관에 차고 넘칠 텐데요. 토끼님께 빌러 가는 거라고 솔직히 말씀하셔도 괜찮습니다."

"빌러 가는 거 맞아."

"그러게 토끼님은 대체 왜 피하신 겁니까?"

답하지 않은 아힌이 입술을 비틀었다. 비비를 피하는 기색은 전혀 비치지 않은 채 홀로 그 트라우마를 감내하려 했는데. 막상 눈앞에서 알짱거리는 비비만 보면 손끝이 뻣뻣하게 굳어서 미칠 노릇이었다.

그뿐인가. 속도 모른 채 아힌이 잘 때면 조물조물 얼굴이나 손을 만져 대고. 겨울밤마다 이성과 두려움 사이에서 뒤척이는 나날이었다.

"이유를 말씀해 주셔야 방책이라도 찾죠. 그리고 이 사실이 릴리언 님의 귀에 들어가면 또 지팡이가 부러질 겁니다."

이브린은 점점 올라가는 아힌의 눈썹을 모른 채 말을 이었다.

"주제넘지만 이 이브린도 이유를 알아야……."

"아니, 이브린은 이유를 알면 죽을지도 몰라."

"영원히 몰라도 될 듯합니다."

한순간에 의견을 바꾼 이브린이 침묵했다. 무미건조한 얼굴을 흘긋 훑은 아힌은 고민하며 입술을 매만졌다.

"……무릎을 꿇는 것만으론 부족하겠지?"

"눈물도 보이시면 토끼님의 분노가 조금은 누그러들지 않을까요."

살면서 용서를 빌어 본 기억이 없는 이브린이 곰곰이 생각했다.

"어렵군요, 연인과 다퉈 본 적이 없어서."

"애초에 넌 만나 본 적도 없지 않나?"

"제 미모는 공공재로 남겨 둬야 하니까요."

눈썹 하나 까딱하지 않는 당돌한 주장이었다. 그 뻔뻔함에 설득당한 아힌은 이브린을 위아래로 훑었다. 실제로 혼기도 찬 만큼, 최근 들어 귀족들이 은근히 이브린의 혼인 여부를 물어 오고 있었다.

"너는, 아무도 만날 생각이 없어?"

"아주 없는 건 아니지만, 어느 날 갑자기 찾아오길 고대하는 중입니다."

"그런 게 쉬운 줄 알아?"

"아힌 님께서도 어느 날 갑자기 토끼 병에 걸리지 않았습니까."

이브린의 말마따나 어쩌면 비비를 주운 순간부터 토끼 병에 걸렸을지도. 반박 못 한 채 피식 웃던 아힌이 멈칫했다.

'……저 토끼가 아니면 싫어.'

문득 알 수 없는 기억이 스친 그가 인상을 찌푸렸다. 아득한 어린 날의 기억 같기도 했다.

"아힌 님?"

이브린은 갑자기 멍하니 허공만 바라보는 아힌을 의아하게 불렀다.

"……이브린, 아버지가 언제쯤 내게 토끼 인형을 사 주셨지?"

"예? 너무 어릴 때라……."

뜬금없는 질문을 들은 이브린이 미간을 구겼다.

"아마 토끼 영토에 다녀오신 이후쯤이 아니었을까요? 대충 그맘때부터 아힌 님께서 토끼 인형을 휘두른 것 같습니다."

아리송하게 서로를 쳐다보던 두 사람은 동시에 같은 방향을 돌아봤다. 숲 너머로 웬 고릴라가 그들을 공격하기 위해 달려오고 있었다.

"이 숲이 고릴라의 서식지였던가?"

"아니요, 분명한 흑표범의 서식지입니다."

"그럼 저건 뭐야."

"사람의 형체 같기도…… 아, 릴 님이군요. 마차가 주변에 있나 봅니다."

거리가 가까워질수록 눈물범벅인 릴의 얼굴이 선명해졌다. 일순 불길한 예감이 든 아힌은 급히 제인의 몸에서 내려왔다.

"아, 아힌 니임!"

"뭐야."

아힌의 곁으로 달려온 릴이 대뜸 검은 천을 내밀었다. 벨헬름 아카데미의 교복 재킷이었다.

설마. 숨을 삼킨 아힌은 이어질 릴의 말을 고요히 기다렸다.

"거, 건너편 영토에서 갑자기 불거진 농성 때문에 사자 영토로 우회했는데……."

비비가 사라진 슈와 비온을 쫓아간 사실. 그리고 릴과 메이미가 흩어져서 찾던 도중, 룬의 전령 새를 만난 것까지 전한 릴이 떨리는 손으로 서간지를 내밀었다.

확, 아힌은 그것을 순식간에 낚아챘다. 둘둘 말린 서간지를 풀어헤치는 손이 몇 번이나 미끄러졌다.

비비가 원하면 알아서 돌려보낼게.

– 룬 마니언츠

아흑, 곁눈질로 내용을 확인하고 만 릴이 왈칵 울음을 터뜨렸다. 그 우렁찬 울음소리와 함께 아힌의 심장도 바닥으로 곤두박질쳤다.

슈와 비온이 캄캄한 구멍 아래로 쏙 뛰어들었다. 마니언츠 저택 내에서 외부로 이어지는 기밀 통로였다.

여긴 어디이며, 난 뭐 하는 토끼인가. 고찰하던 나는 뒤늦게 양손을 동그랗게 모아 외쳤다.

"다리 접질리지 않게 조심해!"

"비비, 꼭 지금 가야 돼요?"

옆에 수그려 앉아 있던 룬이 못마땅하게 물었다.

"마차를 찾아서 전서도 보내 놨고, 낮은 어렵지만 새벽이 늦으면 누이의 눈을 피할 수도 있는데."

"다들 걱정이 심한 편이라서요. 슈랑 비온이 새벽까지 얌전히 기다릴 리도 없고."

"하긴, 아무래도 지금쯤 아힌 그레이스가 거품을 물었을 것 같은데."

"뭐어-."

자신 없게 미소 지은 내가 자연스레 말을 돌렸다.

"그런데 이런 기밀 통로를 알려 줘도 돼요?"

"어차피 곧 없앨 예정이어서 괜찮아요."

그때까지도 나를 빤히 바라보던 룬이 손을 털며 일어났다.

"자, 그럼 비비도 뛰어야죠."

"높이가 꽤 되는데 밑으로 어떻게……."

예고 없이 나를 한 팔로 번쩍 안아 든 룬이 그대로 뛰어들었다.

"살려 줘!"

"토끼일 땐 잘만 날아다니더니."

이 막돼 먹은 사자가. 몸이 아래로 훅 꺼지는 느낌에 반사적으로 눈이 질끈 감겼다.

"비비, 이제 눈 떠도…… 아야, 머리, 머리."

고통에 찬 목소리를 들은 내가 반짝 눈을 떴다. 나도 모르게 곱슬 머리를 쥐어뜯고 만 모양이었다.

황급히 손을 떼어 내는 순간, 어스름한 어둠 속에서 마주친 금안이 퍽 몽환적이었다. 초점 없는 눈은 어두울수록 반짝이나 봐. 넋 놓고 쳐다보던 나는 이내 허둥지둥 바닥을 딛고 내려섰다.

"죄, 죄송합니다……."

"별말씀을."

어깨를 으쓱인 룬은 철로 만든 묘한 띠를 내 머리에 달아 줬다.

"흑표범들은 밤눈도 밝고 감각이 예민해서 괜찮지만."

찰칵 소리와 함께 작은 램프가 눈앞에서 대롱대롱 흔들렸다. 기밀 통로를 지날 때 어둠을 밝히기 위한 용도 같았다.

"비비는 아니니까. 기억하죠? 두 갈래 길에서는 무조건."

"오른쪽."

"좋아요. 출구에서 기다리고 있을게요."

"……룬은 같이 안 가요?"

"말했잖아요, 어릴 때나 지나다니던 통로라고. 보시다시피 지금은 몸뚱이가 이래서."

나는 전방의 작은 통로와 고개를 꺾어 올려 봐야 하는 룬을 번갈아 봤다. 과연. 통로는 입구가 좁아서, 가늠하면 룬은 어깨부터 입장이 불가능할 것 같았다.

"잘할 수 있죠? 출구까지 그렇게 멀지 않을 거예요."

"문제없어요."

힘차게 끄덕인 나는 몸을 낮춰 조심스레 통로로 발을 들였다.

"아. 말 안 한 게 있는데, 거기 가끔 유령이 나온대요."

이 비비 님이 그런 유치한 놀림에 겁먹을 줄 아나. 쪽 째진 눈으로 뒤돌아보자, 룬은 몸을 굽힌 채 이쪽을 바라보고 있었다.

"하, 참. 세상에 유령 나부랭이가 어디 있다고."

"-저기요 토끼님, 뭐 하나 물어도 돼요?"

"또 뭐!"

허튼소리 하면 뒷발차기를 날릴 줄 알아. 다짐한 내가 눈을 번뜩였다.

"아힌 그레이스의 이름만 나오면 표정이 조금 어두워지던데."

"……."

"싸웠어요?"

얼굴에 전부 티가 났구나. 일순 당황한 나는 입을 뻐끔뻐끔 여닫았다. 낯선 영토에서 나를 알아 준 사람이 있어서일까. 애써 눌러 둔 감정이 파도처럼 넘실거렸다.

그 못된 흑표범 때문에 기분이 하루 종일 오르내리고. 메인 목을 삼킨 내가 양손을 꼼지락거렸다.

"기억나요?"

내게서 시선을 떼지 않던 룬이 천천히 입술을 열었다.

"사자 영토로 오면 못 나간다고 말했던 거."

"설마……."

설마 몇 년이 지난 지금까지도 나에 대한 감정이 그대로인 걸까. 섣불리 말문을 떼지 못한 내가 한 박자 늦게 입을 달싹였다.

"룬이랑 있던 그 토끼, 수인인 줄 알았는데."

"평범한 토끼예요. 아힌 그레이스와 비비의 만남 같은 우연이 쉽게 일어날 리가 없잖아요."

피식 웃은 룬이 손을 내밀었다.

"지금이 혼인식 전에 도망칠 수 있는 마지막 기회인 것 같은데."

"……."

"오늘도 사자는 별로예요?"

잔인한 거절을 말하지 못한 나는 등을 돌림으로써 답을 대신했다. 조심조심 걸음을 옮기다가 살짝 뒤도니, 룬은 아직까지도 이쪽을 쳐다보고 있었다.

"……룬, 있잖아요."

"말해요."

"사실 우리는 몇 번 만난 적도 없는데, 어떻게 그렇게……."

오랫동안 나를 좋아하는 이유가 뭐예요, 끝맺지 못한 물음이 혀끝에서 맴돌았다.

"원래 그런 건가 봐요. 고작 몇 시간 같이 있었는데도 며칠은 함께 한 것처럼 기억이 커지고."

그러나 쉽게 질문을 유추한 룬이 고저 없이 답했다.

"별거 아닌 거에 의미를 두고, 신경 쓰이고. 딱히 만난 횟수에 비례하는 감정은 아니더라고요."

물 흐르듯 말한 룬이 휙휙 손을 내저었다. 저런 말을 한 것치곤 놀라울 만큼 무료한 표정이었다.

"그러니까 보내 줄 때 빨리 가는 게 좋을걸요."

비비가 그랬잖아요, 맹수들은 다 변덕이 심하다고. 언제 마음이 바뀔지 몰라요.

덧붙인 말을 들은 내가 후다닥 발에 속도를 붙였다. 통로가 점점 깊어지며, 룬의 기척이 완전히 사라지고 나서야 뒤를 돌아봤다.

'고작 몇 시간 같이 있었는데도 며칠은 함께한 것처럼 기억이 커지고.'

어쩐지 알 것 같은 마음이었다.

레오나는 거치적거리는 머리카락을 대충 쓸어 넘겼다. 손길에 따라 룬과 닮은 분홍색 곱슬머리가 굼실거렸다.

"룬은 이번 혼담도 거절한다죠?"

시원스러운 음성이 집무실에 울려 퍼졌다.

"걱정이구나. 명색이 수장의 자제인데 구……, 구실 불……, 크흠, 아무튼 그런 낯 뜨거운 소문이 맴돌아서야."

소파에 앉은 룬의 외조부, 에즈란이 쯧 혀를 찼다. 그의 거대한 손에서 으스러지는 앙증맞은 찻잔을 곁눈질한 레오나가 중얼거렸다.

"이쯤 되면 소문이 사실일지도."

"레오나, 동생에게 그 무슨 망언이더냐! 룬이 얼마나…… 얼마나!"

"얼마나?"

"……내가 진지하게 룬과 대화해 보마."

소문에 대한 확신이 없어진 에즈란의 목소리가 점점 기어들어 갔다. 휘리릭, 레오나는 들고 있던 펜을 돌리며 덧붙였다.

"그야 당연히 헛소문이겠죠. 은근히 순진한 구석이 있는 녀석이라…… 여전히 그레이스가의 토끼를 마음에 두고 있다든지."

"아직도? 아서라, 올봄에 혼인식을 치른다고 릴리언 그 영감탱이의 입이 귀에 걸렸어."

"흠, 조부님은 보셨다면서요. 그렇게 괜찮은 토끼예요?"

생각 못 한 질문에 흠칫 떤 에즈란은 하얀 토끼를 떠올렸다. 아힌과 룬에게 돌부리를 차서 날려 버리고, 흑표범 영토의 실세인 발렌스의 맹목적인 애정을 등에 업고, 또…….

"사람으로 변한 모습을 봤는데, 인정하기 싫지만 눈빛이 좋더군. 기개가 보통이 아니야."

"오……."

"실력도 제법인지 일전에 발렌스 수장을 만났을 때 그러더구나. 겪어 본 바 발차기가 상당히 맵다고."

"……그분께 발차기를 날릴 수 있는 위인이 존재하긴 했네요?"

"내 말이 그 말이다. 대련 중 우연히 공격이 들어갔다 쳐도 대단한 게지."

감탄한 레오나는 세월이 흘러도 근육으로 가득한 에즈란을 응시했다. 저런 조부님과 발렌스 수장이 인정할 정도이면 힘깨나 쓸지도.

멋대로 판단하던 그녀는 문득 아래로 시선을 내렸다. 덜컹덜컹,

바닥 한쪽이 소심하다 싶을 정도로 미약하게 들썩이고 있었다.

'저곳은…….'

레오나의 금안이 가늘어졌다. 어릴 적, 룬과 숨바꼭질을 할 때나 사용하던 기밀 통로였다.

"저 통로는 폐쇄한 게 아니었더냐? 살수 따위가 통과할 수 있는 크기가 아닐 텐데……."

분노를 감추지 않은 에즈란이 당장이라도 공격할 기세로 페로몬을 끌어 올렸다.

"조부님, 일단은 얼굴이나 확인해 두죠."

"어차피 이 자리에서 처리할."

"쉿."

뭐든 부수고 보는 그의 페로몬을 상기한 레오나가 입가에 검지를 가져갔다. 제아무리 임시 집무실이라 해도 쑥대밭으로 변하는 건 사양이었다.

덜컹덜컹. 와중에도 엉성하게 흔들리던 바닥이 열리며, 웬 하얀 머리통이 불쑥 솟아올랐다.

곧바로 불청객과 눈이 마주친 레오나는 때아닌 상념에 잠겼다. 살수라기엔 너무 유순하게 생긴 것이, 방심을 부르기 위한 술수인가. 더군다나 달랑거리는 램프를 머리에 단 꼴은 살수보다 도굴꾼에 더 가까워 보였다.

'……침입은 본인이 해 놓고 왜 제가 겁먹어?'

심지어 램프 아래 드러난 보랏빛 눈동자는 잔뜩 겁을 집어먹은 모양새였다. 이윽고 제 처지를 자각한 살수는 미끄러지듯 스르륵 아래로 사라졌다. 뒤이어 솟아 나온 하얀 팔이 도로 바닥을 닫으려 했지만, 구조상 쉽게 닫힐 기미를 보이지 않았다.

덜컹덜컹, 가는 팔이 애처롭게 허우적거렸다.

"저런."

짧게 탄식한 레오나가 기밀 통로 쪽으로 다가섰다. 곧장 살수의 뒷덜미를 잡아챈 그녀는 비상한 힘으로 집어 올렸다.

"뭐야, 이 한 입 거리는."

미간을 모은 레오나가 중얼거렸다. 그 잔인한 발언에 공중에서 대롱대롱 흔들리던 살수가 애원하듯 양손을 모았다. 크흠. 그제야 굳어 있던 에즈란이 크게 헛기침을 했다.

"레오나, 일단 내려 두는 편이 좋겠구나."

"왜죠?"

"왜 거기서 나온 건지는 모르겠다만……."

가다듬은 목소리 끝이 염소처럼 떨렸다.

"……그, 그거다."

"그거?"

"그레이스가의 실세."

뜬금없이 그레이스가의 토끼 얘기는 왜 꺼내시나. 제대로 의미를 이해하지 못한 레오나가 미간을 구겼다.

"무슨 말을 하고 싶으신 거예요?"

"그 왜, 내가 봤다고 했던 아기 토끼 말이다."

에즈란이 검지로 무언가를 가리키듯 허공을 쿡쿡 찔렀다.

'웬 아기 토끼?'

멀거니 에즈란을 바라보던 레오나의 시선이 휙, 번개처럼 살수에게 꽂혔다. 연보라색 눈동자에 송곳니라곤 찾아볼 수 없는 치아. 의심할 여지 없는 토끼 수인이었다.

의도치 않게 사자 영토의 차기 수장과 독대하게 된 비비가 속으로 눈물을 삼켰다.

가시방석에 앉은 엉덩이가 계속해서 불안하게 들썩였다. 어쩌다 자신이 레오나 마니언츠의 집무실에서 차를 마시고 있는 건지 모를 일이었다.

'이게 다 그 사자 때문이야.'

그러게 쓸데없이 유령 타령은 왜 해선……!

램프 빛에만 의존한 캄캄한 어둠 속. 어느 순간 겁에 질려 부리나케 통로를 헤쳐 가다 보니 도착한 곳이 바로 여기였다.

분명히 룬이 길을 잘못 들더라도 빈방이 나올 거라고 했는데. 어째서 빈방은커녕 레오나 마니언츠의 집무실인 걸까. 온갖 의문이 몰아쳤지만 답해 줄 수 있는 사자는 이 자리에 없었다.

애꿎은 룬을 향해 분노를 불태운 비비는 흘끔 레오나를 곁눈질했다. 풀어헤친 곱슬머리와 시원하게 올라간 눈은 마치 사자를 수인으로 빚은 듯한 착각마저 불러일으켰다. 언뜻 발렌스의 우아함과 아힌의 오만함을 섞은 느낌이기도 하고.

뭐가 되었든 레오나는 한 영토의 차기 수장다운 분위기를 자아내고 있었다. 그 에즈란조차 자리를 비켜달란 레오나의 한마디에 어쩔 도리 없이 나갈 정도니까.

'아힌 그레이스와 비슷한 부류……'

'아힌 그레이스와 비슷……'

순간 룬의 말이 귓가에 메아리친 비비는 눈앞이 아득해짐을 느꼈다.

한편, 집무 책상에 앉은 레오나는 그레이스가의 실세 토끼를 유심히 관찰했다. 소파에 앉아선 잡아먹을 듯 이글이글한 눈으로 허공을 노려보더니, 돌연 기죽은 얼굴로 고개를 숙이질 않나.

희한한 행태를 지켜보던 레오나가 천천히 다리로 시선을 내렸다. 토끼는 뒷발차기가 일품이라던 에즈란의 평가와 달리, 무예라곤 배우지 못한 자의 발목이었다.

'뭐…… 그레이스 가문이나 이쪽이나 우롱하는 걸 즐기긴 하지. 취미하고는.'

순 허풍이라 생각한 그녀는 비비가 이곳까지 오게 된 자초지종을 곱씹었다. 비비는 기별 없이 들른 것을 우려하여 통로를 이용했다 둘러댔지만, 배후는 룬이 틀림없었다.

필시 제 귀에 토끼의 존재가 들어오는 것을 피하려 한 거겠지. 동생의 괘씸죄를 너그러이 넘어가기로 결정한 레오나가 양손에 턱을 괐다.

"토끼님이었나?"

"……비비라고 부르시면 되는데."

아까부터 부들부들 떠는 주제에 어떻게 할 말은 꼭 다 하는지. 레오나의 입매가 만족스럽게 호선을 그렸다. 다른 건 몰라도 토끼 같은 얼굴과 그렇지 못한 성격이 맹수계 수인에게 있어선 퍽 매력적이었다.

"이왕 이렇게 된 거 여기서 일주일 정도 푹 쉬다가는 건 어때요? 대접하고 싶은데."

제안한 레오나는 아힌 그레이스의 혼인식 소식을 들은 직후부터

혼이 빠진 룬을 상기했다. 풀떼기를 스테이크처럼 질겅질겅 씹질 않나, 교목에서 졸다가 떨어지는 건 예사였다.

"어려우면 삼 일 정도라도."

룬의 곱상한 외모면 어떻게 흔들어 볼 수 있지 않을까. 아힌 그레이스에겐 결코 없을 다정함도 강점 중 하나고. 혼인식 후엔 영영 돌이킬 수 없으니 지금만 한 기회가 없었다.

"어때요?"

작은 기대를 품은 레오나가 의미심장하게 미소 지었다.

"제안은 감사드리지만……."

아힌과 닮은 속 모를 웃음을 바라보던 비비가 입을 달싹였다.

"기다리는 분이 많아서요. 갑자기 사라져서 다들 많이 놀랐을 거예요."

우회적인 거절이었다.

도르르 눈을 굴린 비비는 조심스레 몸을 일으켰나. 레오나가 겉으로는 지극히 멀쩡해 보여도, 아힌과 비슷한 부류라면 최대한 피하는 게 상책이었다.

"무례한 방문은 다시 한번 사과드릴게요. 다음번에 기회가 된다면 정식으로 찾아뵙겠습니다."

정중히 거절한 비비가 살갑게 웃어 보였다. 덩달아 레오나의 입꼬리도 한층 말려 올라갔다. 흐흥, 서로의 웃음소리가 집무실에 퍼져나갔다.

'되…… 된 건가?'

배시시 웃고 있던 비비가 은근슬쩍 뒤로 물러날 때였다.

"그럼 이만……."

"이를 어쩌나, 제 간절한 부탁만 들어주시면 집무실에 침입한 건은 문제 삼지 않으려고 했는데."

이 맹수가 정말. 비비의 눈이 새초롬히 올라갔다. 간절한 부탁은 커녕 제안을 가장한 협박에 가까웠다.

"그거 알아요? 내가 허가하지 않으면 토끼님은 마음대로 저택을 출입할 수 없어요. 아힌 그레이스 또한 이곳에 못 들어오고."

"……데리러 오길 기다릴 거였으면 통로를 지나지도 않았을 거예요."

애초에 데리러 오지 않을지도 모르고. 또다시 차오르는 불안감을 누른 비비가 레오나의 눈을 똑바로 마주 봤다. 황금색 눈동자는 절대 순순히 놓아주지 않을 듯한, 녹록지 않은 빛을 띠고 있었다.

"그럼 이렇게 하도록 하죠. 토끼님의 주장대로, 스스로 이곳에서 나가는 것에 성공하면 집무실 침입도 문제 삼지 않을게요."

"……."

"대신 실패하면 이곳에 일주일은 머물러 주는 거예요. 이래 봬도 제가 동생을 사랑하는 누이라서. 지금이 아니면 기회가 없을 것 같거든요."

'기회……?'

꼴깍, 긴장한 비비의 침 삼키는 소리가 울려 퍼졌다.

"대체 이러는 이유가 뭐예……."

"이유가 꼭 필요한가."

이곳의 주인이 난데. 딱, 레오나가 손가락을 튕기자마자 순식간에 무장한 기사들이 집무실로 들어찼다. 차기 수장이 부리는 정예 기사단이었다.

넷, 다섯, 여섯. 제 위로 그림자를 만들 만큼 거대한 장정들을 둘러본 비비가 레오나를 돌아봤다. 척 봐도 높은 수준의 기사들을 붙일 정도면 아예 돌려보낼 생각이 없어 보였다.

'아힌이랑 비슷한 부류라더니…….'

어디로 튈지 모르는 생각과 손가락 하나로 세상을 부리는 맹수인 점이 똑 닮았네.

가자미눈으로 그녀를 노려본 비비가 슬금슬금 뒤로 물러났다. 여전히 턱을 괸 상태인 레오나는 쭈뼛쭈뼛 움직이는 비비의 뒷모습을 바라봤다. 기척을 못 숨기는 걸 보아 무예도 바닥이고, 룬의 말에 의하면 페로몬도 공격형은 아니라고 했고.

그녀의 얼굴 위로 자신만만한 미소가 번졌다. 토끼의 항복을 고대하는 찰나, 풀썩, 대뜸 기사 중 하나가 바닥으로 쓰러졌다.

"무슨……."

풀썩, 풀썩. 레오나가 놀랄 새도 없이 기사들의 몸이 종이 인형처럼 기울기 시작했다.

'페로몬 능력?'

확장된 금안이 지진이 일 듯 떨렸다. 어느덧 쓰러진 여섯 장정 사이에 덩그러니 선 비비는 슬쩍 뒤를 돌아봤다.

"……주, 주무시는 거라서 괜찮아요."

그 말을 신호로 드르렁, 한 기사가 우렁차게 코를 골아 댔다.

"이만 가 볼게요, 문제 삼지 않겠단 약속은 지켜 주실 거라 믿어요."

"……."

"그럼 안녕히……."

슬그머니, 그리고 빛보다 빠르게 발을 굴린 비비가 집무실 문을 열어젖혔다.

탁, 문이 닫힌 지 일 초도 지나지 않아 다시금 소심하게 열렸다. 문틈에 끼어 버린 원피스 자락을 쏙 뺀 비비는 혹여 붙잡힐세라 바람처럼 달아났다.

탁탁, 레오나는 발소리가 들리지 않을 때까지 꼼짝도 할 수 없었다. 한참 후에야 깜박 정신이 든 그녀가 느지막이 코를 틀어막았다.

'-말도 안 되는 능력인데.'

도대체 저 자극적인 페로몬 향은 뭔지. 정예 기사들을 몇 초 만에 쓰러뜨린 실력은 둘째였다. 그 향을 맡고도 아직까지 토끼를 삼키지 않은 아힌 그레이스의 인내심이 존경스러울 지경이었다.

"살려줘!"

"놓치지 말되 절대 상처를 입혀선 안 된다고 하셨다!"

"크허헝!"

한 바가지다, 한 바가지야. 기겁한 나는 수사자를 피해 저택 정원을 이리저리 들쑤셨다.

'사자가 쫓아온단 말은 없었잖아!'

심지어 정원은 또 왜 이렇게 넓은 건데.

'출구는 어디야?'

뒤돌자마자 보인 광경은 우악스러운 얼굴로 쫓아오는 기사와 사자들, 그리고 잠든 기사와 사자 여러 마리였다. 거의 내가 달리는 길이 수면 침대로 변하고 있단 설명이 맞았다.

쿠르릉- 설상가상으로 하늘에서 빗방울이 하나둘 떨어지기 시작했다. 툭, 투둑. 점점 축축해지는 땅을 밟고 달리던 나는 가슴 언저리가 시큰거렸다.

어쩌다가 아힌과 서먹해지고, 이 겨울에 사자 영토에서 길을 잃고, 차기 수장과 기 싸움을 벌이질 않나, 또 이런 무시무시한 저택에서 사자에게 쫓기고 있는 건지.

비에 젖은 머리카락이 늘어질수록 발걸음도 축축 늘어졌다. 막연한 우울감이 발목을 잡아당기는 것만 같았다.

'……울면 안 돼.'

눈 앞머리를 꾹 당긴 내가 고개를 저었다. 상황부터 모면한 후에 한탄해도 충분했다.

달리기에 박차를 가하던 나는 이윽고 눈을 크게 떴다.

'통로의 출구는 가문의 휘장이 달린 벽 너머예요. 거기서 기다릴게요.'

마니언츠가의 문양을 박은 휘장. 그것을 발견한 나는 그대로 벽과 이어진 계단에 발을 디뎠다.

벽 너머에 룬이 있다. 그 희망 하나로 벽 위에까지 올라선 나는 희게 질렸다. 뛰어내리기엔 너무 까마득한 높이였다. 망연히 서서 바깥을 내려다보던 중, 등 뒤에서 걸걸한 목소리가 들렸다.

"얘야, 아기 토끼야!"

누구더러 아기 토끼라는 거야. 눈을 부릅뜨며 고개를 돌리자마자 정원에 선 에즈란 님이 보였다.

"위험한 짓일랑 하지 말고 내려오너라! 상처 하나라도 생기면 릴리언 그 영감탱이가 노발대발 난리도 아닐 게다!"

"할아버님……."

"이 에즈란의 명예를 걸고서라도 무사히 내보내 줄 테니 이리 오거라, 어서!"

애타게 외친 에즈란 님이 맹세하듯 가슴께를 두드렸다. 돌려보내 준다는데, 뭐……. 딱히 버틸 이유도 없었던 나는 조심스레 계단 쪽으로 발을 디뎠다.

"비비!"

그때 결코 모를 수 없는 목소리가 빗속을 뚫고 울려 퍼졌다.

하늘이 먹구름으로 완전히 뒤덮이며 비가 흩날리기 시작했다. 대기시켜 둔 마차 앞에 선 룬은 후드를 깊게 눌러썼다.

"너무 늦는데……."

벌써 통로에서 나오고도 남을 시간임에도 불구하고 비비는 영 소식이 없었다.

-누이, 비비는 왜 이렇게 안 올까?

-그러게, 누구보다 잽싸면서…….

먼저 도착한 슈와 비온 또한 비비에 대한 걱정으로 앉았다 일어났다만 반복했다. 그런 그들의 곁에 선 레스틴은 홱, 느닷없이 처절한 얼굴로 뒤를 돌아봤다. 물론 뒤에는 아무것도 없었다.

"레스틴, 뒤에 뭐가 있어?"

"조금 전부터 이상하게 등이 서늘해서 말입니다……."

한껏 날을 세운 레스틴이 연거푸 뒤를 확인했다.

"예민하긴."

"농담이 아닙니다. 이브린 경을 마주치기 직전마다 꼭 이런 불길한 기분이 들어서……!"

레스틴이 답답함에 가슴을 탕탕 쳤다.

"날아오는 게 아닌 이상 저녁쯤에 도착할걸."

"하지만 이브린 경은 늘 신출귀몰하는 사람인걸요."

"너, 그 정도면 미움이 아니라 사랑이야."

이브린의 이름을 염불처럼 외는 레스틴을 뒤로한 룬이 물끄러미 통로를 바라봤다. 딱히 긴 통로도 아니고, 두 갈래 길이라 자칫 길을 잘못 들더라도 금방 되돌아가면 되는 구조인데.

'-어째서?'

흑표범들을 다시 들여보내서 살펴봐야 하나. 엄지로 턱을 쓸던 룬은 대뜸 홱 소리 나게 레스틴을 돌아봤다.

"레스틴. 엊그제 누이가 임시로 집무실을 옮긴다고 했었지?"

"아, 예. 벽난로에 문제가 생겼다고 하셨죠."

"……어디로?"

"1층의 서재 옆 빈방으로, 헉!"

기계적으로 답하던 레스틴이 괴성을 지르며 입을 틀어막았다. 서재 옆 빈방은 통로에서 길을 잘못 들었을 때 연결되는 장소였다.

설마 비비가 레오나에게……. 두 사람의 눈앞에 철퇴 같은 주먹에 맞고 산 나날이 주마등처럼 스쳐 지나갔다.

떨리는 눈으로 서로를 마주 보던 그들이 맞춘 듯 마차로 달려갔다. 당장이라도 저택 내부로 들어가야만 했다.

'젠장…….'

룬은 급히 마차와 연결된 말의 고삐를 풀기 시작했다. 평소엔 잘 만 풀리던 게 왜 이럴 때만 말썽인지. 후드가 벗겨져 비를 맞고 있단 사실조차 모를 정도로 마음이 조급했다.

욕지거리를 뱉은 룬이 고삐를 푸는 도중, 레스틴이 갑작스레 발을 동동 굴러댔다.

“것 보십시오, 룬 님! 제 말이 맞잖습니까!”

“헛소리 말고 이거나 도와.”

“옵니다, 옵니다, 온다고요!”

“도대체 뭐가 온다고 그…….”

“미, 미친 사람이 옵니다!”

레스틴은 제가 무엄하기 짝이 없는 말을 뱉은 사실도 모른 채 뒷걸음질 쳤다. 뒤늦게 어마어마한 살기를 눈치챈 룬은 반대편으로 고개를 틀었다.

시선 끝, 장검을 빼 든 미친 사람이 그들이 선 곳으로 걸어오고 있었다. 빗물 묻은 검이 서슬 퍼렇게 번쩍였다.

‘아힌 그레이스.’

살기에 기민한 슈와 비온은 이미 멀리 숨은 이브린의 곁으로 도망간 지 오래였다. 천천히 고삐를 놓아 둔 룬은 물에 젖은 머리카락을 쓸어 넘겼다.

‘너무 빨리 왔는데.’

마침 사자 영토 근처에 있지 않고선 불가능한 시간이었다. 무엇보다 큰 문제는 침침한 빗속이어선지, 아니면 새빨간 눈동자를 가져서인지. 아힌의 눈빛이 한층 돌아 있단 사실이었다.

‘미쳤군.’

살기를 직면한 룬은 자칫 정말 죽을지도 모른단 직감이 들었다. 정확히 제 목에 꽂힌 형형한 시선이나, 전신을 옥죄는 지배계 페로몬. 특히 젖은 은발 사이로 드러난 붉은 눈은 살의로 번들거리고 있었다.

찰박찰박, 점점 두 사람의 거리가 가까워졌다. 룬이 어떻게 대응할지 생각하는 순간, 아힌이 놓친 검이 바닥에 곤두박질쳤다. 살벌하게 걸어오던 것치곤 허무한 실수였다.

떨어진 검을 곁눈질한 룬이 다시금 아힌을 마주했지만, 아힌은 그를 바라보고 있지 않았다.

“……?”

시선을 따라 고개를 들던 룬이 눈을 크게 떴다. 통로에 있어야 할 비비가 벽 위에서 주먹을 내민 자세로 서 있었다.

인상 쓴 나는 어느새 뒤쫓아 온 기사들을 향해 엄중히 경고했다.

“오, 오지 마. 더 다가오면 잠재우는 수가 있어.”

아주 뜨거운 주먹맛도 보게 될 거야. 스읍, 협박성 짙은 주먹을 내밀자 기사들의 어깨가 경직됐다. 내 경고를 헛소리로 치부하기엔 정원에서 잠꼬대 중인 동료들이 너무 많은 모양이었다.

굳은 그들을 매섭게 쏘아봐 준 나는 바깥으로 고개를 빼꼼 내밀었다. 흐릿한 빗속에서 오로지 아힌만이 또렷하게 보였다.

‘뭐야…….’

눈꼬리를 축 늘어뜨린 내가 입술을 깨물었다. 안 올 줄 알았는데.

쌀쌀맞게 굴 땐 언제고, 저렇게 하얗게 질린 얼굴로 올려다보고 있는 건 너무 반칙이었다.

내게서 시선을 떼지 않은 그는 어울리지 않게 바쁜 손길로 로브와 휘장을 벗어 던졌다.

"움직이지 말고 기다려. 내가 바로 올라갈……."

"아힌."

아힌의 말을 끊어 버린 나는 입을 여러 번 달싹였다. 데리러 와줘서 고맙다고 해야 할지, 아니면 왜 이제 왔냐고 타박해야 할지. 피할 땐 언제고 이러냐고 따져야 할지. 마땅한 말이 떠오르지 않는 복합적인 감정이었다.

결국 어떠한 말도 찾지 못한 내가 조심스레 물었다.

"나 가도 돼?"

어렵사리 꺼낸 질문임에도 불구하고 아힌에게선 아무런 답이 돌아오지 않았다. 다만 망치에 머리라도 맞은 듯한 얼굴로 멍하니 나를 올려다볼 뿐이었다.

잠시간 눈만 깜박이던 그가 이내 양팔을 내 쪽으로 뻗었다.

"못 올 이유가 뭐가 있는데."

"……."

"그런 거 묻지 마."

확신 어린 저음이 왜 이렇게 가슴께를 저릿하게 만드는지 모를 일이었다.

입술을 말아 물던 나는 옆에서 느껴지는 인기척을 향해 휙 고개를 틀었다. 얍체 같은 기사들이 그새 슬금슬금 접근을 시도하고 있었다.

사자 주제에 어딜 토끼를 잡으려고. 거치적거리는 옷자락을 잡은 나는 아힌을 향해 턱을 까딱였다. 이 비비 님이 곧 몸을 날릴 예정이란 신호였다.

그의 눈이 확장되는 동시에 발을 굴린 내가 그대로 뛰어내렸다.

'맙소사.'

눈을 질끈 감자 반대로 온몸의 오감이 곤두섰다. 바람에 저항하며 떨어지던 몸이 풀썩, 누군가의 품으로 안착했다.

드디어 시지의 저택에서 탈출했다는 기쁨도 잠시. 눈을 뜨자마자 멀게만 느껴지던 아힌의 얼굴이 코앞이었다. 비를 맞고 온 듯 깨끗한 피부가 자못 창백했다.

"왜 저런 곳에 있었어, 조금만 기다리면 됐는데."

"……찾으러 오지 않을까 봐."

작게 답한 나는 곧바로 땅에 발을 디뎌 아힌을 끌어안았다. 이러지 않으면 또 질질치 못하게 눈물이 나올 것만 같았다. 기를 쓰며 저택을 나가려고 한 건 사실 아힌이 와 주지 않을 거란 불안감 때문이기도 했다. 초조하게 기다릴 바에야 스스로 나가는 게 훨씬 나으니까.

"아힌, 우리 돌아가자."

가슴팍에 이마만 박고 있자, 커다란 손이 뒷머리를 꾹 눌렀다. 가두듯 나를 끌어안은 아힌이 연신 뒷머리를 헤집었다. 마치 내 존재를 확인하듯 조급한 손길이었다.

"-미안."

차가운 입술이 젖은 머리카락 위로 스치듯 닿았다.

이런 순간에 입술까지 이용한 사과는 아까보다도 더한 반칙 아닌가. 그러한 불평을 말하진 못한 내가 아힌의 품에 파고들며 이마를 비볐다.

"미안해."

덩달아 몸을 굽혀 나를 옭아매듯 안은 아힌이 재차 속삭였다.

"미안……."

뒷머리를 쓰는 손이 미세하게 떨렸다. 어떠한 변명도 붙지 않은 사과였지만, 난생처음 듣는 억눌린 목소리만으로도 충분했다.

쌓인 서운함을 한층 덜어 낸 나는 폭 한숨을 내쉬었다. 빗속에서 느껴지는 온기가 이루 말할 수 없는 안도감을 가져다줬다.

하늘이 뚫린 것처럼 비가 쏟아질 땐 언제고, 별이 보일 정도로 맑은 밤이 찾아왔다. 멀어지는 그레이스가의 마차를 바라보던 룬이 툭, 저택 벽에 몸을 기대었다.

조금 전, 벽에서 뛰어내릴 때까지 비비의 시선은 단 한 번도 룬에게 닿지 않았다.

'처참하네.'

서로만 좇는 두 사람의 모습을 보는 게 썩 유쾌한 기분은 아니었다. 간접적으로 또 차여 버린 룬이 피식 웃으며 입술을 뗐다.

"누이, 비비를 억지로 붙들어 둬 봤자 아무 소용없어요."

"이번엔 네 말이 맞는 것 같네."

어느덧 곁으로 다가온 레오나가 뒷짐을 졌다.

"아힌 그레이스는 토끼가 감당할 만한 놈이 아니라 조금쯤은 승산이 있을 줄 알았는데."

"저도 처음엔 그렇게 생각했죠."

의욕 없이 중얼거린 룬이 기지개를 쭉 켰다. 유난히 생기 없는 그를 흘끔거린 레오나가 곧 헛웃음을 쳤다. 아힌 그레이스의 성격상 깽판을 칠 줄 알았건만, 돌아가자는 토끼의 한마디에 꼬리를 내리던 꼴이 아직도 기가 막혔다.

"내 평생에 저 재수 없는 흑표범이 쩔쩔매는 꼴을 보게 될 줄이야."

체구는 산만 한 놈이 조그마한 토끼 뒤만 따라다니는 모습이라니. 그도 모자라 토끼를 망토로 칭칭 싸매며 직접 수발까지 들고. 충격적인 장면이 계속해서 레오나의 머릿속을 둥둥 떠다녔다.

"문제입니다, 문제. 요즘은 온 그레이스 저택 일원이 토끼님의 뒤만 졸졸 따라다닙니다."

대화를 나누는 두 사람 사이로 불쑥 이브린이 끼어들었다. 덕분에 질겁한 레오나가 노골적으로 표정을 구겼다.

"네 녀석은 왜 안 가고 여기 있어?"

"저를 깜박 두고 가셨거든요. 모두의 기억 속에서 잊힌 모양입니다."

그렇게 주장하는 이브린은 버려진 사람치곤 지나치게 태연한 얼굴이었다. 퍽 진중한 낯짝을 올려 보던 레오나는 문득 턱을 매만졌다.

"……생각해 봤는데."

"예."

"아무래도 토끼의 힘은 그레이스가에는 아까운 것 같아."

지나치게 터무니없는 힘이었다. 정예 기사 몇십 명을, 하물며 손가락 하나 까딱하지 않고 잠재우는 힘은 웬만한 수장 가문에 버금가는 능력. 실제로 장차 그레이스가의 뛰어난 전력이 될지도 몰랐다.

"맞습니다, 토끼님은 앞발로 대륙을 뒤흔들 분이시니까요."

“……그거 일리 있군.”

그냥 하는 소리가 아니라고 생각한 레오나가 진지하게 고개를 끄덕였다.

“영웅의 후손일지도 모릅니다.”

“과연. 그런데 넌 안 가?”

“송구하지만 멱살을 놓아 주셔야 갈 수 있습니다.”

“아, 습관적으로 그만.”

시시덕거리는 두 사람을 외면한 룬은 미끄러지듯 수그려 앉았다. 그런 그의 곁으로 레스틴이 데려온 토끼가 깡충깡충 뛰어왔다.

“첫사랑이 꽤 기네.”

혼잣말을 읊조린 룬은 검지로 토끼의 뺨을 가볍게 간질였다.

“난 아무래도 평생 혼자일 운명인가 본데.”

토끼는 마치 제가 있다는 듯 앞발로 그의 다리를 짚고 섰다.

“그래, 평생 우리 둘이 살자.”

처연한 웃음을 흘린 룬이 옆에 가만히 선 레스틴을 올려다봤다.

“토끼의 수명은 언제까지지?”

“사자보다 짧은 것으로 알고 있습니다.”

“……역시.”

탄식한 룬은 문득 오래전, 비비가 중얼거리던 것을 떠올렸다. 멀뚱멀뚱 고개만 갸웃거리는 애쉬의 양 뺨을 붙들고선…….

‘오래 살아 줘.’

‘비비. 뭐예요, 그게?’

‘누가 그러는데, 동물은 좋은 말을 많이 들을수록 오래오래 행복하게 산대요. 그래서 그냥 주문처럼 매일 말하고 있어요.’

그런 게 정말 효과가 있긴 하나. 멍하니 허공을 바라보던 룬이 토끼의 아래턱을 살살 쓸었다. 그의 입가에 다정한 미소가 떠올랐다.

“오래 살아 줘.”

오래오래 아프지 말고, 행복하게.

마니언츠가를 떠난 마차가 흑표범 영토 방향으로 바퀴를 틀었다. 망토에 거의 파묻히다시피 한 나는 저녁이 내린 창밖을 응시했다. 세차게 내리던 빗줄기가 점점 얇아지고 있었다.

‘비가 그치려나…….’

창밖에서 시선을 뗀 나는 슬그머니 위를 올려다봤다. 톡, 아힌의 젖은 머리카락에서 흘러내린 물방울이 눈가에 명중했다.

그것을 망토 자락으로 훔친 내가 눈만 도르르 굴렸다. 마차를 모는 중인 릴과 함께 있어야 할 메이미가 보이지 않았다.

“……아힌, 메이미는?”

“제인과 함께 그레이스저로 돌려보냈어. 만약을 대비해서 어머니께도 알려 둬야 하니까.”

만약을 대비한다는 게 뭐를 대비하는 건데? 차마 묻지 못한 나는 조용히 입을 다물었다. 듣지 않아도 뻔했으니까. 아까 아힌이 보인 기세만 봐도 혈혈단신으로 마니언츠 저택에 들이닥칠 심산이었음을 알 수 있었다.

‘오히려 내가 벽에서 뛰어내려 아힌을 만난 게 다행일지도.’

흑표범과 사자의 대립에 토끼 등이 터질 뻔한 위기를 모면한 것과도 다름없었다.

뒤늦은 오한에 부르르 떨자 아힌이 곧바로 물어왔다.

"추워?"

"아니, 딱히 그런 건 아니고."

어색하게 답한 내가 슬그머니 시선을 피했다. 숨이 막히면 막혔지, 이렇게 사람을 꽁꽁 싸맨 채 안아 들고 있는데 추울 리가. 내 손마저 피할 땐 언제고, 현재는 지나치게 몸이 밀착된 상태였다.

몸을 아힌의 반대편으로 살짝 비틀던 나는 흠칫 표정을 굳혔다. 마차 구석에 앉은 슈와 비온이 이쪽을 게슴츠레 흘겨보고 있었기에. 무언가 몹시 아니꼬운 기색이었다.

아무것도 모르는 흑표범들이 보기에도 우리 꼴이 우스운 건가 봐. 괜히 멋쩍어진 내가 다시금 입을 달싹였다.

"저기요……."

"말씀하세요."

"언제까지 이 자세로 있을 건가 해서……."

"저택에 도착할 때까지. 자칫하면 감기 들 수도 있으니까."

그렇군. 딱히 반박할 말을 찾지 못한 내가 수긍하며 고개를 끄덕였다. 실은 오랜만인 듯한 아힌의 품이 썩 나쁘지 않았다.

툭, 천천히 가슴팍에 머리를 기대자 그의 몸이 경직되는 게 느껴졌다. 마차 내부가 고요 속에 잠겼다. 가만히 눈만 깜박인 나는 내내 묻고 싶었던 질문으로 정적을 깨뜨렸다.

"……아힌."

"왜?"

"있잖아, 혹시 내가 불편해?"

아힌에게선 한참 동안 대답이 돌아오지 않았다. 내가 초조함 속에서 시간을 보내는 사이, 아힌 또한 망설이며 입술을 여닫았다.

왠지 답변을 듣기 무서워진 나는 숨듯이 망토 후드를 푹 내려썼다. 후드에 장식된 복슬복슬한 털이 얼굴을 완전히 가렸다.

"-저번에 비비가 나더러 또라이라고 그랬잖아."

곧 뜬금없이 맞는 말이 들려왔다.

"그 정도로 마음대로 살아왔는데, 살다 보니 마음대로 안 되는 것도 있더라고."

"……."

"예전부터 너만 관련되면 그래."

스르륵, 아힌은 천천히 망토 후드를 끌어 내렸다.

"불안하게 만들어서 미안."

뼈대 굵은 손이 내 머리카락을 귀 뒤로 느릿하게 넘겼다. 이어서 내 손바닥에 비껴가듯 입을 맞춘 아힌이 설핏 미소 지었다. 잘게 부서지는 듯한 웃음이었다.

웃고 있음에도 웃는 것 같지 않다고 해야 할까. 그저 빤히 바라보고만 있자, 드물게 그가 먼저 시선을 피했다. 늘 먼저 눈을 피하는 건 나였는데.

"일부러 비비를 피한 건 아니야. 그저……."

"……그저?"

"미안, 당장은 말하기가 어려운 종류라서."

시선을 내린 아힌은 자칫하면 사라져 버리는 것을 대하듯 조심스럽게 내 손을 만지작거렸다.

"모든 것을 숨김없이 공유할 수 있다고 생각했는데, 가끔은 아닐 때도 있더라. 비비가 아카데미에 들르려는 이유를 내게 말하지 않는 것처럼."

'알고 있었어?'

이 귀신같이 눈치만 빠른 맹수. 놀란 티를 내지 않으려 했으나 입이 살짝 벌어지는 건 어쩔 수가 없었다. 네 지배계 페로몬이 미래의 아이에게 미칠 영향이 염려된다는 것이…… 쉽사리 말하기 힘든 종류긴 했다. 어쩌면 아힌도 이것처럼 내게 전하기 어려운 말이 있을지도.

삐질삐질 식은땀만 흘리던 나는 스치듯 무언가가 떠올랐다.

'그러니까 발작이든 뭐든 나랑 거리 두려 하지 마.'

이전에 지배계 페로몬이 날뛸 당시, 아힌이 은근히 나를 피했던 기억이었다. 일순 눈을 엄하게 뜬 내가 양손으로 그의 멱살을 잡아챘다.

"설마 다시 페로몬 발작……."

"그런 거 아니야. 토끼의 간을 걸고 맹세해."

아힌은 양팔을 가볍게 들며 항복 자세를 취했다.

"느닷없이 내 간은 왜 걸어? 걸어도 네 간을 걸어야지!"

"내 간은 비비 거잖아, 비비 간은 내 거고. 그러니까 토끼의 간을 거는 거지."

헛소리다 싶으면서도 구렁이 담 넘어가듯 설득된 내가 입을 삐끔거렸다.

"……정말 아픈 거 아니지?"

"토끼의 간을 건대도."

그사이 은근슬쩍 멱살 잡은 손을 푼 아힌이 나를 휙 돌려 안았다. 얼굴 보고 싶은데. 졸지에 그의 가슴팍에 등을 기대고 앉게 된 나는 불만스럽게 미간을 구겼다.

"이 겨울이 지나기 전에 제대로 말할 수 있도록 할게."

내 머리에 턱을 묻은 아힌이 낮은 목소리로 속삭였다. 그래, 넓은 마음을 가진 비비 님이 기다려 줄 수밖에.

"그래도 너무 피하진 마."

"응, 안 그럴게. 또 사자 영토를 휩쓸러 가면 곤란하니까."

말하기 무섭게 청산유수처럼 고분고분한 답변이 돌아왔다.

'말만 잘하지, 거의 한 달을 도망 다녔으면서.'

기다려 주기로 다짐한 것과 시난날의 설움은 별개였다.

그렇다면……. 허리에 둘러진 팔을 떨친 내가 순식간에 아힌을 밀쳤다. 풀썩, 난데없이 마차 벽으로 밀려난 그가 눈을 동그랗게 떴다. 슬금슬금 다가간 나와 아힌의 얼굴이 숨결이 섞일 만큼 가까워졌다.

"진짜 안 피해……?"

"안 피해."

아힌의 대답과 동시에 스치듯 입술이 맞닿았다가 떨어졌다. 막상 저지르고 나니 자신이 없어진 나는 애꿎은 그의 옷 장식을 만지작거렸다.

"이래도?"

"……이걸 내가 어떻게 피하는데."

아힌은 진심으로 기가 찬다는 듯 어이없는 한숨을 뱉었다. 덕분에 실낱같은 용기가 피어난 나는 다시금 입술을 겹쳤다.

분명히 시작은 나였는데. 어느새 비스듬히 고개를 튼 그가 깊숙이 파고들었다. 숨이 가빠질 만큼 어지러운 입맞춤이었다.

갈급한 손이 내 목덜미를 누를 즈음, 나는 예고 없이 입술을 떼어냈다.

"-왜."

잠긴 저음과 반쯤 뜨인 붉은 눈이 뭇 토끼의 마음을 뒤흔들었다. 그러나 불굴의 의지로 유혹을 떨친 내가 탁탁, 자리를 정리하며 아힌을 원 자세로 복귀시켰다.

"무슨……."

뒤이어 부지런히 움직인 나는 조금 전과 같은 자세로 그의 품에 등을 기대었다.

"당분간은 내가 만지고 싶을 때만 닿는 걸로 할래."

무거운 침묵의 시간이 지나갔다. 앙금 서린 복수를 당했단 사실을 깨달았는지, 아힌은 아직 열기가 남은 헛웃음을 흘렸다.

"차라리 발밑을 기는 벌을 내려."

"그건 네가 좋아하는 거잖아."

"내가 어떻게 하면 되는데."

"어떻게 하긴, 나한테 휘둘리란 소리지."

항변을 시도하던 아힌은 얼마 지나지 않아 얌전해졌다. 아무래도 나한테 휘둘린단 사실이 짜릿하게 다가온 모양이었다.

'또라이…….'

몸에 힘을 풀며 아힌에게 기댄 나는 작게 중얼거렸다.

"나도 일부러 아카데미에 가는 이유를 말하지 않은 건 아니야. 그, 나중에……."

"비비."

"어?"

"말하고 싶을 때 말해도 돼."

"무슨 얘기인 줄 알고?"

"언젠간 말해 주는 거 아닌가? 바람피우는 것만 아니면 괜찮아."

순간이지만 바람이란 단어에 힘이 실렸다. 그것을 모른 척한 내가 계속해서 말을 이었다.

"사실 난 아힌이 나를 피하는 이유가 질렸다거나…… 아무튼 그런 건 줄 알았어."

"그럴 리가. 너한테 질릴 바엔 차라리 죽는 편이 낫지."

왜 밑도 끝도 없이 그런 극단적인 결말로 가시는 건데요. 기가 찬 마음에 홱 고개를 꺾어 올려 보자, 비에 젖어도 젖은 대로 예쁜 얼굴이 보였다. 더욱이 평소보다 하얀 피부로 인해 붉은 입술이 더욱 도드라졌다.

'사람이 이렇게 생겨도 되나.'

해도 해도 너무한 얼굴이라고 생각한 내가 가자미눈을 떴다.

"갑자기 왜 째려보는데."

"내가 언제…… 요."

맹수들이 대체로 미려하게 생긴 건 먹이를 유인하기 위해서란 편견을 도통 지울 수가 없었다. 덩달아 슬쩍 째려보던 아힌은 대뜸 내 볼을 양쪽으로 쭉 늘렸다.

"오히려 나는 비비가 날 버리고 사자 영토로 가버린 걸까 봐 불안했는데."

볼이 가로로 늘어난 내가 슬쩍 물었다.

"……만약 진짜 그런 거였으면 어떡하려고 했는데?"

"그냥 조금."

"그냥 조금?"

"미쳐 버리지 않았을까."

한순간 붉은 눈동자 위에 머무른 선득함을 발견한 나는 목석처럼 전방으로 시선을 고정했다.

"그렇구나……."

"그렇지."

유순하고 나른한 음성은 전부 연막에 불과할 뿐이었다.

'그렇지 같은 소리 하네.'

원래도 미친 맹수가 더 미쳐 버리면 어떻게 될지 감히 가늠할 수 없었다.

하하, 영혼 없이 웃던 나는 문득 출처 모를 허전함을 느꼈다. 마치 귓가에서 종알종알 떠드는 앵무새라도 잃어버린 듯한 기분이었다. 슈와 비온은 피곤했는지 애쉬처럼 크왕 잠꼬대를 하는 중이고. 릴은 마부석에 앉아 있고. 빠르게 두리번거리던 내가 곧 망연한 얼굴로 입을 가로막았다. 둘째 또라이가 없었다.

"아힌, 이브린을 두고 왔나 봐!"

"알아."

"안다고?"

태연스레 답한 아힌은 내 머리에 턱을 비비적거리며 말했다.

"사자의 저택에 쳐들어가자마자 나만 두고 숨기에. 비비랑 화해하라고 자리를 비켜 준 건가 싶어서 두고 왔어."

그게 아니라 위험할 것 같으니까 홀랑 달아난 거겠지. 괘씸함에 이브린을 사자 영토에 고의로 두고 온 것임이 분명했다.

아연해진 나는 아힌의 뺨을 밀어내곤 마차 창문에 찰싹 붙었다. 덜컹덜컹, 이브린이 남겨진 사자 영토가 빠른 속도로 멀어지는 중이었다.

"혼자 돌아올 수 있으려나?"

"난 항상 혼자 돌아왔잖아."

"그렇긴 해도……."

"사자라도 타고 돌아오겠지. 빨리 이리 와, 젖어서 감기 걸려."

주르륵 끌려간 나는 다시금 아힌의 품에 폭삭 갇히고 말았다. 평소 대화를 나눌 땐 맞춘 듯 죽이 잘 맞으면서, 위기 상황에는 누구보다 열심히 서로를 버리고. 정말 알다가도 모를 군신 관계였다.

+

그레이스가의 전령 새

그레이스가.

"아니, 이 흉물은 뭐야!"

"셰, 셰프! 왜 그러십니까?"

"어느 녀석이 이딴 혼종 케이크를 만들어 놨어! 대체 누가 토끼 머리에 흑표범의 몸통을 붙여 둔 거야!"

"그게, 이건 토끼님의 졸업식 피로연에 올라갈 케이크 샘플인데, 이브린 님께서 특별 주문을 하셔서……."

이른 오전, 떠들썩한 주방 모퉁이에 새 부리가 번개처럼 나타났다가 사라졌다. 오늘도 혼란스러운 주방에서 딸기를 서리한 퀸은 그레이스 저택의 하늘을 가로질렀다.

"데려다주셔서 감사합니다."

퀸의 시야로 웬 수사자를 타고 귀가한 이브린이 들어왔다. 늘 깔끔하던 평소와 달리 유난히 초췌한 차림새였다.

"덕분에 무사히 도착할 수 있었습니다. 답례로 고기라도 대접……저기, 제 손을 대접하겠다는 의미가 아닙니다."

사자에게 악수를 요청하던 이브린은 그대로 손을 질겅질겅 먹히고 말았다.

'머리카락은 또 왜 저렇게 치솟은 건지.'

쯧, 혀를 차며 외면한 퀸은 이번엔 발렌스의 집무실로 날아갔다.

"수고했다."

푸드덕, 발렌스는 퀸이 창가에 안착하자마자 냉큼 딸기 파이가 든 상자를 내밀었다. 이따금씩 화가가 그린 토끼의 초상화를 아힌 몰래 전달하는 임무에 대한 대가였다.

"내 것은 아버님이 슬쩍 가져가 버리셔서 말이야. 처음엔 책 읽는 토끼를 보곤 기절까지 하셨던 분이……. 세상만사 모를 일이지."

책 읽는 토끼 초상화의 복제본과 최고급 딸기 파이의 맞교환. 그것은 기밀문서를 주고받는 행위 이상의 진중함이었다.

상자를 집어 든 퀸이 날아가려는 찰나.

"최근 저택이 비교적 한가로워졌구나."

발렌스가 창틀을 톡톡 치며 발길을 붙들었다.

"네가 전달할 만한 기밀 전서도 대폭 줄었고. 그래서 그런지 요즘 따라 따분해 보이는군."

날갯짓을 멈춘 퀸은 약간 뜨끔한 얼굴로 발렌스를 돌아봤다. 누가 혈육 아니랄까 봐 아힌처럼 눈치 하나는 일품이었다.

"나무에 앉아 시간을 보내는 건 네게 있어 꽤나 고역일 텐데."

창가에 선 발렌스는 묘한 미소를 지으며 창밖으로 손을 뻗었다. 손가락 사이사이로 차가운 겨울바람이 스쳐 지나갔다.

"이 저택에만 머문 지도 벌써 십 년이 다 되어 가는데, 얽매이는 걸 꺼리는 새 수인에겐 상당히 긴 시간이지 않니?"

딱히 반응하지 않은 퀸은 괜히 파이 상자를 깔짝거렸다. 속내를 꿰뚫어 보듯이 말하는 발렌스가 껄끄러운 탓이었다.

“혹시 떠나게 되면 내게도 한 번은 들러 주렴, 뭐든 원하는 것을 줄 테니. 예전에 토끼를 돼지 영토로 옮겨 준 것에 대한 보답을 하고 싶구나.”

대답 대신 까딱 고갯짓을 한 퀸이 높이 날아올랐다.

‘-떠날 때라.’

그는 하늘을 가로지르며 발렌스의 말을 되뇌었다. 확실히. 근래에 종종 대륙 너머로 날아가 볼까 싶은 생각이 드는 건 사실이었다.

‘발렌스 수장의 말대로 벌써 십 년이 다 되어 가는군.’

처음 아힌을 만났을 때가 예쁘장한 소년일 때였으니까. 물론 당시에도 정강이를 차 주고 싶을 만큼 오만한 인간이긴 했다.

‘목숨을 구해 줬는데 아무런 보답도 없나? 이브린이 새들은 은혜를 베풀면 보은을 한다던데.’

‘보은?’

‘가령 수발을 든다든가. 마침 전령 새도 필요했던 참이니까……음, 한 오 년 정도?’

‘이 고양이 새끼가, 내가 언제 구해 달래?’

‘고양이가 아니라 흑표범인데. 말이 너무 심해서 마음에 상처를 입었으니까 수발 기간을 십 년으로 늘리지.’

바라에게 죽을 뻔한 목숨을 구원받은 직후, 아힌과 약속한 십 년이란 시간이 다 되어가기도 하고. 더욱이 비비가 완전히 저택으로 귀환하면 아카데미를 오갈 필요마저 사라지는 것이었다.

‘여기도 슬슬 떠날 때가 되었나.’

퀸은 상념에 빠지기 직전, 호시탐탐 딸기를 노리는 애쉬를 피해 파이 상자를 숨겼다. 푸드덕, 완벽한 은폐 후 날아오른 퀸이 저택 위를 맴돌았다.

언제부터일까. 언뜻 삭막하기까지 하던 그레이스 저택은 인지하지 못한 사이 여러 색채가 깃들어 있었다. 고용인들의 얼굴빛이 한층 산뜻해진 건 물론, 필요에 의해 기르던 흑표범들은 어느덧 퀸의 딸기를 노릴 정도로 신분이 상승했다.

이것은 전부 위험한 미친놈이던 아힌이 온건한 또라이-비비 한정-로 거듭난 것에서 기인한 변화였다. 그 모든 건 바구니 속에 있던 꼬질꼬질한 새끼 토끼의 등장에서부터 시작되었고.

이제 바구니만 보면 노여워하는 토끼를 떠올린 퀸이 피식 바람 새는 소리를 냈다. 발로 바닥을 탕 구르는 게 아주 폭군이 따로 없었다.

쐐액- 자연스레 실내 온실로 날아가던 그는 비비를 발견하자마자 왈칵 인상을 찌푸렸다.

'저건…….'

근래 아힌과 사이가 서먹하다고 하더니. 그새 화해했는지 누더기 같은 꽃다발을 든 낭만 토끼가 힘차게 걸어가고 있었다. 아힌이 환하게 웃는 건 꽃을 좋아해서가 아니라, 꽃을 내미는 저 때문인 것도 모르고. 아직까지도 아힌이 꽃을 좋아한다고 철석같이 믿고 있는 실정이었다.

괜히 걱정이 된 퀸은 비비가 걷는 길을 따라 천천히 비행했다.

'저 답답한 게.'

아힌 그레이스가 제게 얼마나 환장해 있는지도 모른 채 위태로운 짓만 골라 할 때마다 속이 탔다. 굳이 꽃을 주는 수고를 거치지 않고, 발로 차주기만 해도 그 인간은 좋아 죽을 텐데.

스스로 불구덩이로 걸어가는 비비를 따라가던 퀸이 멈칫했다. 잠깐 멈춘 비비가 고개를 꺾어 그를 빤히 올려다보고 있었기에.

“퀸!”

활짝 웃은 비비는 꽃다발에서 꽃 한 송이를 꺼내어 달랑달랑 흔들었다. 선물로 주겠다는 의미였다. 딸기 외의 선물은 쓸모없는 퀸은 팽하니 콧방귀를 뀌었다.

“하여간 쌀쌀맞긴, 여기 두고 갈게.”

툴툴거린 비비가 다시금 제 갈 길을 가기 시작했다.

자연스레 뒤따라 날던 퀸은 비비의 발이 머무는 곳을 흘끔 내려다봤다. 생각해 보면 자신은 어느 순간부터 토끼의 발자취를 좇고 있었다.

시작은 아힌이 주워 온 새끼 토끼의 감시에서부터였다. 모두가 자리를 비운 밤, 그때가 되면 새끼 토끼는 늘 테라스에 앉아 달을 올려다보곤 했다. 은연중 자유에 대한 갈망이 드러나는 행동이었다.

퀸은 간간이 함께 달을 감상하는 시간이 꽤 나쁘지 않았다. 또 제 힘을 깨닫기 위해 매일같이 허공에 솜뭉치를 날리며 수련하고, 아직 경험해보지 못한 세상을 동경하며 지도를 펼치기도 하고. 그러다 사람으로 변한 토끼가 스스로 벌컥 문을 열고 걸음을 내디뎠을 땐, 오히려 그가 희열을 느껴 버린 적도 있었다. 더욱이 그레이스가를 떠난 일 년 반, 아카데미에 재학하는 몇 년 동안에도 토끼는 수많은 맹수들을 제압하며 정진하고 또 정진했다.

곱씹어 보면 생각 이상으로 아힌이 모르는 비비의 시간을 함께해

온 퀸이었다.

"아힌!"

이어지던 퀸의 상념이 아힌의 등장으로 인해 깨졌다. 꽃다발을 등 뒤로 숨긴 비비는 기웃거리며 아힌의 주변을 돌았다.

"비비, 추운데 왜 나와 있어. 일단 안으로……."

"이거 봐."

낭만 토끼가 드디어 숨겨 둔 누더기 꽃다발을 불쑥 내밀었다. 주변 교목에 안착한 퀸은 이어질 이런 예쁜 꽃다발은 처음이란 아힌의 거짓 찬사를 기다렸다. 그러한 예상과 달리, 꽃다발을 받아 든 아힌은 눈에 띄게 미간을 구겼다.

"꽃다발 모양이 좀 이상한데?"

저 흑표범이 미쳤나. 아힌의 노골적인 질타에 놀란 퀸이 날개로 부리를 가로막았다. 그러나 비비는 기분 나쁜 기색 없이 은근히 발뒤꿈치를 들썩였다.

"모양을 자세히 봐 봐."

지시에 따라 심오하게 꽃다발을 관찰한 아힌이 중얼거렸다.

"-복숭아?"

"틀렸어."

"엉덩이?"

"아니, 이게 어딜 봐서 엉덩이야? 누가 봐도 하트잖아!"

일순 긴장이 탁 풀려 버린 퀸은 한숨을 내쉬었다. 어쩐지, 오늘따라 꽃다발이 한층 엉망이다 싶더라니. 나름 모양까지 새기는 정성을 들인 덕분이었다.

"내가 비비 님의 깊은 뜻을 몰랐네."

"괜찮아, 틀릴 수도 있지."

비소를 흘리던 퀸은 미세하게 꿈틀거리는 아힌의 입꼬리를 발견했다. 고작 하트 꽃다발 하나로도 좋아 쓰러지기 일보 직전인 모양이었다.

"잠깐만."

화룡점정으로 비비는 꽃다발을 만든 후 남은 리본으로 아힌의 손목을 묶기 시작했다. 그를 기점으로 퀸은 아힌의 이성 줄이 끊기지 않았을까 생각했다.

"꽃다발 다음엔 납치인가?"

순순히 묶인 아힌이 나른하게 눈가를 접었다.

"요즘 식사도 같이 못 했잖아. 오후에 아카데미로 출발할 예정이니까, 오늘 점심은 꼭 나랑 먹어야 돼."

"아, 점심 메뉴가 나인 거네."

"맞아, 내가 너를…… 네?"

"짐승 토끼."

그렇게 토끼는 대낮부터 인내심이 사라진 맹수에게 들려 가고 말았다.

저럴 줄 알았다. 예상한 결말을 바라보던 퀸은 문득 혼인식 날짜가 잡힌 후, 비비가 제게 했던 말을 떠올렸다.

'퀸, 혹시 나중에라도 토끼 수인인 아이가 태어나면…… 나랑 같이 토끼 영토에 데려다줄 수 있을까? 바구니에 태워서라든지.'

'토끼 영토가 어떤 곳인지는 알려 주고 싶거든.'

'아무래도 아힌이나 메이미랑 같이 시가지에 가면 사람들이 달아나기 바쁘지 않을까 싶어서.'

맹금류라도 새 수인은 덜 무서워하잖아, 비비는 어깨를 으쓱이며 너스레를 떨었었다.

'떠나기엔 아직 할 일이 남긴 했군.'

맹수의 영토에서 살아가는 토끼의 삶을 조금 더 응원하고 싶기도 하고.

당장 떠나는 것까진 보류한 퀸은 비비가 그의 몫으로 두고 간 꽃 한 송이를 물어 챘다. 그레이스가나, 토끼나. 어느새 떨칠 수 없을 만큼 정이 들어 버린 모양이었다.

외전 Ⅱ

새로운 겨울의 기억

마차에 배낭을 실은 나는 배웅 나온 애쉬의 앞에 숙여 앉았다.

"애쉬, 이번이 정말 마지막으로 다녀오는 거야. 졸업한 후엔 매일 매일 붙어 있자."

애쉬는 무슨 말인지도 모르면서 앞발로 힘차게 거수경례를 취했다. 덩달아 경례하던 나는 묘한 허전함에 주위를 두리번거렸다.

"바라랑 슈, 비온은?"

"경계의 숲. 슬슬 바라가 사냥을 가르칠 모양이던데."

대신 답한 아힌이 마차에 기대어 섰다.

"이틀 뒤면 내가 데려다줄 수 있다고 했잖아. 꼭 오늘 가야 돼?"

묻는 음성이 지독히도 못마땅한 기색이었다.

"나랑 아힌이랑 함께 가면 아카데미가 뒤집힐걸."

"어차피 졸업 후에는 전부 들킬 텐데 뭐."

"이왕이면 졸업식까진 감추는 편이 좋지. 할아버님도 졸업식 준비로 바쁘신데 소문까지 더할 순 없잖아."

불만스러워 보이는 아힌을 흘끔거린 나는 슬금슬금 게걸음으로 거리를 벌렸다.

'위험해…….'

어떻게 식사 신청을 그런 식으로 해석할 수 있는지. 백주부터 사람을 기진맥진하게 만들어 놓은 주제에, 정작 본인은 저토록 멀쩡한 것조차 마음에 들지 않았다.

뺨을 붉게 물들인 나는 도망치듯 마차 안으로 들어갔다. 뒤이어 황급히 문을 닫으려 했지만,

"비비, 진짜 졸업식 당일까지 안 돌아오려고?"

탁, 슬프게도 아힌이 발로 가로막는 게 더 빨랐다.

"며칠 안 남았기도 하고, 졸업식 연설 내용도 아직 작성 중이라서."

"졸업식엔 어머니도 가실 것 같던데."

"응, 내가 초대했어. 졸업식 당일까지 숨길 필요는 없으니까."

벌컥, 탁. 벌컥, 탁. 태연히 대화를 나누는 와중에도 문을 열고 닫는 씨름은 계속됐다.

"왜 이렇게 보내기 싫지."

결국 승리한 아힌은 문을 완전히 열고선 낮게 웃음을 터뜨렸다.

"조심해, 어제처럼 다른 길로 새면 주머니에 넣어 버릴 거니까."

"이, 이제 안 들어가지거든?"

"큰 토끼 전용으로 제작하면 돼."

참나. 슬쩍 노려본 나는 수가 부쩍 불어난 호위 기사들을 둘러봤다. 다른 길로 새고 싶어도 불가능한 숫자였다.

내 망토를 제대로 여미어 준 아힌은 문고리를 붙잡았다.

"문 닫을게."

"아힌, 잠시만."

급히 만류한 내가 의자에 둔 배낭을 뒤적였다. 어디 넣어뒀더라. 팔을 휘적거리고 있으니 곧 작은 유리병이 손에 잡혔다.

"이거."

유리병을 꺼내어 불쑥 내밀자, 받아 든 아힌이 아리송하게 눈을 깜박였다. 설명을 요하는 눈빛이었다.

"그-, 물약 제조 강의 시간에 만든 건데……."

망설인 내가 조금 수줍게 말을 이어 갔다.

"……서로를 더 잘 이해할 수 있게 해 주는 물약을 만들어 봤거든."

"너무 추상적인데. 샘플인가?"

"으응. 어차피 효능도 없을 거니까 기념으로 갖고 있, 그걸 마시면 어떡해?"

아힌은 설명을 채 끝마치기도 전에 물약을 털어 넣고 말았다.

"비비를 더 잘 이해할 수 있다며."

이 맹수는 내일이 없나 봐. 경악한 나는 튕기듯 마차에서 내려 아힌을 붙들었다.

"괘, 괜찮아?"

걱정과 달리 지극히 멀쩡한 아힌이 팔을 으쓱였다. 그럼에도 믿지 못한 내가 얼른 치유계 페로몬을 운용하여 그의 몸으로 흘려 넣었다.

"비비, 강의 중에 만든 수준의 물약은 아무런 효과도 없어."

"하지만……."

아힌은 한 팔로 나를 들어 친히 마차에 올려줬다.

"너구리 일족인 칼렌 교수의 강의였겠지."

"맞아, 어떻게 알아?"

"아는 자거든. 어차피 너구리 일족 약의 효과는 기한이 지나면 사라지는데 아깝잖아, 비비가 준 건데. 그런 설명 없었어?"

설명? 안절부절 엉덩이를 들썩이던 나는 칼렌 교수와의 강의를 떠올렸다.

'학도 여러분이 만든 물약은 영양제 정도이니, 지인에게 선물해도 무방합니다. 학도끼리 교환해도 좋고요.'

뒤늦게 강의 내용을 상기한 내가 안심하며 가슴을 쓸어내렸다. 아무리 그래도 간 떨어질 뻔했잖아. 도끼눈을 한 채 흘기자, 내 이마에 가볍게 입을 맞춘 아힌이 햇살처럼 미소 지었다.

"그럼 졸업식 때 봐."

물약에 대한 여파가 가시질 않았는지, 마차 창밖으로 고개를 내민 비비가 길이길이 아힌을 쏘아봤다.

마차가 완전히 보이지 않을 때까지 손을 흔들어준 아힌은 회중시계를 확인했다. 늦은 오후엔 혼인식에 입을 예복 치수를 미리 측정해야 한다며 부르짖는 의상 전문가를 만나고. 내일은 페레니움 반지 세공사의 방문. 비비의 졸업식 당일에 시간을 전부 비우려면 일정이 촉박했다.

"애쉬."

아힌은 여전히 마차가 사라진 방향 쪽에 앉은 애쉬를 돌아봤다.

"애쉬, 이제 그만 들어……."

순간 애쉬의 모습이 잔상처럼 미어진 그가 머리를 짚었다.

'무슨……'

그 자세로 가만히 제자리에 서 있자, 얼마 지나지 않아 눈앞이 온전해졌다. 가벼운 현기증이라도 일으킨 모양이었다.

그러나 이상하리만치 시야가 어색한 느낌이기도 했다. 세상이 커다랗게 변한 느낌이라고 설명해야 할까.

타박타박, 꺼림칙한 위화감을 떨치지 못한 채 두리번거리는 아힌의 앞으로 애쉬가 다가왔다. 천천히 올라간 그의 시선이 애쉬의 앞발, 긴 다리, 장엄한 턱. 끝으로 번득이는 노란 눈동자에서 멈췄다.

그제야 위화감의 정체를 깨달은 아힌이 급속도로 표정을 굳혔다. 애쉬가 어림잡아 다섯 배는 산만 해진 상태였다.

'-뭐야, 이건.'

산만 해진 애쉬를 올려다보는 아힌의 동공이 전에 없이 떨렸다. 툭, 반사적으로 물러나던 그의 발에 부드러운 천이 스쳤다. 조금 전까지만 해도 아힌이 입고 있던 옷가지였다.

내가 옷을 벗었던가. 바깥에서 벗는 것엔 딱히 취미가 없는데. 말도 안 되는 생각을 해버린 그가 옷가지를 줍기 위해 손을 뻗었다. 그러나 어디서 나타났는지 모를 앞발이 천 위에서 미끄러질 뿐이었다.

'……앞발?'

검은 솜뭉치를 멀거니 응시하던 아힌이 손을 착 뒤집었다. 곧장 크고 작은 동그라미가 모인 발바닥이 보였다.

'……?'

손바닥이 아니라 발바닥이라고? 더듬더듬, 몸을 문질렀지만 느껴지는 거라곤 털, 털, 털…… 이 전부였다. 어울리지 않게 어지럼증을 느낀 그가 저택, 인근의 나무, 애쉬를 차례로 둘러봤다. 그리고 오래 지나지 않아 참혹한 현실을 직시할 수밖에 없었다.

세상이 커진 게 아니었다. 단지 자신이 작아진 것일 뿐. 자세히 확인하진 못했지만, 새끼 흑표범 비슷한 걸로 변한 게 틀림없었다.

'서로를 더 잘 이해할 수 있게 해 주는 물약을 만들어 봤거든.'

'서로를 더 잘 이해할 수 있게 해 주는 물약…….'

수줍게 말하던 비비의 목소리가 환청처럼 메아리쳤다.

'그게 너도 한번 작아져 보란 의미였어?'

연거푸 발을 뒤집던 아힌은 혹시나 하는 마음에 페로몬을 운용했다. 다행히 지배계 페로몬은 활용이 가능했으나, 희한하게도 몸은 그가 사람으로 돌아가는 것을 거부하고 있었다.

그냥 기절할까. 진지하게 고민하는 아힌의 위로 거뭇한 그림자가 졌다. 눈을 반쯤 내리뜬 애쉬였다.

어딘지 으스대는 듯한 표정의 애쉬는 앞발로 아힌을 툭툭 밀기 시작했다. 뭐가 어떻게 된 건진 모르겠지만, 매일 비비를 뺏어 가는 옛 주인에게 복수할 수 있는 절호의 기회였다.

이 나쁜 놈, 도둑놈. 어느 때보다 우쭐해진 애쉬가 이리저리 아힌을 밀어 댔다.

'멈춰, 애쉬.'

힘의 우위에 밀려 데굴데굴 구르던 아힌이 고민에 잠겼다. 페로몬으로 반격하자니 애쉬의 뒷배엔 비비가 있었고, 계속 구르자니 이런 모욕은 난생처음이었다. 철퍼덕, 끝끝내 비비의 최측근을 공격하지 못한 아힌이 나가떨어졌다.

'젠장.'

넝마가 된 꼴로 엉금엉금 기던 그는 절망을 느꼈다. 엎친 데 덮친 격으로, 경계의 숲에서 돌아온 바라가 놀란 표정을 하고선 달려오고 있었다.

–애쉬……?

둘 앞에 당도한 바라는 애쉬와 새끼 흑표범을 당혹스럽게 번갈아 봤다. 우리가 슈와 비온 외에 언제 또 새끼를 낳았던가. 기억상실에라도 걸렸는지 아무것도 기억나지 않았다. 그렇다고 애쉬가 자애롭게 다른 흑표범의 새끼를 돌봐 줄 성미도 아니고. 설마 숨겨 둔…….

끝으로 터무니없는 가설에 디다른 비리기 현기증을 느끼며 털썩 주저앉았다. 애쉬의 바람, 그리고 숨겨 둔 아이. 이미 바라의 세상은 피폐한 장르로 변모하고 말았다.

비틀거리는 바라를 무시한 애쉬는 아힌을 뚫어져라 내려다봤다. 마음 같아선 무력해진 옛 주인을 콱 물어뜯고 싶지만, 짜증 나게도 비비가 세상에서 두 번째로 예뻐하는 생물이라 차마 실행에 옮길 순 없었다. 물론 비비의 첫 번째는 애쉬 자신이었다.

마침 비슷한 생각을 한 아힌 또한 느릿하게 애쉬를 올려다봤다. 서로 비비를 봐서 넘어가는 것으로 하도록 하지. 애쉬와 아힌은 눈빛을 주고받으며 타협을 마쳤다.

이윽고 천천히 아힌의 덜미를 물어 든 애쉬가 얼빠진 바라를 툭 밀었다.

–바라, 저택으로…….

–애쉬, 변명이라도 해.

애쉬의 바람 상대를 찾아 없애고, 아무것도 모르는 새끼 흑표범은 거두겠단 결심까지 끝낸 바라가 애쉬를 돌아봤다. 샛노란 눈 주변에 물기가 핑 돌았다.

-거짓말이라도 괜찮아. 어차피 나는 네가 어떤 행동을 해도 받아들일 수밖에 없…….

-뜬금없이 뭐라는 거야? 그보다 저것 좀 주워서 따라와.

-……?

얼떨떨한 시선이 바닥에 널브러진 웬 옷가지에 닿았다. 굳은 채 옷가지를 바라보던 바라가 곧 킁킁거리며 아힌의 냄새를 맡기 시작했다.

외간 새끼 흑표범이 아니라 토끼의 졸개였군!

드디어 새끼 흑표범의 정체를 깨달은 바라가 눈에 띄게 밝아졌다. 엉덩이를 씰룩이며 옷가지를 무는 속도가 화살보다도 빨랐다. 안 봐도 뻔한 생각의 흐름을 눈치챈 애쉬는 픽 웃음 치며 저택 입구로 걸음을 틀었다.

목적지는 비비의 노예-이브린-가 있을 아힌의 집무실이었다.

아힌의 집무실 내부. 이브린은 애쉬와 바라가 물어온 새끼 흑표범을 빤히 눈여겨봤다.

그는 살면서 이렇게 오만한 흑표범을 본 적이 없었다. 당당히 걸어가선 최상석인 아힌의 의자에 떡하니 앉는 태도라니. 책상 너머로 귀만 빼꼼 보이는 모습은 이 세상의 것이 아닌 듯한 근엄함이었다.

혹시 그레이스가에 방문한 어린 귀족 자제인가 싶었던 이브린이 다른 보좌관들에게 눈짓했다.

"……누구?"

모릅니다, 나란히 선 세 명의 보좌관이 동시에 고개를 가로저었다.

애당초 새끼 흑표범은 인간화를 치르지 않은 어린 수인이라 보기엔 지나치게 몸놀림이 날렵했다. 그러나 이상하리만치 이브린의 생존 본능은 저 새끼 흑표범을 경계하고 있었다.

차분히 살피던 이브린은 얼마 지나지 않아 바라가 입에 문 옷가지를 발견했다. 오늘 아침 아힌이 입고 있던 검은 정복이었다.

"설마……."

드물게 동요한 이브린이 떨리는 음성으로 물었다.

"설마 아힌 님…… 이십니까?"

"어휴, 이브린 님. 또 이러신다!"

"농담도 참."

그게 으레 있는 이브린의 질 나쁜 농담이라 생각한 보좌관들이 허허너스레를 떨었다. 아직 옷가지를 발견하지 못한 것에서 오는 용기였다.

"저런 깜찍한 아힌 님이라니요. 있을 수 없는 일입니다."

이브린은 퍼져 나가는 웃음 속에서 미소조차 지을 수 없었다. 새끼 흑표범의 눈동자가 깜찍은커녕 무섭도록 스산한 빛을 띠고 있었으니.

"절대 아힌 님이 아니라는 것에 제 목을 걸겠습니다."

개중 끝까지 우스갯소리를 하던 보좌관은 뒤늦게 분위기가 묘한 것을 깨달았다.

하하, 하하하……. 호쾌한 웃음소리가 점점 멎어 들었다.

그제야 바라의 입에 물린 옷가지를 확인한 보좌관이 양손을 모았다. 죽었다. 끔찍한 미래를 그린 보좌관의 눈에서 눈물이 한 방울 흘러내렸다.

입은 웃고 눈은 우는 희한한 광경에서 시선을 뗀 이브린은 고저 없이 말했다.

"목이 잘리기 전에 주치의를 불러오는 게 좋겠군요. 다른 사용인에게 알리지 말고, 은밀히."

잠시 후, 헐레벌떡 달려온 주치의는 조심스레 아힌의 몸을 뒤집었다. 아힌의 옷가지에 함께 딸려온 유리병을 살피고, 이어서 각종 진단을 마친 그가 말문을 텄다.

"약병에 남은 성분은 무사히 채취했습니다. 아무래도…… 이런, 죄송합니다."

실수로 민감한 부위인 배를 만져 버린 주치의가 거듭 사과했다. 어딜. 앞발로 찰싹 그의 손을 쳐 낸 아힌은 배를 소중히 보호했다.

"크흠, 큼."

예민한 고양이와 다름없다고 생각한 주치의는 다시 말을 이어 갔다.

"아카데미 강의에서 만든 수준의 물약은 실제로 영양제 정도가 맞지만, 제조자가 토끼님인 게 문제인 듯합니다."

'비비가? 어째서지?'

아힌은 목소리를 내지 못하는 사실도 잊은 채 입을 뻐끔거렸다. 다행히 용케 알아들은 주치의가 설명을 덧붙였다.

"너구리 일족의 물약은 제조자가 가진 페로몬 힘에 따라 효과가 결정되기도 하죠. 그러니 아무리 초심자라 해도 토끼님이 만든 물약은……."

뜸 들인 주치의는 대륙을 뒤져도 전무하다시피 한 치유계 페로몬을 상기했다.

"전문가가 만든 물약과 비슷한 효과를 발휘하지 않을까 감히 아뢰어 봅니다."

"……."

"또한 강의에서 신체가 줄어드는 물약을 만들 리는 없으니……. 제조 중에 토끼님의 페로몬이 과하게 스며들거나, 배합을 잘못하신 건 아닐지 추측 중입니다."

자신의 크나큰 방심을 깨달은 아힌이 앞발로 관자놀이를 짚었다.

하필 비비는 왜 그렇게 생겨선. 온유한 이목구비를 비롯하여, 큰 소리만 들려도 몸을 날려 숨는 행동은 비비가 아힌보다 강할지도 모른단 사실을 잊게끔 만들었다.

"그럼 인간으로 돌아가는 방법은?"

잠자코 듣고 있던 이브린이 물었다.

"그게, 물약의 정확한 성분을 알 수 없어서……. 그래도 너구리 일족의 약은 시간제한이 존재하니, 늦어도 닷새 안엔 사람으로 돌아갈 수 있으실 겁니다."

'닷새라고?'

절대 안 돼. 벌떡 몸을 일으킨 아힌이 주치의의 손가락을 잡고 흔들었다. 닷새 후면 분명 비비의 아카데미 졸업식이 있는 날. 그 중요한 날에 이런 꼬질꼬질한 꼴로 참석할 순 없는 노릇이었다.

'졸업식 날 모두가 올 텐데, 연설 때 실수하면 어떡하지?'

아힌의 눈앞에 은근히 기대하며 발을 까딱이던 비비가 아른거렸다.

'조부님은 졸업식 후에 피로연이라도 개최할 심산이신 것 같던데.'

'할아버님도 참, 제발 그러지 말라고 당부드렸는데도.'

곤란해하는 표정과 달리, 온 가족이 참석하는 게 내심 기쁜 모양새였다.

탕탕, 반드시 사람으로 돌아가야만 하는 아힌이 거칠게 앞발로 책상을 내려쳤다. 사람으로 돌아갈 방도를 찾아내란 의미였다.

"아힌 님, 송구합니다만 조금 더 자세히 표현해 주셔야……."

서툰 몸 신호를 거의 알아듣지 못한 주치의는 어리둥절하게 뺨을 긁었다. 그간 비비는 얼마나 속이 터졌을까. 그 답답함을 십분 이해한 아힌은 홱 소리 나게 이브린을 돌아봤다. 자그마치 이십 년. 함께 해 온 세월이 있는 만큼 눈빛만으로도 의사를 읽을 수 있지 않을까 싶은 희망에서였다.

아니나 다를까, 일사천리로 고개를 끄덕인 이브린은 침착히 무언가를 들고 왔다. 새끼 흑표범이 들어갈 만한 크기의 솥이었다.

"실례합니다."

그는 날뛰는 아힌을 안아 솥으로 집어넣었다.

"여러분, 지금이 하극상을 벌일 수 있는 처음이자 마지막 기회입니다."

솥뚜껑을 든 이브린이 비장하게 말했다.

"대륙에서 가장 귀한 흑표범 구이를 맛볼 수 있는 기회이기도 하죠."

"……."

"드실 분?"

차마 동조하지 못한 주치의와 보좌관들이 식은땀을 흘리며 시선을 피했다.

'-죽여 버릴까.'

솥을 짚고 두 발로 선 아힌이 이브린을 죽어라 노려봤다. 바늘로 찔러도 피 한 방울 안 나올 듯한 정적인 얼굴이 오늘만큼 없애 버리고 싶은 적이 없었다.

'서로를 더 잘 이해할 수 있게 해 주는 물약을 만들어 봤거든.'

이브린을 볼 때마다 눈을 세모로 뜨는 비비의 심정을 누구보다 이해하게 된 순간이었다.

어느덧 노을이 아카데미 교정을 붉게 물들였다.

부스럭, 저녁 무렵이 되어서야 아카데미에 도착한 이브린이 수풀 속에서 불쑥 솟아올랐다. 얼굴 여기저기엔 발톱 자국이 선명했고, 아힌이 든 솥을 양팔로 안아 든 몰골이었다. 아힌이 이브린에게 안기는 것을 결사반대한 탓에 찾은 특단의 조치였다.

'물약을 분석하면 해약을 얻을 수 있긴 하지만, 해약을 만들기 전에 닷새가 지날 겁니다. 송구하나 제조법을 가르친 칼렌 교수를 찾아가는 게 가장 빠른 방법입니다.'

주치의의 조언대로 곧장 칼렌 교수에게 연락을 취했으나, 그는 연구실에 틀어박히기라도 한 건지 도통 연락이 닿질 않았다. 고로 친히 아카데미까지 걸음 한 참.

한산한 교정을 주시하던 이브린이 앓는 소리를 냈다.

"교정 내에선 마차 이용도 금지되어 있고……. 칼렌 교수를 찾다가 제 소중한 다리가 부러지겠습니다. 학도들을 피해 어떻게 이 넓은 교정을 다 뒤진답니까?"

그는 이미 아카데미에 도착했을 비비를 떠올리며 제안했다.

"제발 토끼님께 도움을 청합시다."

도리도리, 아힌은 한껏 단호하게 고개를 내저었다.

"도대체 왜죠? 애초에 학생회장이신 토끼님의 귀에 저희의 방문

소식이 들어가지 않도록 하는 것부터가 불가능한 수준입니다."

'아무튼 안 된다니까.'

수치심이라곤 내던진 아힌이라도 비비에게만은 보여 주고 싶지 않은 모습이 있는 법. 스스로가 봐도 새끼 흑표범인 지금의 모습은 너무 깜찍하기 짝이 없었다.

"그럼 릴리언 님께 가 보는 건 어떻습니까? 제가 학장실 위치는 잘 알고 있습니다."

완고한 태도를 마주한 이브린은 하는 수 없이 다른 방안을 제시했다.

'머리 굴리지 말고 직접 찾아.'

아힌은 릴리언의 이름이 언급되자마자 으르렁 반발을 표했다. 숱에 들어간 채 돌아다니는 꼴을 본다면 두고두고 낄낄거릴 게 자명했기에. 흉흉한 기세의 아힌을 외면한 이브린은 조용히 중얼거렸다.

"……까다롭기는."

'다시 말해 봐.'

"길을 찾기가 까다롭다는 의미였습니다."

이브린은 배신이 뇌를 지배한 건 아닐까. 앞발을 내민 아힌이 목을 그어 버릴지에 대해 진지하게 고민하는 한편, 이브린은 다른 곳을 보고 있었다.

"저분은……."

아카데미 학도 중 앨런 외에 유일하게 비비와 아힌의 관계를 아는 돼지 수인. 파란 머리카락을 반 묶음 한 비비의 클래스 메이트, 헨드리였다.

지체 없이 일어난 이브린이 수풀을 제치고 달려갔다. 잘만 회유하면 도움받을 수 있을지도 모르는 희망적인 존재였다.

"돼지님."

"아니, 멀쩡한 이름을 두고 왜 종족을……, 어?"

기가 찬 마음에 몸을 돌리던 헨드리가 눈을 크게 떴다. 첫 번째는 이브린의 말끔한 외모에 놀라고, 두 번째는 그의 신분을 상기한 까닭에서였다.

그녀가 예를 취하려 하자, 손을 저어 만류한 이브린이 곧바로 본론을 꺼냈다.

"칼렌 교수가 있는 곳으로 좀 안내해 주십시오. 물론 토끼님이 모르도록."

"칼렌 교수님을요? 연구실에 계실 땐 뵙기가 어려울 텐데……. 그보다 왜 비비에겐 비밀로 하는 건지 여쭤도 되나요?"

"사정이 복잡하니 일단 이동하면서 설명드리겠습니다."

"뭐어…… 괜찮긴 한데 뒤에 비비가 오고 있을걸요. 직전에 헤어진 참이라."

헨드리의 손가락을 따라 시선을 옮기던 이브린은 심장이 덜컥 곤두박질쳤다. 교정 변두리 쪽에서 새하얀 게 힘차게 걸어오고 있었다.

"숨으셔야 합니다."

다급히 헨드리를 이끈 그는 수풀 속으로 풍덩 몸을 던졌다. 얼떨결에 함께 숨게 된 헨드리가 따지듯 속삭였다.

"갑자기 무슨 짓이에요?"

"토끼님을 피하려는 짓입니다."

누가 그걸 몰라서 묻나. 속 터지는 답변을 들은 헨드리가 가슴을 탕탕 두드렸다. 그러니까 그 피하는 짓에 왜 저까지 끌어들이는 건지.

재차 따지려 고개를 돌리던 그녀는 말문이 턱 막혔다. 이브린의 얼굴이 숨결이 느껴질 정도로 가까운 탓이었다.

파르르 떨리는 시선이 나뭇잎이 붙은 흑발과 단정한 이목구비를 오갔다. 하는 짓은 괴짜가 따로 없는데, 왜 껍데기는 불필요할 정도로 깨끗한지 모를 일이었다.

오묘한 정적 속, 이브린이 먼저 입술을 뗐다.

"괜찮습니다."

"……뭐가요?"

"첫눈에 반해도요. 그런 전개는 익숙한 일입니다."

"허, 나 참."

안타깝게도 죄악 같은 말솜씨로 인해 미모는 빛을 잃고 말았다. 하고픈 말은 많지만, 하지 않기로 결정한 헨드리가 부글부글 끓는 얼굴로 전방을 주시했다.

"이브린 님, 그런데요."

"말씀하십시오."

"저거 두고 와도 되는 거예요? 솥이랑…… 고양이인가?"

뒤늦게 허전함을 깨달은 이브린이 텅 빈 손을 확인했다. 시종일관 무덤덤하던 얼굴이 한순간에 무너져 내렸다.

그는 교정 한복판에 놓인 솥을 응시하며 입을 달싹였다.

"아, 아힌 님."

'……아힌 님?'

아힌이란 이름이 제가 아는 비비의 연인이 맞나. 솥 속의 고양이와 이브린을 어리둥절하게 번갈아 본 헨드리가 곧 경악한 표정을 지었다.

"설마……!"

"쉿."

비명을 지르려던 헨드리의 입술을 기다란 검지가 가로막았다. 이브린의 시선은 어느덧 솥 가까이까지 접근한 비비에게 닿아 있었다. 그가 너무 필사적으로 숨는 중이라, 덩달아 기척을 내기가 애매해진 헨드리가 조용히 물었다.

"……비비가 왜 저러는 거죠?"

"글쎄요, 사실 저도 토끼님의 생각은 읽기가 어려워서."

비비는 주변의 교목 뒤에서 몸을 반만 내민 채 솥을 뚫어져라 노려보는 상태였다. 정확히는 솥 속에 있는 아힌을. 낭패 어린 심정이 된 아힌은 차마 자신을 째려보는 비비의 시선을 피할 수가 없었다.

그 애매한 상태로 십 분가량이 지나갔다. 그때까지도 지그시 솥을 예의주시하던 비비가 드디어 움직이기 시작했다. 한 걸음, 두 걸음. 숨죽인 채 발을 내딛던 비비는 갑자기 땅을 팍 박찼다.

'저게 무슨……!'

이브린이 놀라기도 전에 몸을 튕긴 그녀는 맹수가 사냥감을 습격하듯 솥을 낚아챘다. 탁탁탁, 아힌이 든 솥을 납치한 비비가 달아나기까진 채 몇 초도 걸리지 않았다.

이게 아닌데. 이브린은 말릴 새도 없이 멀어지는 비비의 뒷모습을 멍하니 바라볼 수밖에 없었다.

솥 안에서 이리저리 흔들리던 아힌은 여러모로 머릿속이 복잡했다. 저를 잊은 무능한 이브린에 대한 원망 한 줌. 왜 비비는 자신을 납치하여 이렇게 뛰는 것인지에 대한 의문 한 줌. 전부 망했다는 포기 한 줌.

생각에 지친 아힌이 속세를 벗어난 표정을 지을 즈음, 인적이 드문 곳에 다다른 비비가 숨을 몰아쉬었다. 솥을 바닥에 내려 둔 그녀는 조심스레 새끼 흑표범을 꺼내 들었다.

"누가 너를 이런 솥에 넣어 뒀어?"

야만인 같으니라고. 하필 새끼 흑표범이라 더욱 감정 이입을 해 버린 비비였다.

"어쩌다 그런 곳에 있던 건진 모르겠지만, 자칫하면 큰일 날 뻔했어. 여기는 맹수가 득실거리는 곳이란 말이야."

어린 맹수는 한 입 거리로 삼켜질 수도 있다는 게 비비의 정론이었다.

"알아들었어?"

그녀는 아힌을 살짝 흔들면서도 주변을 경계하는 것을 잊지 않았다. 공중에 대롱대롱 들린 아힌은 새삼스러운 기분이 들었다. 제게 있어 비비는 늘 작고 자칫하면 부서지진 않을까 싶은 존재였는데. 현재는 반대로 비비가 자신을 조심스럽게 다루는 게 어색하면서도 새로웠다.

'……꽤 괜찮은데.'

애쉬의 근본 없는 우쭐함은 이런 맹목적인 애정과 보호에서 오는 건가. 막상 접해 보니 상상 이상으로 나쁘지 않았다. 언제 비비에게 이런 귀여움을 받아 보겠나. 이브린이 올 때까진 이 상태로 있는 것도 괜찮을지도.

거기까지 생각이 다다른 아힌은 곧장 그렁그렁한 눈망울을 했다. 이브린이 있었다면 그 광경을 본 스스로의 눈을 찌를 만큼의 가식이었다.

"그래, 그래."

그 가여운 눈동자에 속절없이 넘어간 비비가 연신 고개를 주억였다.

"내가 꼭 주인을 찾아 줄게. ……아니지, 솥에 넣는 주인이라면 찾지 않는 편이 나을 텐데."

혼잣말한 그녀는 아힌을 품에 안은 채 어딘가로 이동하기 시작했다.

길 잃은 어린 맹수를 연기하던 그는 힐긋 비비를 올려다봤다. 이 정도로 가까운 접촉을 하고 있음에도 비비가 부담스럽지 않은 건 올겨울 들어 처음 있는 일이었다.

아마 비비를 해칠 수 없는 몸으로 변했기 때문이 아닐까. 이런 약해 빠진 모습이 된 건 차라리 잘된 일일지도 몰랐다. 자신의 나약함에 고마워하게 되는 날이 올 줄은 몰랐던 그가 자조적으로 웃었다.

앞발로 그다지 날카롭지 않은 송곳니를 만지작거리는 와중, 화려한 건물로 들어선 비비가 계단을 올랐다.

"이제 다 와 가."

망설임 없이 발을 내딛는 그녀와 달리, 층수가 높아질수록 아힌의 안색이 파리하게 질렸다. 그는 이 복도의 끝이 어딘지 아주 잘 알고 있었다.

학장실. 그 끔찍한 장소 앞에 다다른 비비가 문 사이로 빼꼼 얼굴을 들이밀었다.

"할아버님, 바쁘세요?"

"오오- 우리 토끼가 연락도 없이 웬일이더냐."

안쪽에서 솜사탕처럼 부드러운 음성이 울려 퍼졌다. 평소의 릴리언이라곤 믿기 어려울 정도의 어조였다. 벌컥, 비비는 익숙한 일인 양 활짝 문을 열고 들어갔다.

"아카데미에선 이 할아비한테 아는 척도 안 하더니, 무슨 바람이 분 게지?"

마침 업무를 끝낸 릴리언이 양팔 벌려 환영했다.

"어쩔 수 없는 거 다 아시면서."

"말대답도 아주 잘하는구먼. 늠름하기도 하지."

"할아버님, 그런 건 늠름한 게 아니에요."

릴리언은 투덜거리는 비비의 모습마저 사랑스러운지 헤벌쭉 입꼬리를 올렸다.

영감이 반주라도 드셨나. 기가 찬 아힌이 이맛살을 구겼다. 보는 눈이 있을 땐 이 정도까진 아니었는데, 뒤에서는 비비가 숨만 쉬어도 박수갈채를 보낼 기세였다.

"저녁은 먹었고? 날이 추운데 더 두둑하게 입고 다니지 그랬느…… 이건 무엇이지?"

릴리언은 한참이나 비비를 살피고 나서야 새끼 흑표범을 발견했다. 가늘어진 릴리언의 눈이 관통하듯 아힌을 훑어 내렸다. 수인인지 동물인지 가늠하기 위한 눈빛이었다.

이런 상태, 하물며 릴리언에게 정체를 들키고 싶진 않았던 아힌이 페로몬을 한층 깊숙이 감췄다.

"흠."

이내 아힌을 동물이라 판단한 릴리언이 수염을 쓸어내렸다.

"아직 새끼 흑표범 같은데, 이빨도 제대로 안 난 걸 어디서 데려온 게냐?"

"누가 교정에 버린 것 같더라고요."

조금 분개한 비비가 자초지종을 설명하기 시작했다. 교정에 덩그러니 버려진 것도 모자라, 솥 안에 넣어두기까지 한 야만스러움까지.

귀 기울여 듣던 릴리언이 쯧 혀를 찼다.

"가끔씩 학도들이 허가 없이 반려동물을 들여오거나, 우연히 교내로 들어온 야생동물을 실험 용도로 쓰기도 하지. 이 경우엔 후자 같구나."

"무슨…… 벨헬름 아카데미는 그런 실험이 금지되어 있잖아요."

"알다시피 모든 학도가 교칙을 지키는 건 아니니까 말이다."

주인에게 돌려보낼 일말의 마음조차 사라진 비비가 새끼 흑표범을 강하게 끌어안았다.

측은지심이 피어난 릴리언 또한 노기를 누르며 뒷짐 졌다.

"일단 이 할아비가 흑표범을 유기한 학도를 찾아보마. 며칠간 몸을 의탁할 곳도 생각해 보아야겠구나."

아힌은 이미 비비에게 몸을 의탁하기로 결정한 상태였다. 얌전히 안긴 그를 물끄러미 내려다보던 릴리언은 한쪽 눈썹을 꿈틀거렸다.

"-고놈 참 닮았구먼."

"누구를요?"

"아힌 말이다. 그 녀석이 인간화를 치르기 전의 모습이 딱 이랬지."

"흑표범이 다 이렇죠. 슈와 비온도 비슷하게 생겼었잖아요."

"큼, 그런가?"

릴리언이 검지로 장난스럽게 코를 누르자, 아힌은 곧장 주름진 손가락을 콱 깨물어 버렸다.

에잉, 쯧. 기겁한 그가 얼른 손을 거뒀다.

"할아버님, 괜찮으세요?"

"문제없느니라. 앙칼진 것, 토끼 네게만 얌전한 꼴마저 손주 놈을 똑 닮았구나."

이 새끼 흑표범이 그렇게도 아힌을 닮았나. 내심 그의 어린 시절이 궁금해진 비비가 호기심 어린 눈을 했다.

"아힌도 이런 어린 흑표범일 때가 있었겠네요, 한번 보고 싶다."

"볼 필요도 없느니라, 지금이랑 똑같아. 그리 거만한 아기는 세상에 또 없을 게다."

"하긴. 그 성격이 어디 가겠어요?"

의도치 않게 앞담화를 듣게 된 아힌이 흥 콧김을 뿜었다. 딱히 기억나지도 않는 어린 시절에 대한 험담은 그에겐 일말의 타격도 주지 못했다.

"그래도 궁금하긴 하다. 그렇지?"

새끼 흑표범의 머리를 쓰다듬던 비비는 문득 멍한 표정을 지었다. 기억도 희미한 어린 날, 언뜻 흑표범 수인 특유의 적안을 본 적이 있는 듯한 기시감이 들었다.

'아기 토끼는 함부로 만져선 안 돼. 우리와는 다르게 약한 존재거든.'

다른 장면 없이, 오로지 두 쌍의 붉은 눈동자만이 머릿속을 둥둥 떠다녔다.

내가 아힌을 만나기 전에도 흑표범 수인을 만난 적이 있었던가. 외출이 불가능했으니 그럴 기회가 없었을 텐데.

'……꿈인가?'

골똘히 생각하던 비비는 말랑한 앞발이 제 손등을 짚는 감촉에 아차 정신이 들었다. 손등을 짚고 선 새끼 흑표범이 퍽 걱정스러운 눈빛을 하고 있었다.

귀여워라. 일순 애쉬와 겹쳐 본 비비가 방싯 웃어 보였다.

"왜, 내가 관심을 안 줘서 그래?"

"아주 껌딱지가 따로 없군. 일단 이 아이는 할아비가 수의학 교수에게 데려가 보마. 날이 늦었으니 토끼 너는 기숙사로 돌아가 보거라."

비비랑 떨어지라니. 경악한 아힌이 채 달아나기도 전에 릴리언의 손에 딸려갔다. 두 앞발로 버텨봤자 소파에 주르륵 쓸린 자국만 남을 뿐이었다. 버티는 아힌을 얼굴 앞까지 가져간 릴리언은 흐뭇한 미소를 걸었다.

"깜찍하구먼, 오랜만에 손주 놈의 어릴 적을 보는 기분이구나."

"저기, 할아버님……. 조금 싫어하는 것 같은…… 아."

만류하던 비비가 깜짝 놀라며 입을 마름모꼴로 벌렸다.

쪽, 릴리언의 거친 입술이 아힌의 주둥이와 닿았다 떨어지는 건 순식간의 일이었다.

그대로 쩍 굳어 버린 아힌은 차마 눈도 깜박이지 못했다. 주둥이에 천재지변과 맞먹는 재난이 닥치고 말았다.

'영감이랑.'

방금 일어난 현실을 도저히 받아들이고 싶지 않았다.

'영감이랑…….'

부들부들 경기를 일으키던 아힌의 몸이 곧이어 축 늘어졌다. 심심하면 기절하던 비비의 심경을 몸소 체험하게 된 하루였다.

캄캄한 어둠 속에서 헤엄치던 아힌이 천천히 눈을 떴다. 찰찰찰, 물병을 흔드는 듯한 소음이 어스름한 의식을 일깨웠다.

"일어났어?"

눈꺼풀을 끔벅이는 아힌의 시야로 말간 비비의 얼굴이 드리워졌다. 가닥가닥 흘러내린 백발이 그의 뺨을 간질였다.

"갑자기 쓰러져서 놀랐지 뭐야. 할아버님이 기절할 만큼 무서웠어? ……아니면 뽀뽀를 싫어하나?"

뽀뽀. 그제야 기절 전에 당한 악재를 떠올린 아힌이 벌떡 일어났다. 앞발로 주둥이를 벅벅 닦을수록 다가오는 입술에 대한 기억이 선명해졌다.

제길. 욕지거리를 삼키던 그는 공기 중에 비비의 페로몬 향이 유독 짙은 것을 깨달았다.

'여기는…….'

한 박자 늦게 제가 있는 장소를 확인한 아힌이 눈을 동그랗게 떴다. 아늑한 크기의 방에 원목 침대가 자리한 곳. 다름 아닌 비비의 기숙사였다.

왠지 기분이 묘해진 그는 두리번거리며 기숙사 내부를 살폈다. 창문을 가린 우중충한 커튼 하며, 겹겹이 쌓인 맹수 조련 서적, 진열장에 장식된 살벌한 단검-메이미의 선물-까지. 비비의 포부와 기백이 적나라하게 담긴 기숙사였다.

이어서 벽에 걸린 괴생물체에 가까운 토끼 그림-러셀의 작품-을 응시하던 아힌이 침대 위를 뒹굴 굴렀다. 맹수 입장에선 다소 섬뜩한 방이긴 하지만 뭐 어떤가. 비비의 흔적으로 가득한 기숙사가 세상 어디보다도 마음에 들었다.

일편, 비비는 침대에서 구르는 새끼 흑표범을 곁눈질로 살폈다.

'……쌩쌩하네?'

조금 놀란 것뿐이란 수의학 교수의 진단대로, 새끼 흑표범은 일어나자마자 홀로 놀기 바빴다.

"네가 할아버님을 너무 무서워하는 것 같아서, 거처가 정해질 때까진 내가 돌보기로 했어."

안도의 한숨을 내쉰 비비는 배낭에서 꺼낸 분유통을 찰찰 흔들기 시작했다. 아직은 분유를 먹을 시기라는 수의학 교수의 조언에 따라 얻어온 것이었다.

찰랑이는 소리와 동시에 새끼 흑표범의 매서운 눈이 분유통에 박혔다. 거부 어린 눈빛을 마주한 비비는 엄한 얼굴로 허리에 손을 얹었다.

"편식은 안 돼."

혹여 식사를 거부하더라도 꼭 먹여야 한다고 했으니까.

"영양실조라도 오면 큰일이란 말이야."

약이 섞인 분유통을 고루 흔들던 비비는 눈살을 찌푸렸다. 흐물흐물 뒹굴 땐 언제고, 날쌔게 일어난 새끼 흑표범이 앞발로 침대를 내리치며 거부를 표했다.

그레이스가를 주름잡는 슈와 비온도 업어 키운 제 앞에서 어디 가당찮은 투정을. 어이가 없어진 비비가 분유통을 높이 치켜들었다. 그러자 새끼 흑표범은 또다시 앞발로 소파를 탁탁 두드리며 크르릉 울부짖었다.

편식도 모자라 투정까지! 퐁, 분유통 뚜껑을 개봉한 비비의 눈에 불길이 어렸다.

"이리 안 와?"

새끼 흑표범은 얄밉게도 덮치는 족족 한 끗 차이로 비비의 손아귀를 빠져나갔다. 미끄러지듯 도망가는 속도를 미뤄 보통내기가 아니었다.

"하, 지금 너도 흑표범이다 이거지?"

이 비비 님의 명예를 걸고서라도 분유를 먹이고 말겠노라, 다짐한 비비는 교복 재킷 단추를 풀어헤쳤다. 기동성을 높이기 위한 행동이었다.

'지금.'

손을 뻗던 비비는 그만 침대 모서리에 발이 걸려 쿠당탕, 엄청난 소음과 함께 넘어지고 말았다.

필사적으로 도주하던 아힌은 쓰러진 그녀를 얼떨떨하게 바라봤다. 비비의 성격상 바로 일어나거나 아프다며 엉엉 울 줄 알았는데. 엎드린 자세 그대로 미동이 없었다.

만약 넘어지며 머리를 세게 부딪친 거라면.

'……비비!'

핏기가 가신 아힌이 달려간 순간.

"잡았다!"

바닥에 부딪혀 발개진 이마를 치켜든 비비가 아힌의 앞발을 낚아챘다. 단숨에 쭉 잡아당겨 분유통을 입에 물리기까진 채 몇 초도 걸리지 않았다. 기겁한 아힌이 버둥거렸지만, 그렇다고 제 몸을 뒤집어 안아 든 비비를 할퀼 수도 없는 노릇이었다.

"다 안 먹으면 엉덩이를 때려 주지 않을 줄 알아!"

흑표범의 약점이 엉덩이라고 잘못 알고 있는 비비가 엄하게 외쳤다.

'제발, 비비.'

이번만은 엉덩이도 아힌의 마음을 흔들 순 없었다. 릴리언과의 입맞춤도 모자라 이 나이에 분유라니. 살아온 나날 중 가장 참혹한 경험을 연속으로 하는 중이었다.

질끈 눈을 감은 아힌은 슬슬 비비에게 자신의 정체를 알리고자 했던 계획을 보류했다. 이 모든 걸 들킬 바에야 이승에서 사라지는 편이 나았다.

날이 밝고 시침이 정확히 정오를 가리켰다.

기숙사 창가에 오도카니 앉은 아힌은 숙연한 얼굴로 바깥 전경을 바라봤다. 이브린은 언제쯤 토끼 굴에 납치된 나를 데리러 와줄까. 기다림이 무색하게도 이브린은커녕 개미 한 마리조차 나타나지 않았다.

'사라지고 싶다.'

기다림의 시간 동안 당한 일을 떠올리고 만 아힌이 부르르 치를 떨었다. 팡, 검은 솜방망이가 장렬하게 유리창을 강타했다.

비비와 함께 자는데 빌어먹을 새끼 흑표범의 몸인 것으로도 모자라, 아침부터 밥을 먹여 주고, 수치스럽기 짝이 없는 목욕에……. 하루새 다녀온 지옥을 뇌까리던 아힌은 느지막이 앞발로 뺨을 긁적였다.

흠, 다시 생각해 보니 마냥 나쁘지만은 않은 것 같기도. 매일 아힌만 비비에게 음식을 집어 내밀었지, 언제 비비가 친히 음식을 먹여 주겠나 싶었다.

"자, 이제 나갈 준비 해야지."

인간으로서의 인권과 새끼 흑표범으로서의 범권. 둘 사이에서 갈등하던 아힌이 새침하게 비비를 흘겼다. 외간 흑표범을 줍고 다니는 저 바람둥이만 아니었더라도 고민하지 않을 일이었다.

"또 반항한다, 또."

헛웃음을 친 비비는 아힌의 정수리를 콕 눌렀다.

무슨 새끼 흑표범이 이렇게 반항적인 눈빛을 하는지. 얻어 온 겨울용 강아지 옷을 입히는 와중에도 사납게 올라간 눈꼬리는 내려갈 기미를 보이지 않았다.

그러면서도 팔을 뻗으면 얌전히 안기는 게 퍽 아이러니했다. 덕분에 종일 씨름하는 와중에도 비비의 팔엔 긁힌 상처 하나 없었다.

'가만히만 놔두면 얌전한데 말이야. 식사랑 목욕이 그렇게 싫나?'

하긴, 애쉬도 물을 엄청 싫어하긴 하네. 비비는 물웅덩이만 봐도 줄행랑치는 애쉬를 생각하며 새끼 흑표범을 배낭에 넣었다. 머리만 쏙 내민 새끼 흑표범은 세상 다 산 얼굴로 먼 곳을 바라볼 뿐이었다.

혹시 달아날까 배낭을 야무지게 고정한 비비가 기숙사 문을 열고 나섰다. 발걸음이 향한 곳은 의과 계열 교수실이 있는 건물이었다.

"지난나 교수님!"

"어머, 비비 님. 이쪽으로 앉으세요."

인사한 비비가 부드러운 벨벳 소파에 안착했다.

슬그머니 배낭에서 나온 아힌은 온갖 플라스크가 진열된 방을 둘러봤다. 비비가 향한 장소는 다름 아닌 지난나 교수의 연구실이었다.

"새끼 흑표범이네요, 예뻐라. 애쉬가 그새 아기를 낳았나?"

여기저기 널브러진 서류를 정리하던 지난나 교수가 물었다.

"아뇨, 애쉬의 아기는 아니고……. 사정이 있어서 잠깐 맡게 됐어요."

"그래요? 조막만 한 아이한테 무슨 사정일까."

두 사람은 자연스레 새끼 흑표범을 주제로 대화를 나눴다.

소파에서 노닥거리던 아힌은 손잡이 너머의 검은 눈동자와 딱 시선이 마주쳤다. 또래에 비해 여전히 체구는 작지만, 나름 의젓한 어린이로 자라난 러셀이었다.

'오랜만이군.'

순간 새끼 흑표범의 상태임을 잊은 아힌이 오만하게 턱을 까딱였다. 한편, 소파 손잡이 너머로 얼굴만 내민 러셀은 사시나무 떨듯 몸을 떨었다.

'나쁜 기운.'

기운을 읽는 페로몬이 저 새끼 흑표범을 위험인물이라 간주하고 있었다. 칙칙하면서 새까만 데다, 차갑고 위협적인 이 기운은 분명…….

단박에 새끼 흑표범의 정체를 간파한 러셀이 입을 오물거렸다.

"아냐, 아니야……."

"러셀, 뭐라고?"

중얼거림을 들은 비비가 휙 고개를 틀었다. 뒤늦게 러셀의 페로몬을 기억해 낸 아힌은 안절부절 앉았다 일어서길 반복했다.

"용사님, 이 아기는 안 돼. 얘는, 으읍!"

아힌의 정체를 폭로하려던 러셀의 입이 웬 솜뭉치로 가로막혔다. 주먹을 꽂듯 순식간에 입속으로 쏙 집어넣은 아힌의 앞발이었다.

말하지 마. 새끼 흑표범의 무시무시한 눈빛을 읽은 러셀이 도망치듯 지난나 교수의 품으로 뛰어들었다.

"지난나 교수."

"러셀?"

아힌은 곧장 얌전히 있었던 척 딴청을 피워 댔다. 지난나 교수는 영문도 모른 채 무릎에 앉은 러셀의 등을 두드렸다. 그럼에도 러셀은 고양이 앞의 쥐처럼 숨어들기 바빴다.

"놀란 것 같은, 아."

의문스레 러셀과 새끼 흑표범을 번갈아 보던 비비가 탄식했다. 흑표범이 고양잇과인 반면 카피바라는 쥣과였으니. 그간 애쉬와 잘 지낸 게 특이한 거지, 낯선 천적을 꺼림칙하게 여기는 것이 이상한 일은 아니었다.

나도 그 마음 잘 알지. 러셀의 두려움에 십분 공감한 비비가 새끼 흑표범을 당겨 안았다.

"미안해, 러셀. 내가 잘 잡고 있을게."

"용사님, 그거 버려. 괴물이야……."

도리도리 고개를 저은 러셀은 고목나무의 매미인 양 지난나 교수에게 달라붙었다. 엉거주춤한 자세가 된 지난나 교수는 난감한 표정으로 말했다.

"독수리 먹이도 잘 주는 애가 왜 이런담. 러셀, 그럼 잠깐 나가 있으련?"

러셀은 나가는 것도 싫다 고집하며 꿋꿋이 자리를 지켰다. 결국 그 상태로 대화를 진행하게 된 지난나 교수가 웬 보고서를 불쑥 내밀었다.

"안 그래도 결과가 나왔거든요. 일전에 비비 님이 물어보셨던 거."

'비비가 물어본 거라고?'

목을 길게 뺀 아힌이 은근슬쩍 보고서를 기웃거렸다.

'이것 때문에 비비가 아카데미에 꼭 들르려 한 건가.'

보고서는 대륙 공용어가 아닌, 주로 의학계에 종사하는 수인들이 사용하는 고대어가 나열되어 있었다.

"이건……."

아직 고대어까진 익히지 못한 비비가 미미하게 인상을 찌푸렸다. 어리둥절한 그녀와 달리 단번에 이해한 아힌의 표정이 점차 굳어졌다. 지배계 페로몬 특유의 발작이 훗날 태어날 아이에게 나타날 가능성. 지난나 교수는 흘긋 비비를 살피며 조심스레 말문을 열었다.

"당연히 걱정할 수밖에 없는 종류죠. 미래의 아이가 아힌 님과 같은 지배계 페로몬을 갖게 되면 큰일이니까요."

천천히 고개를 끄덕인 비비가 긴장한 낯빛으로 중얼거렸다.

"외에도 혹시 치유계 페로몬을 이어받으면 저처럼 인간화가 늦어진다거나……."

"그렇진 않을 거예요. 일단 비비 님은 약물의 영향도 있었고, 또 맹수계 수인, 그것도 수장의 혈통을 받은 무식한 몸뚱이라면 치유계 페로몬을 충분히 감당할 거예요."

손으로 철도 으스러뜨릴 듯한 아힌의 체력을 가늠한 비비가 깊이 수긍했다.

"반박할 여지가 없네요."

"그러니까 치유계 페로몬 부분은 걱정 말아요. 인간화가 늦어 봤자 남들보다 일, 이 년 정도?"

이제 뒷담쯤은 아무런 타격도 입지 않는 아힌이 지난나 교수의 다음 말을 기다렸다.

"문제는 특유의 발작을 일으키는 지배계 페로몬이에요. 학계에 자료가 거의 없는 건 아마 지배계 페로몬을 가진 자가 대부분 이른 나이에……."

"……죽었기 때문에."

"그렇죠."

등골이 서늘해진 비비가 저도 모르게 아힌을 안은 팔에 힘을 줬다. 컥, 덕분에 배가 졸린 아힌이 버둥버둥 뒷다리를 휘저었다.

"아무튼 본론으로 들어가죠. 지난번에 제가 아힌 님의 머리카락 몇 올을 가져와 달라고 말씀드린 거 기억하죠?"

"네, 네."

진지하게 대화를 듣던 아힌은 유난히 비비가 제 머리카락에 집착한 날을 떠올렸다. 머리가 맑아지는 마사지라며 두피가 늘어날 정도로 당기더니, 그런 이유에서였나.

비비의 황송한 집착을 차마 거절도 못 한 채, 눈이 세로로 치솟을 만큼 머리카락을 뜯긴 고통을 상기한 아힌이 눈가를 훔쳤다.

"또 비비 님의 머리카락도 몇 올 가져갔죠."

아힌이 우수에 젖은 사이, 지난나 교수의 설명이 계속해서 이어졌다.

"네에. 그런데 머리카락은 왜……?"

"수인은 신체 일부에서 페로몬을 추출할 수가 있거든요. 그렇게 추출한 두 분의 페로몬을 비교해서 어떤 게 더 우성인지 판별했죠. 수인의 특성상 약간이라도 뛰어난 페로몬이 자식에게 발현될 확률이 높으니까요."

그렇다는 건 치유계 페로몬이 우성이어야 안전하다는 의미. 안달난 비비가 앉은 자리에서 들썩였다.

"결과는 나왔나요? 아힌과 저 중에 누구의 페로몬이 더 우성이에요?"

"그게, 조금 드문 결과가 나와서. 보고서를 뒷장으로 좀 넘겨 주실래요?"

러셀을 고쳐 안은 지난나 교수는 턱짓으로 서류를 가리켰다. 초조해진 아힌은 자신도 모르게 보고서로 앞발을 쭉 뻗었다.

"안 돼."

심심한 장난질이라고 여긴 비비는 미간을 엄하게 모으며 저지했다. 팔락, 아힌을 떨쳐 낸 비비의 손이 보고서를 한 장 넘겼다. 의연한 표징과는 반대로 손끝은 잘게 떨리고 있었다.

"보라색?"

바로 뒷장에는 오묘한 색상의 동그라미가 그려진 상태였다. 의미를 제대로 해석하지 못한 비비는 설명을 바라는 눈길로 지난나 교수를 바라봤다.

"신비로운 색감이죠? 페로몬을 연구하는 학계에서 보라색은 중간을 뜻해요."

"그렇단 말씀은……."

"비비 님과 아힌 님의 페로몬이 우열을 가리기 어렵다는 결론입니다. 웬만하면 둘 중 하나에서 우성 반응이 나타나야 하는데…… 그것을 가릴 수 없을 때 중간반응, 즉 보라색이 나타나죠."

이내 지난나 교수의 입가에 의미심장한 미소가 걸렸다.

"앞선 사례에 의하면, 아주 높은 확률로 자식에게도 중간반응이 나타날 거예요."

"설마…… 지배계 페로몬과 치유계 페로몬을 동시에 타고난다는 말씀이세요?"

"네, 아니면 낮은 확률로 우성인 발렌스 수장님의 페로몬이 나타날 수도 있고요. 그래서 페로몬은 연구하고 연구해도 끝이 없는 거랍니다."

도대체 얼마나 무지막지한 힘을 가진 아이가 나온다는 거야. 두려움에 감히 상상도 못 한 비비가 입을 뻐끔뻐끔 여닫았다. 지배계로 병 주고 치유계로 약 주는 수준의 페로몬이 나올 가능성도 있었다.

"게다가 비비 님의 치유계 페로몬으로 아힌 님의 페로몬 발작을 눌렀다고 하셨으니까⋯⋯ 치유계의 혈통이 섞인 아이에게서 발작이 나타날 확률도 바닥에 가깝죠. 그러니 걱정하지 않으셔도 된답니다."

"⋯⋯."

"비비 님."

"네, 네?"

멍하니 넋을 빼고 있던 비비가 더듬거리며 답했다. 훗날 아이에게는 문제가 없는 것에 대한 안도. 그리고 제가 치유계 페로몬을 갖고 있지 않았더라면 아힌이 죽었을지도 모른단 새삼스러운 불안 때문에 정신이 없었다.

싱긋 웃은 지난나 교수는 보고서의 보라색 원을 손가락질로 콕콕 가리켰다. 비비의 시선이 홀린 듯 그녀가 가리킨 보라색 원에 머물렀다. 빨려 들어갈 듯한 몽환적인 색상이었다.

"보라색은 어우러지지 않을 것 같던 두 가지 색상이 공존하는 색깔이죠. 비비 님과 아힌 님처럼."

"아⋯⋯."

"-어쩌면 두 사람이 만난 건 천운일지도 모르겠네요. 특히 아힌 님께는."

배낭을 앞으로 멘 비비가 지난나 교수의 교수실을 나섰다. 겨울 방학을 맞은 너른 교정은 오늘따라 유난히 삭막했다. 겨울바람에 흩날리는 머리카락을 귀 뒤로 꽂은 그녀가 흑표범 영토 방향을 돌아봤다.

'더 울어 봐.'

'내일 잡아먹을 거라서.'

처음 아힌을 만났을 때만 하더라도 수신(獸神)이 내린 끔찍한 시련이라고 생각했는데. 지금은 그와의 인연이 행운처럼 여겨지는 게 신기하면서도 한편으론 우스웠다.

'아이에겐 발작이 일어나지 않는다니 다행이야.'

보라색……. 이윽고 샐쭉 웃은 비비가 보고서를 꼬깃꼬깃 접어 교복 주머니에 넣었다.

"있잖아, 그거 알아? 난 옛날부터 보라색을 가장 좋아했어."

배낭의 새끼 흑표범에게 실없는 소리를 한 비비가 다시 걸음을 옮겼다. 구름을 밟듯 가벼워진 발걸음이었다.

'녹색을 가장 좋아하면서.'

거짓말하긴. 움직임에 따라 흔들리던 아힌이 느릿하게 눈을 깜박였다. 기실, 비비가 지난나 교수와 상의한 주제는 아힌 또한 염려한 부분이었다.

'송구하지만 페로몬의 우성 여부를 판별하려면 토끼님의 신체 일부가 필요합니다.'

'……미쳤어?'

'그, 손이나 그런 게 아니라, 머리카락 소량이면 충분합니다. 본모

습인 토끼로 돌아가셨을 때의 털도 괜찮고요!'

그래서 비비에게 뒷발차기를 맞아 가면서까지 얻은 토끼털을 주치의에게 맡겨 뒀건만. 뜬금없이 그 결과를 지난나 교수의 입을 통해 듣게 된 실정이었다.

긍정적 결과에 내심 깊이 안도한 아힌은 콧노래를 부르는 비비를 흘긋 올려다봤다. 왜 우리는 같은 고민을 하면서도 서로 다른 곳에서 해답을 찾으려 한 걸까. 굳이 지난나 교수를 거칠 필요 없이, 제게 말해 줬더라면 바로 답해줄 수 있었을 것을.

그렇게 생각하던 아힌이 앞발로 마른세수를 했다.

'-웃기지도 않는군.'

당장 자신만 해도 모든 것을 터놓고 말하지 못하는데, 비비라고 이런저런 궁금증을 쉽게 털어놓을 수 있을 리 만무했다.

또한 비비가 아힌보다 지난나 교수를 먼저 찾은 이유야 뻔했다. 그들은 은연중에 몇 년 전, 아힌이 비비를 죽일 뻔한 그날과 관련된 이야기를 피하고 있었으니까. 지배계 페로몬에 관한 심층적인 대화도 기피하는 추세였다.

새삼스레 아힌이 대화의 부족함을 인지한 와중, 낭창한 음성이 그의 상념을 깨뜨렸다.

"비비 님, 오랜만이에요."

"죄송해요, 조금 늦었죠?"

비비의 다음 일정은 교내 온실에서 개최된 학도들과의 다과회였다. 그녀가 도착하기 무섭게 배낭 속의 새끼 흑표범을 발견한 학도들이 술렁였다.

"세상에, 새끼 흑표범이네요?"

화제의 중심이 된 아힌은 태연스레 테이블 위에 앉았다. 의도치 않게 함께하게 된 비비의 아카데미 생활이 꽤나 흥미로웠다.

"잠깐 맡고 있는 중인 아이예요."

뒤늦게 빈자리에 착석한 비비가 설명을 덧붙였다.

"예뻐라, 이름이 뭐예요?"

'이름?'

그러고 보니 이름이 없는 아힌이 비비를 돌아봤다. 당황할 거란 예상과 달리, 그녀는 한 치의 망설임도 없이 입술을 열었다.

"안리예요."

"안리? 이름도 앙증맞네요."

아힌은 자신도 모르는 사이 안리가 된 모양이었다. 더군다나 비비는 제가 지은 이름이 퍽 마음에 드는지, 다소 수줍은 얼굴을 하고 있었다.

'-괜찮군.'

덩달아 하사받은 이름에 만족한 아힌은 느릿하게 다과회 참석자들을 둘러봤다. 돼지, 양, 호랑이, 개……. 초식계에서 맹수계까지, 접점이 거의 없다시피 한 일족들의 모임이었다.

아무리 다양한 일족이 섞인 아카데미라도 초식계와 맹수계가 함께 어울리긴 쉽지 않은 법인데. 흑표범을 평정한 비비의 마성이 타 일족에게도 유효하다고 결론 내린 아힌이 눈을 삐딱하게 떴다.

경계와 질투로 똘똘 뭉친 그의 반대편, 참석자 중 한 명으로서 앉아 있던 헨드리가 허리를 곧추세웠다. 긴장한 그녀의 귓가에 이브린과의 대화가 스쳐 지나갔다.

'어째서 비비에게 그분의 정체를 알리지 말라는 거죠? 아무리 높

은 분의 명이라도, 절친한 친우로서 비비를 속일 순 없어요.'

'전부 아힌 님의 뜻입니다. 혹시라도 그분의 심기를 거스르는 날엔 우리 모두 쓱싹입니다, 쓱싹.'

'뭐…… 뭐가 쓱싹이란 거죠?'

이브린은 태연히 목 주변에 손날을 그으며 헨드리를 타일렀다.

'아힌 님의 눈빛을 보십시오, 그럴 분입니다.'

식은땀을 흘린 헨드리는 슬며시 아힌의 눈빛을 확인했다. 과연. 비비가 볼 때만 초롱초롱하지, 고개를 돌릴 땐 한순간에 세상을 깔보는 듯 싸한 눈빛으로 돌변했다.

아힌 그레이스. 내일이 없는 또라이란 비비의 험담 하며. 고작 일 년 만에 늑대 영토를 집어삼킨 괴물이란 세간의 평가를 떠올린 헨드리가 눈을 질끈 감았다.

'미안해요, 비비.'

자고로 남의 연애사에는 참견하지 않는 법. 입에 지퍼를 채우기로 결심한 그녀가 남몰래 아힌의 꼬리를 당겼다.

아힌이 의아하게 뒤돌자, 헨드리는 다른 이들의 시선을 피해 은밀히 종이쪽지를 펼쳤다.

내일 아침이면 칼렌 교수의 해약이 완성됩니다.
이 이브린을 믿고 조금만 더 버텨 주십시오.
–아힌 님의 이브린

이브린의 아부 섞인 전언이었다. 안리 행세도 내일이면 작별. 희망이 깃든 아힌의 낯빛이 눈에 띄게 해사해졌다.

"안리, 너무 멀어지지 마. 특히 다과 쪽으로는 안 돼."

그때 비비가 아힌의 몸을 제 쪽으로 살짝 당겼다. 애쉬처럼 다과를 홀랑 흡입해 버릴까 염려한 탓이었다.

다과를 멀리멀리 물린 비비는 묘하게 기뻐 보이는 새끼 흑표범을 힐끔거렸다. 다과회의 이 많은 인원이 부담스럽지도 않은 건지. 제게 꽂힌 관심이 당연하단 듯 누리는 태도가 마치 아힌 같았다. 흑표범들은 혈통 자체에 교만이 섞여 있는 걸까.

"비비 님."

"네?"

고칠하던 비비는 어느 귀족 영애의 부름으로 인해 깜박 정신이 들었다.

"그럼 졸업식 당일에는 드디어 그분이 오시는 건가요? 지금까지는 행사마다 늘 바쁘셔서 오지 못한다고 하셨잖아요."

"그분……?"

어리둥절하게 반문한 비비가 이내 그분의 의미를 깨달았다. 아카데미에 재학하는 내내 숨겨온 비비의 연인에 대해 묻고 있는 것이었다. 호기심 어린 눈길을 한 몸에 받게 된 그녀가 뺨을 약간 붉혔다.

"아, 그때는 꼭 와 주기로 약속했거든요."

"어머나, 정말 잘됐네요."

"네에-."

수줍어하는 비비를 마주한 학도들이 은근한 시선을 주고받았다. 때때로 토끼 수인이라곤 믿기 힘들 만큼 대범한 면모를 보이면서. 매번 화두에 오를 때마다 비비를 저토록 쑥스러워하게 만드는 연인의 정체가 이루 말할 데 없이 궁금했다. 선량하다, 예의 바르다, 초식계 수인이다 등등 많은 소문이 있었지만, 출처 없는 유언비어일 뿐이었다.

더욱이 졸업식은 베일에 싸인 비비의 가문 사람들이 참석할지도 모르는 결전의 날. 근 몇 년간 쌓인 궁금증에 몸이 단 학도들이 온갖 의문을 쏟아 냈다. 어떤 사람인지, 어떻게 만난 건지, 또 정략결혼인지. 몰아치는 질문에 일일이 답하지 못한 비비는 뭉뚱그려 설명하기 시작했다.

"별거 없어요. 음, 어두운 곳에 갇힌 저를 꺼내 주고……."

그 경우 없는 맹수가 바구니에 갇혀 있던 나를 주머니로 쑤셔 넣었지. 추억에 잠긴 비비가 아련하게 허공을 바라봤다.

그것을 엇나간 비비를 바른길로 인도해 줬단 의미로 해석한 학도들이 감명 어린 눈을 했다. 인성이 올바른 사람이란 소문은 마냥 뜬소문만은 아닌 모양이었다.

"또 강한 호위도 붙여 주고……."

시녀의 탈을 쓴 메이미에게 적응하기까지 어찌나 긴 시간이 필요했던지. 앞치마에서 끊임없이 나오던 단검 덕에 풀썩 기절했던 기억을 상기한 비비의 눈가가 촉촉해졌다.

"당시 말을 제대로 못 하던 저를 위해 늘 웃으며 기다려줬죠."

새끼 토끼의 몸으로 의사를 전달하는 게 얼마나 힘든데. 킥킥 비웃으며 몸짓을 구경하던 아힌을 생각한 비비가 이번엔 분노로 몸을 떨었다.

'방정맞은 흑표범 같으니라고. 어디 한번 똑같이 당해봤으면 좋겠네.'

후. 손부채질을 하며 진정한 그녀는 테이블의 화병에서 뽑은 꽃 한 송이를 새끼 흑표범에게 내밀었다. 연인은 흑표범 일족이란, 학도들에게 보내는 나름의 힌트였다.

"정략결혼은 아니에요."

곧 희미하게 웃은 비비가 마지막으로 덧붙였다.

"그저…… 많이 좋아하는 사람이에요."

"……."

"세상에서 제일."

어렵사리 말한 그녀가 붉어진 귓불을 한 채 고개를 푹 숙였다.

과거의 불량 비비를 올바르게 인도하고, 자애롭고 다정다감한 성품을 가진 사람. 연인에 대해 확신하던 학도들은 의문스레 시선을 아래로 내렸다. 부끄러워하는 비비야 이해하지만, 왜 새끼 흑표범도 흐물흐물 녹아 종이처럼 팔랑거리는지 모를 일이었다.

다과회 직후, 비비는 어느 순간을 기점으로 묘하게 기세등등해진 새끼 흑표범을 흘끔거렸다. 주인의 뒷배를 믿고 자신감이 폭발하기라도 한 것일까. 교내 각 곳을 방문하는 와중에도 남자만 접근하면 하악질을 해 댄 통에, 말리는 것만으로도 힘에 부칠 지경이었다.

달칵, 밤이 늦어서야 기숙사로 돌아온 그녀는 책상 위로 서류를 층층이 쌓아 올렸다. 학생회장이다 보니 졸업을 앞두고도 처리할 일이 산더미였다.

'이제 인수인계할 서류만 남았네.'

뻐근한 어깨를 돌린 비비가 기지개를 쭉 켰다. 졸업이 시원하기도 하고, 아쉽기도 하고. 양가감정을 느끼던 그녀는 살금살금 침대 쪽으로 다가갔다.

동시에 딱, 침대에 늘어져 있던 새끼 흑표범과 눈이 마주쳤다.

"……안 자?"

나른하게 뜬 눈은 졸려서인지, 아니면 원래 그런 건지 도통 구분이 가질 않았다. 아무리 야행성이라 해도 종일 함께 돌아다녔는데 피곤하지도 않나. 새끼 시절엔 눈 뜨고서도 졸던 슈와 비온과는 퍽 대조되는 행보였다.

"피곤할 텐데."

비비는 가져온 담요를 슬그머니 새끼 흑표범의 몸 위로 덮었다. 수면을 유도하기 위해서였다. 그러나 가져온 게 무색하게도 팽, 까만 앞발이 매정하게 담요를 밀어냈다.

잠투정에 굴하지 않은 비비가 다시금 침착히 담요를 끌어 올렸다. 절대 먼저 잠들 생각이 없는 아힌이 이번에는 뒷발로 담요를 뻥 차 버렸다.

'너부터 누워.'

쉬지 않고 아카데미를 돌아다녔으면서 또 서류 작업이라니. 그는 비비가 몸을 혹사시키는 꼴을 더 이상 눈 뜨고 보고만 있을 순 없었다.

"또 투정 부린다, 또."

속상해진 비비는 허리에 양손을 얹은 채 엄한 목소리를 냈다. 바짝 올라간 눈꼬리가 칼날처럼 날카로웠다.

"나 화나면 아주 무서운 사람이야."

안타깝게도 비비가 화내는 모습마저 좋아하는 또라이에겐 일말의 타격도 주지 못했다. 그러한 사실은 꿈에도 모른 그녀가 근본 없는 훈련을 이어 갔다.

"차렷, 열중쉬어."

크릉- 굴하지 않은 아힌이 포효하며 침대를 꼬리로 탁탁 쳤다. 쪼그마한 게 저도 맹수랍시고……. 움찔 떤 비비의 기세가 급격하게 누그러들었다.

"부디 주무세요……."

화나면 무서운 사람인 비비의 항복은 누구보다도 빨랐다.

"많이 먹고 많이 자야 얼른 크지."

간절한 염원이 통하기라도 했는지, 이내 담요 속에 파묻힌 새끼 흑표범이 주둥이만 쏙 내밀었다. 드러난 둥근 코끝이 꾹 누르고 싶을 만큼 앙증맞았다.

'새끼는 종족을 불문하고 다 귀엽나 봐.'

피식 웃어버린 비비가 몰래 혀를 찼다. 이러니저러니 해도 미워하기 어렵게 만든단 말이야. 특히 적당한 선에서 치고 빠지는 게 아힌과 똑 닮은꼴이었다.

'그 맹수는 다 계산하고 하는 거겠지만.'

뭘 해도 예쁘기만 한 아힌을 흉본 그녀는 새끼 흑표범의 담요를 잘 정돈해 줬다.

"잘 자."

새끼 흑표범 재우기. 임무 하나를 완수한 비비는 책상의 램프를 켰다. 산처럼 쌓인 서류 업무의 시작이었다.

얼마나 시간이 지났을까. 슬쩍 담요에서 기어 나온 아힌이 책상 위로 올라섰다. 은은한 불빛 아래 보이는 글자라곤 하나같이 따분한 종류였다.

서류를 기웃거리던 그의 시선이 빠르게 유영하는 비비의 펜촉을 따라갔다. 비비. 서명란에 써 내린 이름이 지나치게 명료했다. 성이 없는, 허전한 이름을 응시하던 아힌이 물끄러미 비비를 올려다봤다.

'비비…… 예요.'

그녀는 가문을 버린 이후, 이따금씩 자기소개를 할 때 주저하는 모습을 보이곤 했다. 어머니가 친히 그레이스의 성을 써도 된다고 언급한 적이 있을 텐데. 그럼에도 단 한 번도 사용하지 않는 이유를 아힌으로선 막연히 추측해 보는 수밖에 없었다.

아카데미에서는 그레이스가와의 관계를 숨겨야 하기 때문인지, 아니면 아직 그레이스란 성을 받아들이기 힘들기 때문인지. 그의 성격상 당장이라도 묻고 싶었지만, 나오는 말이라곤 캥캥거리는 소리뿐이었다.

'하찮기 짝이 없군.'

앞발로 이마를 짚은 아힌이 진득한 고뇌에 잠겼다. 비교적 거동이 자유로운 새끼 흑표범임에도 불구하고 하고픈 말을 표현하는 게 막막한데. 비비는 어떻게 그 짧은 몸뚱이를 흔들어서 의사 표현을 했는지 모를 일이었다.

역시 비비는 천재 토끼일지도 모른다는 팔불출 결론으로 뻗어 나가는 찰나, 펜 끝이 그의 코를 톡 건드렸다.

"또 안 자고 이런다."

인지할 겨를도 없이 비비의 얼굴이 아힌의 눈앞에 불쑥 나타났다. 방심하고 있던 그는 심장이 벌렁거렸다. 사람일 때보다 훨씬 더 비비의 얼굴을 낱낱이 보게 된 탓이었다.

수채화 같은 얼굴을 마주하던 아힌은 순간 속은 기분이 들었다. 어쩌면 주워 온 새끼 토끼의 발밑을 기게 된 건 우연이 아닌 필연일지도. 잊을 만하면 토끼가 저런 얼굴로 변해선 어색하게 웃어 대는데, 어느 맹수가 굴종하지 않고 버티겠나 싶었다.

느닷없이 벅차오른 마음을 표현하고 싶어진 아힌이 책상 위를 서성였다. 비비라면 어떻게 표현했을까. 고심하던 그는 돌연 이전에도 지금과 비슷한 상황이 있었던 것을 상기했다.

'안 자? 그래도 자.'

물론 그땐 밤늦게 서류를 처리하는 사람이 아힌이었고, 비비는 새끼 토끼였던 상황이었지만. 현재는 위치가 완전히 뒤바뀌고 만 실정이었다.

울지도 웃지도 못한 그는 뒤이어 당시 비비가 앞발로 엑스를 그리곤 버둥버둥 구르던 과거를 떠올렸다. 그러다가 결국 잉크병을 쏟아서 점박이 토끼로 변했었지. 별거 아닌 몸짓임에도 이상하게 부끄러워했기에 꽤 인상적으로 남은 기억의 단편이었다.

'-도대체 뭐야, 그게.'

무심코 양 앞발을 교차시켜 보던 아힌은 드디어 이 몸짓의 의미를 깨닫고 말았다. 정답은 하트였다.

'아, 진짜…….'

엉큼한 토끼 같으니라고. 몇 년이 흘러서야 직격타를 맞게 된 아힌이 앞발로 눈을 가렸다. 달아오른 얼굴을 전부 가리고 싶었으나, 주둥이 때문에 선택한 차선책이었다.

"이제야 좀 졸린가 봐?"

이러한 사정은 꿈에도 모른 비비가 납작하게 녹아내린 아힌을 침대로 옮겼다. 늘어진 그의 몸이 좀처럼 회복되지 못한 채 나풀나풀 흩날렸다.

"자라고 말해도 고집부리더니. 다 너 좋으라고 그런 건데, 언제쯤 내 마음을 좀 알아줄래?"

다른 건 몰라도 비비의 마음만은 착실히 알아가는 중인 아힌이었다.

짙은 밤, 매서운 겨울바람을 맞은 창문이 덜컹거리며 흔들렸다.

선잠을 청하던 아힌은 끙끙 앓는 소음에 짐짓 눈을 떴다. 몽롱한 시선이 거슬리는 소리의 근원을 찾아 움직였다. 이윽고 비 내리듯 식은땀을 흘리는 비비를 발견한 그가 벌떡 일어났다.

'비비?'

달빛 아래 어스름히 비친 비비의 낯빛은 파리하게 질린 상태였다. 경황없이 비비를 안아 들려던 아힌이 멈칫했다.

'아.'

뒤늦게 제 모습을 자각한 그가 비비의 팔을 흔들었으나, 터무니없이 약한 힘에 불과했다. 이어서 위쪽으로 이동한 아힌은 앞발로 그녀의 뺨을 찰싹찰싹 치기 시작했다.

'비비, 일어나.'

부드러운 볼이 앞발에 밀려 찌그러졌다. 그럼에도 좀처럼 정신을 차리지 못한 비비가 몸을 잘게 떨었다. 가위라도 눌린 듯 손끝과 발끝이 덜덜 경련했다.

당황을 누른 아힌은 비비의 맥을 짚어 페로몬의 상태를 확인했다. 다행히도 페로몬 발작은 아니었다.

'악몽인가.'

비비, 비비. 미친 듯이 초조해진 아힌이 비비의 이마를 꾹꾹 누르고, 코를 틀어막고, 재차 뺨을 밀며 깨워 댔다. 그러나 할퀴지 않는 이상 간질임에 가까운 몸부림일 뿐이었다.

드물게 흐트러진 그가 의관이라도 부르기 위해 몸을 틀 즈음, 비비의 눈이 반짝 뜨였다.

헉, 숨을 삼킨 비비는 황급히 목을 짚었다. 이전에 아힌에게 물어뜯긴 전적이 있는 부위였다.

"……."

파도가 휘몰아치듯 흔들리는 보라색 눈동자엔 초점이 없었다. 목숨이 붙어 있는 것을 확인하는 양 연신 목을 더듬던 비비는 이번엔 이불을 확 들췄다.

곧장 쫓기는 사람처럼 파고든 그녀가 이불을 머리끝까지 덮어썼다. 둥글게 웅크린 몸이 떨릴 때마다 새하얀 침구도 달달 떨렸다.

이불 밖에 남겨진 아힌은 우두커니 굳은 채 자리를 지켰다. 비비가 이러는 이유를 굳이 넘겨짚을 필요 없이 쉽게 유추할 수 있었다. 수년 전 겨울, 죽을 뻔했던 끔찍한 기억이 악몽으로 이어진 것임을. 그날의 사건이 트라우마로 남은 건 아힌만이 아닌 모양이었다. 비비 또한 괜찮은 척해 왔지만 괜찮지 않았던 것이었다.

허공을 맴돌던 앞발이 차마 비비에게 닿지 못한 채 아래로 떨어졌다. 사람의 형태도 아닌, 한낱 새끼 흑표범의 모습으로 할 수 있는 건 아무것도 없었다.

새끼 토끼일 때의 비비도 철문을 앞두면 이런 기분이었을까. 아힌은 저와 비비의 사이를 막은 솜이불이 철문보다도 두껍고 굳건하게 느껴졌다. 처음으로 극심한 무력감을 체감하게 된 밤이었다.

파바박, 새하얀 발이 이불을 힘차게 후려 찼다.

이른 아침부터 살벌한 잠버릇을 자랑하던 비비는 사뭇 인상을 찌푸렸다. 얼굴을 비추는 햇살이 퍽 따가웠다.

"으응……."

괜히 꾸물꾸물 뒤척이던 그녀는 잠깐의 정적 후에 튕기듯 몸을 일으켰다. 제 몹쓸 잠버릇이 떠오른 덕분이었다.

잠결에 새끼 흑표범을 차 버린 건 아니겠지. 바쁘게 배회한 시선이 곧 베개 위의 까만 생물체에서 멈췄다. 둥글게 몸을 말고 색색 잠든 새끼 흑표범이었다.

'놀래라…….'

새끼 흑표범의 무사에 안심하던 비비는 얼핏 손에 스친 축축한 무언가를 집어 들었다.

'젖은 수건?'

뚝, 뚝. 물기가 거의 제거되지 않은 수건에서 떨어진 물방울이 침구를 적셨다. 이 물에 젖은 수건의 출처는 어디일까.

'내가 잠결에 가져왔나?'

그러고 보니 직전까지 수건을 얹고 있기라도 한 듯, 제 얼굴 전체가 지나치게 촉촉했다.

심각하게 고뇌하던 그녀는 천천히 눈길을 베개 쪽으로 옮겼다. 달리 가져올 만한 인물이 저 새끼 흑표범 말곤 없었다.

'하지만 어떻게?'

설마하니 새끼 흑표범이 욕실로 가서 수건을 조물조물 빨기라도 했단 건가. 불가능한 가설을 세운 비비가 고개를 휘휘 저었다.

일단 씻자. 정신부터 맑게 하는 편이 좋겠다고 판단한 그녀는 조용히 침대에서 내려왔다. 곧 선반에서 마른 수건을 챙긴 비비가 욕실 너머로 사라졌다. 달칵, 문이 닫히는 소음과 동시에 아힌의 눈이 느릿하게 뜨였다.

'아픈 건 아닌가 보네.'

음소거로 기지개도 쭉쭉 켜고, 체조도 곧잘 하는 거 보면. 안도의 한숨을 내쉰 아힌이 미적미적 일어났다.

'앞발이…….'

양말 같군. 체념 어린 낯빛이 된 그가 수건을 빠느라 축축해진 앞발을 응시할 때였다. 똑똑, 무언가가 유리창을 두드리는 소리가 울려 퍼졌다.

'-여긴 3층인데.'

아힌은 소리가 나는 쪽으로 고개를 틀자마자 급속도로 정색했다. 창문 너머, 꿈에서도 보고 싶지 않은 이브린의 덤덤한 얼굴이 있었다.

이브린이 사다리를 이용해 아힌을 납치하기까진 채 몇 분도 걸리지 않았다.

기숙사 인근 수풀 속. 그곳에 몸을 숨긴 이브린은 아힌의 덜미를 집어 올렸다. 순식간에 발이 바닥에서 떠오른 아힌이 대롱대롱 흔들렸다.

"가엽게도, 요 며칠 얼마나 수치스러우셨을까."

비비의 극진한 보살핌 아래, 반질반질해진 아힌을 살핀 이브린이 고저 없이 말했다.

"이 이브린이 구했으니 더 이상 걱정하지 않으셔도 됩니다."

'……죽여 버릴까.'

아힌은 안 그래도 별로 없는 이빨을 뿌득 갈았다. 필시 이브린은 자신이 무력해진 틈을 타 일부러 거칠게 다루고 있음이 분명했다.

'더군다나…….'

앨런 프레디안. 바득 인상 쓴 아힌이 망을 보는 중인 앨런을 가리켰다.

'저놈은 왜 데려왔지?'

"기억 안 나십니까? 앨렁 프레디안입니다. 현재는 아카데미 부학생회장이죠."

'누군지를 물은 게 아니라, 왜 앨렁을 데려왔냐고.'

처음부터 끝까지, 즉 영원히 앨런이 마음에 안 들 예정인 아힌이 앨런을 삿대질했다.

"우연히 만나서 도움을 받았습니다. 덕분에 칼렌 교수를 빠른 시간 내에 찾을 수 있었죠."

또다시 제대로 해석하지 못한 이브린이 입술을 열었다.

"졸업 직후 그레이스가 보좌관 선발 면접을 본다더군요. 그때 가산점을 주기로 합의 봤습니다."

'누구 마음대로. 미친 거 아니야?'

뒷골이 당긴 아힌이 이브린의 얼굴을 세로로 확 그어 내렸다.

"윽."

어떻게 신이 내린 미모에 흠집을. 소리 없는 비명을 지른 이브린은 일단 품에서 작은 약병을 꺼냈다.

"칼렌 교수의 해약입니다. 의복도 준비해 왔으니, 실내로 자리를 옮겨서……."

"비비, 아니, 토끼님입니다."

그때 망을 보던 앨런이 소스라치며 속삭였다. 바스락, 숨죽인 그들이 조심스레 수풀 사이로 얼굴만 쏙 내밀었다.

"안리!"

비비는 이 추운 겨울에 교복만 달랑 입은 모습으로 수풀을 뒤지고 있었다. 기숙사에서 갑작스레 사라져 버린 새끼 흑표범을 찾고 있음이 자명했다.

허둥지둥 움직이는 비비를 바라보던 아힌이 이브린을 돌아봤다.

"일부러 창문을 열어 두고 왔습니다. 그래야 없어져도 이상하지 않으니까요."

용케 의사를 읽은 이브린이 설명을 덧붙였다.

"들키기 전에 장소를 옮기시죠."

필사적으로 자신을 찾는 비비로 인해 아힌은 쉽사리 자리를 뜨지 못했다. 이브린은 그런 아힌의 엉덩이를 가볍게 토닥였다.

"이제 와 아힌 님인 걸 알릴 수도 없는 노릇이지 않습니까."

'엉덩이 치지 마, 짜증 나게.'

"토끼님은 헨드리 님께 데리고 들어가 달라 부탁드리겠습니다. 자, 앨렁 님도 어서."

앨런을 향해 손짓한 이브린이 비비의 시선을 피해 기어가기 시작했다. 수석 보좌관의 삶이란 이런 것인가. 잠깐 망설인 앨런이 덩달아 네발짐승으로 변모했다.

"아힌 님, 앨렁 님. 대기시켜 둔 마차로 갑시다."

엉금엉금, 거북이들의 은밀한 행차가 이어졌다. 하는 수 없이 걸음을 옮기던 아힌은 다시 뒤돌았다.

'비비.'

한 걸음 옮긴 후 뒤돌고, 한 걸음 옮긴 후 뒤돌고. 여린 손으로 수풀을 파헤치는 비비가 계속해서 눈에 밟혔다.

복장이 터질 지경인 이브린이 입을 달싹이는 순간, 아힌의 눈이 크게 뜨였다. 마구잡이로 수풀을 뒤지던 비비가 나무뿌리에 걸려 넘어진 탓이었다.

곧장 벌떡 일어난 비비는 손등으로 눈가를 훔쳤다. 손바닥은 바닥을 짚느라 흙이 덕지덕지 묻은 상태였다. 바스락, 바스락. 구슬 같은 눈물을 뚝뚝 흘리면서도 새끼 흑표범을 찾는 행위는 끝날 기미를 보이지 않았다.

저런 비비를 두고 어떻게 가는데. 아힌이 갈등과 고뇌에 휩싸인 찰나.

"안리, 어디 있어?"

비비의 울먹이는 음성이 귀를 때렸다.

"제발 나와……."

그 목소리에 결국 무너지고 만 아힌이 수풀 밖으로 뛰쳐나갔다. 정체를 들키는 것보다 비비의 부름에 답하는 게 더 중요했다.

"안리!"

양팔 벌린 비비가 달려오는 새끼 흑표범을 와락 끌어안았다. 앨런은 떨리는 눈으로 비비와 안리의 극적인 상봉을 바라봤다.

'저게 무슨……'

전쟁터를 단신으로 누비는 인물이라며. 역대 수장 중에 가장 강할지도 모르는 사람이라며.

앨런의 사전에 토끼에게 폭 안겨 옮겨지는 아힌은 없었다. 이브린에게 토끼가 앞발로 그레이스가를 연주한다는 헛소리를 들었을 때부터 긴가민가했는데……. 현실을 부정한 그는 삐거덕거리며 이브린을 돌아봤다.

“대체…….”

“방금 이힌 님께서 실낱만큼 남은 수치심마저 버리셨군요. 더 이상 정체를 숨길 생각이 없어 보이시니, 해약만 전해드리면 끝날 일입니다.”

기숙사로 돌아가는 두 사람을 지켜보던 이브린이 얼어붙은 앨런의 어깨를 툭툭 두드렸다.

“물심양면으로 도와주셨는데 아쉽게 되었습니다, 앨렁 님. 그래도 보좌관 면접 때 수장님의 호의를 얻을 수 있는 팁을 드리죠.”

이브린은 얼마 전, 발렌스가 난감한 표정으로 푸념하던 것을 떠올렸다. 비비와 잘 때마다 침대 끝에 웅크려 자기도 힘이 드니, 더 큰 침대로 바꿔야 하지 않을까 하는.

“어떤……?”

은근히 기대 어린 낯빛이 된 앨런은 이어질 이브린의 조언을 기다렸다.

“잠버릇 개선에 유용하거나, 넓은 침대를 제작하는 장인을 추천하십시오.”

“예! ……예? 아니, 보좌관 면접에서 왜 그런 걸 말합니까?”

“분명 수장님께서 크게 흥미로워하실 겁니다.”

잠버릇과 침대 장인. 보좌관 면접에서 두 가지에 관해 열변을 토한 앨런이 턱걸이로 합격점을 받게 되는 건 조금 나중의 일이었다.

아힌을 데리고 기숙사로 돌아온 비비는 창문을 잠그지 않은 부주의함을 연거푸 사과했다.

그러고도 다친 곳은 없는지 아힌의 몸뚱이를 이리저리 살피기를 한참. 치유계 페로몬을 사용하는 일까지 불사한 그녀는 비장한 얼굴로 그의 앞발을 잡았다.

"안리, 그냥 흑표범 영토로 가자."

거긴 원래 내 영토인데. 설명이 불가능한 아힌은 그저 멀뚱멀뚱 그녀를 올려다봤다.

"처음엔 적응하기 힘들지도 모르지만……."

말끝을 흐리던 비비가 이내 결의 어린 눈을 했다. 아카데미엔 흑표범 우리도 없고, 더군다나 원래 주인에게 보내는 것도 안 되고. 또다시 솥에 넣어 유기할지도 모르는 사람에게 돌려보낼 순 없었다.

"내가 너 하나는 꼭 책임질게. 나만 믿어."

그마저도 사랑 고백으로 들린 아힌이 수줍게 귀를 붉혔다.

열심히 끄덕거리는 새끼 흑표범을 마주한 비비는 헛웃음을 지었다. 우연의 일치인지, 아니면 정말 알아듣기라도 한 건지.

"좋아, 그럼 할아버님께 가자."

엉덩이를 토닥토닥 두드려 준 그녀가 짐을 싸기 시작했다. 학장실에 들러 새끼 흑표범의 거처와 관련한 릴리언의 허가부터 받을 생각이었다.

분주하게 움직인 비비가 욕실로 들어가자, 아까처럼 누군가 창문을 똑똑 두드렸다.

"창문 좀 열어 주십시오."

사다리를 타고 오른 이브린이 입을 삐끔거렸다. 그는 저택에 있어야 할 퀸까지 머리에 얹은 상태였다.

'기다려.'

있는 힘껏 뛰어오른 아힌이 창문 고리에 매달렸다. 찰칵, 굳게 잠긴 잠금장치가 열렸다.

"졸업식 전에는 사람으로 돌아가셔야죠."

창문을 연 이브린은 품에서 푸른 색감의 해약을 꺼내 들었다.

"그리고 퀸 님이 전서를 가져왔는데, 보좌관들이 아힌 님의 서명이 필요한 서류가 산더미라며 울부짖는 중이랍니다."

'내일 돌아가도 되잖아.'

둘의 대치를 지켜보던 퀸은 쯧 혀를 찼다. 보아하니 새끼 흑표범 노릇에 맛 들인 모양인데, 설득하다간 날이 저물 기세였다.

날아오른 퀸은 발로 해약을 낚아채어 아힌의 주둥이로 꽂아 넣었다. 꼴깍, 순식간에 푸른 약물이 아힌의 목구멍을 타고 넘어갔다.

"몇 분 후면 자연스레 사람으로 돌아오실 겁니다. 그리고 제가 한 게 아닙니다, 퀸 님이 한 거죠."

꺼림칙해하는 아힌을 살핀 이브린이 창문을 닫은 후 도주했다.

'이브린!'

의복은 주고 가야지. 팡, 아힌이 앞발로 유리창을 때렸지만, 타의 추종을 불허하는 도주 실력을 가진 이브린은 이미 사라진 후였다.

새끼 흑표범을 찾느라 넘어진 탓에 묻은 흙을 씻고 나온 나는 가슴이 철렁 내려앉았다. 또다시 새끼 흑표범이 보이지 않았다.

'설마.'

번개처럼 확인한 유리창은 단단히 잠긴 상태였다. 그나마 한시름 놓은 나는 사부작거리며 새끼 흑표범을 찾기 시작했다.

"안리~?"

이 비비 님이 애쉬랑 숨바꼭질 경력이 몇 년인데.

"안 나오면 잡아먹는다?"

코웃음 친 내가 침대 밑, 옷장 안, 커튼 뒤를 샅샅이 뒤졌다.

요놈 봐라. 제법 고단수라고 생각할 즈음, 이불 아래로 삐죽 튀어나온 까만 꼬리가 보였다. 발소리를 죽인 채 접근한 나는 예고 없이 이불을 확 들췄다.

"찾았다!"

흘끔 나를 확인한 새끼 흑표범은 앞발로 이불을 당겨 도로 닫아버렸다. 이불 속에서 나오고 싶지 않은 모양새였다.

추위라도 타나. 짐짓 걱정된 나는 뒤따라 이불 속으로 엉금엉금 기어 들어갔다.

"왜 그래?"

그대로 몸을 누인 내가 붙든 새끼 흑표범을 배 위에 앉혔다. 이상하리만치 체념한 얼굴이 된 새끼 흑표범이 앞발을 으쓱였다.

'……앞발을 으쓱였다고?'

흑표범이 그런 사람 같은 행동이 가능한가. 의문을 뒤로한 나는 우선 새끼 흑표범의 상태를 점검했다. 동시에 지금까지 단 한 번도 읽은 적 없던 기묘한 기운이 느껴졌다. 틀림없는 페로몬의 흐름이었다.

'동물한테…… 어떻게 페로몬이……?'

경악한 내가 입을 살짝 벌리는 순간, 새끼 흑표범의 몸에서 새하얀 빛이 일기 시작했다. 묵직한 무게감과 함께 빛 속에서 뻗어져 나온 팔이 내 머리 옆을 짚었다. 빛이 점차 수그러들며 이윽고 새끼 흑표범이 완전한 사람의 형체를 갖췄다.

새끼 흑표범의 정체를 확인한 나는 차마 말을 잇지 못했다.

"어, 어떻게……. 네가, 네가 왜 여기에……."

댁이 왜 여기서 나오시는 건데요.

"말도 안 돼……."

시야가 청명한 아힌의 얼굴과 목, 너른 어깨로 가득 찼다.

"-왜 그렇게 놀라, 비비의 안리인데."

'이렇게 거대한 안리는 둔 적 없거든.'

방금 새끼 흑표범에서 사람으로 변한 것치곤 지나치게 태연한 음성이었다.

반면 여전히 얼어붙은 상태인 나는 연신 눈만 껌벅였다. 아힌도 내가 처음 사람으로 변했을 때는 이런 기분이었을까. 너무 놀란 탓에 제대로 된 사고조차 할 수 없었다.

"비비."

아힌은 내 머리카락 한 가닥을 손가락으로 빙빙 꼬았다. 말려 올라간 입매가 전에 없이 짓궂었다.

"그러니까 동물은 함부로 줍는 게 아니야."

'……네가 언제부터 동물이었는데.'

헛것이라도 보고 있는 걸까. 몸을 이탈한 정신은 도통 돌아올 생각을 하질 않았다. 째깍, 째깍. 묵언을 수행하는 시간이 길어지자, 아힌이 손가락으로 내 눈꺼풀을 살짝 들었다.

"눈 뜨고 주무시나?"

"네……. 아니, 그럴 리가 없잖아! 도대체 어떻게 된 거야?"

몸을 누른 아힌을 뿌리치던 나는 황급히 손으로 얼굴을 가렸다. 새끼 흑표범에서 사람으로 변하느라 그가 전라의 상태임을 인지하고 말았기에.

'맙소사.'

더 큰 문제는 단단하고 굴곡진 상체가 고스란히 보이는 자세를 하고 있다는 것이었다.

서로의 숨소리가 뒤섞였다. 헐벗은 어깨를 마주한 속눈썹은 파르르 떨리고, 긴장으로 꼿꼿이 선 발끝엔 쥐마저 났다.

"비비, 얼굴만 가리면 뭐 해. 눈을 안 가렸는데."

"내, 내가 언제."

마른침을 삼킨 나는 아힌을 이불로 둘둘 말기 시작했다. 쓸데없이 크고 길쭉한 몸뚱이로 인해 굴리는 것까진 무리였다. 후, 그를 번데기 같은 모양새로 똘똘 뭉친 내가 이마에 맺힌 땀을 훔쳤다.

"우선 입을 만한 의복을 구해 올 테니까 얌전히 있어. 꼭. 설명은 그다음이야!"

엄하게 당부한 내가 꿈틀거리는 아힌을 꾹 눌렀다. 일단 전라를 내보일 뻔한 고비는 넘겼지만, 한 치 앞도 예상할 수 없는 아힌을 상대로 방심은 금물이었다.

몇 번 버둥거리더니 금세 포기했는지, 침대에 모로 얼굴을 묻은 그가 설핏 미소 지었다. 비스듬히 흘러내린 은발이 가늘게 휘어진 눈을 반쯤 가렸다.

"익숙하면서 왜 유난이실까."

"……아힌은 진짜 수치심이란 게 없어?"

"지금 음흉한 눈을 한 토끼가 할 말은 아닌 거 같은데."

"내 눈이 어, 어떻다고……."

"귀, 거의 빨간색이야."

눈을 비비던 내가 달아오른 귀를 양손으로 감췄다.

요사스러운 흑표범 같으니라고. 제 얼굴과 육탄 공세가 얼마나 큰 효과를 발휘하는지 스스로도 잘 알고 있는 게 더없이 얄미웠다.

나는 아힌을 째려보며 뒷걸음질로 이동하기 시작했다.

"아, 아무튼. 의복을 빌려 올게."

"누구한테?"

그의 질문에 곧바로 답하지 못한 내가 입을 달싹였다. 아힌과 그나마 신장이 비슷한 사람이라면.

"-앨런 프레디안?"

"기각."

사근사근 웃고 있던 아힌의 표정이 급속도로 무너졌다.

"앨렁의 옷을 입을 바에야 이러고 있는 게 나아."

"그건 내가 안 돼!"

세차게 고개를 저은 내가 눈을 도르르 굴렸다.

의복을 구할 만한 곳이……. 일순 머릿속에 아힌의 체구에 맞는 옷을 구할 수 있을 만한 상점이 스쳤다.

"금방 돌아오니까 도망갈 생각일랑 말고 기다려."

"내가 비비한테서 도망을 왜 가."

또 요망한 대사를 던지는 그를 외면한 내가 슬그머니 문을 열고 나섰다. 끼이익, 문틈 사이로 팔랑팔랑 손을 흔드는 아힌을 끝으로 문이 완전히 닫혔다.

아카데미 상점가에 위치한 교복점. 다행스럽게도 그곳에서 아힌의 체격에 맞는 교복을 구할 수 있었다.

그리하여 이브린이 기다리고 있을 마차로 은밀히 이동 중이던 나는 입술을 꾹 깨물었다. 약물의 부작용부터 아카데미에 오고, 솥에 담겨 버려지기까지. 아힌에게 자초지종을 전해 들은 직후, 찾아온 건 극심한 후회와 절망이었다.

'대체 솥에는 왜 들어가 있었던 건데?'

옛말에 길에서 아무거나 줍고 다니는 게 아니라고. 또라이로 탈피한 새끼 흑표범 때문에 여러모로 심경이 복잡했다. 할아버님도 속을 만큼 감쪽같이 페로몬을 숨긴 탓에 의심조차 못 한 부분이었다.

'하…….'

눈앞에 새끼 흑표범과의 나날이 파노라마처럼 스쳐 지나갔다.

'분유를 먹지 않으려고 발광한 이유를 이제야 알겠네.'

그뿐인가. 할아버님과 입을 맞춘 후 그대로 기절하질 않나, 정서를 위해 동화책을 읽어 주니 어이없단 듯이 쳐다보질 않나, 강아지용 옷을 입혔을 땐 눈빛이 유독 죽어 있었기도 했고, 새끼 흑표범 주제에 때때로 고독한 얼굴을 한 건 다 이유가 있었던 것이었다.

기억을 헤집을수록 목숨의 위협을 느낀 내가 부들부들 떨었다.

'헨드리……. 전부 알고 있으면서 모른 척했다 이거지.'

어쩐지 수다쟁이인 헨드리가 다과회에선 묘하게 말수가 없다 싶더라니. 괘씸함에 걷는 것도 멈춘 채 발을 탕탕 구르던 내가 점점 누그러들었다. 막상 아힌 앞에 서면 웬만한 맹수도 고양이 앞의 쥐가 되니. 하물며 돼지인 헨드리가 모른 척한 심정이 누구보다 잘 이해됐다.

얼굴이 새빨개졌다가 파래짐을 반복하던 내가 따라오는 아힌을 곁눈질했다.

"그냥 말하면 되는 걸, 숨기긴 왜 숨겨."

"비비, 나도 사람이야."

"그게 무슨 말이야?"

"가끔은 부끄러운 것도 있다는 의미지."

너는 새끼 흑표범이 된 걸 부끄러워하기 전에 자신이 살아온 삶을 돌아봐야 하지 않을까. 아마 나는 아힌의 부끄러움에 대한 기준을 영영 이해할 수 없을 것 같았다.

"……전서에 답장을 안 한 건 이것 때문이었구나."

"그래서, 서운했어?"

이어진 물음에 흠칫 떤 내가 조그마한 목소리로 답했다.

"뭐, 딱히."

"-딱히?"

"사실 조금 서운했어……."

그와 동시에 아힌은 인근에 있던 교목에 이마를 박았다. 지나치게 좋을 때나 우스울 때 벽이나 나무에 이마를 박는 습관은 여전했다.

굳이 고칠 필요까지는 없으나…… 다만 사람이 좀 이상해 보이는 건 사실이었다.

“아힌, 그만해. 다들 쳐다보잖아.”

“애초에 이런 꼴로 있는데 쳐다보지 않는 게 더 이상하지 않나?”

나무에서 이마를 뗀 아힌이 제 머리를 감싼 화려한 무늬의 보자기를 가리켰다. 이어서 옮겨진 손가락이 붉은 눈동자를 가린 독특한 안경을 매만졌다.

“이 안경 때문에 앞이 제대로 보이지도 않는데.”

“…….”

할 말이 없어진 나는 우두커니 선 아힌을 아래위로 훑었다. 확실히 꽃무늬 보자기를 머리에 두른 그는 눈에 띌 수밖에 없었다. 특히 러셀의 장난감 안경에 그려진 초롱초롱한 눈이 위화감을 더했다.

“아힌이 망토는 절대 입지 않겠다며…….”

“그건 비비 거니까.”

망토에 달린 후드를 쓰면 어느 정도 얼굴을 감출 수 있을 텐데. 말끝을 흐린 나는 망토 자락을 만지작거렸다. 기숙사 짐을 미리 뺀 탓에 하나뿐인 망토를 내가 강제로 입게 된 실정이었다.

“마차까지 얼마 안 남았으니까 조금만 참아.”

“-꼭 정체를 숨겨야 되나, 이틀 후면 졸업식인데.”

“그렇긴 하지만……. 아니, 안 돼.”

은근한 설득에 넘어갈 뻔한 내가 단호히 고개를 저었다.

“왜?”

“할아버님이 졸업식 준비 때문에 골머리를 썩이고 계신단 말이야. 들키면 분명 교수님이나 귀족들이 엄청 찾아갈 텐데, 쓰러지시기라도 하면 어떡해?"

"영감은 내심 밝혀지길 바랄걸. 자랑을 못 해서 안달이니까."

"됐어. 자, 어서 손이나 잡아."

아힌은 아카데미 구경도 안 시켜 주냐며 덧붙이면서도 순순히 손을 잡아 왔다.

"나와 진솔한 대화를 나눠야겠다며."

"마차에서도 충분히 할 수 있어."

손을 단단히 붙든 나는 앞이 침침한 그를 위해 조심히 걸음을 옮겼다.

다행히 강의가 없는 기간이라 교정은 비교적 한산했다. 더욱이 매서운 바람이 몰아치던 지난 며칠과는 달리, 오늘은 올겨울 들어 가장 화창한 날씨였다.

볕이 내린 교정을 가로지르던 나는 한발 늦게 따라오는 아힌을 힐긋 돌아봤다. 흑색 교복을 입은 그와 아카데미를 걷고 있으니 새삼 묘한 기분이 들었다. 비록 얼굴은 아힌이 아닌 큼지막하고 반짝이는 눈을 가진 괴한이었지만. 내 손에 의지해서 얌전히 따라오는 맹수가 귀여워 보이는 걸 보면, 나도 아힌을 따라 단단히 미쳐 가는 모양이었다.

"회장, 어디 가는…… 아?"

"회장, 점심은 먹었, 누구…… 신지?"

"회장, 졸업 축하…… 뭐, 뭐야."

간간이 내게 인사를 건네던 학도들이 아힌을 발견하자마자 빠르게 멀어졌다. 특이하게 얼굴을 감춘 게 오히려 타인의 접근을 막는 신통한 효과를 일으킨 순간이었다.

"전교생이랑 친분이 있어?"

살짝 안경을 내린 아힌이 사라지는 학도들을 바라보며 말했다.

"그런 건 아냐."

"지나가는 족족 인사를 하던데."

"다들 내가 토끼 수인이라서 편한가 봐. 음, 일단은 신분도 제대로 알려지지 않았기도 하고……?"

그래? 반문하며 다시 안경을 올린 그가 내 귀에 속삭였다.

"비비, 제왕학 1구절 기억나?"

"어진 제왕의 첫 번째 조건은 사람을 끌어들이는 매력…… 잠깐. 갑자기 제왕학은 왜?"

"-요즘따라 그런 생각이 들더군. 이브린의 말마따나 비비가 어진 제왕의 현신은 아닐까."

"그만둬."

"싫은 생각이."

"이 이상 나를 수치스럽게 만들지 마."

적당히 놀려. 얼굴이 달아오른 내가 아힌의 교복 타이를 콱 졸라맸다.

한참 실랑이를 벌이는 와중, 우리 쪽으로 접근하는 여러 개의 발소리가 들렸다. 지인인가 싶어 시선을 틀던 나는 곧장 표정을 굳혔다.

"회장 아냐?"

"오늘은 웬일로 수풀이 아니라 멀쩡한 길로 다니실까."

아카데미 학도 중 비행을 일삼고 다니는 하이에나 무리였다. 낭패어린 상황을 맞닥뜨린 내가 슬금슬금 뒤로 물러났다.

'이 시간엔 늘 교정 뒤에서 노닥거리면서. 왜 하필 오늘 여기 있대?'

"수풀?"

안경이 시야를 가린 탓에, 청각에 의존 중인 아힌이 조용히 물어왔다.

"벼, 별거 아니야."

맹수들을 피해 이따금씩 수풀에 뛰어드는 것만큼은 절대 말할 수 없었던 내가 고개를 도리도리 저었다.

"누군데?"

"그냥. 학생회장에 지원했던 하이에나 수인인데, 내가 그 자리에 앉아서. 그때부터 나만 보면 괜히 사소한 시비를 걸어오거든."

"……."

"괜찮아. 내가 다 이겨."

침묵하던 아힌이 상황과 어울리지 않게 입꼬리를 끌어 올렸다.

"-지금껏 그런 건 얘기한 적 없었잖아."

"그야……."

네가 이럴까 봐. 화가 날수록 짙게 웃는 경향이 있는 그를 마주한 내가 식은땀을 흘렸다.

'무슨 짓을 벌일지 상상을 할 수가 있어야지.'

그나마 아힌의 허리춤에 늘 있던 장검이 없는 게 다행이라고 여겨야 할까. 나는 밀치듯 뒤로 보낸 아힌의 앞을 양팔 벌려 가로막았다. 물론 생각한 것의 반의반만큼도 가려지지 않았다.

그럼에도 최대한 온몸을 펼친 내가 날 선 목소리로 말했다.

"비켜줘."

드물게 강한 대응을 보인 게 심기를 거슬렀는지, 하이에나 수인들의 입가가 아니꼽게 경련했다. 보통 때면 토끼로 변해서라도 달아나곤 했기에 어찌 보면 당연한 반응이었다.

“저건 또 뭐야.”

그들의 시선이 자연스레 내 뒤에 감춘 아힌에게 꽂혔다. 동시에 맞춘 것처럼 미간이 험악하게 일그러졌다.

“거슬리던 카피바라 꼬맹이는 어디 가고 또 희한한 걸 데려왔군.”

하이에나 수인들은 늘 내 등에 매달려 다니던 러셀을 찾으며 두리번거렸다. 이어서 검지를 머리 주변에서 빙빙 돌리며 아힌을 조롱하는 듯한 몸짓을 취했다.

“함부로 말하지 마.”

아힌을 걸고넘어지자마자 나 또한 온유한 태도가 나오질 않았다.

“이 사람을 건드리면 재미없을 줄 알아.”

“멋지다, 비비.”

말을 끝맺자마자 뒤편의 아힌이 나만 들을 수 있게끔 소곤거렸다.

“나도 그런 박력 좋아하는데.”

“……제발 조용히 해.”

“그래.”

무너질 뻔한 표정을 바로잡은 나는 하이에나 수인들을 향해 절절한 눈빛을 보냈다. 잘 봐, 순순히 이런 꼴로 돌아다니는 것에서부터 느낌이 오지 않아? 얘는 어마어마하게 무서운 또라이란 말이야. 그들의 생존을 위해 신호를 보냈지만, 오히려 하이에나 수인들은 눈만 사납게 뜨면 다냐며 비아냥대기 바빴다.

‘내가 언제 눈을 사납게 떴다고…….’

억울해진 나는 몇 마디를 덧붙이려다 그냥 입을 닫았다. 애당초 마주치기만 하면 시비를 걸어오는 이들이 쉽게 물러날 리가 없었다. 엎친 데 덮친 격으로, 우리를 빙 둘러싼 채 거리가 점점 좁혀지기 시작했다.

맹수계 수인다운 큼지막한 체구가 우리 주변으로 그늘을 만들었다. 반사적으로 팔을 뻗은 내가 비장하게 말했다.

"다, 다가오지 마."

"얼씨구, 그 소문 자자한 연인이라도 되나 봐?"

"……내가 지금 얘를 보호하는 건 줄 알아? 전부 너희를 위해서 그러는 거야."

"뭐야, 비비. 나를 지켜 주려는 게 아니었어?"

등 뒤에서 아힌의 퍽 실망스러운 음성이 들렸다.

넌 또 무슨 턱도 없는 착각을 하고 있었던 거야. 기가 찬 나는 휙 뒤돌아서 그의 양 손목을 붙들었다. 혹시 아힌이 손이라도 휘두르면 이 어린 양들은 몇 미터나 날아갈 게 불 보듯 뻔했으니.

탈출구를 찾아 두리번거리던 나는 절망 어린 심정이 되었다.

"회장의 연인이라고? 아카데미 재학생이었어?"

"저 묘한 안경은 대체……."

"지난나 교수님의 아들이 쓰고 다니던 장난감 아닌가?"

우리의 대치를 발견한 학도들이 어느새 주위를 둘러싸고 있기 때문이었다. 여러 쌍의 눈동자가 아힌이 입은 아카데미 교복을 훑어 내렸다.

"다들 댁의 민낯을 궁금해하는데, 그 해괴한 거나 좀 벗지 그래."

시선을 의식해서인지 한껏 기세등등해진 하이에나 수인들이 아힌을 툭툭 건드려댔다. 그나마 페로몬을 활용할 기미는 없는 듯한 게 다행스러울 지경이었다.

"벗는 건 좋아하지만 네놈 앞에서 벗고 싶진 않아."

한술 더 떠, 기대 이상으로 오래 참은 아힌이 낮게 깔린 저음으로 경고했다.

"-그리고 비비의 말은 듣는 편이 좋아. 앞발 하나로 흑표범 영토를 점령한 토끼니까."

"무슨 헛소리를."

"얼마 전엔 사자 영토도 휩쓸었지."

"이거 완전히 미친놈 아니야?"

전부 망했어. 더 이상 개선의 여지조차 보이지 않는 상황이었다. 거의 자포자기한 나는 해쓱해진 얼굴로 충고했다.

"그……, 안경은 벗기지 않는 편이 정서에 좋을……."

하지 말라 하면 무릇 하고 싶어지는 게 사람의 심리. 이러한 옛 명언을 떠올릴 새도 없이 아힌의 안경이 내치듯 벗겨졌다.

"흐, 흑표범?"

드러난 붉은 눈동자를 확인한 하이에나 수인이 흠칫 떨었다. 그러나 주변의 반응을 살피며 금세 기세를 회복한 그가 아힌을 유심히 관찰했다.

"낯이…… 익은데……."

그래, 그거야. 낯익은 게 당연한 사람이니까 누구인지 인지하기 전에 멈춰.

간절한 염원이 닿기도 전에 다음번엔 훽, 아힌이 둘러쓰고 있던 보자기가 벗겨졌다. 욱여넣었던 머리카락이 드러나며 공중에 나부꼈다.

"……."

그와 함께 거짓말 같은 정적이 휘몰아쳤다. 엉망으로 치솟은 은발을 멍하니 바라보던 학도들은 맞춘 것처럼 천천히 입을 벌렸다. 아직 아리송해하는 이들 반, 연간 신문 일 면을 장식하는 얼굴임을 깨달은 이들 반이었다. 아무래도 이런 해괴한 꼴로 아카데미에 있단 사실이 아힌임을 확단하기 어렵게끔 만든 모양이었다.

"그……."

보자기를 벗긴 하이에나 수인 또한 황망한 얼굴로 읊조렸다.

"아, 아힌…… 그레이스?"

"왜."

완벽한 확인 절차와 동시에 이름 모를 누군가의 딸꾹질 소리가 울려 퍼졌다. 그것을 신호로 모든 학도의 쩌렁쩌렁한 비명이 아카데미 일대를 뒤덮었다.

어차피 정체도 드러난 마당에, 아힌은 내게 하이에나 수인들의 안위와 아카데미 관광의 맞교환을 제안해 왔다.

회장으로서 아카데미에 몰아칠 피바람을 방관할 수도 없고. 좋은 게 좋은 거라고, 하이에나 수인들을 학장실로 보낸-나름의 복수-나는 아힌을 데리고 도서관으로 왔다. 그나마 이목이 덜 집중되는 곳이자 내가 가장 즐겨 찾는 장소였다.

2층 창가에 자리 잡은 나는 책을 베개 삼아 엎드린 채 따사로운 햇볕을 맞았다. 도서관은 학도들이 아힌을 피해 전부 아래층으로 내려간 탓에 유독 적막했다.

'졸업 직전에 들킨 게 다행이지, 뭐…….'

마음의 평온을 위해 합리화를 한 나는 몸을 뒤척여 반대편으로 엎드렸다. 곧장 같은 자세로 엎드린 채 이쪽을 빤히 바라보는 아힌과 눈이 마주쳤다. 그저 가만히 마주 보던 나는 얼마 지나지 않아 입술을 열었다.

"괜찮아? 분유 먹은 거."

"부끄러우라고 일부러 묻는 건가."

"……맞아."

새끼 흑표범인 사실을 숨겼던 것에 대한 소심한 복수였다. 수치스러워할 거란 기대와 달리, 아힌은 한 치의 동요조차 없이 답했다.

"처음에는 거지 같았는데, 네가 먹여 주는 거라 그렇게 나쁘진 않던데."

칠칠치 못한 맹수. 나는 대답 대신 콧등을 찌푸렸다. 그런 내 콧등을 엄지로 펴 준 아힌이 눈매를 접었다.

"-그래도 개 옷을 입힌 건 너무했지."

"추운 것보단 낫잖아."

"그도 모자라 인형을 줄에 매달아서 흔들어 대고. 못 잡으면 잡아먹는다고 했던가."

"놀아준 거야. 그리고 아힌 네가 나한테 했던 짓인 거 기억 안 나?"

또박또박 반박을 이어갈수록 헤실헤실 웃음이 새어 나왔다. 상대방을 이해할 수 있는 물약이 정말 물리적으로 아힌을 새끼 흑표범으로 만드는 부작용을 초래할 줄이야. 어떻게 보면 새끼 토끼였을 때의 나를 반쯤은 이해할 수 있는 완벽한 부작용이었다.

"저기, 아힌."

홀로 실실거리는 것을 멈춘 나는 잠시간 말을 망설였다. 아힌이 사람으로 돌아온 직후부터 내내 신경 쓰이던 주제가 있었다.

"……지난나 교수님과의 대화도 전부 들었지? 아이에 대한 거."

"바로 옆에 있었는데 들을 수밖에."

아힌은 의중을 읽기 힘든 옅은 미소를 걸었다.

"일부러 말하지 않은 건 아니야. 다만…… 아힌한테는 상처가 될 수 있는 사안인 것 같아서."

"신경 쓰지 마. 나도 똑같은 걸 주치의에게 의뢰해둔 상태니까."

"정말?"

눈을 동그랗게 뜨던 나는 곧 미심쩍은 표정으로 돌변했다.

"내 머리카락은 언제…… 아니네, 토끼로 변했을 때 털을 뽑아 간 게 그것 때문이었구나."

"덧붙여 뽑다가 뒷발차기에 맞았고."

"……."

"짜릿했지."

여전히 엎드린 자세로 서로를 노려보던 우리가 동시에 슬쩍 입꼬리를 말아 올렸다.

"어쨌든 다행이다, 그치?"

"그래. 안 그래도 비비가 그랬잖아, 흑표범 같은 딸이랑 토끼 같은 아들이 있는 것도 괜찮겠다고."

"아니, 지금은 마음이 바뀌었어."

한순간에 정색한 내가 입매를 일자로 굳혔다. 지난나 교수의 말에 의하면, 미래에 태어날 아이는 지배계와 치유계 페로몬을 함께 가질 확률이 높다 했으니. 면 기저귀를 찬 채 무기를 든 장군감이 태어난다 하더라도 이상할 게 없는 수준이었다.

"하나면 돼, 하나면."

나는 한껏 단호하게 검지를 쫙 펼쳤다. 별다른 언급 없이 수긍한 그는 내 손을 약한 힘으로 끌어당겼다. 얼떨결에 손을 맞잡자, 아힌이 엄지로 천천히 내 손등을 쓸었다.

"그보다 하나 묻고 싶은 게 있는데."

"뭔데?"

"악몽은 언제부터 꿨어?"

"악몽? 그게 무슨…… 아."

그제야 지난밤, 악몽에 시달린 것을 상기한 나는 아차 싶은 마음이 들었다. 대충 둘러대는 게 좋을까, 솔직하게 말해야 할까. 짧은 고민이 무색하게도, 그는 이미 전부 알고 있는 듯한 눈을 하고 있었다. 정황상 물에 흠뻑 젖은 수건을 내 얼굴에 끼얹은 것도 아힌이겠지.

결국 감추는 것을 포기한 내가 조심스럽게 말문을 뗐다.

"실은 그때 아힌에게 물린 이후로 종종 꿔. 아, 그렇다고 자주 꾸는 건 아니고……!"

"나는 악몽을 꾸는 건 이번에 처음 봤는데."

"주로 겨울에 기숙사에서 꾼 게 다라서……."

"그럼. 어제처럼 늘 혼자 이불 속에 숨어서 떨었어?"

아힌은 손을 천천히 움직여 내 뺨을 가볍게 쓸었다. 손의 온기가 차가운 피부에 그대로 전해졌다.

"그러라고 이불 속에 숨는 걸 가르쳐 준 게 아닌데."

뺨을 감싼 커다란 손이 이루 말할 수 없는 안정감을 가져다줬다. 눈물이 핑 돌 것 같은 기분이 된 나는 괜히 미간에 힘을 줬다.

'이불 속에 숨으면 아픔을 숨길 수 있거든.'

언젠가 아힌이 가르쳐 준 방법을 유용하게 활용하고 있는 건 부정할 수 없는 사실이었다.

"대답 안 해 줄 거야?"

"……."

"어차피 꿈이고, 걱정할 게 뻔하니까 말하지 않은 건가."

아힌은 말없이 버티는 내 속내를 무참히 꼬집었다. 괜히 찔린 내가 시선을 피하며 시치미를 떼자, 그의 손가락이 내 코를 살짝 비틀었다.

"아야."

"……나도 마찬가지야."

"뭐?"

아힌의 말을 단번에 이해하지 못한 내가 눈을 깜박였다.

"나도 그래. 겨울만 되면 네가 사라졌던 어머니의 침실이 꺼림칙하고, 네가 머리카락을 묶을 때마다 보이는 목의 흉터가 두려워."

그는 남의 이야기를 하는 양 잔잔한 저음으로 말을 이었다.

"그냥, 그러고 싶지 않은데 피하게 돼. 자꾸 눈앞에 피를 흘리며 쓰러져 있는 비비가 보여서."

아힌이 말하는 모든 게 메아리가 되어 내 귀를 두드렸다.

나 또한 마찬가지였다. 입김이 나오는 겨울이면 어김없이 그날의 기억이 덮쳐 오는 것은. 차가운 대리석 바닥, 수술 도구가 달그락거리며 부딪히는 소리, 텅 빈 침실의 고요, 외로웠던 겨울 냄새. 어느 하나 빠짐없이 칼날 같은 아픔이 되어 온 신경을 곤두서게 만들었다. 조금은 흐릿해져 가는 기억을 되짚은 나는 한 박자 늦게 입을 열었다.

"……그래서 나를 피한 거구나."

"미안해. 내 선에서 해결하면 끝날 일이라 생각했어."

순순히 사과를 뱉은 그는 내 뺨에서 느릿하게 손을 떼어냈다. 그리고 재차 내 손을 맞잡았다.

"비비가 사라진 일 년 반이 다시는 되풀이하고 싶지 않을 만큼 끔찍했거든. 내가 정상적인 사고를 하게 될 만큼."

아힌이 정상적인 사고를 하다니. 그 힘듦이 어느 정도였는지 감히 짐작하기조차 두려웠다.

"네가 영영 돌아오지 않을 생각은 아닌지. 내게 진절머리가 난 건지. 그런 거면 나는 어떡해야 할지."

"그럴 리가 없잖아……."

"맞아. 그래서 혹시 진짜 대륙을 떠도는 무용수가 된 건 아닐까 생각도 해 봤어."

누구더러 자꾸 무용수래. 눈이 쪼뼛해진 내가 팔목을 비틀어 아힌의 손을 꺾어 버렸다. 아파, 손가락이 꺾인 그가 실없이 웃었다.

자비로운 마음으로 풀어 주자, 아힌은 이번엔 내 새끼손가락과 자신의 새끼손가락을 엮었다.

"약속할게."

"뭘……?"

"그날과 관련된 두려움을 숨기지 않겠다고. 그러니까 비비도 감추지 마."

"……."

"악몽을 꿀 때면 언제든 내가 깨워 줄게."

교차로 엮인 새끼손가락을 응시하는 내 눈이 떨리는 게 느껴졌다. 온전히 의지할 수 있는 존재가 있단 것에 대한 감사함이 새삼 와닿았다.

"나도 약속할게. 근데……."

목이 멘 탓에 한참을 뜸 들인 내가 이윽고 어렵사리 입술을 달싹였다.

"토끼의 간을 거는 건 안 돼……."

"-그건 좀."

간 집착 맹수 같으니라고. 눈물이 쏙 들어간 내가 아힌의 손을 팽하니 뿌리쳤다. 씩씩대던 나는 여태 엎드린 상태인 아힌의 얼굴에 시선이 머물렀다. 대화를 나누는 내내 엎드려 있느라 한쪽 뺨이 불그스름한 상태였다. 분명 내 볼도 저렇겠지. 나란히 뺨이 붉은 모습을 상상하자, 상황과 어울리지 않게 웃음이 난 내가 입꼬리를 삐죽 올렸다.

"왜 웃어."

그렇게 묻는 아힌도 비식 바람 새는 소리를 냈다. 웃음이 번진 모양이었다.

한참을 이유도 모른 채 킥킥거리던 우리가 서로를 마주 봤다. 자연스레 또다시 웃음이 터졌다. 늘 화날 정도로 미려하기만 하던 아힌의 얼굴이 오늘따라 이상하게 우스웠다. 나는 웃느라 나온 생리적인 눈물을 검지로 훔치며 조언했다.

"쉿. 입 모양으로만 웃어, 도서관이란 말이야."

학생회장의 숙명이었다.

"비비, 어차피 아무도 없어."

그렇군. 학도들이 아힌을 피해 사라진 사실을 상기한 나는 우리를 둘러싼 수많은 서적을 둘러봤다.

아무도 없는 도서관은 생각 이상으로 고요했으며, 창문으로 스며든 햇살은 따듯했다. 도서관 특유의 공기 때문인지, 시름을 하나 덜어서인지. 묘하게 마음이 호수처럼 잔잔해진 내가 조곤조곤 물었다.

"있잖아, 아힌. 그거 알아?"

"모를걸."

"헨드리가 그러는데, 여기서 사랑을 말하면 평생 헤어지지 않는대."

어느 아카데미에나 있을 법한 다소 유치한 전설이었다. 그럼에도 지금만은 믿고 싶어진 나는 도로 엎드리며 방싯 웃었다.

"사랑……."

덜컹, 미처 말을 끝맺기도 전에 움직인 아힌이 가까워졌다. 목덜미가 당겨지고, 입술이 가볍게 맞물렸다 떨어지는 건 순식간의 일이었다.

그 상태로 굳어 버린 나는 멍하니 눈을 끔벅였다. 상체를 숙였던 그가 몸을 바로 세우는 게 파노라마처럼 느리게 보였다. 무슨 일이 있었냐는 듯 다시 제자리로 돌아간 아힌은 팔에 옆얼굴을 묻었다.

"사랑해."

나른한 저음이 꽂히듯 귓가에 파고들었다.

"어렸을 때는……."

정신을 차릴 새도 없이 그의 다음 말이 이어졌다.

"아버지가 어머니를 자신의 전부라고 말하는 걸 이해하지 못했는데."

"……."

"이제는 알 것 같아."

아힌은 한편에 쌓아 둔 책을 슬그머니 당겨 나와 자신의 사이에

세웠다.

"-비비는 내 전부야."

상투적인 표현조차 아힌이 말하니 치명적으로 들리는 건 왜일까. 벽처럼 세운 서적 때문에 표정을 확인할 수 없는 게 자못 답답했다. 훽, 책을 치우자마자 청아하게 미소 짓는 아힌의 얼굴이 그림처럼 눈에 박혔다.

"사랑을 말했으니까 이제 비비는 평생 도망 못 가."

가식도, 위선도, 위험한 미소도 아닌. 지금까지 본 것 중에 가장 순수한 웃음이었다.

반면 얼굴이 엉망진창으로 찌그러진 내가 입술을 꾹 깨물었다. 이런 시점에서 울면 안 되는데. 그럼에도 턱에 그려진 진실의 호두는 짙어져만 갔다.

아힌은 매번 이런 식이었다. 예고 없이 박차듯 내 공간에 들어와 멋대로 똬리를 틀고 눌러앉는 게. 아마 나는 지금 이 순간을 평생 잊지 못하겠지.

'비비, 그거 알아요? 도서관 2층의 창가 자리 있잖아요. 거기서 사랑을 말하면 평생의 인연이 된대요.'

'헨드리, 방금 지어 냈죠?'

'……비비는 꼭 놀리는 건 귀신같이 알더라.'

아프기만 했던 겨울 위로 새로운 겨울의 기억이 덧대어졌다.

졸업식 전날. 발렌스와 릴리언, 아힌, 그리고 이브린은 오랜만에 한 묘비 앞을 찾았다.

이디스 그레이스. 꽃을 내려 둔 그들은 비석에 선명히 아로새겨진 이름을 말없이 내려다봤다.

얼마나 침묵을 지켰을까. 끕, 어흑. 마부로서 따라온 릴의 울음 삼키는 소음이 적막을 깨뜨렸다.

“저 고릴라는 왜 저러느냐?”

“글쎄요…….”

도대체 왜 우는지 모를 릴을 잠깐 돌아본 발렌스와 릴리언이 도로 비석을 응시했다. 한참의 묵념 후, 릴리언은 아쉬운 음성으로 대화의 물꼬를 텄다.

“우리 토끼도 같이 오는 편이 좋지 않았겠느냐?”

“다시 함께 와야지요. 다만 그 아이가 오면 저렇게…….”

뒷말을 얼버무린 발렌스가 뒤를 가리켰다. 마음 여린 릴은 장대한 몸을 웅크린 채 꾸역꾸역 눈물을 참고 있었다.

금방 수긍한 릴리언이 연신 고개를 주억였다.

“눈물바다가 되겠구먼. 그래, 앞으로는 늘 함께 올 테니, 마지막으로 조용한 시간을 갖는 것도 나쁘진 않지.”

다시금 고요한 묵념의 시간이 찾아왔다. 이디스의 이름을 응시하던 릴리언은 이번엔 퍽 불만 어린 얼굴로 혀를 찼다.

“아들놈은 어쩌다 제 자식의 혼약식도 못 보고 먼저 가 버렸을꼬.”

“그러게요. 살아 있었더라면 이 사람도 비비를 많이 좋아했을 텐데요.”

“말도 말거라. 보나 마나 헤실거리며 토끼를 등에 태워 기어 다녔겠지.”

정작 그렇게 주장하는 릴리언은 기어 다니지만 않을 뿐, 비비가 눈만 깜박여도 잘한다, 잘한다 손뼉을 치는 실정이었다. 아힌이나 릴리언이나, 왜 항상 기어 다니는 걸 전제에 넣는 걸까. 발렌스는 굳이 아무 말도 덧붙이지 않았다.

"쯧, 맹목적인 애정은 토끼에게도 독이니라. 자고로 자식이란 엄하게 키워야 하는 것이거늘!"

열변을 토하는 그를 물끄러미 쳐다보던 발렌스가 수긍하며 말했다.

"그렇군요. 말씀대로 과도한 애정은 독이니, 슬슬 춤추는 토끼의 초상화를 경매에 올릴까 해요."

"얼마더냐? 지금 내가 사겠다."

"……."

"……."

뒤늦게 겸연쩍어진 릴리언이 연신 헛기침을 했다.

"큼, 크흠-."

"감정을 솔직히 표현하는 건 부끄러운 일이 아니랍니다, 아버님."

작게 웃음을 터뜨린 발렌스는 손수건을 꺼내어 뒤편의 릴에게 건넸다.

"아버님께선 혼약식 때 이 고릴라 수인처럼 눈물을 보이지 않도록 조심하셔야 할 것 같은…… 어머?"

그때 대화를 나누는 그들의 위로 커다란 새의 그림자가 졌다. 쐐액- 엄청난 속도로 허공을 가로지른 수리부엉이가 비석 주변의 수풀에 처박혔다. 발렌스의 전령 새인 힐라였다.

"사자 영토 수장의 서신이네요."

해롱거리는 힐라를 다독인 그녀가 둘둘 말린 전서를 펼쳤다. 내용은 미리 보낸 혼약식 초청장에 대한 사자 영토 수장의 답변이었다.

"꼭 혼약식에 참석하겠다는군요. 그리고……."

전서를 읽어 내리던 발렌스의 표정이 모호하게 변했다.

"레오나 마니언츠가 비비에게 긴히 전하고픈 말이 있다는데요?"

"아니, 그 위험한 작자가 우리 토끼는 왜?"

펄쩍 뛴 릴리언이 곧바로 이브린을 돌아봤다. 왠지 모르게 이유를 알고 있을 듯한 느낌에서였다. 발렌스와 릴리언의 시선을 한 몸에 받게 된 이브린은 고저 없이 말했다.

"얼마 전에 토끼님이 마니언츠 저택에서 위용을 뽐내서 그런 듯합니다."

"위용을 뽐냈다고? 우리 토끼가 그곳에서 혈투라도 벌였단 소리더냐?"

"비슷합니다. 레오나 마니언츠 님의 정예 기사단을 쓰러뜨렸으니."

"이 무슨……!"

못 들을 걸 들었다는 듯 귀를 후빈 릴리언이 발렌스의 손에서 전서를 낚아챘다. 사자 영토 수장의 전언 밑으로 레오나 마니언츠의 필적이 이어졌다.

찬찬히 전서를 읽던 릴리언은 부들부들 수염을 떨기 시작했다. 주름진 피부가 시간이 지날수록 붉으락푸르락 달아올랐다.

찌지직, 이윽고 두터운 서간지가 지팡이처럼 두 갈래로 찢어졌다. 도대체 레오나 마니언츠의 전언이 뭐기에. 호기심 어린 눈동자들이 릴리언에게 집중됐다.

"……우리 토끼가 지닌 무력이 무척 마음에 든다는군. 차후에 후손끼리 약혼을 진행하고 싶다는구나."

"미쳤군. 사자 따위가?"

노골적으로 비웃은 아힌이 검에 손을 얹은 채 어딘가로 걸음을 옮겼다. 사자 영토가 있는 방향이었다.

"저런, 큰일 날 소리를. 절대 안 되지요."

얼음장처럼 차가운 미소를 건 발렌스도 우아한 걸음으로 아힌을 따라갔다.

"내 말이 그 말이다. 사자 나부랭이들이 감히 내 증손주를……!"

있지도 않은 증손주를 가지고 벌써부터 분노를 불태운 릴리언마저 줄지어 뒤따랐다.

"수, 수장님. 아힌 님. 릴리언 님……!"

이대로 사자 영토에 쳐들어가 버리면 어쩌나. 차마 말리지도 못한 채 안절부절못하던 릴이 쿵쿵거리며 그들을 쫓아갔다.

졸지에 홀로 남겨진 이브린은 덤덤히 이디스의 묘비를 바라봤다. 이디스가 세상을 등진 이후, 그의 묘 앞에서 오늘처럼 소란을 떠는 건 처음 있는 일이었다.

기뻐해야 할지, 슬퍼해야 할지. 분명 이디스는 기뻐할 거라 생각한 이브린은 제가 아힌에게 만들어줬던 토끼 인형을 비석 앞에 내려뒀다. 비비가 돌아온 이후 역할을 다한 누더기 토끼 인형이었다.

'아힌 님이 저런 토끼광이 되어 버린 것엔 필시 이디스 님의 지분도 있을 겁니다.'

왜 하필 토끼 인형을 선물하셔선. 정중히 고인을 기리던 이브린은 일순 얼마 전, 아힌의 난데없는 질문을 떠올렸다.

'아버지가 언제쯤 내게 토끼 인형을 사 주셨지?'

그러고 보니 왜 이디스는 흑표범도 무엇도 아닌 토끼 인형을 선물한 걸까. 워낙 어린 날의 일이라, 날아오는 토끼 인형에 자주 맞았던 기억만이 머릿속을 떠다녔다.

'왜……?'

갑작스레 인 궁금증으로 인해 몸이 달았지만, 비석은 말이 없었다.

졸업식 당일, 벨헬름 아카데미의 중앙 광장.

단상에 오른 나는 줄지어 선 졸업생들을 내려다봤다. 그들의 시선은 단상이 아닌 오로지 뒤편을 향해 있었다.

그곳에는 아힌을 비롯한 발렌스 님, 이브린, 메이미에 릴, 사람으로 돌아온 퀸. 애쉬와 바라, 슈, 비온 등 흑표범 일가족까지. 어디 가서 보기 힘든 조합이 나란히 자리한 상태였다.

어제 이미 아힌의 존재를 들켰다 해도, 소문을 육안으로 직접 확인한 모든 이의 표정 위로 만감이 교차하는 중이었다.

"큼, 큼. 저기……, 저기요……."

연거푸 헛기침을 해 봤자 누구 하나 관심 주지 않는, 고요 속의 울림일 뿐이었다.

'이대로 진행해도 되나……?'

거의 뒤돌다시피 한 졸업생들은 턱이 빠져라 입을 벌린 몰골이고. 저 멀리 구석의 러셀은 벌써 졸업식이 끝나기라도 한 양 꽃을 뿌려 대고. 더군다나 발렌스 님의 옆에 있는 화가는 팔이 빠져라 무언가를 그려 대고 있었다.

'할아버님, 어떡하죠?'

총체적 난국인 현장을 응시하던 나는 단상 우측에 계신 할아버님을 돌아봤다. 그리고 모든 희망을 잃었다.

"우리 토끼가 졸업을 다 하고……."

할아버님은 아카데미가 폐교라도 한 것처럼 눈물을 찍어내고 있었기에. 벌써 졸업식이 끝나기라도 한 양 손뼉을 뻑뻑 치기도 했다.

우리 토끼……가…… 우리 토끼가…….

반복적으로 웅얼거리는 소리가 들렸지만, 굳이 의미를 알고 싶지 않았다. 빛바랜 얼굴로 다시 전방을 주시하니, 마침 눈이 마주친 발렌스 님이 살짝 손을 흔들었다.

'발렌스 님…….'

아가, 졸업 축하한다. 입 모양을 읽은 것만으로도 왠지 용기가 생긴 나는 천천히 입술을 열었다.

"어느 봄날, 우리는 한날한시에 벨헬름 아카데미의 정문을 지났습니다."

다행히 연설을 시작하자 졸업생들의 이목이 내게 돌아왔다. 나는 연설을 하면서 친숙한 얼굴을 하나하나 뜯어봤다.

"벨헬름 아카데미에서의 배움과 경험으로 인해 우리는 한층 더 빛나고 성숙한 사람으로 거듭날 수 있었습니다."

할아버님과 발렌스 님, 얄미운 이브린과 퀸. 메이미와 릴. 지난나 교수님과 러셀. 그리고…….

마지막 문단을 남겨 둔 와중, 갑작스레 무언가가 내 엉덩이를 쿡 찔러 왔다.

'뭐, 뭐야.'

기겁한 내가 뒤돌자, 도대체 어떻게 올라왔는지 모를 애쉬가 있었다.

'애쉬?'

분명 처음엔 릴과 함께 있었는데, 어느 순간부터 보이지 않는다 싶더라니. 단상에 가려 아래에서는 애쉬가 보이지 않는 사실이 천만다행일 지경이었다.

이 제멋대로인 흑표범을 어떡하나. 두리번거렸지만 단상의 애쉬를 끌어낼 수 있을 만한 위인은 없었다.

'진짜 이럴 거야?'

눈으로 묻자, 애쉬는 시치미를 뚝 떼며 제자리에 퍼질러 앉았다. 긴장한 나를 위해 이 애쉬 님이 뒤를 받쳐 주겠다는 의미로 느껴진다면 착각일까.

하는 수 없이 이대로 연설을 지속하게 된 나는 다시금 전방을 바라봤다.

"……그럼 졸업생들의 앞날에 무궁한 영광과 발전만이 있기를 바라며."

마지막 문장을 말한 나는 미세하게 입꼬리를 끌어 올렸다. 옮겨진 시선의 종착점은 오직 한 곳뿐이었다.

"졸업생 대표, 학생회장 비비-."

나는 눈을 맞춘 아힌에게서 시선을 떼지 않으며 말했다.

"-그레이스."

펑, 끝맺음과 동시에 너구리 일족이 터뜨린 폭죽이 하늘을 수놓았다. 폭죽 소리는 먹먹한 울림이 되어 가슴 전체로 퍼져나갔다. 비로소 온전한 이름을 찾게 된, 기념적인 날이었다.

신전 뒤편의 폭포 소리와 새소리가 어우러져 귀를 두드렸다.

아힌이 선 곳은 언젠가 와 본 기억이 있는 토끼 영토의 신전이었다. 수신이 아로새겨진 석벽을 뒤로한 아힌은 천천히 걸음을 옮겼다. 알 수 없는 미지의 힘이 발을 당기고 있었다.

"이건……."

신전 밖으로 나온 그의 시야로 비현실적인 절경이 펼쳐졌다.

'꿈…… 인가.'

쏴아아- 연보랏빛 나뭇잎이 흩날리는 교목을 멍하니 바라보던 아힌은 황급히 뒤돌았다. 정체 모를 기척을 느꼈기 때문이었다.

고개를 튼 곳엔 애쉬와 바라가 그를 향해 다가오고 있었다.

"……?"

미간을 구긴 아힌은 애쉬가 물어 든 의문의 천 뭉치를 응시했다. 움직임에 따라 대롱대롱 흔들리는 걸 보아 무언가가 들어 있는 모양이었다.

주저 없이 걸어온 애쉬는 대뜸 아힌을 향해 천 뭉치를 내밀었다. 또다시 의도를 반한 아힌의 손이 자연스레 그것을 받아 들었다.

'뭐야.'

기대 없이 천을 둘둘 풀어 보던 아힌은 눈을 크게 떴다. 은발과 연한 보라색 눈동자를 가진, 토끼 수인으로 추정되는 아기였다.

꺄아. 어딘지 비비를 닮은 아기는 작은 손을 꼼지락거리며 내밀었다. 아힌이 홀린 듯 아기를 향해 고개를 숙이자.

"윽."

조막만 한 주먹이 그의 턱을 빡 올려쳤다. 그리고 만족한 듯 느릿하게 입꼬리를 끌어 올렸다.

외모는 비비와 비슷한 반면 눈빛은 아힌의 오만함을 담고 있는 건 왜일까. 아힌을 팬 후 웃을 수 있는 여유만 봐도 보통 비범한 토끼가 아니었다.

말도 안 되는 생각을 하던 아힌은 무심코 하늘을 올려다봤다. 이번에는 애쉬와 같은 천 뭉치를 든 퀸이 공중을 빙빙 돌고 있었다.

'무슨 속셈인 거지?'

묘한 불안감을 느끼기 무섭게 훅, 퀸은 그대로 천 뭉치를 쥔 발에 힘을 풀었다.

"저 새대가리가……!"

하늘을 보며 달린 아힌은 추락하는 천 뭉치를 가까스로 받아 들었다. 천 속에는 백발과 붉은 눈동자를 지닌, 흑표범 수인으로 추정되는 아기가 자리했다.

'……나?'

이목구비가 아힌을 빼닮은 아기는 쪼그마한 손으로 입을 가로막았다. 어딘지 질겁한 표정이었다.

아, 얘는 말도 못 할 울보에 겁쟁이가 분명하다. 버둥거리는 아이를 내려다보던 아힌은 직감적으로 그런 확신이 들었다.

"쉬이-."

드물게 당황한 그는 두 아기를 둥가둥가 어르기 시작했다.

토끼 수인인 아기는 배부른 맹수인 양 배를 두드리고. 흑표범 수인인 아기는 쫓기는 초식동물처럼 우렁차게 울어 대고. 토끼 같은 흑표범과 흑표범 같은 토끼가 아닐 수 없었다.

꺄우. 심지어 아힌의 은발을 잡아당기는 악력이 웬만한 장수도 울고 갈 수준이었다.

"……좀 놓아주면 좋겠는데."

두 아기에게 어쩔 도리 없이 머리를 쥐어뜯기던 아힌은 무심코 위를 올려다봤다. 댕, 댕. 신전 꼭대기에서 마치 축복하듯 종소리가 울려 퍼지고 있었다.

"……!"

헉, 숨을 들이마신 아힌이 벌떡 몸을 일으켰다.

사라진 두 아기를 찾아 움직인 손이 푹신한 천을 더듬었다. 깜박 졸기 직전까지 누워 있던 해먹이었다.

'무슨…….'

이윽고 그는 혼인식 후, 대륙 끝으로 기념 여행을 온 사실을 상기해 냈다. 지나치게 성대한 혼인식과 릴리언의 호들갑에 질린 비비가 한사코 기념 여행은 조용한 곳으로 가기를 원했기에. 덕분에 오게 된 인어가 존재하는 대륙 끝은 아힌마저 방심한 채 잠들 만큼 평화롭고 한적했다.

"하……."

손바닥으로 눈가를 짚은 아힌이 어이없는 웃음을 흘렸다. 무슨 신의 계시도 아니고. 애쉬와 바라, 퀸도 비웃고 갈 개꿈이었다.

그럼에도 은근한 아쉬움에 꿈을 곱씹던 그는 곧 비비를 찾아 두리번거렸다. 바다로 이어지는 푸른 호수를 배회하던 시선이 한곳에 머물렀다. 바위 위에 다소곳이 무릎을 꿇고 앉은 비비였다.

'얼굴이…….'

그녀의 낯빛이 다소 피로해 보인다고 생각하던 아힌은 아차 싶었다. 어젯밤부터 오늘 아침까지 엉망진창으로 만들어 놓았으니 저 정도면 양호한 수준이었다.

'-뭘 보는 거지?'

자연스레 아힌의 눈길이 비비가 내려다보고 있는 것을 따라갔다. 호수 속에 반신을 담근 인어들이었다.

태생부터 유순한 종족인 인어들은 젖은 머리를 넘기며 호기심을 드러냈다. 푸른 피부와 스산한 눈동자가 지나치게 고혹적이었다. 긴장한 마음에 눈만 맞추던 비비는 용기 내어 가슴에 손을 얹었다.

"반가워요, 저는 비비…… 아니, 토끼예요."

비스듬히 누워 지켜보던 아힌은 그 이상한 자기소개를 듣자마자 해먹에 이마를 박았다.

'저게 뭐야.'

누가 봐도 토끼같이 생긴 걸 모르나. 그런 생김새로 '안녕하세요, 저는 토끼예요.'라며 각 잡고 소개하는 모습이 우스워 미칠 것 같았다.

"토끼는 이렇게 생긴 육지 동물인데…… 아, 그렇다고 제가 완전한 토끼인 건 아니고."

비비는 손을 귀처럼 까딱거리며 제 정체를 설명하기 위해 힘썼지만, 언어 체계가 전혀 다른 인어들은 고개만 갸웃거릴 뿐이었다.

귀는 길고 털은 복슬복슬하고. 열정적으로 의사소통을 시도하던 그녀는 문득 시선을 돌렸다. 시야로 해먹에 누워 어깨를 들썩이고 있는 아힌이 들어왔다.

"아힌!"

드디어 인어가 수면 위로 나왔어, 외친 비비가 신나게 손을 흔들었다. 겨우 웃음을 멈춘 아힌은 화답하기 위해 손을 들다가 돌연 멈칫했다.

'……이상하군.'

분명 이전에도…… 이런 적이 있었던 것 같은데.

'아빠 생각엔 아직 인간화를 치르기 전인 수인이지 싶은데.'

흐릿한 목소리가 떠오르며 까마득한 기시감이 몸을 덮쳐 왔다.

'아힌, 아기 토끼는 함부로 만져선 안 돼. 우리와는 다르게 약한 존재거든.'

먼 어린 날의 기억 같기도 하고. 마치 중요한 걸 잊고 있는 듯한 기분이었다. 일전에도 비슷한 기억이 스쳤지 않나.

"아힌, 왜 그래?"

제 손을 물끄러미 응시하던 그는 비비의 부름에 흠칫 상념에서 깨어났다.

"-그냥, 잠이 덜 깬 것 같아."

나중에 생각하지 뭐. 흐트러진 은발을 정리한 아힌이 손을 흔들자, 더 신난 비비가 양손을 흔들었다. 오랜만의 여행이라 그런지 무척 들뜬 모양새였다.

"인어들이 선물로 진주도 줬다?"

……불안한데. 손짓에 따라 덩실덩실 흔들리는 비비를 바라보는 아힌의 표정이 점점 굳어져 갔다.

"아……!"

"비비!"

일순 그의 눈앞이 아득하게 변했다. 어째 몸이 기우는 게 위태롭다 싶더라니, 바위에서 미끄러질 뻔한 비비가 죽어라 양팔을 돌려댔다. 당황한 인어들도 비명을 지르며 호수를 맴돌았다.

잔상이 보일 속도로 팔을 회전시킨 것도 잠시, 간신히 중심을 잡고선 씩 웃는데……. 달려가려던 자세 그대로 굳어 버린 그는 덩달아 비식 웃고 말았다.

기념 여행을 조용한 곳으로 오면 뭐 하나. 정말이지 함께이면 평생 조용할 날이 없을 듯한 토끼였다.

아몬가(家).

공기 중에 입김이 뽀얗게 퍼져 나가는 계절. 그날은 토끼 영토 수장과 흑표범 영토 수장의 화합이 있던 날이었다.

탁탁, 이디스를 따돌린 네 살의 아힌은 둥근 기둥 사이사이를 가로질러 뛰었다. 토끼 영토 수장의 저택은 그레이스 저택과는 퍽 다른 생소한 구조였다.

바쁘게 움직이던 발은 이윽고 커다란 대리석 문 앞에서 멈췄다. 정확히는 처음 보는 생소한 생물 앞이었다.

'뭐지 이게?'

쿠션에 넣는 솜 같기도 하고, 하얀 먼지 같기도 하고.

호기심이 인 아힌은 쪼그려 앉아 관찰하기 시작했다. 동물 같긴 한데, 그레이스 저택에서 흔히 볼 수 있는 흑표범과는 비교하기조차 애매할 만큼 작았다.

몹시 수상한 생물을 가만히 주시하던 아힌은 입을 오물거렸다.

"우네?"

생물은 눈 아래쪽 털이 축축하게 젖은 상태였다. 보통 때라면 무시하고 지나쳤겠지만, 이상하게 발이 묶인 아힌이 고개를 기울였다.

"왜 우는데."

질문을 알아듣기라도 한 건지, 하얀 솜뭉치의 몸이 움찔 떨렸다.

망설이던 생물은 곧 옆의 대리석 문을 짚고 섰다. 마치 열어 달라고 부탁하는 듯한 몸짓이었다.

'문이 닫혀서 못 들어가고 있었던 건가.'

끼이익, 아힌은 답지 않게 순순히 대리석 문을 살짝 열어줬다.

"오랜만일세, 루어 부인."

"세상에, 가주님! 소식 들었습니다, 엊그제 손주를 보셨다지요?"

미세하게 열린 문틈 사이로 귀부인들의 웃음소리가 끊이질 않았다. 토끼 영토 귀족들이 모여 티타임이라도 벌이는 모양이었다.

눈에 띄게 밝아진 작은 생물은 폴짝 뛰어 안으로 들어갔다.

아쉬움도 잠깐, 얼마 지나지 않아 솜뭉치가 문틈 사이로 슬쩍 고개를 내밀었다. 양 앞발을 공손히 모은 생물이 우물쭈물 문 뒤로 숨었다가 나타나길 반복했다.

"감사 인사라도 하려고?"

도대체 이건 뭘까. 다시금 수그려 앉아 눈싸움에 임하던 아힌이 혀 짧은 발음으로 읊조렸다.

"먹는 건가?"

무심결에 손을 뻗자, 움츠린 생물은 엉덩이를 뒤로 물려 피했다.

"먹이가 아니라 아기 토끼지."

아힌의 뒤로 나지막한 저음이 울려 퍼졌다. 드디어 쏘다니는 아힌을 찾아낸 이디스가 곁으로 몸을 굽혀 앉았다.

"이놈아, 아기 토끼가 뭐야?"

"아힌, 도대체 그건 무슨 호칭이지? 아빠를 그렇게 부르면 못 써."

"왜? 조부님은 매일매일 아빠를 네 이놈이라고 부르는걸."

"하, 아버지도 진짜……."

아힌 앞에서는 언행에 조심하라고 여러 번 말씀드려도. 중얼거린 이디스가 찰랑이는 백금발을 가볍게 쓸어 넘겼다.

"아빠, 그래서 아기 토끼가 뭔데?"

아힌은 문틈 사이로 고개만 빼꼼 내민 새끼 토끼를 가리켰다. 새끼 토끼 또한 아힌과 이디스가 퍽 신기한 눈치였다.

"여기는 토끼 영토잖아. 흑표범 영토에 흑표범이 살듯이 이곳에는 토끼들이 모여 사는 거지. 토끼들은 대부분 저렇게 생겼어."

"그럼 저 아기도 우리처럼 수인이야?"

"아마? 아빠 생각엔 아직 인간화를 치르기 전인 수인이지 싶은데."

진짜 토끼는 웬만하면 흑표범 수인을 발견하자마자 도망치니까. 추측한 이디스가 느릿하게 턱을 매만졌다.

"못 먹어?"

"음, 먹을 순 있지 않나?"

애매하게 반문한 이디스는 만지고 싶어서 안달복달하는 아힌을 제지시켰다. 대충 의미를 알아들은 새끼 토끼가 날카로운 눈빛을 보내고 있었으니. 자신을 먹으려 드는 순간 콱 깨물어 버리겠다는 듯한 강맹한 기세였다.

'-뭐야.'

피곤해서 눈이 조금 침침한가.

콩알만 한 새끼 토끼에게서 개선장군의 그림자를 본 이디스가 눈을 비볐다.

"토끼가…… 아닐지도."

크게 될 녀석일세. 새끼 토끼는 기백 하나로 대륙을 뒤흔들 관상을 가지고 있었다.

"아빠, 토끼 아냐? 방금 전까지는 토끼라며."

"기백에 압도당할 뻔했…… 아니, 아무것도 아니야. 어쨌든 이힌, 아기 토끼는 함부로 만져선 안 돼. 우리와는 다르게 약한 존재거든."

"그럼 어떻게 해야 되는데?"

"인사해야지, 이렇게."

안녕, 이디스는 손을 펼쳐 새끼 토끼를 향해 흔들어 보였다. 아힌은 이디스를 따라 펼친 제 손바닥을 빤히 응시했다. 수장의 자제라는 신분, 더욱이 또래라고는 이브린밖에 만나 보지 못했기에 생소한 인사법이었다.

"……싫어."

"왜?"

"어쩐지 부끄러워."

결국 인사하지 못한 아힌은 어색하게 볼을 긁었다.

쪼그려 앉은 채 가만히 무릎에 손만 얹고 있으니, 경계를 조금 누그러뜨린 새끼 토끼가 문 뒤에서 살짝 나왔다.

'……안녕.'

먼저 인사하듯 앞발이 흔들리자, 수줍어진 아힌이 괜히 이디스의 크라바트를 꾹꾹 당겼다.

"아힌, 아빠 숨 막혀, 숨."

"봤어? 토끼가 나한테 인사했……."

"비비- 밖에서 뭐 하니?"

그때 응접실 문틈 사이로 어느 귀부인의 목소리가 새어 나왔다.

"위험하니까 돌아다니지 말고 어서 이리 오렴."

그 부름에 화들짝 놀란 새끼 토끼가 안으로 쌩하니 모습을 감춰버렸다. 아힌은 한순간에 텅 빈 문틈을 허망하게 바라봤다.

"날 버리고 가 버렸어. ……내가 살면서 처음으로 문을 여는 수발까지 들어 줬는데."

"아쉬워?"

"조금."

"어쩔 수 없지, 아무래도 저 아기 토끼는 수인인 모양이니까."

시선을 맞춘 이디스는 시무룩해진 아힌을 다독였다.

"대신 후원으로 가 보자. 아몬가에서 기르는 토끼가 가득하다던데."

"……저 토끼가 아니면 싫어."

"저 토끼는 수인일 거래도. 말을 알아듣는 걸 봤잖아."

"아무튼 싫다니까. 지금 내 마음은 몹시 단호해."

"얼마나 단호한데?"

"이브린만큼."

이브린 만큼 단호해진 아힌이 고집스레 한쪽 발을 통 굴렸다. 이 황소고집은 발렌스를 닮았나. 이디스의 입꼬리가 피식 호선을 그렸다.

"이만 가자, 엄마가 기다릴 거야. 영토로 돌아가는 길에 상점에서 토끼 인형이라도 살까?"

"지금 적당히 인형으로 타협하려는 속셈이네."

"아힌……. 도대체 그런 말솜씨는 누구한테 배워 오는 거야?"

직후부터 아힌의 지독한 토끼 타령에 시달릴 거란 사실은 꿈에도 모른 이디스가 걸음을 옮겼다.

그의 손에 이끌려 걷던 아힌은 묘한 아쉬움에 뒤를 돌아봤다. 동시에 문밖으로 빼꼼 고개를 내민 토끼를 발견한 눈이 커다래졌다. 지금이 아니면. 이번만은 주저하지 않은 아힌이 펼친 손을 살짝 흔들었다.

'안녕.'

그러자 화답하듯 다시금 토끼가 앞발로 포물선을 그렸다.

아힌은 뒤로 걷다시피 하며 붕붕 흔들리는 하얀 솜뭉치를 바라봤다. 제힘에 못 이겨 결국 털썩 엉덩방아를 찧는 모습이 어이가 없었다. 웃긴 토끼. 곧 일자로 다물려 있던 아힌의 입꼬리가 방긋 올라갔다.

'나중에 꼭 또 만나.'

외전Ⅲ

그리고 그 후

봄날에 치러진, 전례 없이 호화로웠던 혼인식은 몇 달 동안 흑표범 영토를 떠들썩하게 만들었다. 호사가들의 관심도 점차 시들시들해질 무렵. 어느덧 계절은 두 번이나 바뀌어 그레이스 저택을 단풍으로 물들였다.

늦은 오후, 태연하게 복도를 걷던 나는 돌연 모퉁이 뒤에 숨어 슬그머니 얼굴을 내밀었다.

'아무도 없지?'

대부분의 고용인이 저택 외벽 청소에 나선 현재, 복도에는 인적하나 없었다. 신중히 전방을 살핀 나는 다리 부근을 간질이는 흑표범들을 내려다봤다. 휴식 핑계를 대며 메이미와 앨런을 겨우 떼어냈더니, 그새 따라붙은 애쉬와 바라였다.

"기어코 따라와야겠어?"

애쉬는 영문도 모르면서 대뜸 거수경례를 해 댔고, 바라는 새침하게 콧방귀를 뀌었다. 심지어 둘의 시선은 내 손에 있는 육포 봉투에 박혀 있었다.

아차. 무의식중에 들고 있었음을 인지한 나는 육포 봉투를 자수가 새겨진 크로스백으로 주섬주섬 집어넣었다. 최근 육포를 즐겨 먹는 나를 본 메이미가 챙겨 준 육포 전용 가방이었다.

"……이상하게 입이 심심하단 말이야."

말도 살찌는 가을이라 그런가. 혼잣말한 나는 본 목적으로 돌아와 의무실 문을 콩콩 두드렸다.

"들어오세요."

허가가 떨어진 후, 조심스레 문을 열자마자 애쉬가 바람처럼 뛰어 들어갔다. 그 행동에 의아해하고 있자니, 안쪽에서 중년 여성의 밝은 인사 소리가 들려왔다.

"오, 애쉬로구나. 그런데 오늘은 챙겨 줄 간식이 없는데 어쩌니?"

"세상에, 로나. 로나도 애쉬한테 간식을 챙겨 주고 있었어요?"

"비, 비비 님!"

내 전담 주치의인 로나가 사색이 된 채 뒷걸음질 쳤다. 얼마 전에 정원사도 애쉬에게 몰래 간식을 주던 것을 들켰는데. 배신감에 눈을 뾰족하게 뜬 내가 허리에 손을 얹었다. 이런 식이어서야 제아무리 영양 균형에 신경 써 봤자 말짱 도루묵이었다.

"애쉬, 그렇게 얻어먹고도 배고픈 척 점심 식사마다 따라온 거야? 과식은 못 써!"

불호령이 떨어지기 무섭게 애쉬가 슬금슬금 바라의 뒤로 몸을 숨겼다. 크르릉, 바라는 기꺼이 방패막이가 될 심산인지 냉큼 내 앞을 척 가로막았다.

"바라, 너까지……!"

이 흑표범 한 쌍을 어떻게 해야 할까. 부글부글 끓는 속을 진정시킨 내가 심호흡을 하며 로나를 돌아봤다. 다른 이들의 눈에 띄기 전에 주치의를 찾은 용무부터가 우선이었다.

"……로나, 추궁하지 않을 테니 커튼 뒤에서 나와요."

"소, 송구합니다……."

겁에 질린 낯을 한 로나가 커튼을 젖히며 종종걸음으로 나왔다.

'저런 겁 많은 흑표범은 또 처음 보네.'

섬세한 실력으로 그레이스 서택 내 개인 의무실까지 얻어 낸 인재라고는 하는데……. 아직까지는 커튼 뒤에 숨는 게 습관인 주치의로밖에 보이지 않았다.

발렌스 님은 혹시 일부러 나와 비슷한 면이 있는 주치의를 붙여주신 걸까. 잠깐 고찰한 나는 문이 완전히 닫힌 것을 확인한 후 환자용 의자에 착석했다. 그제야 후다닥 소리 나게 달려온 로나가 내 앞에 자리 잡았다.

"침실이나 집무실로 부르시지, 어찌 직접 걸음 하셨는지요."

"로나를 불렀다가는 난리가 날 것 같아서 은밀히 찾아온 거예요."

듣는 이가 있나 싶어 두리번거린 내가 한껏 목소리를 낮춰 속닥거렸다.

"아시다시피 기침 한 번 하는 것도 눈치가 보여서……."

곧장 의미를 이해한 로나가 어색하게 끄덕였다. 사레에 들려 몇 번 기침을 했더니 경악하며 의관을 외치던 할아버님을 상기한 모양이었다.

"의술을 공부하고 있지만 아직 많이 부족해서요. 로나의 조언이 필요해요."

"기꺼이요. 혹 불편한 곳이라도 있으신가요?"

"그게 요즘……."

잠시간 망설인 나는 요 근래 느낀 별것 아닌 듯하면서도 이상한 증상들을 생각했다. 시도 때도 없이 쏟아지는 졸음 하며, 기분이 널뛰기라도 하는 양 오락가락 바뀌었다. 그러더니 느닷없이 심장이 벌렁거리기도 하고, 무엇보다 자주 찾지도 않던 육류와 달짝지근한 음료에 대한 갈망을 참을 수가 없었다. 월경 전후와 비스름한 증세 같기도 했다. 이런저런 증상을 나열하고 있자니, 로나의 표정이 점점 미묘하게 일그러졌다.

'설마.'

덩달아 불현듯 한 가지 가설을 떠올린 나 또한 애매한 낯빛으로 로나의 진료를 받았다.

'설마아…….'

침대에 눕고 나서도 로나의 진료는 꽤 오래 이어졌다. 그녀는 전에 없이 진중한 눈빛을 하고선 분주히 움직였다.

시간이 꽤 길어진다고 생각할 즈음, 그녀가 한껏 상기된 얼굴로 손을 짝 마주쳤다.

"회임을 축하드립니다, 비비 님!"

회임.

추측을 확신으로 만들어 주는 단어가 귓가에 윙윙 메아리쳤다.

로나의 의무실을 벗어난 나는 좀처럼 진정치 못하며 복도를 서성였다.

'어떻게……?'

아힌은 확실한 아이 계획을 세우기 전까지는 임신을 피할 수 있는 약을 복용하고 있었다. 그런데 벌써 4주 차라니.

'도대체 언제?'

벙찐 얼굴로 과거를 되짚던 나는 한참 만에 입을 틀어막았다.

해가 중천일 때, 침실에 구비된 과실주를 호기심에 몇 잔이나 들이킨 그날. 아침 훈련 후, 침실로 돌아온 아힌이 입은 훈련복을 보곤 코피가 나는지 확인한 그날.

'비비, 대낮부터 무슨 술을 이렇게…….'

다짜고짜 입을 맞추자마자 아힌이 무방비하게 웃음 지은 그날……! 평소보다 유난히 예뻐 보이는 그를 바닥에 휙 내동댕이친 그날이 틀림없었다. 물론 이후의 기억은 끊어지고 말았다. 덕분에 며칠 동안 고주망태 변태 토끼 취급을 벗어날 수 없었지.

그제야 모든 퍼즐이 맞춰진 내가 주르륵, 손으로 양 뺨을 쓸어내렸다.

"어떻게…… 어떻게 그 한 번으로……."

넋 나간 사람처럼 중얼대는 와중, 뒤를 졸졸 따라오는 애쉬 및 바라와 시선이 마주쳤다.

흑표범……. 고개를 갸웃대는 둘을 심오하게 주시한 나는 잊고 있던 사실을 깨달았다. 흑표범 수인들과 부대끼며 살아오느라 깜박하고 있던 것.

'나…… 토끼였지.'

나는 래비안의 피를 이은, 순혈 토끼 수인이란 사실이었다.

예로부터 인구 밀도가 높은 토끼 수인은 다산의 상징으로 여겨지곤 했다. 타 일족이 일부러 토끼 영토의 신전에 들러 순산을 기원할 만큼. 실제로 래비안가에서 지낼 때도 이복형제, 자매가 셀 수 없이 많았다.

'조건은 충분했네.'

맙소사, 맙소사. 방방 뛰며 오두방정을 떨던 나는 곧 정신을 차리며 제자리에 섰다. 이러나저러나 앞으로는 행동거지에 주의를 기울일 필요가 있었다.

떨리는 손으로 배를 쓰다듬었으나 아직은 별다른 변화가 없었다. 다만 내 몸속에 생명이 깃들었다는 사실이 기분을 오묘하게 만들었다. 그럴 리가 없음에도 불구하고 심장박동이 전해지는 듯한 느낌이었다.

가만히 배에 손을 얹고 있던 나는 희미하게 미소 지었다. 나와 아힌의 흔적, 새로운 가족. 계획하고 있던 것이 조금 이르게 찾아왔을 뿐이었다. 당황과 놀라움이 지나간 곳에는 이루 말할 수 없는 기쁨만이 자리 잡았다.

'로나, 우선 이 일은 비밀에 부쳐 줘요.'

'예? 어찌 그러시는지……?'

'제가 직접 말하고 싶어서요.'

아힌에게는 어떻게 알리면 좋을까. 그냥 지나가듯 말하기에는 낭만 토끼라는 별칭이 아까운데. 곰곰이 고민하던 나는 벅차오른 마음을 주체 못 하며 중얼거렸다.

"많이 좋아하겠지?"

"응, 좋아해."

뜬금없는 동문서답이 들려옴과 동시에 누군가가 뒤에서 나를 감싸 안았다. 가두듯 허리와 어깨를 감싼 팔의 주인은 아힌이었다.

"비비, 귀 빨개졌어."

여전히 이런 종류의 접근에는 면역이 없는 내가 양손으로 귀를 가렸다.

"노, 놀래서 그래."

"이 못 보던 주머니는 뭐고?"

그는 몸을 속박한 팔을 풀지 않은 채 허리 부근의 감색 육포 가방을 만지작거렸다. 귓가에 닿는 숨결이 지나치게 가까웠다.

"주머니가 아니라 가방이야."

"그렇군. 어쨌든 메이미랑 앨렁은 어디 두고 혼자 있어? 그것도 복도에서 덩실대면서."

내가 그러고 있었던가. 머쓱함에 손을 꼼지락거리던 나는 곧 환해진 낯빛으로 몸을 돌렸다.

"아힌, 있잖아……!"

들뜬 마음에 아무것도 준비 못 한 채 말할 뻔한 내가 입을 합 다물었다. 이어서 의아하게 내려다보는 아힌을 떨치며 뒷걸음질 쳤다.

"비비, 말은 끝까지 해야지. 궁금해서 돌게 만들려고?"

그 자그마한 단서마저 놓치지 않은 아힌이 고개를 삐딱하게 기울였다.

"원래 돌았…… 아니, 아무튼 거기서 움직이지 마."

"-왜?"

팔을 뻗다가 멈칫한 그는 느릿하게 뒷짐을 졌다. 웬일로 순순히 말을 듣는 걸 보아, 내가 취할 다음 행동을 기대하는 중인 게 분명했다. 교묘히 말려 올라간 입꼬리가 그것을 증명하고 있었다.

짓궂은 흑표범. 쪽 찢어진 눈으로 노려본 나는 애쉬 및 바라와 시선을 교환했다. 슬금슬금, 우리는 조금씩 아힌과 거리를 벌리기 시작했다.

달려서 도망치자니 혹시라도 넘어질까 괜히 신경 쓰이고. 배를 흘끔 내려다본 내가 멀뚱히 선 아힌에게 삿대질했다.

"거기 딱 서 있어."

따라 움직이려던 아힌이 우뚝 서며 영문 모를 낯빛을 했다. 그사이 빠르게 발을 옮긴 내가 훌쩍 거리를 벌렸다.

어느덧 복도 끝에 다다르자, 또다시 말을 거스른 아힌이 긴 다리를 움직였다.

"비비, 어디까지 가려는……."

"서라니까, 움직이는 순간 엉덩이고 뭐고 다시는 안 때려 줄 거야."

"그런 진부한 협박은 이제 그만할 때도 되지 않았나?"

주춤. 파렴치한 흑표범은 또다시 어정쩡한 자세로 멈춰 섰다.

수월히 도주로를 확보한 나는 황망히 선 아힌을 뒤로한 채 복도를 벗어났다. 배 속의 아이에 대해 어떻게 전해야 기억에 남을지, 머릿속으로 수십 가지 방법을 그리며.

점심 직후, 응접실에 자리 잡은 아힌은 벨벳 의자에 깊숙이 몸을 묻었다.

'아힌, 있잖아……!'

바로 어제, 화색을 띤 비비가 말하다 만 게 무엇인지 대충 예상이

갔다. 이른 아침부터 바쁘게 온실을 들락거리는 중이라고 하니까. 또 온갖 색이 뒤엉킨 누더기 꽃다발을 정성스레 만드는 모양이었다.

'……오늘 무슨 날이었던가?'

다만 문제는 하루 종일 되짚어도 꽃다발을 만들 만큼 기념할 만한 일이 없다는 것이었다.

도무지 갈피를 잡지 못한 아힌이 내쉰 숨에서 초조함이 묻어났다. 처음 만난 날도 아니고, 탄생일도 아니고, 재회한 날도 아니고. 갖은 예시를 떠올린 그가 얼마 지나지 않아 판단을 내렸다.

낭만주의자의 깜짝 이벤트인가. 눈을 동그랗게 뜨며 감동받는 역할만 남은 아힌이 혀로 아랫입술을 축였다. 추측이 맞는 것 같긴 한데, 확단을 내리자니 중요한 무언가를 놓친 양 묘하게 찝찝했다.

"아힌 님, 무슨 생각을 그리 하시는지요. 따로 근심거리라도 있으십니까?"

저를 부르는 음성에 상념에서 깨어난 아힌이 아래로 깔았던 시선을 들었다.

"경은 왜 여기에 있지?"

"섭섭합니다. 매일 저택에 들르라고 하신 분은 아힌 님이시지 않습니까."

"그거야 어릴 적 얘기고."

이브린의 아버지, 세드릭 이브린. 세월이 담긴 주름과 수염을 제외하면 이브린과 다를 게 없는 그를 응시하던 아힌이 입술을 뗐다.

"그보다 경이 요즘 비비에게 보내는 선물 양이 지나치게 늘어난 것 같은데. 거의 일주일에 한 번꼴이야."

"흑표범 영토의 귀인이 아니십니까. 소소한 물질로밖에 모실 수 없어서 송구할 따름입니다."

세드릭 이브린은 눈물을 찍어 내는 시늉을 하며 아힌을 흘긋거렸다. 열여덟, 소년과 청년의 경계에 있던 아힌은 채 숨기지 못한 선득한 가시가 있었다. 그리고 지금은 아주 사소한 가시마저 무감한 눈빛 뒤로 감추는, 완벽한 성년이자 군주로 자라났다. 습관적으로 짓는 찬연한 미소는 이따금씩 호의가 담긴 듯한 착각마저 불러일으켰다.

이렇듯 한층 견고해진 아힌이지만, 토끼 앞에서만은 아첨을 부린다는 이브린의 속삭임이 세드릭 이브린의 머릿속을 점령했다.

"그래서, 혼인식을 치르자마자 비비에게로 갈아타시겠다?"

"그리 말씀하시면 서운합니다. 비록 제 마음은 비비 님께 가 있지만, 이렇게 몸만은 늘 아힌 님 곁에 있지 않습니까."

결국 비비 뒤로 줄을 서겠다는 의미와 다름없었다.

그 아들에 그 아버지가 아닌가. 토끼의 등에 업혀 손쉽게 권력에 편승하려는 의도가 눈에 빤히 보였다.

"세드릭 이브린. 자식 교육은 확실히 시켰군그래."

"쑥스럽습니다, 아힌 님."

마침 아힌의 뒤에서 대화를 경청하던 이브린이 불쑥 얼굴을 디밀었다.

"칭찬 아니니까 입."

"예."

속을 뒤집는 재능이 있는 이브린 부자를 무시한 아힌은 너른 응접실을 둘러봤다.

응접실에는 오랜만에 가족이 모인다는 취지로 자리한 발렌스와 릴리언, 이브린 부자, 그리고 사람 모습으로 강제로 참석시킨 퀸이 있었다.

발렌스와 담소를 나누고 있던 릴리언은 아힌과 눈이 마주치자마자 노기 어린 음성을 냈다.

"아니, 오랜만에 일족이 모이는 자리에 왜 우리 토끼는 부르지 않은 게냐?"

"맞습니다, 아힌 님. 우리 토끼님이 얼마나 상심하실까요."

이브린마저 동참하며 비비를 부르기 위해 당장이라도 나갈 기세였다. 난동을 피우는 그들을 손짓으로 진정시킨 아힌이 본론을 꺼냈다.

"안 그래도 그 우리 토끼 때문에 말인데."

비비가 화두에 오르자마자 모든 시선이 아힌에게 집중됐다.

"요즘 조금 이상해서."

그러한 주장과 동시에 응접실 내 모든 이의 눈빛이 기묘하게 변했다. 이브린은 총대를 메기로 결심하며 나직이 속삭였다.

"아힌 님께서 타인더러 이상하다고 표현하는 건 이치에 맞지 않다고 사료됩니다만."

풀썩, 그리고 아힌이 흘린 지배계 페로몬에 맞아 조용히 기절했다. 여전히 비비에 관한 것에는 자비라곤 없는 모습이었다.

퀸은 입 닫고 있었음에 안도하며 가슴을 쓸어내렸다.

"비비가 은근히 숨기는 게 많아서 말이지."

아힌은 느른하게 다리를 꼬며 무릎에 손을 얹었다.

"최근 다들 이상하다고 느낀 적 없어?"

평소라면 아힌의 유난이라고 생각하며 넘겼겠지만, 불현듯 무언가가 스친 발렌스와 퀸이 입을 달싹였다.

발렌스는 며칠 전, 비비가 제 방으로 가출한 당일에 있었던 기이한 사건을 기억했다. 토끼 모습으로 잠을 잘 땐 온 침대를 호령하며 구르던 비비가. 흑표범 영토 수장의 뺨을 발로 후리고서도 몸부림을 멈추지 않던 그 비비가. 사람이 뒤바뀐 듯 손을 배에 가지런히 얹은 채 잠든 건 전에 없는 큰 변화였다. 시간이 흘러도 팔을 위협적으로 휘두르거나, 발을 구르며 이불을 차는 일 따위는 일어나지 않았다.

잠버릇에 대해 짚고 넘어가자니 비비가 민망해할 듯하고. 그러려니 넘어가기에는 왠지 찜찜했던 그 밤을 떠올린 발렌스가 먼저 말문을 열었다.

"……잠버릇이 몰라보게 좋아졌더구나."

릴리언은 발렌스와 아힌을 어리둥절하게 번갈아 봤다.

"우리 토끼의 잠버릇에 문제가 있었더냐?"

"고질병이었죠."

"고질병이었지."

발렌스와 거의 동시에 대답한 아힌은 뜻밖의 사실로 인해 인상을 찌푸렸다. 매일같이 비비를 두 팔로 껴안고 자기 때문에 인지하지 못하고 있었지만, 되짚어 보니 짜릿한 발차기 맛을 본 지가 꽤 오래된 듯했다.

'그 잠버릇이 한순간에 고쳐질 수가 있나?'

이따금씩 얌전히 잘 때도 있으니 발렌스의 염려는 일시적인 현상일 가능성도 있었다.

툭툭, 탁상을 손가락으로 두드린 아힌은 이번에는 퀸을 돌아봤다. 찰나였지만 입을 여닫는 것을 발견한 까닭이었다.

"퀸, 말해."

눈치 하나는 귀신이라고 생각한 퀸은 선불리 입을 열지 못했다. 그도 그럴 게 분명히 시작은 별거 아닌 일이었기에.

평소와 다름없이 이브린이 토끼 님은 뛰어난 지배자라며 비비를 추켜세웠고, 퀸이 망할 토끼라고 추임새를 넣은 그때. 놀리지 말라며 발을 굴러야 하는 비비가 구슬 같은 눈물을 뚝뚝 흘린 건 참으로 이례적인 일이었다.

죄책감을 느낀 퀸과 이브린이 석상처럼 굳는 것도 잠시, 쩔쩔매며 비비의 뒤꽁무니만 따라다닌 게 바로 일주일 전의 일이었다.

이 비밀을 여기서 털어놓으면 괴물 같은 그레이스 일족에게 날개털이 죄다 뽑히지 않을까. 공범인 이브린은 현재 기절한 상태라 도움을 요청하기조차 불가능했다.

몇 초 동안 심사숙고한 퀸이 천천히 입술을 열었다.

"감정 기복이⋯⋯ 꽤 심해졌더군."

"감정 기복이? 어떤 식으로?"

푸드덕, 퀸은 더 이상의 발언을 거부하며 순식간에 매 형태로 돌아갔다. 미심쩍지만 일단은 갖가지 증언을 조합한 아힌이 턱을 쓸었다. 떨쳐지지 않는 위화감이 발끝을 휘감았다.

그가 처음 비비의 변화를 인지한 건 식습관이었다. 시작은 아닌 밤중에 벌떡 일어나 스테이크를 찾던 비비의 모습이었다.

'아힌, 나 스테이크가 너무 먹고 싶어⋯⋯. 아니, 먹어야겠어.'

'이 시간에?'

잠꼬대라고 생각했지만 진정 주방으로 달려가기라도 할 기세였다. 혹시라도 체할까 설득하여 미트볼 샐러드로 타협했지만, 그 이후부터 눈에 띄게 육류를 즐기게 된 건 이상함을 느끼기에 충분했다. 일단은 초식계 수인이기도 하고, 몇 년이나 채식 위주의 식생활을 해 온 비비였으니까. 주방장은 건강을 염려할 만큼 육류 섭취가 늘어난 건 아니라 판단했으나, 유난이 전공인 아힌에게는 염려할 만한 종류였다.

'역시 안 되겠군.'

멀쩡하니 작작 좀 하라며 입을 찰싹 칠 비비의 반응이 뻔하지만 아힌 또한 그냥 넘어갈 수 없었다. 갑자기 식습관이 바뀌고, 몇 년을 바꾸지 못하던 잠버릇이 개선되고, 비교적 평이한 성격인 비비가 감정 기복이 심해지고. 놓치기 쉬운, 소소하고 일시적인 변화일 순 있으나 동시다발적인 게 마음에 걸렸다.

"어머니, 비비의 정기검진이 며칠 정도 남았죠?"

"보름 후란다."

"늦어. 아무래도 오늘 저녁에 주치의를……."

덜컹, 예고 없이 열린 응접실 문이 대화의 맥을 끊었다. 헐레벌떡 들이닥친 앨런은 그제야 제 실수를 인지하곤 고개를 조아렸다.

"소, 송구합니다!"

보좌관으로서 늘 비비의 곁을 지켜야 할 앨런이 왜. 불안감이 피어난 아힌은 이어질 앨런의 보고를 기다렸다.

헐떡거리며 숨을 고른 앨런은 청천벽력 같은 소식을 전했다.

"비, 비비 님이 쓰러지셨습니다."

"뭐?"

자리를 박차고 일어난 아힌은 눈앞이 캄캄해지는 걸 느꼈다.

역시나. 사소한 위화감은 언제나 해일처럼 위협적인 현실이 되어 돌아오기 마련이었다.

의무실에서 비비를 진료하던 주치의, 로나가 뒤편을 돌아봤다. 벌써 소식이 전달된 모양인지, 여러 개의 발소리가 빠른 속도로 가까워지고 있었다.

벌컥, 아힌은 의무실 문을 열어젖히자마자 검은 엉덩이들을 마주했다. 비비가 누운 침대 앞을 점령한 애쉬와 바라, 슈, 비온이었다.

"비비!"

지체 없이 다가간 그는 심장이 철렁 내려앉았다. 꽃다발을 두 손에 꼭 쥐고 눈을 감은 비비가 망자를 연상시킨 탓이었다. 초식계 수인치고도 작은 체구에, 어딘가로 사라져 버릴 듯한 투명한 피부와 머리 색이 위화감을 더했다.

"우리 토끼가 실신하다니, 이게 다 무슨 소린가!"

쾅, 문을 박차고 들어온 릴리언과 발렌스로 인해 아득했던 아힌의 이성이 제자리를 찾았다. 높은 분들의 시선을 한 몸에 받게 된 로나가 허둥지둥 고개를 조아렸다.

"수장님을 뵙습니다!"

"인사는 되었으니 어서 설명을."

살벌한 분위기에 지레 겁먹은 로나의 낯빛이 파리하게 질렸다. 달달 떨리는 입술 끝을 발견한 메이미는 빠른 설명은 글렀다 싶어 한 걸음 앞으로 나섰다.

"온실에 계시다가 갑작스레 쓰러지셔서 이곳으로 옮겨 온 참입니다. 그리고……."

말끝을 흐린 그녀가 재촉하듯 로나를 곁눈질했다. 이 이상은 주치의의 영역이었다. 애써 정신을 다잡은 로나는 떠듬거리며 뒷말을 이었다.

"가, 가벼운 빈혈을 일으킨 것뿐이니 너무 염려하실 필요 없습니다. 아시다시피 임신 초기에 흔히 나타나는 증상이라…… 안정만 취하면 금방 깨어나실 겁니다."

그녀의 발언이 끝나자마자 찬물을 끼얹은 듯한 싸한 정적이 내려앉았다. 비비에게 미리 귀띔을 들은 메이미를 제외한 모든 이의 표정이 파란으로 물들었다.

소리 없는 혼란 속, 가장 먼저 고요를 깨뜨린 건 릴리언의 걸걸한 목소리였다.

"……다시 말해 보거라."

"가벼운 빈혈일 뿐이니 안심하셔도 괜찮습니다."

"아니, 그다음 말일세."

"임신 초기에 흔히 나타나는 증세…… 어머?"

어리둥절하게 대답하던 로나가 천천히 입을 틀어막았다.

'에구머니, 이를 어째!'

반응을 보니 아직 회임 사실을 알리지 않으셨구나. 깨달음과 함께 입을 가로막은 손이 잘게 경련했다. 닥쳐 올 파란을 일개 주치의의 몸으로 감당할 자신이 없었다.

"물 좀, 물 좀 줘 봐."

목이 타는지 난데없이 물을 찾은 아힌이 기둥에 몸을 부딪치며 튕겨 나왔다. 쿵, 뒤이어 그대로 닫힌 문에 얼굴을 박으며 뒤로 넘어졌다. 이례적인 실수임에도 불구하고 누구 하나 지적하지 못했다. 아힌이 대표로 나뒹굴지 않았다면 바닥에 주저앉아 있는 건 그들 자신이었을지도 모르니.

"괜찮으십니까?"

의무실 내에서 유일하게 평정을 유지한 메이미가 주저앉은 아힌의 곁으로 다가갔다. 앞치마 뒤에서 꺼낸 물건은 새하얀 손수건이었다.

"아힌 님, 이마에 상처가."

"아……."

"코피도 나십니다."

툭, 툭. 아래로 떨어진 핏방울이 회색 경장을 짙게 물들였다. 흐트러진 은발이 그의 심정을 여실히 증명하고 있었다.

"회임."

그럼 어젯밤에 비비가 괜히 배를 내밀며 제 주변을 서성거렸던 게. 아힌은 이마를 덮은 머리카락을 쓸어 넘기며 중얼거렸다.

"……내가 회임을 했다고?"

"아뇨, 회임을 하신 건 비비 님입니다. 아힌 님께서는 이마와 코를 치료하셔야 하고요."

얼빠진 그가 손수건을 받아 드는 동시에 릴리언은 체면도 잊은 채 비명을 지르고 말았다. 앞으로 시작될 호들갑과 유난의 도화선과도 같은 괴성이었다.

조용히 의무실을 나선 세드릭 이브린은 직전에 본 광경을 곱씹었다. 토끼가 그레이스 일족을 주무른다는, 말로만 들었던 그 광경을 실제로 확인하니 아주 가관이 따로 없었다.

가관의 시작은 소란의 중심인 비비가 천천히 눈꺼풀을 들며 깨어났을 때였다.

“저 여린 것이 앞으로 얼마나 고생할꼬……. 나뭇가지 같은 비실비실한 팔목으로 어찌 열 달 가까이 고역을 치르려고?”

릴리언은 흐릿한 보라색 눈동자를 보자마자 폭포수처럼 눈물을 쏟아 냈다. 증손주가 생긴다는 사실에 허허 웃다가도 비비에 대한 염려로 눈물을 훔치기를 여러 번. 울고 웃는 얼굴이 기괴하게 느껴질 정도였다.

그뿐인가. 발렌스는 가까스로 체면을 유지한 듯했지만 자세히 살피면 딱히 그런 것도 아니었다. 비비의 한쪽 손을 조물조물 주무르며 연신 “아가…….”라는 말만 반복하는 걸 보면.

“할아버님, 왜 울고 그러세요…….”

침대에 앉은 채 덩달아 울상을 하던 비비가 어깨를 흠칫 떨었다. 이마와 코가 피로 적셔진 아힌을 발견한 탓이었다.

“아, 아힌. 얼굴이 왜 피투성이야?”

아힌은 조그마한 입술에서 제 이름이 나오기 무섭게 비비의 품에 폭삭 안겼다. 실상은 아힌의 품에 그녀가 완전히 감춰진 모양새였다. 또라이가 얼굴 빼면 볼 게 어디 있다고……. 비비가 짐짓 심각하게 중얼거리며 아힌의 얼굴을 치유했지만, 그 말을 신경 쓰는 사람은 세드릭 이브린밖에 없었다.

마지막으로 아힌의 눈물 때문에 축축이 젖어 가던 비비의 어깨를 회상한 세드릭 이브린은 헛웃음을 쳤다. 그가 아는 아힌은 전쟁 중에 화살에 맞거나 갈비뼈가 부러져도 눈 하나 깜짝 안 하던 사람이었다.

"오래 살고 볼 일이로군."

"저 정도는 놀랄 일도 아닙니다."

뒤따라 나온 이브린은 그레이스 일족의 실태에 관해 담담히 토로했다.

"어쨌든 우리 흑표범 영토의 경사와도 다름없으니, 저택으로 돌아가 제대로 된 축하 선물을 준비해야겠구나."

"살펴 가십시오, 아버님."

"……살펴 가라니. 이 아비가 가는데 배웅도 않겠다고?"

"비비 님께서 곧 저를 찾으실 겁니다, 이 이브린을 몹시 총애하시니. 그럼 다음에 뵙겠습니다."

건조한 인사와 함께 의무실로 돌아가는 발걸음이 답지 않게 부산스러웠다. 홀로 남겨진 세드릭 이브린은 멀어지는 막내아들의 뒷모습을 멀거니 바라봤다.

"허, 참. 저 녀석이 저리 실없이 웃을 줄도 알고……. 별일이로군."

결국 소란 통에 배웅 없이 귀가하게 된 그가 터덜터덜 걸음을 옮겼다. 머지않아 아기님이 태어나게 되면 새로운 권력의 흐름이 도래할 거라 생각하며.

그리고 비비는 모두의 축하를 받은 후 애쉬와 함께 잠들 때까지도 이브린을 찾지 않았다.

피부를 찢을 듯한 칼바람이 휘몰아치는 어느 설원. 평평한 길이 있음에도 불구하고, 제가 왜 이런 고산지대에 있어야 하는지 모르겠는 이브린이 바위 뒤로 피신했다. 호오오, 부르튼 손을 입김으로 녹이던 그는 어정쩡하게 선 기사들을 향해 손짓했다.

"여러분, 이쪽으로 숨으십시오. 아힌 님께서 방해 말고 꺼지라며 친히 말씀하셨지 않습니까. 자, 어서요."

검을 든 채 알짱거려 봤자 아힌에게는 도리어 장해물일 뿐이었다.

"이브린 님, 아무리 그래도……."

"키에엑!"

덩치 큰 기사들이 옹기종기 모여들기 무섭게 현실감 없는 비명이 설원을 뒤흔들었다. 이브린은 질린 낯으로 설원 한복판에 선 마물을 응시했다.

잿빛 생물이 발을 디딜 때마다 쿵쿵대며 천지가 진동했다. 아힌보다 덩치가 족히 서너 배는 큰, 삼 두 괴물로 유명한 키메라였다.

사자, 염소, 용. 머리 세 개를 번갈아 본 이브린은 깊이 고찰했다. 타 영토로 출타를 나섰다가 귀가하는 길. 아힌은 편리한 인도를 두고 왜 굳이 눈 덮인 산을 꾸역꾸역 올랐을까. 심지어 이 설산이 키메라의 서식지라는 것을 뻔히 알면서.

이브린은 아힌의 검이 세 개의 머리 중, 용머리를 베는 순간 정답을 도출할 수 있었다. 키메라의 사자 머리는 남성의 정력에. 염소 머리는 고령자의 회춘에. 그리고 용 머리는…… 임산부의 기력 회복에 효과가 높았다. 특히 갓 잡은 키메라일수록.

결국 절명한 키메라의 몸이 눈 바닥 쪽으로 기울었다. 번진 피가 서서히 눈밭을 검푸른 색으로 물들였다.

"기사 백 명이 달려들어도 못 잡는 키메라를 몇 합 만에 쓰러뜨리시다니, 역시 제 주군이십니다."

언제 숨었냐는 듯 빛의 속도로 튀어 나간 이브린이 가슴에 손을 얹었다. 덕분에 기사들은 주인을 버린 채 바위 뒤에 숨은 꼴이 돼 버리고 말았다.

"비비한테 갈아탄 거 아니었어?"

스르릉, 검을 갈무리한 아힌은 용 머리를 질질 끌며 설원을 횡단했다. 이브린은 키메라를 쓰러뜨리고도 피 한 방울 묻지 않은 아힌의 로브를 곁눈질했다. 마물은 키메라가 아니라 눈앞의 이 흑표범일지도 몰랐다.

"그럴 리가요, 저를 무릎 꿇릴 수 있는 사람은 오직 마물, 아니, 아힌 님 한 분뿐입니다."

"비비한테 꿇으라면 얼마든지 꿇겠다고 말하는 걸 분명히 들었는데. 무릎이 여러 개인가 봐?"

"예."

무릎이 여러 개인 간신을 무시한 아힌은 제 몸통만 한 용머리를 기사들에게 넘겼다. 이브린은 장정 여럿이 힘겹게 받아 든 마물의 머리를 바라보며 중얼거렸다.

"저, 아힌 님."

"왜."

"아무리 키메라가 임산부의 기력 회복에 좋다지만, 저걸 과연 비비 님께서 드실까요."

먹는 건 고사하고 까무룩 실신이나 안 하면 다행일 지경이었다.

아. 뒤늦게 가장 큰 문제를 인지한 탓에 아힌의 고운 미간이 일그러졌다. 조금만 생각하면 금방 알 수 있는 사실을 왜 키메라를 해치울 때까지도 깨닫지 못했을까. 정말 모를 일이었다.

한참을 고민하던 아힌은 퍽 멍청한 얼굴로 이브린을 돌아봤다.

"-이브린, 어떡하지?"

어떡하긴 뭘 어떡해, 이 미치광이가. 이브린은 목구멍을 간질이는 저속한 욕을 간신히 삼켰다.

용머리를 중간에 두고 두런두런 토론하기 시작한 아힌과 기사들을 등진 이브린은 설원을 멍하니 바라봤다. 의무실 소동이 일어난 지 한 달이 지난 현재. 아힌의 모든 사고 회로는 비비로 시작하여 비비로 귀결됐다.

즉, 매사에 여유롭던 면모는 벗어던진 채 토끼병 말기 환자처럼 굴고 있다는 의미였다.

따스한 겨울, 정오의 햇빛이 아힌의 집무실을 환하게 밝혔다. 사각거리는 깃펜 소리가 고요한 집무실을 채웠다.

단단한 가슴팍에 기대어 꾸벅꾸벅 졸던 비비는 반짝 눈을 떴다. 째깍, 째깍. 탁상시계의 시침이 정확히 한 시를 가리킨 동시에 그녀의 입술이 열렸다. 드디어 아힌에게서 벗어날 시간이었다.

"약속한 한 시야. 나 이제 갈래."

"그럴 리가, 아직 열두 시인데?"

제 품속에서 벗어나려는 비비를 왼팔로 가둔 아힌이 탁상시계를 당겼다. 끼리릭, 강제로 돌아간 시침이 다시 열두 시를 가리켰다.

비비는 부정행위를 저지르고도 뻔뻔한 그를 기가 찬 눈으로 올려다봤다.

"나를 듣고 일하는 게 대체 무슨 의미가 있는데?"

"눈에 안 보이면 불안해서 일이 손에 안 잡히거든. 그리고 네 업무 중 반절을 내가 가져왔으니까 이 정도는 같이 있어 줄 수 있잖아."

"그러니까 그건 내가 마저 처리하겠대도."

"무리는 금물이라던 주치의의 경고가 기억 안 나나 봐?"

대꾸할수록 아힌의 언변에 휘말려 버린 비비가 입을 꾹 여물었다.

보좌관과 고용인들을 전부 내보내고, 이렇게 아힌의 품에서 약 두 시간 동안 낮잠을 청하는 생활이 벌써 보름 이상 이어지고 있었다. 그럼에도 오히려 일의 능률은 올라갔다는 사실이 어이가 없었다.

또 하나 기가 막힌 점이라면, 회임한 비비는 멀쩡한 것에 비해 아힌이 헛구역질을 하기 시작한 것이었다.

이따금씩 새하얘진 낯빛으로 입을 가리는 모습을 보고 있자니…… 정말이지 무어라 정의를 내리기 어려운 맹수였다.

혹시 제가 집무실을 나가 버릴까 눈치 보는 아힌을 밀칠 수도 없고.

그 정도로 냉정하진 못한 비비가 신경질적으로 아힌의 가슴께에 머리를 묻었다.

"……딱 한 시간만이야."

"좋아."

그제야 굳어 있던 아힌의 입매가 나긋나긋하게 말려 올라갔다. 비비의 뺨에 가볍게 입을 맞춘 그가 다시 깃펜을 잡았다.

나른한 오후, 품속에서 사부작거리는 비비의 존재가 놀라울 만큼 안정감을 가져다줬다. 과거의 자신은 무슨 정신으로 새끼 토끼가 사람으로 변했을 때 베어 버리면 된다는 생각을 했던 걸까.

어떻게 감히 나 따위가 비비를……. 오싹한 감정에 사로잡혀 있던 아힌은 졸다가 제 가슴팍에 머리를 쿵 박은 비비를 내려다봤다.

"아윽……."

"아파?"

기민하게 반응한 아힌이 그녀의 관자놀이를 살살 문질렀다. 전부 다 쓸데없이 단단한 제 몸뚱이 탓이었다.

일반인마저 숟가락 정도는 쉽게 휘는 맹수계 수인에 비해 초식계 수인은 왜 이렇게 약한 건지. 이전에는 흔적이 쉽게 남는 비비의 여린 피부가 몹시 흡족했는데, 현재는 그러한 모든 것들이 불안 요소로 다가왔다.

한순간에 걷잡을 수 없이 초조해진 아힌이 낮게 깔린 음성으로 물었다.

"비비, 대체 왜 이렇게 태어난 건데? 꼭 토끼여야 했어?"

"아니, 뜬금없이 출생은 왜 들먹여? 이럴 거면 나 갈래."

"자꾸 그런 협박으로 내 섬세한 마음에 상처를 입히지 마."

이 방정맞은 맹수는 도대체 뭘 말하고 싶은 걸까. 잠이 몽땅 달아난 비비가 아힌의 입을 찰싹 갈겼다. 정상의 궤도를 한참 벗어난 대화를 끝내기 위해서였다.

다행히 초점을 되찾은 아힌이 비비를 꼭 껴안았다.

"차라리 족제비나 너구리였으면 지금보다는 튼튼했을 텐데."

또라이가 말하고자 하는 바가 무엇인지 간신히 유추한 비비가 한숨을 내쉬었다. 초식계 수인의 몸으로 맹수의 아이를 배었으니, 혹시 모를 난산을 우려하고 있음이 분명했다.

내가 가진 치유계 페로몬이 그렇게 두진 않을 거라, 굳이 사서 걱정할 필요까진 없는데. 그러한 타박을 삼킨 비비가 아힌의 손을 당겨 배에 얹었다.

"있잖아. 토끼일까, 흑표범일까?"

노골적인 말 돌리기였지만 넘어간 아힌이 원을 그리듯 비비의 배를 쓰다듬었다. 비비가 새끼 토끼일 당시 콧잔등을 만지던 것만큼이나 신중한 손길이었다.

"글쎄. 어느 쪽이든 세상을 줄 거야."

그런 거창한 대답을 바란 것까진 아니었던 비비가 입을 뻐끔뻐끔 여닫았다.

아힌의 입가에 자리한 비틀린 미소 때문에 농담으로 치부하기에도 무리가 있었다. 식은땀을 훔친 그녀가 더듬거리며 덧붙였다.

"지, 지키겠다는 표현 정도면 딱 충분해…… 합니다."

"그래요?"

배에서 옮겨 간 아힌의 손이 비비의 머리카락 한 줌을 매만졌다. 이내 나른하게 웃은 그가 하얀 머리카락에 입술을 맞췄다.

"그럼 지켜 줄게."

"……."

"네가 나한테 그랬던 것처럼."

별것 아닌 말임에도 불구하고 심장박동이 빨라진 비비는 아힌을 빤히 올려다봤다. 창가로 스민 햇살이 기다란 속눈썹에 걸렸다.

침묵이 길어질수록 포근하던 공기가 뭉근하게 달아올랐다.

이윽고 두 사람의 입술이 자연스레 맞물렸다. 아힌은 제 다리 위에 앉은 비비의 허벅지를 느릿하게 쓸었다. 잡아먹듯 파고드는 것에 비해 솜털을 만지는 양 부드러운 손길이었다.

입술이 떨어진 건 비비의 숨이 가파르게 오르내릴 즈음이었다. 더 이상은 안 된다는 듯, 얌체처럼 시선을 피하는 그녀를 내려다보던 아힌이 둥글게 눈가를 휘었다.

하얀 피부와 대조되게 붉어진 눈가 하며, 흔들리는 보라색 눈동자, 새침하게 다문 입술. 그 모든 게 매일같이 아힌의 속을 들끓게 하다못해 뒤집어 놓았다. 뭘 어떻게 하면 성내거나 짜증 부리는 것조차 사랑스러울 수 있는지 모를 일이었다.

아랫배가 뻐근해진 그는 흘러내린 제 은발을 괜히 쓸어 넘겼다. 기겁하며 도망갈 토끼를 고려하여, 온몸에 울혈을 만들고 싶은 충동을 참기 위한 행위였다.

독점욕과 정욕으로 점철된 눈동자를 외면한 비비가 곁눈질로 탁상시계를 확인했다. 열두 시에 맞춰 둔 분침이 어느덧 한 바퀴를 돌아 한 시를 가리키고 있었다.

"세상에, 벌써 한 시네? 이제 진짜 가 볼게. 메이미가 기다릴 거야."

"나도 같이……."

"아힌은 일해."

매정하게 내친 비비가 후다닥 집무실 밖으로 달아났다. 날을 거듭할수록 짙어지는 아힌의 집착에 일일이 장단 맞춰 줄 순 없었다.

"하……."

홀로 남겨진 아힌은 곧 침음성을 흘리며 손에 얼굴을 묻었다.

오늘도 비비의 은밀한 취미 생활을 말리지 못했다.

한 달 전, 태교 담당 교사인 네르아 부인은 비비에게 태교에 도움이 될 만한 건전한 취미를 권유했다.

'다치진 말아야 할 텐데.'

안절부절못하며 일어난 아힌이 창가로 딱 붙어 섰다. 비비가 있을 연무장이 한눈에 보이는 위치였다.

미술, 음악, 독서, 자수, 필사 등등. 차고 넘치는 안전한 취미 중, 비비가 선택한 취미는 다름 아닌 활쏘기였다.

"다리를 조금 더 벌리고, 허리를 곧게 펴십시오."

메이미의 지시에 따라 자세를 바로잡은 내가 활시위를 당겼다.

취미로 활쏘기를 고른 건 순전히 내 의지를 벗어난 선택이었다. 거의 본능에 가까웠다. 도대체 뱃속에서 얼마나 어마어마한 아이가 자라고 있는 건지. 단 한 번도 무기를 만져 보고 싶다는 생각을 한 적이 없는데, 기사가 지니고 있던 활을 보는 순간 그것을 쥐고 싶은 충동이 강하게 들었다.

연무장 중앙의 과녁을 주시하던 나는 다급히 활을 내렸다.

"메이미, 수풀에 아이가 있어!"

"예? 그럴 리가 없……."

부인하던 메이미가 빠른 속도로 표정을 굳혔다. 바스락거리는 움직임을 목도한 탓이었다.

"물러나십시오."

혹시 몰라 단검을 꺼내 든 그녀가 기척을 죽인 채 수풀로 접근했다. 수풀과의 거리가 몹시 좁혀졌을 즈음, 분홍색 덩어리가 불쑥 솟아올랐다. 아이를 확인한 메이미는 긴장을 탁 풀며 단검을 앞치마 뒤로 집어넣었다.

"아인트 마니언츠 님이십니다."

"마니언츠라면……."

"레오나 마니언츠 님의 적통이자 첫째 아들이시죠."

설마 후계끼리 약혼을 도모하는 건 어떻겠냐고 제안했던 그 아이인가. 활을 내려 둔 나는 조심스레 아이의 앞으로 다가가 몸을 낮췄다. 끽해야 세 살 정도의 조그마한 아이였다.

'에잉, 쯧. 에즈란 그놈의 증손주가 인간화를 치렀다더군. 이번에 사절로 올 때 데려온다는 걸 보면 분명 자랑할 속셈인 게야!'

어렴풋이 에즈란 님이 그레이스 저택에 방문할 거라며 짜증을 내던 할아버님이 떠올랐다.

과연. 마니언츠가의 혈통임을 증명하듯, 아이는 색소 옅은 분홍색 머리카락과 금안을 지니고 있었다. 특이점을 꼽자면 마니언츠 가문의 심볼과도 같은 곱슬머리가 아니라는 점과 어린아이임에도 불구하고 눈에 묘하게 초점이 없다는 점일까. 삶의 부질없음을 말하는 듯한 초연한 표정은 덤이었다.

"왜 이런 곳에 혼자 있니? 에즈란 님은 어디 가시고?"

말을 너무 편하게 했다는 사실을 뒤늦게 깨달았지만, 개의치 않은 아이가 종알거렸다.

"에즈란 할아범이랑 릴리언 할아범이 길을 잃었져. 나랑 숨바꼭질하다가."

"할아버님들이……?"

"하기 시른데 자꾸 놀자며 귀찮게 해서는, 아휴."

할아버님들이 아니라 네가 길을 잃은 거겠지. 혀 짧은 발음을 용케 알아들은 나는 손을 내밀었다. 애타게 아이를 찾고 있을 할아버님들이 눈에 선했다.

"혹시 호위 기사는 없어?"

"걔네가 술래야."

"……그럼 우리 같이 할아버님들을 찾으러 갈까?"

"시러, 너는 눈이 보라색이잖아. 난 토끼랑은 상정? 상종? 아무튼 그거 안 해."

아이의 이유 모를 반감에 조금 침울해진 내가 눈꼬리를 축 늘어뜨렸다.

"왜……?"

"우리 삼촌이가 기르는 토끼가 성질이 나빠. 아주 못됐어."

"삼춘이?"

"룬 마니언츠. 알아?"

뭐라고 대답하려는 순간 멀리서 에즈란 님의 절절한 목소리가 들렸다.

"아인트, 얘야! 어서 나와다오!"

"할아범이다."

눈에 띄게 밝아진 아이가 어설프게 걸음을 옮기기 시작했다. 말은 저렇게 해도 낯선 장소에 홀로 있는 게 무서웠던 모양이었다.

차마 손도 못 댄 채 조마조마하게 지켜보는 와중, 아장거리면서 열심히 걷던 아이가 짐짓 나를 돌아봤다.

"있짜나, 네 배에 페로몬 네 개가 있어."

"뭐?"

무서운 이야기를 들은 듯한 공포에 휩싸인 내가 겨우 입술을 열었다.

"그런 걸 어떻게 알아? 노, 농담은."

"눈에 보이는데. 믿기 시름 믿지 마."

입술을 쭉 내민 아이는 다시금 에즈란 님의 음성이 들리는 방향으로 힘차게 발을 옮겼다.

'한 명이 페로몬 네 개를 가졌단 거야, 아니면 태어날 아이가 여러 명이란 거야?'

믿기 어려웠지만, 어린아이의 허황된 주장으로 치부하기에는 아이의 신분과 혈통이 너무도 강력했다. 고유의 페로몬 능력일 가능성이 높았다.

"말도 안 돼……."

머릿속이 멍해진 나는 일순 다리에 힘이 풀리며 휘청거렸다. 속히 다가온 메이미의 부축을 받으며 정신을 차렸을 때, 아이의 뒷모습은 이미 점처럼 멀어져 있었다.

그리고 이듬해, 나는 거짓말처럼 쌍둥이를 출산했다. 각각 치유계 페로몬과 지배계 페로몬을 동시에 가진 쌍둥이를.

덜컹덜컹. 매서운 눈보라가 창문을 부술 듯이 흔들었다. 쨍하게 떠 있던 해는 자취를 감춘 지 오래였다.

침대 앞에 의자를 끌고 와서 자리 잡은 아힌은 잠든 비비를 내려다봤다. 오늘 오전, 슈와 비온의 등쌀에 못 이겨 눈사람을 만든 비비는 오후가 되자마자 기침을 하기 시작했다. 에취, 에취. 마른기침을 몇 번 반복하더니 열이 오르는 건 순식간이었다.

결국 몸져누워 끙끙 앓다가 밤이 되어서야 겨우 잠든 게 방금 전. 그

신통한 치유계 페로몬마저 몸살에는 별반 위력을 발휘하지 못했다.

걱정스레 응시하던 아힌은 뒤늦게 비비가 덮은 이불에 생긴 커다란 언덕을 발견했다. 확, 이불을 들추자마자 숨어 있던 애쉬가 드러났다.

"애쉬, 좋게 말할 때 내려와."

옛 주인 나부랭이의 위협 따위에 굴하지 않은 애쉬가 크르릉 낮게 울었다. 그래, 비비의 몸이라도 덥히는 편이 낫겠지. 찰거머리를 떨치는 것을 일찌감치 포기한 아힌이 다시 이불을 정돈했다.

한숨 돌린 그는 옆방에 잠들어 있을 쌍둥이를 떠올렸다. 비비를 간호하느라 매일 밤 나누던 굿나잇 키스를 잊은 참이었다.

쌍둥이가 태어난 지도 어느덧 삼 년. 그 짧은 시간 동안 쌍둥이는 제대로 걷지도 못하는 몸으로 그레이스 저택을 함락시켰다.

그들은 앞발로 아힌을 다스렸고, 발렌스의 애정을 독식하였으며, 애정 표현에 박한 릴리언을 사랑만 노래하는 사랑꾼으로 만들었다. 하다못해 이브린과 퀸마저 우르르 까꿍 소리를 내다가 아힌이 나타나면 아닌 척 정색을 반복하기 일쑤였다. 동물인 지금도 이런데, 인간화를 치른 후에는 지금보다 더하면 더했지 덜하진 않을 게 눈에 훤히 보였다.

으응, 비비의 뒤척임으로 인해 상념에서 깨어난 아힌이 미간을 구겼다.

"왜 아프고 그래."

달래듯 비비를 토닥거리는 찰나, 문밖에서 들리는 이브린의 다급한 외침이 신경을 거슬렀다.

"아힌 님, 나와 보셔야 할 듯합니다."

비비가 잠들었으니 숨소리도 내지 말라고 경고했건만. 조용히 문을 연 아힌은 이브린의 목에 검을 겨눈 채 입 모양으로 말했다.

"어디부터 베어 줄까."

목숨의 위협을 느낀 이브린은 옆방을 필사적으로 가리키며 입을 뻐끔거렸다. 아기님, 수인열, 시작. 세 단어의 조합만으로도 의미를 깨달은 아힌이 눈을 커다랗게 떴다.

약에 취해 잠든 비비와 옆방을 초조하게 번갈아 본 그는 이미 대기 중인 메이미에게 눈짓했다.

"비비가 깨어나면 곧장 보고하도록."

묵례하는 메이미를 뒤로한 아힌은 뒤이어 침대 위의 애쉬를 돌아봤다.

"잘 지켜."

지시하기 무섭게 애쉬가 컹, 울음소리로 회답했다. 알아들었는지는 모를 일이었다. 아힌은 차림새를 바로 하는 것도 잊은 채 뛰듯이 옆방으로 이동했다.

수인열. 전조 없이 시작된 열병은 아이들의 인간화가 목전이라는 의미였다.

수인은 인간과 달리 필수적으로 거쳐야 하는 과정이 존재한다. 태어날 당시에는 인간의 외형을 갖추지만, 얼마 지나지 않아 동물의 형태로 바뀌게 된다. 토끼 수인이라면 새끼 토끼로, 흑표범 수인이라면 새끼 흑표범으로.

그 후, 수인열을 거치면서 온전한 인간의 외형을 갖추게 되고, 본 모습 또한 새끼 토끼에서 성수로 탈바꿈하는 게 정석적인 절차였다.

수인이 온전한 인간으로 변화하는 일. 그 과정을 시작한 두 아이 앞에 선 아힌이 제자리를 오갔다.

침대 위, 각자의 요람에 누운 새끼 토끼와 새끼 흑표범이 색색 앓는 소리를 냈다. 제아무리 쌍둥이라지만 수인열을 동시에 치르는 건 이례적인 일이었다. 그나마 다행인 사실은 쌍둥이는 올해 세 살로, 인간화가 그리 늦어진 건 아니라는 짐이있다.

"우리 토끼가 겨우 잠들었다는 보고를 받은 게 방금 전이건만, 야밤에 이게 다 무슨 일인 게냐!"

소식을 접한 릴리언과 발렌스가 흐트러진 모습으로 들어섰다. 창밖에서는 퀸이 부리로 창문을 쪼아 대며 난리도 아니었다.

급한 대로 숄만 두르고 온 발렌스는 조심스레 요람을 들여다봤다.

"이왕이면 날 따스할 때 겪으면 좋을 것을. 하필……."

조롱이떡 같은 몸이 숨을 쉴 때마다 위로 솟았다가 꺼지기를 반복했다. 특히 첫째이자 딸인 새끼 토끼는 먼 과거, 목숨이 위태로웠던 비비가 겹쳐 보였다.

괜히 불안해진 발렌스가 문을 흘끔거리며 아힌에게 물었다.

"아가는, 비비는 괜찮은 거니?"

"열이 완전히 내린 건 아니라, 오가면서 확인할 예정입니다."

수인이라면 누구나 다 겪는 과정인데 왜 이리 조마조마한지.

오랜만에 같은 심정이 된 발렌스와 아힌이 시선을 교환했다. 평소보다 길고 긴 밤이 될 듯했다.

새벽이 밝으며 하늘이 푸르스름한 색감을 띠었다.

잘 버티던 발렌스의 고개가 끝내 약간 기울어진 시각. 유일하게 살아남은 아힌이 핏발 선 눈으로 요람을 주시했다. 그는 시선을 떼지 않으며 대기 중인 주치의에게 물었다.

“비비는.”

“아직 주무시는 중입니다. 다행히 열은 내렸으니 안정을 취하시는 일만 남았습니다.”

안도의 숨을 머금던 아힌은 대뜸 피가 몰릴 만큼 주먹을 세게 쥐었다. 두 개의 요람 중 새끼 토끼가 있는 요람에서 빛이 나기 시작했다.

“아힌 님……?”

잠에서 깬 이브린이 눈을 끔벅이다 말고 벌떡 일어났다. 드디어. 주치의는 아힌의 눈짓에 따라 아이에게 덮어 줄 감색 모포를 준비했다. 아힌과 이브린은 섣불리 접근하지 못한 채 밖으로 튀어나올 만큼 뛰어 대는 심장을 달랬다. 오래달리기라도 한 것처럼 박동이 빨라졌다.

화아악, 이윽고 존재를 알리듯 빛이 크게 범람했다. 화한 빛 속에서 손, 발, 머리카락이 언뜻언뜻 보이기 시작했다.

얼마 지나지 않아 빛이 사그라들며 인간의 외형을 갖춘 여자아이가 드러났다.

“인간화를 축하드립니다, 아기님.”

속히 접근한 주치의는 추위에 솜털이 곤두선 아이의 몸을 모포로 감쌌다. 그때까지도 아힌과 이브린은 굳은 채 어떠한 반응조차 보이지 못했다.

아힌의 은발과 비비의 보라색 눈동자, 그리고 비비를 빼닮은 유순한 외양이 그림처럼 아힌의 눈에 박혔다. 유독 투명한 피부마저 비비와 똑 닮은 꼴이었다.

"……이브린."

올망졸망한 눈망울에 시선을 빼앗긴 그는 한참 만에 간신히 입을 열었다. 목소리는 염소에 빙의라도 한 양 무참히 떨리고 있었다.

"너무 기쁘면 벽을 박살 내고 싶은 충동이 드나 본데. 내가 세정신인가?"

"저 또한 경박스럽게 벽을 부수고 싶은 걸 보면 제정신인 듯합니다."

제정신의 범주를 벗어난 두 사람이 서로를 진단해 봤자 제대로 된 결과가 나올 리 없었다.

목석처럼 선 한심한 두 남자를 빤히 응시하던 여자아이가 곧 입을 오물거렸다.

"압빠?"

고작 어설픈 호칭 하나에도 현기증을 느낀 아힌이 관자놀이를 문질렀다. 제 두 눈을 찌르고 싶을 만큼 사랑스러운 존재였다.

"이브린, 들었어? 이제부터 내 이름은 압빠야."

"기록하겠습니다."

호들갑에도 아랑곳 않은 아이는 모포를 잡으며 엉거주춤 일어섰다. 갓 인간화를 치렀다기에는 놀라울 만큼 안정적인 걸음마와 말솜씨였다. 뒤뚱거리며 바로 서는 것에 성공한 아이는 돌연 엄한 표정으로 선언했다.

"이짜나, 나 토끼일 때 계속 하고 시픈 말이 이써써. 근데 말을 못

해서 못 해써."

"응, 말해 봐, 딸."

인간화를 치르자마자 자신의 의견을 주장할 줄도 알고. 누구 딸인지 영민하기 짝이 없는 아이를 마주한 아힌이 연신 고개를 끄덕였다. 덕분에 용기를 얻은 아이는 발을 통 구르며 본인의 불만을 토로했다.

"내가 아직 이름이 없짜나."

"……아, 그래. 그렇지."

아힌은 뒤늦게 커다란 문제점 한 가지를 상기했다. 기실, 쌍둥이는 인간화를 치른 현재까지도 이름이 정해지지 않았다. 매달 이름에 대한 논의가 불거졌지만 늘 의견이 좁혀지지 못한 채 무산된 탓이었다. 쌍둥이는 그레이스 일족의 경사이니 뭐든지 신중해야 한다는 장로회의 간섭도 한몫했고.

간신히 두 개의 후보까지 간추렸으나, 확정되지 못한 채 아기님이란 호칭으로 불리며 인간화를 겪게 된 게 사건의 전말이었다.

"그-."

어울리지 않게 말끝을 흐린 아힌이 난감하게 입술을 깨물었다.

제니아 그레이스와 안리 그레이스. 두 가지 후보 중 하나를 비비와 상의 없이 독단적으로 정할 순 없는 노릇이었다.

그가 적당한 말을 고르는 와중, 아이가 먼저 선수를 쳤다.

"내가 건초를 머그면서 매일매일 생각했는데, 제니아가 조아."

"……뭐라고?"

"제니아로 할래."

비뚜름하게 웃는 표정에서 아힌의 환영을 본 이브린이 눈을 비볐다. 외양은 딱 비비의 어릴 적 모습 같은데 아힌을 떠올려 버리다니. 현실을 부정한 그는 막 제니아가 된 아이가 듣지 못하게끔 속삭였다.

"……외람되지만 본인의 이름을 스스로 정하는 비범한 아기는 난 생처음 봅니다."

"나도 처음 봐."

여전히 제자리에 박힌 상태인 두 사람은 멍하니 제니아를 바라봤다. 그사이 뒤뚱뒤뚱 움직인 제니아는 예고도 없이 요람을 흔들었다. 쌍둥이 중 둘째이자, 아들인 새끼 흑표범이 자리한 요람이었다.

"얘는 왜 이러케 느려? 야, 이제르. 빨리 일어나, 압빠랑 이부링이 기다리자나."

둘째를 아주 자연스럽게 이제르라고 칭한 제니아가 열심히 요람을 흔들었다. 제니아는 둘째의 이름 후보인 칸다 그레이스와 이제르 그레이스 중, 이제르 그레이스가 마음에 든 모양이었다.

뭐라 형용할 수 없는 기분이 된 아힌이 어렵사리 입을 뗐다.

"이부링, 둘째의 이름도 결정된 듯한데."

"개인적으로는 저도 이제르란 이름을 지지하고 있었습니다. 그리고 이부링이 아니라 이브린입니다."

요람을 흔드는 행위를 말릴 새도 없이 부지런히 이동한 제니아는 침대 왼편에 도착했다. 자그마한 발이 멈춘 곳은 침대에 턱을 괸 채 저를 빤히 바라보고 있는 흑표범들의 앞이었다.

"슈, 비온."

한편, 슈와 비온은 약간의 혼란에 휩싸인 상태였다. 주인인 비비가 어여삐 여기던 새끼 토끼가 사라진 후, 그 자리에 작은 비비가 나타났다. 풍기는 냄새 또한 비비와 퍽 비슷했다. 비비의 종자인 아힌과 이브린이 꼼짝 못 하는 걸 보면 센 녀석인 건 확실한데, 바로 굴종하기에는 확신이 없었다. 늘 그들에게 현명한 지식을 알려 주는 바라는 현재 비비의 시중을 드는 중이었기에 조언을 구하기도 힘들었다.

비교적 호승심이 강한 슈는 턱을 치켜들며 거들먹거렸다. 쳐다보면 어쩔 건데, 그래 봤자 우리보다 센 건 비비밖에 없어. 그러한 뜻을 내포한 움직임을 본 비온도 누이를 따라 으르렁 포효했다.

"어어?"

깝죽거리는 검은 맹수들을 마주한 제니아가 한쪽 눈썹을 들었다. 보라색 눈동자에 자리 잡은 감정은 아니꼬움과 오만이었다.

"안자."

철퍼덕, 의도에 반한 슈와 비온의 엉덩이가 바닥과 맞닿았다.

"이러나."

또다시 말을 듣지 않은 엉덩이가 벌떡 솟아올랐다.

안자, 이러나. 안자, 이러나.

명령에 따라 슈와 비온이 앉았다 일어서는 행위를 반복했다. 두 흑표범이 끙끙거리며 완강히 거부했지만 오히려 그럴수록 엉덩이가 말을 듣지 않았다.

그 비현실적인 장면을 가만히 지켜보던 아힌이 헛웃음을 쳤다.

'지배계 페로몬.'

제니아가 사용하고 있는 힘은 두말할 것도 없이 아힌의 지배계 페로몬이었다.

고작 세 살 난 아이가, 갓 인간화를 치르자마자. 본능적으로 힘을 깨닫고 완벽하게 페로몬을 다스리고 있었다.

그것도 아주 거만하고 여유로운 낯빛으로.

"딱 아힌 네 어릴 적을 보는 듯하구나."

"어찌 저리 빼닮았을꼬……. 아힌 네 녀석도 저런 식으로 이 할아비를 조종하곤 했지."

그새 깨어난 발렌스와 릴리언은 멀거니 제니아가 하는 행태를 지켜봤다. 두 사람의 증언을 들은 아힌은 그제야 이 난감한 기분의 정체를 깨달았다.

그의 눈앞에 "수신님, 태어날 아이는 꼭 저를 닮게 해 주세요. 아힌만은 절대 안 돼요."라며 베기 동그랗게 불러서도 밤마다 몰래 빌던 비비가 아른거렸다. 기도대로 비비를 닮긴 닮았는데, 속 알맹이는 아힌의 판박이라니. 벌써부터 비비의 절규가 귓가에 메아리치는듯했다.

안자, 이러나, 엎드려.

추가된 명령이 굳은 어른들이 자리한 침실에 울려 퍼졌다.

어느덧 그레이스 저택을 따스한 봄이 감쌌다.

쌍둥이가 인간화를 치른 이후, 아힌의 집무실은 항상 방문객들로 북적거렸다.

쌍둥이는 물론이며 릴리언, 발렌스, 그리고 훌륭한 육아 도우미로 거듭난 퀸까지. 그들의 집결지는 늘 아힌의 집무실이었다. 아힌이 좋아서라기보다는 괜히 비비의 집무실을 찾아가 방해하면 안 된다는 이유에서였다.

올해 여섯 살이 된 둘째, 이제르는 소파에 앉은 퀸의 물색 머리카락을 만지작거렸다. 작은 손가락 사이사이로 결 좋은 머리카락이 사르륵 빠져나갔다.

"삼촌, 너무 예쁘다."

수줍게 말한 이제르가 손거울을 쓱 내밀었다. 손거울 속의 퀸은 날카로운 눈매와는 전혀 어울리지 않는, 아주 앙증맞은 양 갈래를 하고 있었다. 고사리 같은 손끝에서 탄생한 머리 모양은 극악무도하기 짝이 없었다.

"큭."

작은 소리에도 기민하게 반응한 퀸이 홱 고개를 돌렸다.

예상대로 집무 책상에 얼굴을 박은 아힌이 손에 쥔 깃펜을 부들부들 떨고 있었다. 어젯밤에 저 일을 당할 땐 끔찍했는데, 자신이 아닌 남이 당하니 이렇게 기쁠 수가 없었다.

터져 나오려는 웃음을 가까스로 욱여넣은 그가 침착히 말했다.

"어제 아빠 머리를 묶어 준 것보다 훨씬 잘했는데? 퀸 삼촌이 엄청 좋아하겠다."

사탕발림에 넘어간 이제르는 한껏 기대 어린 눈으로 퀸을 올려다봤다. 당장이라도 머리를 풀어헤치고픈 충동을 느끼던 퀸이 흠칫 떨었다. 호수처럼 맑은 이제르의 붉은색 눈동자를 감히 내칠 수가 없었다.

이제르는 비비를 닮은 백발만 제외하면 아힌의 어린 시절을 가져다 놓은 듯한 모습이었다. 그리고 어린 시절의 아힌은 입만 다문다면 천사가 따로 없을 정도로 선한 외모였다.

'아무리 그래도…….'

도저히 이 머리 모양만은 수긍할 수 없다고 생각하던 퀸은 등을 찌르는 따가운 살기를 느꼈다. 행여나 험한 말이라도 하면 네 딸기 밭을 갈아 버리겠다는 아힌의 눈빛이었다.

두 부자의 눈빛 공격에 패배한 퀸이 고개를 푹 수그렸다. 귀 위로 묶인 물빛 머리카락이 달랑달랑 흔들렸다.

"……이런 예쁜 머리는 처음이군."

"정말?"

봄꽃이 만개하듯 표정이 밝아진 이제르가 양손을 꼭 모았다. 다음 순서는 리본이었다.

그 한심한 광경을 바라보던 제니아는 문득 이브린의 책상 한편에 산처럼 쌓인 고급스러운 봉투에 시선이 닿았다.

"구혼서?"

아차. 불태우는 것을 잊은 이브린이 황급히 서랍 속으로 편지 더미를 집어넣었다. 쌍둥이는 고작 여섯 살임에도 불구하고 구혼서가 쏟아지고 있었다. 아직은 나이가 나이이다 보니 시작점은 약혼이었지만, 실상은 구혼서와 거의 다를 게 없었다.

나중에 죽인다. 이브린을 지그시 노려봐 준 아힌은 제니아를 향해 생긋 웃어 보였다. 아이가 조금이라도 약혼에 관심을 보일까 등으로는 식은땀이 흐르는 상태였다.

"별거 아니야, 제나."

그는 애써 나긋한 음성으로 애칭을 부르며 제니아의 주의를 환기했다.

"별거 아닌데 저렇게 숨겨?"

총총거리며 이동한 제니아가 드르륵, 다시금 이브린의 서랍을 열어젖혔다. 감히 막지도 못한 이브린이 고개만 붕붕 저어 댔다.

"제 비밀 일기입니다."

"어디 보자…… 비밀 일기는 무슨, 구혼서 맞네."

정갈한 글씨체를 읽어 내린 제니아는 곧 흥미를 잃으며 구혼서를 제자리에 뒀다.

"나는 별로야, 약혼 뭐 그런 거."

"응, 아빠도 별로라고 생각해."

"맞아. 저번에 들었는데, 남자는 많이 만나 봐야 하는 거래."

뭘 많이 만나? 생글생글 웃고 있던 아힌의 얼굴이 한순간에 형편없이 무너졌다.

스멀스멀 흘러나온 살기 어린 기운이 적막해진 집무실을 가득 채웠다. 낯빛이 까매진 아힌과 퀸, 그리고 이브린이 거의 동시에 왈칵 입을 열었다.

"도대체 어떤 미친 새끼가."

"누가 그딴 개소리를."

"지하 감옥에 처넣을."

"아힌 님, 퀸 님, 이브린 님."

손으로 제니아의 귀를 재빨리 덮은 보좌관이 눈빛으로 신호를 보냈다. 다행히 이제르의 귀도 마침 가까이 있던 다른 보좌관의 손에 막힌 상태였다.

그러나 제니아의 말을 정확히 들어 버린 이제르는 눈물을 글썽글썽 매달았다.

"누야, 그게 뭐야……. 나랑 평생 살겠다며?"

"그래, 제나. 아빠랑 이제르랑 평생 살기로 했잖아."

"아빠, 이제르. 원래 토끼의 마음이란 게 시도 때도 없이 바뀌는 거래. 그러니까 슬슬 각자 갈 길 가는 게 좋을 듯해."

도대체 누가 저딴 걸 가르친 건지. 아힌과 퀸, 이브린은 제니아의 말이 이어질수록 처참함에 치를 떨었다. 만일 릴리언이 있었다면 괴성을 지르며 용의자를 색출했을 게 눈에 훤했다.

목까지 차오른 저속한 욕지거리를 간신히 삼킨 아힌이 말을 골랐다.

"어떤…… 어떤 이상한 친구가 그런 말도 안 되는 소리를 했을까?"

언어 순화에 부단히 노력한 보람이 있듯, 웃음기 섞인 부드러운 목소리가 흘러나왔다. 보좌관들은 눈이 전혀 웃고 있지 않은 아힌에게서 최대한 시선을 돌렸다. 이상한 친구의 최후를 쉽게 예상할 수 있었다.

제니아는 흥미로운 물건이 많은 이브린의 책상을 뒤적거리며 대수롭지 않게 말했다.

"흠. 누군지 알려 주면 혼내려고 그러지?"

"그럴 리가. 아빠가 누구 혼내는 거 봤어?"

쌍둥이 앞에서만은 다정하고 자애로우며 깜찍한 아빠를 철저히 연기해 온 아힌이 자신만만하게 호언했다.

"하긴, 어차피 알아도 아빠가 못 혼내는 사람이야."

이브린의 서랍에서 맹수 퇴치제를 찾아낸 제니아가 불쑥 고개를 들었다. 치이익- 맹수 퇴치제를 정통으로 맞아 버린 이브린이 콜록거리며 주저앉았다.

"어머니가 그랬거든."

드디어 정답을 알아낸 아힌은 발밑이 와르르 무너져 내리는 감각을 느꼈다. 제니아가 꼬박꼬박 어머니라는 존칭을 쓰며 따르는 존재는 세상에 단 한 사람뿐.

이상한 친구의 정체는 비비 그레이스 외에는 있을 수 없었다.

불길한 예감이 든다.

서류에 서명을 하던 나는 번쩍 고개를 치켜들었다. 위기를 감지하는 동물적 감각이 칼날처럼 날아와 내 몸을 관통했다.

고개를 들자마자 시선이 마주친 애쉬는 눈을 커다랗게 떴다. 협탁 위의 과일 바구니를 훔치는 중이었던 탓이었다.

타닥, 쏜살같이 질주한 애쉬가 순식간에 집무실 문 너머로 도주했다. 거칠게 닫히는 문을 바라보던 나는 기묘한 오한에 몸을 떨었다.

"……앨런, 창문을 전부 잠그자. 지금 당장."

"꽃가루 때문이죠? 그러니까 집무실을 조금 더 높은 층으로 하시라니까. 왜 굳이 일 층을 고집해요?"

몇 년 사이 꽤나 가까워진 앨런이 조잘조잘 잔소리를 이어 갔다. 물론 손은 착실하게 창문 고리를 당기고 있었다.

이상하게 불안이 가시지 않은 나는 오소소 소름이 돋은 팔뚝을 문질렀다. 온몸의 신경이 도망가라고 외치고 있었다. 근 몇 년간 이런 적이 없었는데. 마치 이 저택에 처음 온 당시, 모든 감각을 곤두세우고 있을 때로 돌아간 듯한 기분이었다.

'위험해.'

이유는 아직 모르지만, 자리부터 피하고 보기로 결심한 나는 벌떡 일어나 문고리를 잡았다.

"앨런, 집무실을 왜 일 층으로 고집했냐고 물었지?"

"예? 아, 그렇죠."

창문을 전부 잠근 후 커튼까지 치던 앨런이 어리둥절하게 돌아봤다.

"어떤 문제가 터지든 일 층이 도망치기에 가장 유리해서야."

진지하게 답한 나는 힘차게 문을 열어젖혔다. 그리고 한 발짝도 움직일 수 없었다. 이미 바로 앞에 손님이 와 계셨기에.

"비비, 얘기 좀 하지."

사르르 휘어지는 아힌의 눈매가 오늘따라 유독 무해했다. 그럼에도 전신이 전율할 정도의 공포를 느낀 내가 천천히 문을 닫았다. 절대 무해한 미소 따위가 아닌, 세상에서 가장 유해한 미소였다.

"문은 왜 다시 닫아요? 어어, 잠그긴 또 왜 잠그세요?"

앨런의 황당한 음성이 등을 찔렀다. 나는 그새 주르륵 흘러내린 식은땀을 손등으로 훔치며 읊조렸다.

"뭔가 있어, 뭔가가……."

"뭔가가 아니라 아힌 님께서 서 계셨…… 아니, 잘 잠근 창문은 갑자기 왜 여시는, 비비 님!"

숨겨 둔 사다리를 꺼낸 나는 망설임 없이 창문을 넘었다. 가까스로 화단에 발을 디딘 후 달음박질을 치기까지는 채 일 분도 걸리지 않았다. 송곳니를 드러낸 맹수에게서 살아남는 방법은 도주밖에 없었다.

대낮에 뜬금없이 술래잡기를 하게 된 나는 심장이 터질 만큼 달리고 또 달렸다. 그런 나를 손쉽게 따라잡은 아힌이 숨결 하나 흐트러지지 않은 음성으로 물었다.

"비비, 왜 도망쳐?"

"그야 네가 쫓아오니까!"

"도망치니까 따라가는 거지. 계속 뛸 거야?"

나란히 달리는 우스운 꼴이 되었음을 인지한 내가 급격히 발에 제동을 가했다. 더 이상 달아나 봤자 힘만 뺄 뿐이었다.

휙, 아힌의 손목을 붙든 나는 가까이 보이는 별관의 서재로 들어섰다. 본관과는 거리가 있는, 고서적을 보관해 두는 서재라 다행히 아무도 없었다.

쌕쌕 숨을 고른 내가 눈에 힘주며 아힌을 돌아봤다.

"하, 할 얘기가 뭔데?"

"그런 간단한 질문을 못 해서 도망쳤을 리는 없고. 찔리는 게 있나 봐?"

당당함 하면 이 비비 님이신데 찔리는 게 있을 리가 없었다. 다만 오랜 시간 아힌을 보아 온 바, 아까와 같은 표정을 지을 때면 늘 내가 무언가 잘못한 게 있을 때였기에. 집요한 추궁을 피하기 위해 발이 본능적으로 달아났을 뿐이었다.

"뭐, 대체 왜 그러는 건데."

"……."

"혹시 내가 뭔가 잘못한 거라도 있…… 있나요?"

진실을 마주할 수 있게끔 마음을 다스린 내가 주먹을 꽉 말아 쥐었다. 그 작은 용기는 찰칵, 아힌이 서재 입구를 잠그는 동시에 재가 되어 사라졌다.

"바람둥이 토끼."

아힌의 붉은 눈동자가 서슬 퍼렇게 빛났다.

뚜벅, 뚜벅. 아힌이 다가올수록 주춤주춤 물러났지만 거리는 점점 좁혀져만 갔다. 몇 년 만에 들어 보는 바람둥이란 단어에 정신이 혼미해질 지경이었다.

입을 가로막은 나는 열심히 눈을 굴리며 왜 이런 추궁을 당하는지에 대해 고뇌했다. 내가 설마 생각을 입 밖으로 꺼냈던가. 그저께 귀족들이랑 와인을 즐겼을 때 입을 잘못 놀리기라도 했나. 오만가지 가설을 그리던 나는 횡설수설 실토하기 시작했다.

"그지께 귀부인들괴의 티타임에서 봤던 리아트 가문 호위 기사의 머리카락이 아힌처럼 은발이라…… 아름답다고 잠깐 생각했을 뿐이야. 그 외에는 정말 없어!"

"다른 남자를 아름답다고 생각했었어?"

"……그거 때문에 이러는 거 아니야?"

"응. 죄가 하나 더 늘었네."

제 발로 불구덩이에 뛰어들고 말았구나. 잘못 짚었음을 깨달은 나는 안색이 창백해졌다. 그조차 아니라면 아힌이 도대체 무엇 때문에 이러는지 도통 이해할 수가 없었다.

"아……!"

계속해서 뒤로 물러나던 나는 일순 정체 모를 물건에 걸려 몸이 뒤로 기울었다.

"비비!"

표정이 변한 그가 손을 뻗는 장면이 파노라마처럼 느리게 보였다. 순식간에 내 허리를 붙든 아힌은 제 등이 바닥 쪽으로 가게끔 몸을 휙 틀었다. 풀썩, 엎어진 곳은 바닥이 아닌 폭신한 벨벳 소파였다.

너무 갑작스레 일어난 일이라, 아힌의 품에 갇혀 눈만 끔벅이던 내가 다급히 상체를 세웠다.

"아힌, 괜찮아? 안 다쳤어?"

행여나 긁힌 곳이라도 있을까 싶어 매만졌지만 상처 하나 없이 멀끔했다. 그럼에도 아힌은 누운 상태로 움직이지 않은 채 팔로 눈가를 덮었다.

"거봐, 비비는 이런 식으로 내 몸만 탐하고."

"뭐, 뭘 탐해?"

이 맹수가 오늘 머리라도 세게 부딪혔나. 정말 변태 토끼라도 된 듯한 기분을 느낀 내가 아힌의 몸에서 손을 확 떼어 냈다.

만세 자세가 된 나는 얼마 지나지 않아 눈을 가늘게 떴다.

"……너 지금 나 놀리고 싶어서 괜히 누명 씌우는 거지."

지금까지처럼 금방 수긍하며 키득거릴 거란 추측과 달리, 아힌은 별다른 미동이 없었다.

오히려 예고 없이 나를 당겨 다시 품에 가둬 버렸다. 덕분에 단단한 가슴팍에 코를 쿵 박은 내가 작게 신음했다.

"아윽……."

"왜 그런 말을 해?"

속삭이듯 묻는 아힌의 목소리에서 장난기라고는 찾아볼 수 없었다. 결국 품에서 벗어나는 걸 포기한 나는 숨쉬기 편하게끔 비스듬히 고개를 틀었다.

"무슨 말?"

"남자는 많이 만날수록 좋다고. 왜 그런 말을 했어."

내가 언제 그랬더라. 골똘히 머리를 굴리고 있자니 퍼뜩 어떤 기억이 스쳐 지나갔다. 변명할 새도 없이 아힌의 다음 말이 튀어나왔다.

"나 하나로는 안 돼?"

떨리지는 않지만 왠지 금방이라도 울 듯 낮게 잠긴 물음이었다.

"그런 거 절대 아니야!"

몸을 옥죄는 팔을 뿌리치며 허둥지둥 일어난 내가 아힌의 양 뺨을 붙들었다. 얼굴을 고정할 심산이었지만 너무 힘을 줬는지, 내 손에 뺨이 짜부라진 그가 멍하니 눈을 깜박였다.

"알잖아, 제나가 누굴 닮았는지는 몰라도 예쁜 이성을 좋아하는 거."

"그 누구는 이느 바람둥이겠지."

"토, 토 달지 말고. 아무튼. 며칠 전에 이스티나 가문의 영식이 저택에 방문했잖아. 그때 그 아이랑 헤어지는 게 싫었는지, 약혼할 거라고 갑자기 드러눕기에…… 대충 둘러댄다는 게 그만."

나중에 다른 방식으로 잘 타일렀지만, 제니아는 둘러댄 말에 이미 깊은 감명을 받았는지 귓등으로도 듣지 않았다.

"대신에 제나가 깔끔하게 마음을 접었잖아. 아직 우리 눈에는 아기인데 약혼이 다 무슨 말이야, 그치?"

"……."

"아힌?"

살살 어르고 타일러도 아힌은 묵묵부답이었다. 얼굴을 쳐다보지 않고 고개를 팽 돌린 꼴이 쌍둥이랑 별반 다를 게 없었다.

"대답 안 할 거면 나 갈래."

가자미눈으로 내려다본 나는 몸을 뒤척이며 움직이는 시늉을 했다.

"진짜 간다?"

아힌의 몸에서 내려가려는 찰나 미지의 힘이 내 몸을 끌어당겼다. 익숙한 이 기운은 지배계 페로몬이 틀림없었다.

"악!"

다시 가슴팍에 쓰러져 버린 내가 팔을 버둥거렸지만, 자꾸 미끄러지며 아힌을 더듬은 모양새가 되고 말았다.

"짐승 토끼."

낮은 웃음소리가 귓전을 간질이는 동시에 시야가 빠르게 뒤집혔다. 어느새 내 위로 자리 잡은 아힌은 여름날의 햇살처럼 청량하게 눈가를 접었다.

"이번만 용서하는 거야. 다음번엔 먼저 덮쳐도 그냥 안 넘어가."

지배계 페로몬을 사용하여 덮치도록 종용한 사람이 할 말인가. 반감이 일었지만 괜히 입 밖으로 꺼내면 더한 폭풍이 휘몰아칠 게 뻔했다. 대신 다른 질문을 선택한 내가 조심스레 입을 열었다.

"다음번에는 용서도 안 해 주나?"

"글쎄……."

싱겁게 대답한 아힌이 내 팔을 당겨 손목 안쪽에 입술을 맞췄다. 나와 시선을 맞추느라 내리깐 눈은 위험한 열감이 서린 지 오래였다. 맞닿은 몸이 버티기조차 버거울 만큼 단단했다.

"내가 너를 용서 안 할 수가 있을까."

의미심장하게 중얼거린 그가 내 몸 곳곳에 흔적을 남기기 시작했다.

"여기, 여기 서재야……!"

"언제는 내가 장소를 가렸었나?"

지독하게 당당한 표정으로 인해 할 말을 잃어버린 내가 아랫입술을 꾹 깨물었다. 이곳은 독서를 하는 공간이라는, 미미한 죄책감에 휩싸였던 게 퍽 허무해지게끔 만드는 대사였다.

"어차피 문을 잠글 때부터 다 알고 있었잖아."

문 쪽으로 턱을 까딱이는 행동 하나하나가 오만하면서도 관능적이었다.

"……짜증 나는 맹수."

"알아, 허리에 힘 풀어."

느릿하게 움직인 손이 달래듯 허리 부근을 두드렸다. 그를 시작으로 시야가 까맣게 점멸되었다가 밝아지는 게 반복됐다.

숨 막히게 반복되는 입맞춤으로 인해 결국 열락 어린 울음이 터졌다.

아힌은 다시는 그런 말을 하지 않겠다는 약속을 몇 번이나 받아 갔을까. 깜박거리는 의식 속에서 부질없는 횟수를 세어 보기도 여러 번. 아힌이 동일한 약속을 열 번째 받아 갈 즈음, 거의 실신에 이른 나는 까무룩 잠이 들고 말았다.

꽃이 만개한 봄날의 오후.

후원 산책을 즐기던 제니아는 현재 곤란한 상황에 처한 상태였다. 날렵한 슈와 비온을 따라 어찌어찌 나무에 올랐는데, 막상 내려가자니 내심 겁이 난 탓이었다. 이제르라면 본모습으로 변해서 손쉽게 내려갔을 텐데. 처음으로 흑표범이 부러워진 제니아가 난감하게 입술을 오물거렸다. 하필 인적도 드문 곳이라 주변에 고용인조차 없고. 경비 기사들이 순찰을 돌 때까지 기다려야 하는 절망적인 상황이 아닐 수 없었다.

슈와 비온도 퍽 당황했는지 교목 주위만 빙글빙글 돌며 끙끙거리는 소리를 냈다. 무력 부문에서는 완벽했으나, 말이 안 통하는 사실이 다소 불편한 호위 기사들이었다.

"그 교목 내 자린데."

아래에서 들린 인기척에 눈을 동그랗게 뜬 제니아가 고개를 빼꼼 내밀었다.

'……사자? 아니면 소?'

분홍색 곱슬머리에 권태로운 금안을 가진 미남자가 위를 물끄러미 올려다보고 있었다.

인상을 찌푸리던 제니아는 묘한 반응을 보이는 슈와 비온을 내려다봤다. 낯선 수인을 마주하면 위협하며 서열 정리부터 하는 아이들이건만. 위협은커녕 남자와 안면이 있는 듯 앞발로 바지 자락을 툭툭 건드리고 있었다.

약간이나마 경계를 푼 제니아가 호기심 어린 목소리를 냈다.

"너, 슈랑 비온을 알아?"

"이전에 한 번 만났었지."

"우리 저택에 온 적이 있나 봐? 이상하다, 한 번도 본 적이 없는데. 넌 이름이 뭐야?"

"룬."

"룽? 희한한 이름이네."

굳이 정정하지 않은 룬은 제니아를 향해 팔을 뻗었다. 아이가 앉은 나뭇가지가 금방이라도 부러질 것처럼 위태로워 보였다.

"뛰어내려, 받아 줄게."

"당신을 어떻게 믿고…… 앗!"

뚜둑, 나뭇가지가 예고 없이 부러지며 작은 몸이 아래로 추락했다.

제니아는 닥쳐올 고통이 느껴지지 않자 찡그린 눈을 살며시 떴다. 멀리서 내려다볼 때보다 훨씬 미려한 남자의 얼굴이 코앞이었다.

“룽, 너 가까이서 보니까 우리 아빠만큼 예쁘다.”

“딱히 기분 좋은 칭찬은 아닌 듯한데.”

피식 실소를 흘린 룬이 제니아를 조심스레 바닥에 내려 줬다. 나뭇잎이 붙은 검은 경장 바지를 탁탁 턴 제니아는 머리카락을 매만졌다. 메이미가 정성스럽게 땋아 준 머리 모양이 엉망으로 치솟고 말았다.

“이이, 나 머리가 엉켰어.”

“다시 땋아 달라는 소리네.”

선선히 끄덕인 룬은 주변의 평평한 바위 위에 제 재킷을 깔았다.

자연스럽게 바위에 착석한 제니아는 흐트러진 제 소매를 정돈해 주는 룬을 흘끔거렸다. 깔끔한 옷차림과 귀족적인 분위기를 풍기는 것에 비해 시중이 익숙한 사람이었다.

“그런데 왜 그렇게 말을 편하게 해? 내가 누군지 알아?”

“……모르지. 그러면 안 되는 건가?”

“아냐, 구해 줬으니까 특별히 봐줄게.”

“영광이군.”

자세히 볼수록 귀족이라기에는 분위기가 지나치게 자유분방한 남자였다. 심지어 머리카락을 땋아 주는 솜씨가 아힌의 전속 시종인 유안보다도 섬세했다. 그제야 남자를 처음 보는 이유를 깨달은 제니아가 박수를 짝 쳤다.

“너 시종이구나. 방금 전에 도착했다는 사자 영토 사절단을 따라 왔지?”

“맞아. 별로 오기 싫었는데 여행 겸 다녀오라고 등을 떠밀더군. 처져 있는 게 보기 싫다나 뭐라나."

룬은 그레이스 저택에 도착하기 직전까지 들은 잔소리를 떠올렸다. 함께 온 까칠하기 짝이 없는 어린 조카에게.

'그러고 보니 이 아이랑 또래인가.'

그제야 자신을 찾으며 성질부리고 있을 조카를 기억해 낸 룬이 제니아를 내려다봤다. 고개를 꺾어 그를 빤히 살피고 있던 제니아는 눈이 마주치자마자 대뜸 말했다.

"기분이 나빠 보이긴 해. 왜 자꾸 억지로 웃어?"

은발을 부지런히 만지작거리던 손이 일순 멈칫했다. 짧은 시간 뜸 들인 룬이 다시 머리카락을 땋아 내리기 시작했다.

"미안, 티 많이 났어?"

"응. 무슨 일인데? 도울 수 있는 일이면 도와줄게, 구해 준 보답으로. 내가 비록 나무에서 떨어졌긴 해도 엄청 유능해."

이번에는 진심으로 웃음이 터진 룬이 어깨를 잘게 떨었다. 누구 딸 아니랄까 봐, 조그마한 게 벌써부터 언변이 수준급이었다.

"야, 룽. 웃지 말고 말해 보래도. 지금 아니면 기회 없어."

재촉에도 불구하고 한참 키득거린 룬은 다시 머리를 곱게 땋으며 흘러가듯 말했다.

"얼마 전에 기르던 토끼가 죽었거든."

순간적으로 당황한 제니아가 놀란 표정으로 룬을 돌아봤다. 당연히 동물을 말하는 거겠지만, 아무리 그래도 토끼의 죽음은 토끼 수인으로서는 초연할 수 없는 주제였다.

아이의 말간 눈을 마주한 룬이 아차 싶어 급히 말을 덧붙였다.

"사고는 아니고 수명이 다한 거야. 편하게 간 거지. 근데 이따금씩 후회가 돼서…….”

왜 이런 어린아이 앞에서 무거운 주제를 구구절절 나열하고 있는 건지 룬 스스로도 알지 못했다. 마니언츠가에는 그의 심정에 완전히 공감하는 이가 없어서일까. 모두가 토끼의 죽음을 애도하긴 했으나 룬만큼 커다란 상실감을 느끼진 못 하는듯했다.

그는 뻥 뚫린 듯한 가슴께를 괜히 문질렀다.

“왜 후회하는데? 나쁘게 대했어?”

“남들은 과분하게 내해 줬다고 하는데, 사실 질 모르겠이. 후회만 남네.”

설명이 길어진 룬을 빤히 응시하던 제니아는 다시 정면을 바라봤다. 먼 미래이긴 하지만, 어른이 되면 없을지도 모르는 슈와 비온을 생각하니 괜히 눈물이 날 것 같았다.

“있잖아, 룽.”

“응?”

“내가 슈랑 비온 때문에 매일매일 슬퍼하니까 어떤 사람이 말해 준 게 있거든. 원래 최선을 다해 잘해 줘도 후회가 남을 수밖에 없는 거래.”

“…….”

“백 년이나 사는 사람한테도 후회가 남는데, 동물은 우리랑 함께하는 시간이 더 짧잖아?”

아이답지 않은 담담한 음성이 흘러나왔다.

“그래서 마음껏 슬퍼하며 기억에 담고 살아가는 수밖에 없대. 그러니까 룽 너도 억지로 웃지 말고 많이 많이 울어.”

슈와 비온이 죽는 꿈을 꾼 제니아가 엉엉 울 당시 어머니가 들려

준 이야기였다. 동화를 얘기하는 듯한 속살거림이었지만, 퍽 울상이었던 어머니의 표정을 제니아는 기억했다. 호두 모양의 주름이 진턱이 움찔거리던 것까지도.

'내가, 내가 애쉬를 어떻게 보내. 난 못 해…….'

결국 베개에 얼굴을 파묻은 채 흐느끼는 어머니를 아빠가 들고 사라지던 장면이 제니아의 눈앞에 아른거렸다.

"위로가 됐어?"

"응, 생각 이상으로."

어느새 룬의 손끝에서 예쁜 땋은 머리가 완성됐다. 바위에서 내려선 제니아는 다소 경직된 룬의 다리를 통통 두드렸다.

"다행이야. 그럼 이만 가 볼게, 산책이 너무 늦어지면 아빠가 울거든. 슈, 비온, 가자."

얌전히 기다리던 슈와 비온이 호위하듯 양옆으로 섰다. 본관 방향으로 걸음을 옮기던 제니아는 몸을 살짝 틀었다. 헤어지기 전에 동태눈이 아름다운 남자의 얼굴을 한 번쯤 더 보고 싶어서였다.

"많이 닮았네."

뜻 모를 말을 중얼거린 룬이 느릿하게 손을 흔들었다. 모든 움직임이 한여름의 낮잠처럼 권태로운 사람이었다.

"비비한테 전해 줘, 고맙다고."

"알았어. 잘 전해 줄 테니까 너나 몸조리 잘해."

"-그래."

애늙은이 같은 말투로 인해 또다시 웃음이 터져 버린 그가 키들거렸다.

손을 마주 흔든 후 돌아서던 제니아는 움직임을 뚝 멈췄다. 뒤늦은 위화감이 발길을 붙들었다.

'……비비한테 전해 달라니?'

얘기해 준 사람이 우리 어머니라고는 안 했던 것 같은데.

내 정체를 알고 있나?

시종이 어떻게 감히 어머니의 존함을 부르지?

온갖 의문에 사로잡힌 제니아가 다시 고개를 돌렸을 때, 이미 교목 앞은 텅 비어 있었다.

'……시체?'

룬과 헤어진 뒤, 슈와 비온과 함께 걷던 제니아가 멈춰 섰다. 후원 중앙에 쓰러진 웬 소년을 발견한 탓이었다.

"슈, 비온. 너희는 거기 있어."

경계하며 다가선 제니아는 기절한 소년의 입술을 슬쩍 들췄다. 아니나 다를까 맹수의 상징인 송곳니가 드러났다.

'죽은 건 아니네. 기절했나?'

어머니가 예쁜 맹수와는 어울리지 말라고 신신당부했는데. 특히 요망하게 생긴 맹수일수록 글러 먹었을 확률이 높다고.

고민하던 제니아는 마침 정신을 차린 소년에게로 시선을 옮겼다. 끔벅이는 황금빛 눈동자로 미뤄 보아 사자 수인인 모양이었다.

'얘도 사자 영토 사절단인가?'

오래 지나지 않아 제니아는 소년의 얼굴에서 룬의 흔적을 찾아냈다. 지나치게 수려한 외모를 제외해도 분홍색 머리카락이 똑 닮은꼴이었다. 차이점이라면 부스스한 곱슬머리인 룬과 달리 차분한 머리카락이라는 정도일까.

어느덧 제니아는 소년의 얼굴에 착실히 홀려 가고 있었다.

"여긴……."

갓 깨어난 소년은 멍한 눈으로 주변을 두리번거렸다. 눈높이에 맞춰 쪼그려 앉은 제니아가 소년을 뚫어져라 응시했다.

"뭐야, 너?"

"나?"

"너, 룽이랑 관련 있지?"

겨우 몸을 일으켜 앉은 소년이 제니아를 마주했다.

"룽? 그게 누구…… 아."

잠시 미간을 굳힌 소년은 곧 언제 그랬냐는 듯 유순한 표정으로 돌아왔다.

"우리 삼촌."

"삼촌이라고? 있잖아, 혹시 너 귀족이야?"

"응? 응."

"그럼 룽도 귀족이겠네. 어쩐지, 어머니와 친분이 있는 게 이상하다 싶었어."

드디어 의문을 해소한 제니아가 주먹을 꽉 말아 쥐었다. 그 녀석, 나한테는 시종이라더니. 겁도 없이 이 제니아 님을 속였겠다.

부득부득 이를 갈던 제니아는 문득 느껴지는 피 냄새에 정신을 차렸다. 소년의 손등 이곳저곳이 상처로 가득했다.

"그러고 보니 너는 왜 이런 꼴로 여기 쓰러져 있어?"

"그건……."

“둘러댈 생각 말고 똑바로 말하는 게 신상에 좋을 거야. 내가 이 저택에서 두 번째로 센 토끼니까.”

제니아의 엄포에 소년의 동공이 미세하게 흔들렸다. 그럼, 그럼. 토끼란 단어에 반응한 슈와 비온이 거들먹거렸다. 건달처럼 낄낄거리는 두 흑표범을 훑은 소년은 이윽고 처량하게 눈꼬리를 내렸다.

“삼촌한테…… 버림받았거든. 내가 귀찮대.”

“룽이 너를 버렸다고?”

맑은 눈동자기 금방이라도 눈물을 흘릴 것처럼 흐려졌다.

“룽 녀석, 그렇게 안 봤는데 나쁜 사람이었네? 나한테도 거짓말 치질 않나.”

가련한 외양에, 약간의 동정심을 느껴 버린 제니아가 덩달아 눈꼬리를 내렸다.

‘조금 불쌍하네.’

일단 애를 치유계 페로몬으로 치료해 준 후 저택으로 데려갈까. 그러자니 동맹과는 별개로 사자 수인이라면 치를 떠는 아힌이 마음에 걸렸다.

‘아빠는 사자 수인을 왜 그렇게 싫어하지?’

팔짱 낀 제니아는 깊은 고심에 잠겼다.

도대체 과거에 무슨 일이 있었던 건지. 아힌은 비비가 사자 영토로 출타를 갈 때면 시름시름 앓아누우며 아픈 시늉까지 불사하곤 했다. 바람난 토끼라는 헛소리까지 중얼거리며.

‘흠…….’

어차피 실세, 즉 비비의 허가만 있으면 끝날 일이라고 판단한 제니아가 소년을 향해 손을 내밀었다.

"그럼 내가 주워 줄게."

"나를…… 줍겠다고?"

"버림받았다며."

소년은 다소 당황스러운 낯빛으로 제니아의 손을 응시했다.

치유계 페로몬을 가진 토끼의 환심을 얻으란 어머니의 부탁-을 가장한 명령-이 있었다고 해도……. 미인에 약하다는 제니아 그레이스를 얼굴로 홀릴 작정이었지, 주워진다는 모욕적인 전개는 꿈에도 예상 못 한 상황이었다. 불행히도 아힌 그레이스를 닮은 토끼는 상식을 상실한 상태였다.

소년의 망설임이 길어지자, 인내심이 동난 제니아가 눈썹을 꿈틀거렸다.

"빨리 손잡아. 지금 이 제니아 님이 꼬셔 주고 있잖아. 왜, 귀족이랍시고 주워지는 건 꼴사나워서 싫나 봐?"

"아니, 아니. 좋아. 나 꼴사나운 거 좋아해."

황급히 고개를 저은 소년이 제니아의 손을 맞잡았다.

그때였다, 무언가가 털썩 무너지는 소리가 들린 건. 깜짝 놀란 두 사람이 소리가 들린 방향으로 돌아봤다.

"누야…… 대체, 대체 그게 무슨 말이야?"

그곳에는 바닥에 주저앉은 채 그렁그렁 눈물을 매단 이제르와 날개로 부리를 가로막은 퀸이 있었다.

척, 파리하게 질린 이제르가 소년을 손가락질했다.

"사자는 줍는 거 아냐. 걔 수상해. 방금 내가 봤어! 엄청 사악한 표정 짓는 거!"

"뭐?"

제니아가 곧장 소년을 확인했지만, 소년의 얼굴에서는 사악은커녕 청초함만이 묻어났다. 이제르의 새빨간 거짓말임이 분명했다.

"이제르, 너 또 거짓말하지. 아빠한테 이르기만 했담 봐."

짜증 낸 제니아는 연애 사업마다 방해해 대는 이제르와 퀸을 등졌다. 그와 동시에 소년과 시선이 마주친 이제르는 눈을 커다랗게 떴다.

훼방, 놓지, 말고, 꺼져.

소년의 입 모양을 정확히 해석한 이제르가 양손으로 입을 틀어막았다. 한시 빨리 저 악독한 사자의 진상을 모두에게 알려야만 했다.

"애쉬, 그쪽은 안 돼. 퀸의 딸기 밭이 있는 방향이잖아. 괜히 가까이 갔다가 퀸한테 혼나도 모른다?"

엄한 경고에도 아랑곳 않은 애쉬가 살금살금 발을 옮겼다. 망가진 딸기 밭을 보고 조용히 절망하는 퀸의 반응을 즐기는 게 틀림없었다.

'하여튼, 앙숙이라니까.'

정원을 산책하던 나는 문득 고개를 들어 하늘을 응시했다.

개와 늑대의 시간. 하늘이 석양과 밤이 교차하는 불그스름한 빛으로 물들었다. 아힌은 하필 갯과를 들먹인 시간이라며 관심 두지 않았지만, 예전부터 나는 이상하리만치 이 시간이 좋았다.

마음껏 돌아다닐 수 없었던 어린 시절에도 이 시간이면 늘 창문을 올려다보곤 했다. 래비안가의 고용인이 커튼을 쳐 두기라도 하는 날이면 못내 아쉬워서 서성거릴 만큼.

석양을 바라보는 건 인간화를 치르고, 아카데미를 졸업하고, 혼인을 하고 쌍둥이를 낳은 지금까지도 이어지는 습관이었다.

'왜일까.'

어릴 적부터 이어진 습관에 대해 처음 고민해 보게 된 내가 우뚝 멈춰 섰다.

출처 모를 위화감이 발길을 붙들었다. 아무런 이유 없이 이 정도로 특정한 시간을 좋아할 수가 있나. 별거 아닌 걸 진지하게 생각하나 싶으면서도, 막상 되짚으니 아주 중요한 걸 잊고 있는 듯한 기분에 휩싸였다.

'왜……?'

어린 시절의 하루하루는 사실상 너무 외롭고 힘든 시기였기에 일부러 잊어버린 걸까.

옆에서부터 불어온 바람이 대충 풀어 둔 머리카락을 흩날리게 만들었다.

'아기 토끼는 함부로 만져선 안 돼.'

시야를 가리는 머리카락을 귀 뒤에 꽂던 나는 그 자세 그대로 굳었다.

'우리와는 다르게 약한 존재거든'

석양이 내린 창문을 등진 붉은 눈동자와 부드러운 목소리. 분명히, 이전에도 한 번쯤 떠올린 적이 있는 말이었다.

왜 여태껏 이 목소리를 대수롭지 않은 꿈 정도로 치부했을까. 초조하게 제자리를 서성이는데, 별안간 무언가가 내 치맛자락을 당겼다.

"용사님, 용사님."

흠칫 놀란 내가 아래를 내려다봤다. 올해 각각 네 살, 다섯 살이 된 릴의 아이들이었다.

"왜 하늘만 보고 있어요? 하늘에 맹수라도 있어?"

"아…… 잠깐 생각 좀 하느라고."

"무슨 생각?"

"음, 그냥 옛날 생각?"

어색하게 둘러댄 나는 숙여 앉아 아이들의 어깨를 짚었다. 허둥지둥 달려온 릴은 내 눈치를 살피며 두 아이를 다잉렀다.

"얘들아, 비비 님을 그렇게 부르면 못 쓴다고 했잖니. 아주 높은 분이란다."

"왜요? 발렌스 님도 비비 님더러 용사라고 그랬는데. 위기에 빠진 흑표범 영토를 구했대요!"

"그게…… 사실이긴 하지만 호칭을 똑바로……."

"릴, 뭐 어때요. 아무도 없는데."

대수롭지 않게 답한 내가 손사래를 쳤다.

"릴도 사석에서는 예전처럼 편하게 대해 줘요."

"아무리 그래도……."

"앗, 또 이런다. 우리 사이에 이러기예요?"

"이것 참."

난감하게 웃은 그는 거대한 몸을 웅크려 앉으며 나와 시선을 맞췄다. 마구간에서 애쉬, 제인과 모여앉아 도란도란 떠들던 시절이 그리워졌다.

"릴이 흑표범 수인과 혼인한 건 지금 생각해도 신기해요. 그것도 기사분이랑."

"토끼 너와 수장님의 혼인 발표 이후 온 대륙이 난리도 아니었잖니. 그때부터 영토민 사이에서도 맹수계 수인과 초식계 수인의 혼인이 제법 흔해졌단다."

"그래도 말 수인인데. 그분이랑 가까워지기까지 어렵지 않았어요?"

"초반에 그녀가 나를 고릴라 수인으로 오해해서 비교적 대화가 수월했지. 본모습을 보여 줬을 때는 그만 목뒤를 잡지 뭐야."

아하, 그랬구나……. 이제 놀랍지도 않은 릴의 백마(白馬) 모습을 떠올리던 나는 우측을 돌아봤다. 릴의 아이들이 무언가 말하고 싶은 게 있는지 뒤꿈치를 들썩여 댔다.

"용사님, 용사니임-."

"오늘 시장에 다녀왔는데, 거기서 엄청난 걸 발견했어요!"

"엄청난 거라니, 그게 뭘까?"

궁금한 척 운을 떼자, 까치발을 든 아이가 퍽 진지하게 속삭였다.

"이건 비밀인데, 아힌 님보다 예쁜 맹수가 있어요."

"에이, 설마."

코웃음 친 내가 고개를 저었다. 이 비비 님이 장담하건대, 아힌보다 예쁜 맹수는 세상에 없어.

"어어, 진짠데! 상인이 이름도 알려 줬는데! 이름이 이디, 으음, 이디…… 뭐더라?"

"……혹시 이디스 님을 말하고 싶은 거야?"

"와, 맞아요. 이거 봐요!"

아이는 품에 고이 넣어 둔 초상화를 꺼내 들었다. 아직까지도 영토민 사이에서 회자되는 이디스 님의 초상화였다. 그것을 받아 든 나는 이미 본 적 있는 이디스 님의 초상화를 물끄러미 살폈다.

'뭐야…….'

평범한 종이 한 장인데, 오늘따라 살아 숨 쉬는 이디스 님을 마주한 기분이었다. 산뜻하게 올라간 그의 입매를 응시하고 있자니, 예고 없이 눈앞에 어린 날이 그려졌다.

'비비, 멋대로 돌아다니면 다시는 데리고 나오지 않을 줄 알거라.'

까마득한 어린 시절임에도 불구하고 강렬한 기억이 머리를 강타했다. 네 살쯤이었나. 그날은 어머니가 처음 나를 데리고 외출한 날이었다. 그것도 래비안 저택보다 훨씬 웅장한 저택으로.

응접실에 모인 귀부인들은 저마다 소식을 전하기 바빴다. 새끼 토끼인 나에 대한 대화도 잠시, 다시 내게 관심이 돌아오는 일은 없었다.

한 시간, 두 시간, 세 시간. 대화가 길어질수록 뒷다리가 저릴 만큼 몸이 뻐근해졌다. 어머니의 발치에서 기다리던 나는 어느 귀부인이 들어오느라 살짝 열린 문틈을 발견했다.

응접실 구경에도 질려 가는 중에 나타난 매력적인 흥밋거리였다. 잠깐 나가서 구경하다가 돌아와도 괜찮지 않을까. 안일한 생각을 한 나는 어머니의 눈치를 살핀 후 문틈으로 빠져나갔다.

복도로 나와 해방감을 느끼는 동시에 쿵, 등 뒤에서 불길한 소음이 들렸다. 응접실 문이 완전히 닫혀 버린 것이었다.

'비비, 멋대로 돌아다니면 다시는 데리고 나오지 않을 줄 알거라.'

안 돼. 아득해진 내가 애타게 문을 두드렸지만 열릴 기미조차 보이지 않았다.

'그 후에 어떻게 됐더라……?'

머리를 짚은 나는 겨우 떠오른 기억의 파편을 붙잡기 위해 하늘을 흘끔거렸다. 노을빛이 만연한 하늘을 바라볼수록 그림책을 빨리 넘기듯 장면이 띄엄띄엄 그려졌다.

'우네?'

'왜 우는데?'

시력을 의심할 정도의 아름다운 남자와 예쁘장한 내 또래의 남자아이. 그리고 붉은 눈동자.

'……날 버리고 가 버렸어. 내가 살면서 처음으로 문을 여는 수발까지 들어 줬는데.'

'아쉬워?'

'조금.'

문 뒤에 숨었던 어린 날의 나는 소년의 침울한 중얼거림에 약간 미안한 마음이 들었었다. 저 맹수가 문을 열어 줘서 어머니께 혼나지 않을 수 있었는데, 작별 인사 정도는 제대로 해야 하지 않을까.

용기 내어 고개를 빼꼼 내미니, 붉은빛이 스민 복도로 두 사람의 그림자가 길게 늘어졌다.

'이만 가자, 엄마가 기다릴 거야.'

어른에게 이끌린 소년의 뒷모습이 점점 멀어지고 있었다. 이상하게 아쉬운 마음이 들었다.

벌써 가는 거야?

잠깐만 기다려 줘.

그 몇 마디조차 내뱉을 수 없는 내 처지가 왠지 눈물이 날 만큼 초라하게 느껴졌다.

그때 거짓말처럼 고개 돌린 소년의 얼굴이 석양을 받아 말갛게 반짝였다. 기억하는 내에서 난생처음으로 타인에게 받아 보는 호의 어린 미소였다.

그리고 손을 흔들며 입 모양으로 하는 말…….

"……나중에 꼭 또 만나."

추억의 흔적을 육성으로 내뱉어 버린 나는 피가 몰릴 만큼 입술을 깨물었다. 이디스 님의 초상화를 그러쥔 양손이 덜덜 떨리기 시작했다.

응, 꼭 다시 만나자.

마음속으로 기약 없는 대납을 하며 앞발을 흔들던 순간이 떠올랐다.

"용사님, 울어요? 초상화가 진짜로 아힌 님보다 예뻐서?"

"울지 마요, 우리가 잘못 봤어. 아힌 님이 세상에서 제일 예쁜 걸로 해요……."

울먹거리는 아이들의 목소리가 아득해진 정신을 일깨웠다.

"아……. 아냐, 이건 우는 게 아니라……."

당황한 내가 손등으로 눈가를 훔쳤으나 의미 없는 행동이었다. 툭, 투둑. 가득 차오른 눈물이 흘러넘쳐 초상화를 적셨다.

"토끼야, 느닷없이 눈물은 왜 흘리는…… 크흡."

떨리는 손으로 내 등을 짚던 릴이 돌연 입을 틀어막았다. 남이 울면 덩달아 울음을 터뜨리는 여린 성정은 여전했다.

"릴, 아힌 어디 있는지 알아요?"

초상화를 아이에게 돌려준 나는 다급히 몸을 일으켰다.

"갑자기 수장님은 왜……."

소매로 눈물을 훔친 릴은 멍하니 나를 올려다봤다.

"아힌을 만나고 싶어요. 아니, 만나야만 해요."

"그, 글쎄다. 조금 전에 나와 함께 출타를 다녀오셨으니, 지금쯤 집무실이나 연무장에 계시지 않을까 싶구나."

"고마워요."

"이런, 토끼야! 넘어질라!"

릴의 부름을 뒤로한 내가 곧장 연무장을 향해 달렸다. 원피스 자락을 움켜쥔 손이 하얗게 질렸다. 쉬지 않고 달리는 와중, 예전에 아힌과 나눈 영양가 없는 대화가 스쳤다.

'뭐?'

'그냥, 왠지 아힌을 만나기 전에 흑표범 수인을 만난 적있는 느낌이 들어.'

'처음 만난 흑표범 수인이 내가 아니었어?'

'아마도?'

약 올리듯 장난스럽게 말한 내가 실없이 웃었다. 따라서 미소 지은 아힌이 나긋나긋하게 물어왔다.

'먼저 만난 흑표범 수인의 이름이나 인상착의는?'

'글쎄. 거기까진 기억이 잘…….'

'잘 생각해 봐, 작은 단서라도 충분히 찾아낼 수 있으니까.'

귓가를 간질이는 속삭임에 넘어갈 뻔한 나는 경계하며 한 걸음 물러섰다.

'차, 찾아내서 뭐 하려고?'

아힌의 얼굴에 머물러 있던 상냥한 웃음이 급속도로 사라졌다.

'없애 버리게.'

'세상에…….'

미친 흑표범한테는 장난도 못 치겠다며 부들거린 내 모습이 눈앞에 아른거렸다.

처음 만난 흑표범 수인.

'어쩌면, 어쩌면…….'

너무 비약인가 싶었지만, 이미 눈동자에는 희미한 기대가 넘실거리고 있을 게 분명했다.

'살면서 처음으로 문을 여는 수발까지 들어 줬는데.'

아무리 생각해도 수발 어쩌고 같은, 그런 희한한 말을 할 만한 어린아이는 세상에 단 하나밖에 없었다.

'제빌.'

넓은 저택이 오늘따라 왜 이렇게 원망스러운지.

죽어라 뛰던 나는 일순 발을 헛디디고 말았다. 팔다리가 바닥에 쓸렸지만 치유계 페로몬을 사용할 겨를조차 없었다.

넘어진 사실도 인지하지 못한 채 벌떡 일어난 나는 곧바로 달렸다. 탁탁, 연무장이 가까워질수록 발을 내딛는 속도가 빨라졌다.

'제발 있어 줘.'

만나고 싶어, 지금 당장.

너를 만나 확인받아야만 했다.

어느덧 아힌이 주로 사용하는 연무장이 코앞이었다.

저 멀리, 아침에도 본 실루엣이 시야를 채우기 시작했다. 머리카락이 엉망으로 치솟든 말든 달리던 나는 울컥 메이는 목을 억지로 삼켰다.

막 연무장에 도착했는지, 어깨를 돌리며 몸을 풀던 남자가 내 쪽으로 고개를 틀었다.

"……비비?"

발걸음이 점차 느려졌다. 이윽고 제자리에 멈춰 선 나는 바람에 나부끼는 머리카락을 멍하니 바라봤다. 시간이 멈춘 듯한 기분마저 들었다. 익숙한 은발이 과거의 어느 날처럼 석양을 받아 붉은빛으로 물들었다.

'안녕.'

바람결에 따라 흔들리던 소년의 머리카락은 눈부신 은발이었다.

"비비!"

휘청대는 나를 발견한 아힌의 눈이 크게 뜨였다. 황급히 내 몸을 받친 그가 힘이 풀리려는 허리를 붙들었다.

"왜 그래, 귀신이라도 본 사람처럼……."

말을 하다 만 아힌은 순식간에 나를 등 뒤로 감췄다. 검집에 손을 가져가는 걸 보아 내가 무언가에 쫓기는 중이라고 판단한 듯했다.

아냐, 그거 아니야. 고개를 저으며 아힌의 뒤에서 빠져나가려 했지만, 막무가내로 숨기는 통에 넓은 등에 얼굴을 박고 말았다.

쿵, 이마가 두 쪽으로 쪼개지는 듯한 고통이 엄습했다. 이놈의 등은 시간이 지나도 물렁해질 기미를 보이지 않았다.

"쫓기는 거 아니래도!"

간절한 외침에도 불구하고 아힌은 주변에 기척이 없음을 확신하고 나서야 휙 뒤돌았다.

"그게 아니면 팔다리는 왜 이래."

나를 샅샅이 살핀 그는 지금껏 본 적 없는 무서운 눈을 했다.

'팔이랑 다리가 왜?'

쓸린 팔다리를 발견한 내가 뒤늦게 넘어진 사실을 인지했다. 바닥에 긁힌 상처가 이제야 쓰라렸다.

대충 상처를 둘러본 나는 급히 아힌의 옷자락을 잡아챘다.

"별거 아니야. 아힌, 그보다는 묻고 싶은 게……."

"우선 상처부터. 응?"

그의 주의는 쓸린 상처에서 떨어질 줄 몰랐다.

"비비."

"알았어……."

이래서야 영 대화가 불가능하겠다고 판단한 내가 치유계 페로몬을 사용했다. 모래성이 파도에 스러지듯 상처가 흔적도 없이 사라졌다.

내 몸에 상처 하나 없는 것을 확인한 후, 안도의 숨을 내쉰 아힌이 시선을 맞췄다. 날 서 있던 붉은 눈이 겨우 제 색깔을 찾았다.

"어떻게 된 건데. 이제 토끼일 때처럼 뛰지 않기로 약속했잖아."

미간을 찌푸린 그가 손을 뻗어 내 양 뺨을 짜부라뜨렸다. 앞발이 닳고 닳도록 도망치던 과거의 나를 떠올린 듯했다.

"아힌을 빨리 만나고 싶어서."

"나를 만나려고?"

"그래."

그의 손목을 붙든 나는 안달 난 사람처럼 뒤꿈치를 들썩였다.

"나를 만나려고 넘어지면서까지 달려왔다고?"

"그렇대도."

"나를 만나려고 넘어지면서까지……."

"그만 좀 해. 대체 몇 번을 묻는 건데?"

"……상상 이상으로 짜릿한 말이라서. 거짓말하지 마."

제 안위를 가장 소중히 여기는 야만 토끼가 그럴 리가, 중얼거린 아힌이 슬쩍 나와 거리를 벌렸다.

미심쩍은 눈빛을 마주한 나는 기가 찬 마음에 발을 쾅 굴렀다.

"거짓말 아니야."

"그럼 뭔가 원하는 게 있나 본데. ……꿇을까?"

"그건 네 희망 사항이겠지."

"들켰네."

헛웃음 친 그가 내 허리를 잡아 공중으로 번쩍 들어 올렸다. 땅에서 떨어진 발이 반동으로 흔들렸다.

한순간에 아힌을 내려다보게 된 나는 괜히 입술을 달싹였다. 막상 마주하니 초조함이 밀려들었다. 만약 어린 날의 소년이 아힌이 아니면. 한껏 기대했다가 실망하는, 혼자 북 치고 장구 치는 격이 아닐 수 없었다.

마른 입술을 혀로 축인 나는 조심스럽게 말문을 열었다.

"묻고 싶은 게 있어."

스스로가 듣기에도 지나치게 경직된 목소리가 흘러나왔다.

"혹시…… 혹시 어렸을 때, 어떤 어른이랑 토끼 영토에 간 적 있어?"

아힌은 예상 못 한 질문에 의아하게 눈을 깜박였다.

"아마? 갑자기 그런 건 왜?"

"대답해 줘."

재촉하듯 말한 내가 손을 꼼지락거렸다. 꽉 쥔 주먹에 땀이 배어났다.

"아주 어릴 적에 아버지를 따라 몇 번 갔을걸."

"언제쯤? 몇 살 때?"

이상할 정도로 긴장한 나를 의심스럽게 살핀 아힌이 말을 이었다.

"아마 네다섯 살 정도. 아버지가 아몬 수장이랑 친분이 두터웠으니까. 그런데 뜬금없이 토끼 영토 얘기는 왜……."

말을 뚝 끊어 버린 그는 서서히 표정을 굳혔다. 종종 비치곤 하는 속을 읽기 힘든 얼굴이었다.

조심스레 나를 바닥에 내려 준 아힌은 무언가를 되짚는 듯 습관적으로 아랫입술을 쓸었다. 마치 내가 이런 질문을 한 이유를 깨달은 듯한 눈빛이었다.

정적 속에서 몇 시간처럼 느껴지는 수초가 지나갔다. 손 흔들며 미소 짓던 소년의 얼굴이 물에 번진 그림처럼 흐릿하게밖에 기억나지 않았다.

'안녕.'

수줍은 듯 읊조린 입 모양만이 선명했다.

안녕. 그 단어를 곱씹을수록 어울리지 않는 상황에서 안녕이란 말을 내뱉은 과거의 내 모습이 겹쳐졌다.

엔델루스에서 처음 아힌의 앞에서 인간이 되었을 때도. 오랜 헤어짐 후, 느닷없이 침대에서 재회한 당시에도. 안녕, 열없는 웃음으로 때우며 아힌에게 건넸던 인사가 머릿속을 맴돌았다.

흔한 인사말일지는 몰라도, 내게 있어서는 무의식중 마음 한곳에 품고 있던 특별한 단어가 아니었을까.

"……하."

나를 물끄러미 내려다보던 아힌은 얼마 지나지 않아 바람 새는 소리를 냈다.

"그래서 아버지가 토끼 인형을 사 주셨던 거군."

너였다.

스르륵, 확신하는 순간 다리에 힘이 풀린 내가 잔디 위로 주저앉았다. 시야가 흐려질 만큼 눈에 물기가 차올랐다.

이제야 종종 이제르를 볼 때 느낀 기시감의 정체가 이해됐다. 그날의 아힌과 똑 닮은 외모여서였다.

"이게 뭐야……. 어떻게, 어떻게 이럴 수가……."

과거의 만남을 이렇게 늦게 알아차리는 법이 어디 있어. 중요하고 감동적인 순간에 눈물샘이 터진 나는 서럽게 바닥을 두드렸다. 따라서 무릎을 굽혀 앉은 그는 검지로 내 눈가를 약하게 쓸었다.

"내가 생각하는 게 맞다면 뒷발을 들어 주세요."

이 근본 없는 맹수. 지금 내가 뒷발이 어디 있어.

그렇게 생각하면서도 엉엉 우느라 제대로 된 답변을 할 수 없었던 내가 발을 꼼지락거렸다.

필사적인 움직임을 발견한 아힌은 손등으로 입가를 가린 채 반대편으로 홱 고개를 돌렸다. 당연한 수순으로 어깨가 가느다랗게 떨렸다.

"웃지 마. 너는 지금 웃음이 나와?"

괜히 더 서러워진 내가 잔디를 아힌에게 던져 댔다. 나풀나풀 흩날린 푸른 잔디가 은발과 견장에 내려앉았다.

어릴 적에 운명 같은 만남이 있어 봤자 뭐 하나. 또라이를 상대로는 하등 쓸모없는 아름다운 과거에 불과했다.

"왜 바로 알아보지 못했어?"

메인 목을 삼킨 나는 양손으로 아힌의 옷깃을 잡은 채 애꿎은 원망만 흘렸다.

"어떻게 나를 잊을 수가 있어. 처음 주웠을 때부터, 흑, 입속에 넣으려고 하고……."

매일 토끼 구이로 만들어 버린다는 망언이나 하고! 내게 멱살을 붙들린 아힌은 흔드는 대로 짤짤 흔들렸다.

결국 통곡하는 나를 붙든 그가 번쩍 일으켜 세웠다. 축축이 젖은 눈꺼풀에 입술이 가볍게 닿았다가 떨어졌다.

"미안해, 내가 미쳤었나 봐."

원래 미쳐 있으면서 아닌 척하긴. 소매로 눈물을 닦는 나를 품에 안은 아힌이 음산하게 말했다.

"그때 그냥 납치해 왔어야 하는데."

"……뭐라고?"

"잠깐 생각했었거든, 그대로 잡아갈지."

대답할 가치조차 없는 말이었다.

가만히 안겨 있던 나는 일순 느껴진 정체 모를 한기에 몸을 떨었다. 감동적인 순간임에도 불구하고 아힌의 분위기가 묘하게 이상했다.

"……?"

품에서 벗어나기 위해 버둥거리자, 아힌은 나를 더욱 강하게 끌어안았다.

"아힌, 잠깐 얼굴 좀 봐."

"안 돼, 지금 표정 관리가 안 되는 중이라서."

"표정이 왜?"

"별로 안 예뻐."

대답하는 목소리가 겨울날의 서릿발보다 차가웠다.

흠칫 떤 나는 입을 살짝 벌렸다. 누구는 감명받아서 울고 있는데, 정작 아힌은 대상 모를 분노를 불태우고 있었다. 당시에 나를 래비 안가에서 빼 오지 못한 것에 대해 후회하고 있음이 분명했다.

엇갈린 감정선을 어디서부터 바로잡아야 할지 감도 오지 않았다.

폭 한숨을 내쉰 나는 그냥 아힌의 품에 이마를 묻었다.

지나간 과거에 대한 서로의 감상이 다르면 뭐 어떤가. 평소에는 울면 더 울도록 종용하는 맹수가 등을 토닥여 주고 있는 게 어딘가 싶었다.

일정한 손길이 이루 말할 수 없는 안정감을 가져다줬다. 조금 노곤해진 내가 조용한 목소리로 말했다.

“있잖아, 아힌. 하나 더 물어도 돼?”

“응, 뭐든.”

“그때 네가 나한테 그랬잖아, 또 만나자고. 그렇게 말한 이유가 궁금…….”

“어머니!”

쿠당탕, 갑작스러운 소란으로 인해 내 말이 뚝 끊겼다. 예고도 없이 우리 곁으로 달려든 이제르가 비장하게 무릎을 꿇었다. 통통한 뺨 위로 눈물이 방울방울 흘러내렸다.

어린 날의 기억에서 어른으로 돌아온 우리가 황급히 몸을 굽혔다.

“이제르?”

“존경하는 어머니, 누야를…… 부디 누야를 말려 주세요.”

뒤따라온 슈와 비온, 바라는 영문도 모른 채 이제르를 따라 넙죽 엎드렸다. 함께 날아든 퀸이 삑삑대며 열심히 토로했으나 알아들을 수 있을 리 만무했다.

드물게 당황한 아힌이 비련의 주인공처럼 오열하는 이제르를 안아 올렸다.

“제나를 말려 달라니. 그게 무슨 의미지?”

“그래, 이제르. 울지 말고 자세히 얘기해 봐.”

눈물이 쏙 들어간 나는 우는 얼굴만큼은 나와 똑 닮은 이제르를 타일렀다.

겨우 숨을 고른 이제르는 붉은 입술을 오물거렸다.

"누야가…… 누야가 후원에서 사자를 주웠어요."

"맞아요, 후원에 쓰러져 있기에. 가엽게도 삼촌한테 버림받았다고 하더라고요."

아래쪽에서 언제 왔는지 모를 제니아의 목소리가 울려 퍼졌다. 동시에 움직인 우리 시선이 제니아를 지나, 나란히 선 소년에게 머물렀다. 동화 속에서 튀어나온 왕자님 같은 생김새의 수인이었다.

"이 사자랑 약혼할까 싶어요. 되게 예쁘죠?"

"아니. 아빠가 더 예쁘고, 당연히 약혼도 안 돼."

아힌은 다 듣지도 않은 채 득달같이 거부부터 하고 들었다. 제니아의 약혼자 선별에 관해 얘기만 들었지, 실제로 목도하는 건 처음이라 충격에 휩싸인 상태였다.

반면 나는 워낙 자주 마주한 일이기에 그리 놀랍지도 않았다.

"제나."

제니아의 시선에 맞춰 숙여 앉은 내가 조용히 속닥였다.

"당분간 약혼은 보류하겠다고 엄마랑 약속했지 않아?"

"그랬죠, 남자는 많이 만나 볼수록 좋은 거니까."

"그런데 왜……."

말끝을 얼버무린 나는 단정한 자세로 선 소년에게 눈길을 옮겼다. 마침 시선이 마주친 소년이 눈웃음으로 화답했다.

'그 아이네?'

레오나 마니언츠의 직계 혈통, 아인트 마니언츠.

'난 토끼랑은 상정? 상종? 아무튼 그거 안 해.'

과거 내 배에서 네 개의 페로몬이 느껴진다고 말했던, 뛰어난 능력의 남자아이가 분명했다. 아무래도 오늘 막 도착한 사자 영토 사절단의 일원으로 온 듯했다.

'토끼랑은 상종 안 한다더니.'

그새 무슨 바람이 불었을까. 제니아의 이상형으로 성장한 아인트를 살핀 나는 조금 난감해졌다. 치유계 페로몬을 탐내는 레오나가 주기적으로 보낸 구혼서에는 늘 아인트 마니언츠란 이름이 존재했기에.

하필 제니아가 이렇게 아인트를 데려온 건, 우연한 만남이라기보다는 교묘히 조작한 필연일 가능성이 높았다. 가령 아인트가 의도적으로 제니아의 앞에 쓰러져 있었다든가.

"그래서 말인데요, 어머니. 얘가 많이 만나도 상관없대요."

두서없는 속삭임에 상념에서 깨어난 내가 제니아를 돌아봤다.

"남자요. 많이 만나 보고 질릴 즈음에 돌아오면 된다고 하네요."

"돌아…… 뭐?"

"구혼서를 일일이 거절하는 것도 난감해하셨으니까. 흠, 이 정도 조건이면 괜찮지 않나요? 사자치고 연약하긴 하지만."

"……연약하다니. 이 아이가 누군지는 알고 말하는 거야?"

"아차, 이름 묻는 걸 깜박했다. 너 이름 뭐야?"

눈을 크게 뜬 제니아가 꼭 잡은 손을 흔들었다. 생긋 미소 지은 아인트는 부드러운 음성으로 화답했다.

"마음대로 불러. 네가 나를 주웠잖아."

"그래도 돼?"

"응, 난 네 거라며."

"그렇다네요. 되게 순하죠? 주관이 없나 봐요."

주관이 없긴 뭐가 없어, 순한 시늉을 하고 있는 거겠지. 아힌으로만 미뤄 봐도 무해하게 웃는 맹수가 세상에서 가장 무서운 법이었다.

기가 찬 나는 동그랗게 뜬 눈을 껌벅였다. 서로 꼭 붙잡은 손을 억지로 떼 놓을 수도 없는 노릇이었다.

"아빠, 아빠! 괜찮아?"

한편에서는 이제르가 구슬피 울며 아힌의 바지 자락을 흔들고 있었다. 아힌은 이제 정신마저 혼미한지 손으로 눈을 덮은 상태였다.

파리하게 질린 낯으로 중얼중얼 읊조리는데, 둘이 꼭 맞잡은 손부터 떼라는 의미 같기도 했다. 그 이상은 딱히 알고 싶지 않았다.

'보아하니 아힌이 다 해결하겠네.'

한바탕 소란을 예감한 나는 아힌에게 이목이 집중된 사이 살금살금 자리를 떴다. 은밀히 거리를 벌리는 순간, 아니나 다를까 고성이 오가기 시작했다.

"절대 안 돼. 제나, 너 고작 여섯 살이야."

"아빠가 어제 나더러 다 컸다고 그랬잖아, 장군 토끼라고. 지금 이브린처럼 한 입으로 두말하는 거야? 아빠 미워!"

"아빠가 밉…… 다고?"

고용인들은 하던 일도 잊은 채 아힌과 제니아의 말다툼을 구경했다. 저 또라이 맹수가 제니아에게 맥을 못 추는 장면은 여러 번 봐도 신기한 모양이었다.

툭, 마침 하늘에서 날아든 전령새가 전서 하나를 떨어뜨렸다. 짤막한 내용의 전서를 확인한 내가 허하게 웃었다.

친애하는 비비에게.

먼저 보낸 아인트가 모쪼록 비비와 제니아 그레이스의 마음에 들었으면 좋겠네요. 조만간 약혼 논의를 위해 정식으로 찾아뵙죠.

– 레오나 마니언츠

역시나. 머지않아 아힌과 할아버님, 발렌스 님 사이에서 사자 영토를 치자는 주장이 불거질지도 모르겠다.

'아차.'

그러고 보니 왜 다시 만나자는 말을 했냐는 질문에 대한 아힌의 답을 못 들었는데.

잠깐 뒤돌아본 나는 질린 낯으로 귀를 막았다.

"이익, 사자 너! 빨리 우리 누야한테서 떨어져……!"

"이제르, 내 사자 밀치지 마. 연약한 애라니까?"

저 소란 통에 휘말리기보다는 호기심을 미뤄 두는 편이 나았다. 나중에도 충분히 답을 들을 수 있으니까.

탁, 다시 발을 내딛는 동시에 애쉬와 눈이 마주친 나는 샐쭉 웃어 버리고 말았다.

"입가에는 뭘 묻힌 거야?"

산책 내내 안 보인다 싶더니, 결국 퀸의 딸기 밭 서리를 하고 온 모양새였다.

"애쉬, 오늘 저녁은 우리 둘이 오붓하게 먹을까?"

저녁이란 단어를 귀신같이 알아들은 애쉬가 우다다 달려왔다.

"아이참, 이제르. 내 다리 좀 놓고 얘기해!"

"누야, 제발 이러지 마. 자꾸 이러면 할머님께 다 이를 거야."

"영악하긴, 넌 불리해지면 꼭 어머니랑 할머님을 찾더라? 쪼그마한 게 벌써부터 권력 맛을 알아 가지고."

불거진 난장판을 뒤로한 우리는 오순도순 정원을 나섰다. 어느덧 날이 저물어, 램프 빛이 저택으로 돌아가는 길을 환히 밝혔다. 그레이스 저택은 오늘도, 그리고 앞으로도 시끄러울 예정이었다.

+

Epilogue

인형 구매를 위해 들른 토끼 영토 시장. 이디스는 결국 바닥에 드러누운 떼쟁이를 향해 손을 뻗었다.

"아힌, 일어나야지. 옷이 더러워지잖아."

탁, 커다란 손을 쳐 낸 아힌이 완강하게 말했다.

"안 가. 난 여기서 토끼가 되기로 결심했어."

대자로 펼친 몸은 곧 죽어도 흑표범 영토로 돌아갈 수 없다는 의지를 표명하고 있었다.

"두 분 다 왜 그러세요?"

이유를 모르는 이브린은 기 싸움을 벌이는 아힌과 이디스를 어리둥절하게 번갈아 봤다.

"아힌 님은 왜 토끼가 되려고 그러시는 거죠? 누구보다 흑표범다우시면서."

"이브린, 입."

"네에."

권력 구도를 가늠하기도 잠시, 이디스 쪽으로 저울을 기울인 이브린이 아힌의 발목을 잡아당겼다. 상관의 일탈을 막는 것 또한 새싹 보좌관의 임무였다.

"자, 토끼가 되고 싶은 아힌 님. 어서 흑표범 영토로 돌아갑시다. 송곳니도 있으시면서 토끼가 웬 말이래요."

"굳이 지적하지 마!"

"앗!"

아힌에게 뻥 차인 이브린이 종이 인형처럼 엎어졌다.

난감하게 머리를 털던 이디스는 문득 주변을 둘러봤다. 행인들이 힐끔거리며 이디스 일행을 피해 가고 있었다. 그들의 보라색 눈동자에 떠오른 감정은 맹수계 수인을 향한 두려움이었다.

눈치를 살핀 이디스는 얼마 떨어지지 않은 곳에 있는 장난감 노점을 향해 발길을 틀었다.

"아힌이 싫다면 어쩔 수 없지, 토끼 인형은 아빠만 사야겠다. 이브린은 갖고 싶은 장난감 없어?"

"저는 장난감보다는 발렌스 수장님의 보좌관이 되고 싶어요. 첫 단추를 잘 꿰어야지요."

"상당히…… 진취적인 인재네."

"훌륭한 가정교육의 일환이랍니다."

이디스는 벌써부터 야망이 대단한 이브린을 상대하며 노점으로 걸음을 옮겼다. 얼마 안 가 조용해진 아힌이 따라오는 발소리가 들렸다.

"어서 옵쇼."

막상 노점에 도착한 아힌과 이브린은 장난감 고르기에 여념이 없었다. 성숙한 척해도 아직은 네 살배기 어린아이에 불과했다.

픽 웃던 이디스는 노점 끄트머리에 자리한 흑표범 인형에 시선이 닿았다. 자연스레 흑표범 인형을 집어 든 이디스가 고뇌에 잠겼다. 인형답지 않게 거만한 표정을 한 것이, 그가 아는 누군가를 닮아 있었다.

"엄마는 인형 별로 안 좋아하잖아."

어느덧 다가온 아힌이 훈수를 뒀다.

"특히 그렇게 못난 인형을 주면 벽난로에 던져 버릴 게 분명해."

"역시 그렇겠지?"

"그래도 아빠 선물이면 기뻐할지도. 엄마가 아빠 엄청 좋아하니까."

일순 멈칫한 이디스가 고개를 가로저었다.

"아닐걸. 내가 발렌스를 훨씬 더 좋아해."

"아냐. 저번에 아빠가 그랬잖아, 좋으면 저절로 웃음이 나온다고. 엄마는 나한테는 표정 관리하라고 하면서 아빠만 보면 뒤돌아서 몰래 웃던데?"

"그랬던가……."

"응, 어깨를 막 떨어."

그거 아마 비웃음일걸. 애매하게 말끝을 흐린 이디스가 귓불을 살짝 붉혔다. 아힌 덕분에 알게 된 사실이 단숨에 가슴께를 술렁였다.

발렌스는 함께하는 시간이 길어질수록 오히려 속을 읽기 어려운 사람이었다. 몇 년간 지내 오며 신뢰가 좀 쌓였나 싶다가도, 그녀는 결정적인 순간이면 언제든 이디스를 내칠 수 있을 듯한 태도를 취했다. 정말 뼛속까지 수장다운 여자였다.

틈만 나면 머릿속을 점령하는 발렌스를 지운 그는 아힌이 품에 든 토끼 인형으로 주의를 돌렸다.

"그걸로 하게?"

"애면 됐어, 이제 흑표범 영토로 돌아가자. 생각해 보니까 저택에서 만난 토끼랑은 따로 약속해 둔 게 있어."

"약속? 무슨 약속?"

"나중에 또 만나기로. 걔도 그러고 싶대."

조금 전까지만 해도 떼쓰던 아힌의 태도가 지나치게 담담했다. 묘하게 불안해진 이디스가 조심스럽게 물었다.

"그 토끼를 꼭 다시 만나야만 하는 이유가 있어?"

"응. 그때는 잡아먹…… 아니, 잡아갈 거야, 우리 집으로."

"너 방금 잡아먹을 거라고 말하려 했지."

"아니래도. 약해서 다칠 수도 있으니까 이렇게."

아힌은 손수 토끼 인형을 제 베스트 속에 꼼꼼히 집어넣었다.

볼록해진 아힌의 배를 마주한 이디스는 할 말을 잃은 채 입술만 달싹였다. 토끼가 다칠 걸 염려하기에 앞서 잡아간다는 전제부터가 문제 아닐까. 복잡한 심정이었다.

"아힌, 다시 말하지만 절대 잡아먹는 건 안 돼. 약속해, 새끼손가락 걸어."

"……."

"……발가락 올리지 마."

이디스는 무언가 굉장히 잘못되어 가는 느낌을 떨칠 수가 없었다. 제발 토끼가 아힌이라는 거대한 함정을 잘 피해 가기를 바랄 뿐. 그런 그의 심정은 꿈에도 모르는 아힌이 토끼 인형을 높이 들어 올렸다.

"못 만나면 내가 찾아가지 뭐."

그로부터 오랜 시간 후, 흑표범 영토 경계의 숲.

바구니 속, 한 입 거리도 안 되어 보이는 하얀 솜뭉치를 집어 든 아힌은 눈썹을 까딱였다. 어째서 엄한 얼굴로 새끼손가락을 내밀던 이디스가 겹쳐 보이는지 모를 일이었다.

뭐 어떤가.

대수롭지 않게 넘긴 아힌이 첫 마디를 뗐다.

"새끼 토끼?"

> 특별 외전으로 이어집니다.

segue.

이어서

a due.

특별 외전

특별 외전 I

이별과 재회 사이

길었던 겨울이 끝나고 거리에 꽃잎이 흩날리기 시작했다.

인간화 이후, 그레이스 저택을 떠난 지도 육 개월. 나는 현재 발렌스 님의 인도에 따라 코알라 영토의 하급 귀족가에 몸을 의탁하고 있었다.

코알라 영토는 안전하고 평화로운 곳이었다. 대륙에서 범죄율이 가장 낮았으며, 중심지를 제외한 마을은 담조차 쌓지 않은 집이 즐비했다. 이곳에서 당근 가게를 운영하는 코알라 수인과 우연히 친분을 다지게 된 지도 어언 네 달.

"벤시 할머니, 저 안 보고 싶으셨어요?"

오늘도 가게에 들러 상인 할머니의 말동무를 자처하는 중이었다.

"얼씨구, 나흘 전에도 온 주제에. 당근도 안 사는 녀석이 왜 자꾸 찾아와? 귀찮게."

노골적인 질타를 무시한 나는 제집처럼 자연스레 가게로 들어섰다. 기실, 벤시 할머니는 말은 저렇게 해도 내가 올 시간쯤에는 늘 가게 앞을 청소하고 계셨다.

아마도 그건 할머니 나름대로의 마중이겠지. 쌓아 둔 당근 상자 위에 걸터앉은 나는 다리를 달랑달랑 흔들었다.

"할머니야말로 왜 하필 코알라 영토에서 당근 가게를 운영하세요? 사람도 별로 안 다니는 이런 외곽에서."

"장사 안 된다고 돌려서 말하는 거 다 안다, 요 맹랑한 녀석아."

노후는 원래 다 이렇게 보내는 게야. 덜컹덜컹, 신경질 부리며 당근을 정리하던 벤시 할머니는 별안간 아차 싶은 표정을 지었다. 가게 밖을 두리번거리며 살핀 그녀는 곧 엄한 목소리로 말했다.

"노닥거리지 말고 오늘은 빨리 돌아가. 요 앞 평원으로 군대가 지나간다는 소문이 있으니까."

"군대요?"

"요즘 호랑이랑 하이에나 고것들의 영토 분쟁이 한창이니, 둘 중 하나겠지 뭐. 하루가 멀다 하니 전쟁질이여, 썩을 맹수들."

내게 당근 하나를 던진 벤시 할머니가 눈을 가느스름하게 떴다. 나를 위아래로 훑는 그녀의 시선이 퍽 못마땅했다.

"어서 돌아가, 그런 곱상한 낯짝으로 돌아다녀 봤자 좋을 거 하나 없으니까. 그리고 네 입으로 절대 맹수를 만나면 안 된다고 말하지 않았느냐."

"그렇죠, 돌아가야죠."

모골이 송연해진 나는 곧바로 주섬주섬 배낭을 챙기기 시작했다. 내가 왜 그리운 그레이스 저택을 떠나 초식계 영토를 전전하는 중인데.

아직까지는 멀리서라도 맹수계 수인을 마주할 자신이 없었다. 그들을 머릿속으로 그릴 때마다 손발이 차가워지는 건 물론이고, 당장

만 해도 배낭을 잠그는 손끝이 엷게 떨리고 있었다. 귓가에서 맹수 특유의 낮은 위협 소리가 울리는 듯한 느낌이었다.

아득한 공포의 심연 속에서 헤엄치는 사이, 벤시 할머니의 카랑카랑한 음성이 상념을 깨뜨렸다.

"이 녀석아, 기껏 먼 걸음 해 놓고 당근은 왜 안 챙겨? 돌아가는 길에 입이 심심할 거 아니냐."

그제야 정신이 든 나는 태연한 척 대꾸했다.

"아시잖아요, 저 당근 잘 안 먹는 거."

"아니, 내 하나만 묻자. 대체 어쩌다 토끼가 당근을 싫어하게 된 겨? 별 희한한 경우를 다 보는구먼."

벤시 할머니의 질문과 동시에 그레이스 저택에서의 나날이 눈앞을 스쳤다. 정확히는 인간화를 치르지 못한 새끼 토끼의 몸이기에 당근을 먹지 못하던 그 시절이.

페로몬 수련을 하느라 상대해 주지 않으니 당근을 흔들고, 비비가 사자와 바람이 났다며 당근을 흔들고, 다툼 후엔 꼭 당근을 흔들고. 당근이 싫어진 이유의 가장 큰 원인은 관계가 틀어질 때마다 당근을 흔들어 댄 그 또라이 때문이었다.

'나쁜 놈…….'

차마 설명도 못 한 채 치를 떠는데, 벤시 할머니가 대뜸 나를 퍽 소리 나게 밀쳤다. 앞으로 고꾸라질 뻔한 나는 팔을 돌리며 간신히 중심을 잡았다.

"하, 할머니? 왜 그러세요?"

"어서 들어가거라, 어서!"

안색이 창백해진 벤시 할머니가 나를 창고 쪽으로 밀어 넣었다.

심상찮음을 느낀 나 또한 순순히 창고로 들어섰다. 그녀는 그러고도 성에 안 차는지 나를 커다란 상자 속으로 욱여넣기 시작했다. 꾸깃꾸깃 접히다시피 들어간 나는 불안한 눈으로 벤시 할머니를 올려다봤다.

"설마 군대가 벌써……."

"평원에 진지를 치는 건 아닌 듯하고…… 차라리 진군이 끝날 때까지 여기 얌전히 있거라. 귀 단단히 막고."

지금껏 한 번도 들어 본 적 없는 진중한 목소리였다. 사고가 꼬인 나는 이러지도 저러지도 못한 채 연신 고개만 주억였다.

"뭔 큰일이라고. 내 얼른 가게 문을 닫고 올 테니, 상자 뚜껑을 열 때까지는 나오지 마라."

벤시 할머니는 그런 나한테 두꺼운 귀마개를 씌워 줬다. 낡았지만 털이 복슬복슬한 등산용 귀마개였다.

끼이익, 벤시 할머니가 상자 뚜껑을 닫는 것을 마지막으로 온 세상이 암흑으로 뒤덮였다.

벤시는 비비가 들어간 창고 문을 단단히 걸어 잠갔다.

자세한 사정이야 모르지만, 맹수와 관련된 주제가 나올 때마다 비비의 얼굴에 떠오른 건 분명한 공포심이었다. 핏기 없는 피부를 한 채 입술이 헐도록 꽉 깨물 때면 혼절이라도 하진 않을지 걱정될 정도였다.

덜컹덜컹, 잠긴 문고리를 연거푸 흔들어 확인한 벤시가 분주히 움직였다.

삐이- 군인들이 주로 부리는 전령 새인 매 울음소리가 들렸다.

"망할 짐승들, 하필 오늘 예고도 없이……."

투덜거리며 잰걸음을 치던 벤시가 우뚝 멈췄다.

그녀의 앞을 가로막은, 정확히는 가게 중앙을 차지한 거무튀튀한 생물은 확인할 필요도 없는 맹수였다. 크르르, 깊숙한 폐부에서부터 올라온 울음소리가 가게를 울렸다.

요요한 공기가 벤시의 몸을 짓눌렀다. 짐승은 단박에라도 그녀의 숨통을 끊을 수 있게끔 몸을 바싹 낮췄다. 한쪽 눈을 길게 가로지른 섬뜩한 흉터가 야생을 구를 대로 구른 맹수임을 증명했다.

"그만둬, 바라."

위협적인 상황과 어울리지 않는 듣기 좋은 목소리였다.

벤시는 가게 앞, 손님용 판상에 걸터앉은 남자의 뒷모습을 보자마자 심장이 쿵 내려앉았다. 따로 확인을 거치지 않아도 군인임을 확신할 수 있었다.

떨리는 시선이 남자의 허리춤에 자리 잡은 고급스러운 장검과 의복 곳곳에 걸쳐진 견장을 오갔다. 척 봐도 지휘관급의 높은 군인이 왜 이런 조촐한 가게에 눌러앉아 있는지 모를 일이었다.

"무슨 가게에 당근밖에 없어?"

이상하리만치 반가운 듯한 음성으로 말한 남자가 비스듬히 벤시를 돌아봤다. 그는 예상보다 훨씬 어린, 아직 완전한 성인으로 영글지 못한 앳된 외모였다. 지금 창고 상자 속에 숨어 있는 비비 정도의 나이일까.

"……겸사겸사 하는 장사라 그렇수다."

"그렇군, 본업은 따로 있어 보이네. 사냥꾼인가?"

남자는 가게 한편에 세워 둔 무기를 흘끔 가리켰다. 호신용이라기에는 지나치게 사용감이 많은 활이었다.

"그래도 토끼는 쏘지 마. 언제 어디에 있을지 모르니까."

"갑자기 무슨……."

"도망 중이거든, 내 토끼가."

벤시는 헛소리를 해 대는 남자를 당장 내쫓고 싶은 마음이 굴뚝같았으나 실행에 옮길 수는 없었다.

언뜻언뜻 보이는 남자의 붉은 눈에서 미세한 광기가 넘실거리고 있었기에. 산사람에게는 어울리지 않는, 빛이 꺼진 죽은 눈동자였다. 조각 같은 외양을 가졌음에도 불구하고 꺼림칙하기 짝이 없는 수인이었다.

"바라, 당근 먹을래?"

남자는 어느덧 온순하게 앉은 짐승을 향해 주홍색 당근을 내밀었다. 텁, 한입에 물어 챈 짐승은 몇 번 씹더니 못 먹을 걸 먹었단 듯 퉤퉤 뱉어 냈다.

어슬렁거리며 곁을 뜨는 뒷모습을 바라보던 그가 피식 바람 새는 소리를 냈다.

"우리 토끼도 당근을 싫어했는데. 당근만 내밀면 앞발로 내 뺨을 때리더군, 특이하지?"

"그렇구려, 잘 없는 일이지 않소?"

나오는 대로 대강 맞장구친 벤시는 창고 쪽에 온 신경을 기울였다. 행여나 비비가 소식이 없는 저에 대한 걱정으로 문을 열고 나올까 조마조마한 심정이었다.

"그러니까. 싫어하는 이유를 알기도 전에 떠나 버렸어."

"안타깝군, 다른 토끼를 들이는 건 어떨까 싶네만."

"그 토끼가 아니면 안 돼."

"무슨 대단한 특징이라도 있었수……?"

"응, 웃기게 생겼거든. 걔가 말하기를 자기는 눈은 세모고 코는 동그라미래."

세상에 눈은 세모에 코는 동그라미인 토끼가 어디 있나. 헛소리에 휘말려 버린 벤시가 짐짓 고뇌에 잠겼다.

"하얗고 또…… 성질이 사납긴 한데, 눈만 깜박여도 예뻐."

"아주 단단히 빠졌구먼."

"맞아. 샐러드로 버무려 버린다고 할 때마다 내 멱살을 쥐는 박력도 좋았는데."

쯧쯧, 전쟁을 치르다가 맛이 갔군. 뒷짐 진 벤시는 당최 언제까지 눈은 세모고 코는 동그라미인 토끼 타령에 장단을 맞춰야 하는지 궁금해졌다. 아니다, 차라리 이렇게 토끼 타령만 하다가 조용히 자리를 뜨는 편이 나을지도.

"보고 싶다."

잘 떠들던 남자는 그 한마디를 마지막으로 눈을 감았다.

선선한 봄바람이 불어와 그의 은발을 흐트러뜨리고 지나갔다. 영원히 끝나지 않을 것 같던 겨울이 지나고 봄이 왔다.

지독한 불면증에 시달린 탓에 남자의 겨울은 타인보다 훨씬 길었다. 불면증의 시초는 말할 필요도 없이, 반년 전에 사라진 그의 토끼였다.

반드시 찾아야 한다. 대륙 끝에 있든, 대륙을 횡단하여 다른 대륙에 있든. 그래야만 남자는 나날이 커져 가는 공허감을 떨치고 눈을 붙일 수 있었다.

"……."

뒤죽박죽 엉킨 생각의 끝은 항상 똑같았다.

내가 감히 너를 찾아도 될까…….

하다못해 멀리서라도 지켜볼 수 있으면…….

그는 피 흘리며 죽어 가면서도 제게서 벗어나는 토끼의 모습을 두 번은 버틸 자신이 없었다.

진창으로 발이 끌어당겨지는 듯한 감각이 남자의 전신을 휘감았다. 판상을 짚고 있던 손이 습관적으로 검 손잡이를 만지작거렸다.

아슬아슬하던 늑대 영토와의 관계가 무너진 건 차라리 다행일지도 몰랐다. 토끼가 분쟁 때문에 돌아오지 못하는 거라며 스스로를 세뇌할 수 있으니까.

분쟁이 끝난 후에도 돌아오지 않는 상황은 아직 남자의 가설에는 없었다. 그래서 버틸 수 있었다.

남자는 형편없이 일그러지려는 얼굴을 손으로 덮었다. 최악의 가설을 그릴 때면 어김없이 토기가 치밀어 먹은 것을 게워 내기 일쑤였다. 그의 속은 보이지 않는 곳에서부터 차차 썩어 가고 있었다.

"내 목줄을 쥐여 주면 토끼가 돌아올 마음이 조금쯤은 생길까?"

"그건 이 늙은이가 답해 줄 수 있을 만한 사안이 아닌 듯하네만."

벤시는 이쯤 되니 남자가 말하는 토끼가 진짜 토끼인지, 아니면 토끼 수인인지 의문이 피어났다. 진짜 토끼라고 생각했건만 어째 대화를 나누면 나눌수록 애매해져만 갔다.

"너무 미친놈 보듯 하면 서운해. 나 요즘 꽤 정상인 편이거든."

"……이제."

슬슬 가게 문을 닫을 시간이라는 핑계를 대려는 찰나, 얌전히 있던 검은 짐승이 창고에 관심을 기울이기 시작했다. 킁킁, 창고 문 아래의 틈새로 바짝 가져간 코가 탐색하듯 벌름거렸다. 거기에서 멈추지 않은 채 박박거리며 앞발을 아래로 집어넣기 시작했다. 바짝 긴장한 벤시가 마른 입술을 축였다.

'젠장 맞을 맹수가 코까지 좋구먼.'

만일 저 수상한 남자가 창고 문을 열고 들어서기라도 한다면. 맹수계 수인과 짐승을 마주한 비비가 보일 반응은 불 보듯 뻔했다.

가게 내에 세워 둔 활을 곁눈질한 벤시는 마른침을 삼켰다. 평생 사냥꾼으로 살아오며 얻은 직감이 외치고 있었다. 저 활을 집으러 발을 떼는 순간 남자의 검에 목이 떨어지리란 것을.

"그 녀석은 피 냄새에 예민한데."

그녀의 급변한 분위기를 놓치지 않은 남자가 창고 문에 눈길을 뒀다. 반쯤 뜨인 붉은 눈이 예리하게 빛났다.

벤시는 굳이 시선을 맞추지 않으며 대수롭지 않게 답했다.

"엊저녁에 잡은 노루 냄새를 맡았나 보오."

"고작 사냥감 하나에 그렇게 날을 세울 리는 없고."

"……."

"-패잔병이라도 숨겨 뒀나 봐?"

꽉 쥔 벤시의 주먹이 땀으로 축축이 젖어 들었다. 낡은 창고 문과 그 앞의 짐승, 뻣뻣해진 그녀를 느릿하게 훑은 남자가 이내 생긋 웃었다.

"긴장 풀어, 관심 없으니까."

"그럼 이제 이 이브린한테 관심을 주시는 건 어떻습니까."

언제 나타났는지 모를 낯선 이가 불쑥 얼굴을 디밀었다. 새까만 흑발에 단정한 차림새의 그는 책사 같기도, 또는 남자의 보좌관 같기도 했다.

"잠깐 전경만 돌아보고 오신다더니, 당근 가게에서 노닥거리고 계실 줄은 몰랐습니다."

"그러는 네가 더 즐겁게 노닥거린 거 같은데? 머리에 꽃도 달고."

"오는 길목에서 만난 아이가 줬습니다. 예쁩니까?"

"구역질 나니까 비켜."

질척거리는 수하를 내친 남자가 기지개를 쭉 켰다.

"바라, 이만 가지."

그때까지도 창고 문에 들러붙어 있던 짐승이 그르릉 울었다. 이 문 너머에서 미약하지만 그리운 냄새가 느껴졌다.

"바라."

힘이 실린 목소리에 결국 꼬리 내린 짐승이 어기적거리며 움직였다. 못내 미련이 남은 걸음걸이였다.

딱히 관심 두지 않은 남자는 이미 저 멀리 앞서나가고 있었다. 덩그러니 남겨진 수하는 그를 향해 냅다 당근을 던지는 시늉을 하다가 멈췄다. 이어서 주변을 두리번거리더니, 주워 든 당근 두 개를 교차시켜 남자의 뒤통수에 손가락 욕 비슷한 것을 날렸다.

깨소금이다. 만족한 수하는 멀거니 선 벤시에게 다가가 정중히 말했다.

"실례를 범했습니다, 당근에 워낙 기민한 분이시라. 여기 망가뜨린 당근 값입니다."

매끈하게 잘생긴 얼굴이었지만, 이미 머리에 꽃을 꽂은 시점에서 멀쩡함과는 거리가 멀었다.

“괜찮으니 금화까지 쥐여 줄 필요는 없수다. ……그저 노인네의 말동무 노릇을 하다 가는 것이니.”

“제 마음이라 생각하고 부디 받아 주십시오.”

상관께서 워낙 오랜만에 웃으셔서요. 당근 값을 넉넉히 치른 수하는 바람처럼 날아가 남자의 뒤로 따라붙었다.

어느덧 해가 기울어 두 사람의 그림자를 길게 늘어뜨렸다.

그들의 모습이 점이 될 만큼 멀어지고 난 후, 벤시는 미끄러지듯 스르륵 주저앉았다. 오늘 아침, 대륙 신문을 떠들썩하게 장식한 전쟁 영웅의 초상화가 남자의 뒷모습에 겹쳐졌다.

가게 입구를 단단히 잠그고도 여러 번 인기척이 없음을 살핀 벤시가 창고로 들어섰다. 끼이익, 상자를 열자 처음 들어갔을 때의 자세 그대로인 비비가 있었다.

벤시는 상자가 열린 것도 모른 채 귀를 꼭 막고 있는 비비를 흔들었다. 얼마나 깨물었는지 헐어서 피가 터진 입술 하며, 사시나무 떨듯 벌벌 경련하는 몸은 영락없이 겁에 질린 꼴이었다.

“애야, 비비야.”

“아……!”

탁, 경기를 일으킨 비비가 벤시의 손을 쳐 냈다.

미어진 초점이 점차 빛을 되찾았다. 뒤늦게 걱정스러운 낯빛의 벤시를 발견한 그녀가 벌떡 일어났다.

"벤시 할머니!"

벤시의 무사를 확인하자마자 온몸의 힘이 빠져나갔다.

"할머니, 할머니……. 흐으……."

벤시를 와락 끌어안은 비비는 연신 같은 말만 반복해 댔다. 몸은 여전히 애처로울 만큼 떨리는 상태였다.

이 아이는 도대체 맹수의 무엇에 이다지도 두려움을 느끼는 걸까. 고작 맹수계 수인과 마주친다는 가정 하나에도 덫에 걸린 사냥감처럼 처절하게 굴고 있었다.

섣불리 떼어 내지도 못한 벤시가 서투른 손길로 등을 두드렸다.

"괜찮다, 아무도 없어. 다 괜찮느니라."

등을 부드럽게 쓸어내리는 토닥임이 지속될수록 비비의 떨림이 점차 가라앉았다.

"죄송…… 죄송해요, 정말 죄송해요……."

"어이구 이것아, 대체 뭐가 그리 죄송한지 모르겠구나. 가게 문을 혼자 닫게 해서? 나 참, 내가 내 가게 문을 닫는 게 무슨 힘든 일이라고."

푸근한 어깨에 얼굴을 묻은 비비는 상자 속에서 수십 분간 느꼈던 공포와 무력감을 곱씹었다.

벤시 할머니가 돌아오는 시간이 늦어질수록 불안감이 커졌지만, 상자를 열고 나갈 수 없었다. 두려웠다.

어렴풋이 짐승의 울음소리를 들었다고 생각했을 때도 마찬가지였다. 그녀의 신변에 문제가 생겼을지 모른다고 생각하면서도 오히려 귀를 꽉 틀어막았다. 큰 소리나 비명이 들리지 않았으니 무사할 거라는 합리화만 수백 번 뇌까렸다.

극심한 자기혐오를 느끼면서도 결국 벤시 할머니가 상자 뚜껑을 열어 줄 때까지 나가지 못했다. 나갈 수 없었다, 새끼 토끼일 때와 달리 자유롭게 쓸 수 있는 팔다리가 있음에도 불구하고.

이렇듯 힘이 있으면서도 무력하게 숨는 비겁자가 될 바에야 차라리 새끼 토끼일 때가 나았다. 그때는 아무것도 할 수 없는 몸이라는 핑곗거리가 있었으니까.

'싫어…….'

도리질을 친 비비는 지그시 눈을 감았다.

발렌스 님의 무조건적인 지원에 기대어, 무력함 속에서 벌써 반년이라는 시간이 사라졌다. 더 이상은 이런 비참하고 수치스러운 수렁에서 허우적거리고 싶지 않았다. 이런 한심한 제 모습을 보면 다들 어떤 표정을 지을까. 흑표범 영토에 두고 온 소중한 사람들이 하나둘 눈앞을 스쳐 지나갔다.

한참의 정적 후, 어느덧 떨림이 멎은 비비는 벤시의 어깨에 얼굴을 묻은 채 작게 말했다.

"……할머니."

"오냐."

"저, 벨헬름으로 갈까 싶어요."

"거기는 중립 구역이 아니더냐. 맹수들이 잔뜩 있는……."

벤시는 혹여 비비가 다시 두려움에 떨까 더 이상 설명을 잇지 않았다.

"아무튼 간에 왜 갑자기 그런 결정을 내린 게냐."

"공부하려고요. 그리고 벨헬름 아카데미의 입학시험을 치를 거예요.”

“……그렇게 무서워하는 맹수들이랑 정면으로 맞서기라도 하려고?”

“맞서긴요. 공부할 겸 겸사겸사인 거죠.”

이미 결심을 굳힌 양 비비의 목소리에서 단호함이 묻어났다. 하지만 하필 벨헬름이라니, 거기가 어디라고. 얼떨떨해진 벤시가 물었다.

“상자 속에서 드디어 미친 게냐? 차라리 안전한 이곳에서 생활하면 될 것을. 수도로 가면 초식계 수인이 대부분인 아카데미도 있을 게다.”

“안 돼요.”

벤시의 품에서 떨어진 비비가 눈물 번진 눈으로 배시시 웃어 보였다.

“반드시 돌아가야만 하는 곳이 있거든요.”

밝은 웃음을 마주한 벤시는 끝내 말리지 못한 채 고개를 끄덕일 수밖에 없었다.

“쓸데없이 뒤돌아서 걷지 말고 앞이나 보거라, 고꾸라질라.”

작별 인사를 나눈 뒤, 멀어지는 비비를 배웅하던 벤시가 나붓이 미소 지었다. 말하기 무섭게 돌부리에 걸려 풀썩 엎어지는 비비가 어이없었다.

처음 마주쳤을 때만 해도 다 죽어 가는 얼굴을 하고 있더니. 비실비실한 몸은 여전하지만 저렇게라도 의지 어린 눈을 할 수 있게 된 게 어디인가 싶었다.

당분간 볼 수 없는 힘찬 뒷모습을 배웅하는 와중, 그녀는 돌연 남자의 헛소리를 떠올렸다.

도망 중이거든, 내 토끼가.

우리 토끼도 당근을 싫어했는데.

하얗고 또…… 성질이 사납긴 한데, 눈만 깜박여도 예뻐.

'설마…….'

저 순한 아이가 그런 위험한 느낌의 남자와 접점이 있을 리가 없거늘. 그렇게 생각하면서도 어느 날 갑자기 이곳에 나타난 비비에 대한 의문이 점점 크기를 키워 갔다.

"얘야, 비……!"

비비를 향해 손을 뻗던 벤시가 천천히 팔을 내렸다. 혹 은발에 붉은 눈을 가진, 높은 신분의 남자와 연관이 있는 게냐. 의문은 문장이 되지 못한 채 벤시의 목구멍 너머로 사라졌다.

손에 조금만 힘을 줘도 비비 따위는 쉽게 부서뜨릴 듯한 건장한 체격의 남자가 눈앞에 그려졌다. 자신의 발목을 옴짝달싹 못 하게 만들던 스산한 눈동자도.

토끼에 대해 말하던 아름다운 남자는 마치 몇 날을 굶주린 맹수 같은 모양새였다. 도망간 토끼를 찾으면 우리에 가둬 영영 내보내지 않을 것처럼. 몇 번을 곱씹어도 비비와는 접점이 전혀 없어 보일 정도로 위험한 남자였다.

'……아니겠지.'

합리화한 벤시는 굳이 비비를 불러 세우지 않았다. 어느덧 모퉁이를 돈 비비가 시야에서 완전히 자취를 감췄다.

비비의 초상화를 든 남자의 수하가 다시 가게를 찾은 건 그로부터 삼 개월 후의 일이었다.

특별 외전 Ⅱ

혼인식

그레이스가. 네 살의 아힌이 토끼 영토에서 귀가하고도 일주일이 지났을 무렵이었다.

업무에 열중하던 발렌스는 잠깐 입구 쪽을 바라봤다. 살짝 열린 문틈 사이로 네 살배기 꼬맹이들의 수다 소리가 들려왔다.

“이브린, 내가 곰곰이 생각해 봤는데.”

밑도 끝도 없이 당당한 목소리의 주인공은 아힌이었다.

“나는 아무래도 토끼랑 혼인할 운명인가 봐.”

어설픈 발음은 덤이었다.

“에이, 아힌 님이랑 혼인할 토끼는 무슨 잘못이래요? 애초에 토끼는 토끼끼리 혼인해야죠.”

“아니야. 저번에 이놈이 말해 줬어, 종족이 달라도 혼인할 수 있다고.”

“이놈? 이놈이 누군데요?”

“이디스 그레이스.”

종알종알 떠드는 소리가 점점 멀어졌다. 탐탁지 않은 눈으로 문을 바라보던 발렌스는 소파 쪽으로 시선을 옮겼다. 그곳엔 전문 서적을 읽는 듯한 표정으로 가십지를 보는 중인 이디스가 있었다.

"……이디스."

"말씀하세요, 수장님."

팔락, 그는 가십지 한 장을 넘기며 물 흐르듯 대답했다.

"뜬금없이 아힌에게 토끼 인형은 왜 선물한 거예요?"

"토끼 영토에 들른 김에 하나 사 줬죠. 왜, 문제라도 있어요?"

문제야 아주 많지. 보좌관들이 자리를 비워서 다행이라고 생각한 발렌스가 이를 뿌득 갈았다.

이디스가 아힌에게 하얀 토끼 인형을 선물한 이후, 아힌은 후계자 수업마저 토끼 인형과 함께 참석할 만큼 착실히 토끼에게 빠져들고 있었다.

"곧 차기 수장 자리에 오를 아이니까요. 그런 인물이 토끼 인형을 끼고 다니는 게 괜찮을 리가 없죠. 장로회 일원이 보기라도 해 봐요."

"잠깐 저러다 말겠죠. 저 인형이라도 안 사 줬으면 아힌은 토끼 영토에 눌러앉았을걸요."

가십지를 한쪽으로 밀어 둔 이디스가 천천히 턱을 괬다. 토끼 영토에서 만난 새끼 토끼의 신분을 알아내란 아힌의 닦달이 눈앞을 스쳐 지나갔다.

"-누굴 닮아 그런지는 몰라도 고집이 보통이 아니라서."

명백하게 발렌스를 저격한 말이었다.

슬프게도 그 부분에 관해선 할 말이 없는 발렌스가 입술을 달싹였다. 몇 년간 보아 온 바, 이디스는 고집은커녕 의견 자체가 없는 건 아닐지 의심될 정도였으니까.

"그럼 저는 남은 업무가 있어서."

자리를 털며 일어난 이디스는 씨근거리는 발렌스를 발견하고 피식 웃었다.

"이만 나가 볼게요."

그렇게 주장한 그는 문이 아닌 발렌스의 곁으로 걸음을 옮겼다. 뒤이어 허리를 굽힌 이디스가 그녀의 턱을 잡은 후 뺨에 입술을 가져갔다.

방심하고 있던 발렌스는 휙 피하며 중얼거렸다.

"……보는 눈도 없는데 굳이 이럴 필요는 없어요."

사석에서까지 정다운 부부를 연기하지 않아도 된다는 의미였다. 그와 동시에 이디스의 눈망울이 물결쳤다.

"안 돼요?"

선홍빛으로 물든 뺨 하며, 처연히 내려간 눈매는 비 맞은 강아지를 연상시켰다. 이디스 그놈은 바보 천치라고 외치는 릴리언이 봐도 마음이 흔들릴 법한 눈망울이었다.

'또 저런 눈…….'

대체 어떤 삶을 살아왔으면 저렇게 본인의 얼굴만 믿고 설치는지. 그럼에도 불구하고 저 표정에는 유독 약한 발렌스가 슬쩍 뺨을 내밀었다. 망설임 없이 뺨에 입술을 맞춘 이디스는 돌연 짓궂게 입꼬리를 말아 올렸다.

"이왕 연기하는 거 확실한 게 좋잖아요."

"……이봐요."

"수장님도 좋으시면서."

여우 같은 놈. 발렌스는 혀끝에 맴도는 상스러운 말을 간신히 삼켰다.

"아 참, 그리고 아힌 말인데."

그사이, 문 앞에 다다른 이디스가 문득 뒤를 돌아봤다. 새끼 토끼와 헤어지고 나서 은근히 침울해하던 아힌이 떠오른 탓이었다.

"네 살이면 아직 어리니까 토끼 인형 정도는 내버려 둬요. 혹시 알아요? 나중에 대뜸 토끼를 반려랍시고 데려올지."

"농담도 말아요. 차기 수장의 반려를 어중이떠중이로 들일 순 없으니까."

"그러는 수장님도 어중이떠중이를 반려로 맞이했지 않나?"

어중이떠중이. 저요, 저. 이디스는 낯빛 하나 변하지 않은 채 스스로를 가리켰다.

"그건……."

반대로 쉽게 말을 잇지 못한 발렌스는 괜스레 옷자락을 만지작거렸다. 그를 어중이떠중이라고 표현하는 게 이상하리만치 달갑지 않았다.

"어중이떠중이한테 상냥하게 대해 주면 좀 좋아. 다른 곳에서는 잘만 웃으면서, 나만 유독 차갑게 대하고."

"무슨……."

"예쁜 내가 넘어가야지, 뭐."

정곡을 찌른 이디스는 혹여 불똥이 튈까 문 너머로 빠르게 사라졌다. 또다시 말문이 막힌 발렌스는 한참 동안 입만 뻐끔거릴 수밖에 없었다.

그로부터 약 십사 년 후.

"토끼님, 저택 밖은 위험합니다. 제발 도주를 멈춰 주십시오."

아힌이 토끼를 데려오면 어쩔 거냐는 이디스의 말은 현실이 되어, 발렌스의 눈앞에 질주 중인 새끼 토끼가 나타났다. 마치 꿈결처럼.

툭, 마침 발렌스의 구두코에 부딪힌 새끼 토끼가 벌러덩 뒤집어졌다. 부들부들 떠는 꼴이 하찮기 그지없었다.

'어중이떠중이한테 상냥하게 대해 주면 좀 좋아.'

잠깐의 침묵 후, 발렌스는 어느 때보다 부드러운 미소를 입가에 걸었다. 곧이어 과거의 누군가가 그토록 원하던 상냥한 목소리가 흘러나왔다.

"반갑구나, 아가."

좋은 꿈을 꿨다.

잠에서 깨어난 발렌스는 몽롱한 얼굴로 기억 속의 이디스를 눈앞에 그렸다. 오랜만에 떠오른 먼 과거는 서러우면서도 우습고, 생각하고 싶지 않으면서도 한없이 그리웠다.

흐르는 시간 속에서 나이를 먹어 가는 자신과 달리, 멈춘 시간 속에서 살아가는 이디스가 무척 밉기도 했다. 영원히 변하지 않는 젊은 날의 외모 또한 가슴을 저릿하게 만들었다.

'잘못을 빌 기회도 주지 않은 채 가 버리다니.'

그 남자에게 기우는 마음을 일찍 깨닫고, 몰래 아파하던 그를 한층 빨리 눈치챘다면 미래가 조금쯤은 바뀌었을까.

이미 수없이 되뇐 후회를 뇌까리던 발렌스는 천천히 우측을 돌아봤다. 침대에 턱을 괸 애쉬가 그녀를 빤히 쳐다보고 있었다.

"이런, 애쉬로구나."

발렌스의 얼굴 위로 다소 난처한 미소가 자리 잡았다.

"깨워 주러 와서 고맙긴 한데, 아쉽지만 오늘은 아침 산책을 함께 할 시간이 없단다. 아주 특별하고 중요한 날이거든."

안 된다는 단어 하나로 대강 의미를 알아들은 애쉬가 미련 없이 발렌스의 침실을 나섰다. 타박타박, 저택 복도를 거닐던 애쉬는 오늘따라 낯선 인물이 많음을 깨달았다.

다만 응접실에 두런두런 모여 앉은 귀족들은 제법 낯이 익었다. 토끼 수인인 비비의 존재에 대해 부정적인 입장을 취한 흑표범 영토 측 귀족들이었다.

문밖에서 아니꼽게 훑는 와중, 쾌쾌한 인상의 남자가 말문을 열었다.

"아몬 수장이 친히 혼인식에 참석하시다니. 그분은 그…… 이디스 님께서 별세하신 이후로 교류가 끊기다시피 하셨지 않습니까?"

귀족들은 코코아가 든 찻잔을 들고 아힌과 인사를 나누던 아몬 수장을 떠올렸다.

토끼 영토의 군주, 아몬 수장은 수장답지 않은 행색만큼이나 유별난 자였다. 그녀는 귀족 사이에서는 이단 같은 존재인 이디스를 특히나 기꺼이 여겨, 그가 살아 있는 동안에는 흑표범 영토와 활발한 교류를 해 왔다.

그래서인지 이디스가 죽자마자 교류를 일체 끊어 버리더니, 뜬금없이 차기 수장의 혼인식에 직접 참석한 것이 아닌가. 달리 해석하면 아힌의 반려가 될 토끼 수인이 아몬 수장의 사람이라는 의미로도 볼 수 있었다.

설마하니 토끼 수인의 뒷배에 아몬 수장이 있는 건 아니겠지. 같은 생각에 다다른 귀족들은 위기감에 괜한 헛기침을 했다.

"흠, 아무래도 뭐…… 같은 종족이다 보니 의례상 참석하신……."

"아몬 수장이 그럴 위인이오? 친인척이라도 심기를 거스르는 즉시 내치는 분이시거늘."

얄미운 녀석들. 애쉬는 대화를 나누느라 여념이 없는 귀족들을 향해 슬금슬금 다가갔다. 휙, 곧이어 테이블보를 힘차게 물어 당기자 반동으로 튀어 오른 찻잔들이 엉망으로 흐트러졌다.

"이게 무슨……!"

난데없이 물로 귀싸대기를 맞은 귀족들이 비명을 질렀으나, 한껏 차려입은 정복은 엉망이 된 지 오래였다.

타닥, 애쉬는 그들이 눈치채기 전에 잽싸게 응접실을 벗어났다.

쌤통이다. 다시 복도를 거닐던 애쉬가 우뚝 멈췄다. 한결 나아졌던 기분은 맞은편에서 다가오는 인간들을 보자마자 나락으로 떨어졌다.

혼인식 참석을 위해 이른 아침부터 저택에 모여든 이브린 일가였다. 얼핏 이브린 1, 이브린 2, 이브린 3으로 보일 정도로 닮은 인간들을 훑은 애쉬가 질린 눈을 했다. 괜히 엮일까 살금살금 도망가려는 찰나, 마침 고개를 돌린 이브린과 눈이 딱 마주치고 말았다.

"여러분, 이쪽으로. 이분이 바로 비비 님을 모시는 애쉬 님입니다."

"호오."

결코 상대하고 싶지 않은 낯짝들이 순식간에 애쉬 주변을 우르르 에워쌌다. 마치 이브린이 여럿으로 늘어나 떠드는 것처럼 느낀 애쉬가 눈을 해롱해롱 굴렸다.

"워낙 총애받는 분이시라, 애쉬 님의 호의를 사면 자연스레 비비 님의 호의도 따라오죠."

"과연, 등 근육이 일품이군요. 혼자 흑표범 두세 마리 정도는 거뜬하게 상대할 듯한데요?"

"그러게 말이다, 자태가 아주 영물이 따로 없구나."

이게 뭐람, 무서워. 귀가 썩을 것 같아. 귓가를 맴도는 이브린들의 목소리에 공포를 느낀 애쉬가 달음박질치며 달아났다.

헥, 헥. 뒤쫓아 오는 이브린 일가를 겨우 따돌린 애쉬는 거친 숨을 몰아쉬었다. 이브린의 얼굴이 자그마치 여섯 개라니! 몹시 끔찍한 꿈이라도 꾼 듯한 기분이었다.

이브린 일가족의 저주일까. 들어선 비비의 침실에서 아힌을 마주친 애쉬가 왈칵 미간을 구겼다. 아힌은 깔끔히 넘긴 은발과 어울리지 않게 유독 퀭한 분위기를 자아내고 있었다.

"아힌 님, 낯빛이……. 혹 몸이 안 좋으신지요."

아힌의 재킷에 행커치프를 꽂아 주던 전속 시종, 유안이 조심스레 물었다.

"한숨도 못 잤거든. 비비가 오늘이 되어야 혼인식 의상을 보여 준대서."

심지어 비비는 밤마다 못살게 구는 아힌을 기피하며 혼인식 삼 일 전부터는 각방까지 불사했다.

그런 비정한 토끼가 있나. 아힌은 지옥 같은 삼 일을 반추하며 길게 한숨 쉬었다.

"예? 그럼 아직 그 모습을 한 번도 못 보신 겁니까?"

"……넌 본 건가?"

"예에, 의상실을 지나치다가 우연히……."

말을 잇다 만 유안이 흠칫 떨며 한 걸음 물러섰다. 저를 고요히 내려 보고 있는 아힌의 눈이 전에 없이 날카로웠다. 생존 본능이 고개를 든 유안은 횡설수설 변명하기 시작했다.

"겨, 결코 고의는 아니었습니다. 그리고 애초에 치수를 재야 하기 때문에 대부분……."

"아, 결론은 저택에서 나만 못 봤다?"

또 나만? 붉은 눈에서 엿볼 수 있는 감정은 이글이글 타오르는 투기심이었다. 기겁한 유안은 소리 없는 비명을 지르며 입을 가로막았다.

구두 끝으로 바닥을 탐탁잖게 두드린 아힌이 애쉬에게 눈짓했다.

"애쉬, 물어."

크왕, 오랜 훈련 덕에 자동반사적으로 뛰어오른 애쉬가 유안의 바짓단을 물어뜯었다.

그사이 아힌은 거침없이 침실을 박차고 나갔다. 없는 체면마저 잊은 갈급한 걸음의 목적지는 비비가 있을 대기실이었다. 깜짝 놀라게 만들어 주고픈 낭만 토끼의 심정은 이해한다지만, 혼인식 당일까지 참고 참은 그의 인내심이 폭발한 순간이었다.

유안의 바지를 혼쭐낸 애쉬는 벌써 멀찌감치 떨어진 아힌을 빠르게 뒤따랐다. 비비한테 가는 옛 주인의 기세가 영 심상치 않았다.

이윽고 비비가 있을 대기실 문 앞에 도착한 아힌은 메이미에 의해 가로막혔다.

"송구하나 식까지 시간이 많이 남았습니다. 비비 님께서 혼인식 바로 직전에 만나고 싶으시다고……."

"메이미, 비켜."

아힌은 이곳까지 오는 동안 목을 조이는 크라바트까지 느슨하게 풀어헤친 상태였다. 벗어 던지기 직전인 크라바트가 그의 동난 인내심을 상징했다.

더 이상의 저지는 무리라고 판단한 메이미는 가볍게 문을 두드렸다.

“비비 님, 들어가겠습니다.”

끼이익, 문이 열리며 그들을 맞이한 건 텅 빈 대기실이었다.

“비비?”

“비비 님……?”

일순 아찔해진 아힌과 메이미는 사다리가 세워진 창문에 시선이 닿았다. 바람에 맞은 커튼이 그들을 조롱하듯 펄럭펄럭 흔들렸다.

도대체 창문을 넘어 어디로 가신 걸까. 메이미는 막연히 추측하며 아힌을 원망 어린 눈으로 곁눈질했다. 퍽 하면 창문을 넘는 그를 유심히 보던 비비가 어느 날을 기점으로 창문을 넘기 시작한 탓이었다.

“메이미, 별관 쪽으로 가. 나는 후원을 살필 테니.”

“존명.”

원치 않게 숨바꼭질의 술래가 된 아힌과 메이미가 양쪽으로 갈라졌다. 두리번거리며 번갈아 보던 애쉬는 망설임 없이 아힌의 뒤를 따랐다. 예부터 비비를 찾는 감각 하나만큼은 비상하리만치 발달한 졸개이기에.

아니나 다를까, 후원에 접어들자마자 아힌과 애쉬의 시야로 새하얀 뒷모습이 보이기 시작했다. 확인할 필요도 없는 비비였다.

거침없이 다가가던 아힌과 애쉬는 일정 거리를 두고 뚝 멈춰 섰다. 후원에 있는 건 비비 하나가 아니었다.

“아몬 수장님을 따라왔어? 잠깐, 거기 이탈하지 마. 빨리 대열로 돌아와!"

하얀 덩어리들이 그녀의 지시에 따라 줄지어 움직이고 있었다.

"함부로 돌아다니면 안 돼. 여기는 맹수들이 우글거리는 곳이란 말이야, 특히 오늘 같은 날은. 자, 어서 아몬 수장님께 돌아가자."

비비는 아힌과 애쉬의 존재도 모른 채 토끼 일가족을 통제하는 것에 여념이 없었다.

우월한 혈통을 지닌 토끼 수인의 뜻을 미세하게나마 알아들은 토끼들이 우르르 한쪽으로 이동하기 시작했다. 차렷, 열중쉬어. 아기대미 토끼 사육사의 경력을 증명하듯 단호하고 일사불란한 지시였다.

마치 토끼들의 선봉장 같은 그녀를 목도한 아힌은 잔디 위로 무너져 내렸다. 혼인식 드레스를 입은 비비를 보고 그가 또다시 반하는 낭만적인 일 따위는 일어나지 않았다.

"아……."

잇새로 웃음인지 울음인지 모를 침음성이 흘러나왔다.

오래전. 새끼 토끼는 언젠가 토끼 군단을 이끌 거라는, 이브린의 토끼 제왕설을 상기한 아힌이 입을 틀어막았다. 그러나 터져 나오는 웃음을 전부 막을 순 없었다.

결국 쓰러진 채 바닥을 팡팡 치자, 그제야 인기척을 눈치챈 비비가 획 고개를 돌렸다.

"아힌, 거기서 왜 그러고 있어?"

어깨를 떠는 아힌을 한 번. 멀뚱히 앉은 애쉬를 한 번. 마지막으로 일렬로 선 토끼들을 둘러본 비비가 뺨을 살굿빛으로 물들였다. 상황을 파악하고 나니, 아힌이 왜 저렇게 처절하게 웃는지 대강이나마 예상이 간 탓이었다.

드레스 자락을 꽉 그러쥔 채 부들부들 떨던 비비는 이내 우수에 젖은 얼굴을 했다.

그래, 혼인식 드레스를 열심히 감춰 가며 이벤트를 꾸며 봤자 무슨 소용이람. 저런 경망스러운 흑표범을 상대로.

“아힌은 거기에 계속 누워 있어. 나는 토끼들을 마저 이끌어야 하니까.”

“진군이라도 하는 건가?”

겨우겨우 답한 아힌은 다시금 입꼬리를 비틀며 잔디에 얼굴을 묻었다. 비비가 비비랑 똑같이 생긴 토끼들을 진두지휘하는 모양새라니. 혼인식 정복에 잔디가 덕지덕지 붙고 있음을 알았지만 도통 다리에 힘이 들어가지 않았다.

“……야.”

결국 분통이 터져 버린 비비가 구두 굽으로 아힌을 꾹꾹 눌렀다. 혼인식 당일에 남편 될 사람을 발로 밟는 만행만은 저지르고 싶지 않았건만. 아힌은 그 모든 것을 가능하게 만드는 대단한 위인이었다.

“진짜 세상에서 제일 싫어.”

“-그런 폭언도 생각보다 설레네. 이리 와 봐.”

간신히 폭소를 멈춘 아힌이 비비의 손목을 잡아당겼다. 뭐가 그리 좋은지 화사하게 웃음 짓고서는.

가늘게 접힌 눈을 보자마자 다리에 힘이 풀린 비비가 이끄는 대로 풀썩 주저앉았다. 어떻게 태어나고 자라면 사람 얼굴이 저렇게 비현실적일 수가 있는지 모를 일이었다.

또다시 요망한 맹수의 외모에 홀려 버린 그녀가 괜히 시선을 피했다. 드레스 자락을 쥔 손만 꼼지락거리는 비비를 마주한 아힌은 재킷 안쪽을 뒤적거렸다.

"선물."

이윽고 그녀의 머리 위로 작은 왕관이 씌워졌다.

"뭐야, 이게?"

어리둥절해진 비비는 머리를 무겁게 짓누르는 왕관을 벗자마자 멈칫했다. 새끼 토끼일 당시, 아힌을 따라 처음 무도회에 갔을 때 썼던 왕관과 똑같은 모양이었다.

그때만 해도 모든 게 부러웠다. 연회에 참석하는 게 당연한 사람들도. 떠들썩하게 대화를 나누는 것도. 음악에 맞춰 춤을 추고, 하다못해 에스코트를 하고 받을 수 있는 손이 있다는 사실조차. 모든 게 자연스러운 그 공간에서 저 혼자만이 부자연스럽게 붕 떠 있었다.

당시에 느낀 외로움을 곱씹은 비비는 다시 왕관을 머리 위에 얹었다. 같은 왕관을 한때는 새끼 토끼로, 현재는 인간의 모습으로 쓰게 되자 기분이 오묘했다. 속이 울렁거릴 만큼 뭉클하기도 하고, 왠지 울고 싶기도 하고.

"아힌, 어때?"

"잘 어울리네."

"……정말?"

"그래, 토끼들의 왕 같아."

아힌의 입술이 비비의 손등 위로 부드럽게 내려앉았다.

그 후에 이어진 건 퍽 어색한 침묵이었다. 의아해진 아힌은 비비의 손등에 묻고 있던 입술을 떼어 냈다. 지금쯤이면 비비가 그런 민망한 호칭 좀 그만하라며 신경질 부리거나 입을 찰싹 쳐 줄 때가 되었는데. 시간이 지나도 기대한 일은 일어나지 않았다.

"비비?"

아힌은 고개 숙인 비비의 얼굴을 확인하기 위해 허리를 약간 굽혔다. 아래에서 위로 올려다본 그녀는 뺨을 불그스름하게 물들인 상태였다.

'……아.'

뜻밖의 반응을 맞닥뜨린 아힌은 얼마 지나지 않아 이유를 눈치챘다. 왕관이든, 내내 숨겨 온 혼인식 드레스든, 잘 어울린다는 말 자체를 내심 기다린 모양이었다.

이 토끼를 어떻게 하면 좋을까. 아힌은 가슴 한편이 간지럽다 못해 아플 정도로 조여 왔다. 미약한 열감이 어린 비비의 뺨을 손으로 짚은 그가 선뜻 말했다.

"잘 어울려."

동시에 그녀는 눈가가 완전히 접힐 정도로 환한 미소를 지었다. 언젠가 그가 사랑을 확신하게끔 만들었던 웃음과도 똑같았다.

순간 온몸에 열기가 확 오른 아힌은 입을 가리며 시선을 피했다. 첫사랑을 갓 자각한 소년처럼 심장이 무자비하게 뛰어 댔다. 셀 수 없이 밤을 보낸 게 무색하리만큼.

"……."

후원 구석, 애쉬는 벌써 둘만의 혼인식을 치르는 중인 비비와 아힌을 초연한 눈으로 바라봤다.

주저앉아서 왕관을 씌워 주고, 서로 얼굴을 붉히는 일체의 행위에 무슨 의미가 있는 건지. 수인과 동물의 괴리는 제아무리 사랑하는 비비라도 좁힐 수 없었다.

졸개가 비비의 애정 담긴 시선을 독차지하는 것도 슬슬 짜증 나는

데, 훼방이나 놓을까.

고민 끝에 막 앞발을 떼려는 도중, 검은 앞발 위에 새하얀 솜뭉치가 드리워졌다. 웬 토끼의 앞발이었다.

어허. 토끼는 흑표범의 발톱보다도 작은 앞발로 애쉬의 앞발을 꾹 눌렀다. 흡사 애쉬가 두 사람을 방해하려는 걸 말리는 듯한 행동이었다.

애쉬는 제 주위를 둘러싼 하얀 덩어리들을 둘러봤다.

이 녀석들은 분명……. 가느스름해진 애쉬의 눈이 도끼들을 심오하게 관찰했다. 하얀 덩어리들은 몇 년 전, 토끼 영토 경계의 숲에서 만난 토끼 일가족으로 추정됐다.

과거의 아힌처럼, 차마 비비를 닮은 토끼를 떨치지 못한 애쉬가 멀뚱히 전방을 바라봤다. 비비와 아힌은 쏟아지는 햇살 아래에서 이마를 맞대고 있었다. 새어 나온 싱거운 웃음소리가 봄바람에 부서졌다.

토끼와 흑표범. 영영 어우러질 수 없을 듯하면서도 이상하게 잘 어울리는, 그런 장면이었다.

Fine

Writer's Letter

야식먹는중

언제 어디서나 즐길 수 있는
유쾌한 이야기를 다루고픈 사람.

안녕하세요, 야식먹는중입니다.

먼저 종이책 작품 후기에 이르기까지 꾸준히 함께 해주신 애정에 가슴 깊이 감사드립니다. 즐겁고 진솔한 후기로 보답하고 싶습니다.

때는 어느 겨울, 저희 강아지와 산책을 나선 오후였습니다. 산책 중에 만난 강아지들끼리 수다를 떠는데, 인간인 저는 대화에 낄 수 없어 약간의 소외감을 느꼈었지요…….

멍멍거리는 의미 모를 대화를 듣다가, 막연히 어떤 생각이 들었습니다. 서로 다른 종끼리의 의사소통을 다룬 작품, 즉 수인물을 써볼까 하는. 그리고 이 생각은 『토끼와 흑표범의 공생관계』(이하 『토·흑·공』)의 구상 단계로 이어졌습니다.

그때부터 넋 나간 사람처럼 동물이 출연하는 프로그램만 보기 시작했는데, 덕분에 저희 집에선 한동안 "멍멍." "야옹." "으르렁." "짹짹." 소리가 끊이질 않았습니다. 그레이스 저택에 간다면 이런 느낌이 아닐까 싶어요.

집필에 따로 큰 목적이 있지는 않았습니다. 그저 누구나 가볍게 즐기고 웃을 수 있는 소설이 되길 바랐지요.

그런 바람과 함께 소설 연재를 오픈한 당일, 『토·흑·공』은 시작부터 의혹에 휩싸이고 말았습니다. 로맨스 판타지가 아니라 코믹 판타지 아니냐고요. 'ㅋ'로 가득한 독자님들의 반응을 확인 후, 혼자 흡족해하며 손뼉을 쳤습니다.

캐릭터에 관해서도 말씀드리고 싶은 여담이 많은데, 이건 뒷장에 나올 〈포스트 스크립트〉에서 만나 뵙겠습니다. 틈새 홍보 아니냐고요? 앗, 맞습니다.

덧붙여, 에이템포 미디어 홈페이지에서도 또 다른 작품 후기와 소소한 Q&A를 만나보실 수 있습니다. 이것도 홍보 아니냐고요? 넵, 맞습니다. Q&A도 많은 사랑 부탁드립니다.

마지막으로, 에이템포 미디어와 모든 독자님께 감사드립니다. 여러분이 아니었다면 토흑공은 저 혼자만의 상상으로 남았을지도 몰라요. 작품 후기와 포스트 스크립트 등 특별한 공간을 마련해 주신 종이책 담당자님께도 감사의 인사를 드립니다.

『토·흑·공』을 보며 많이 웃으셨을까요? 그러셨다면 저는 행복합니다.

이 글을 읽는 모든 분이
언제 어디서나 웃으시길 바라며,

야식먹는중 드림

+ Postscript

요즘 지인들이 토끼 캐릭터만 봐도 제 어깨를 흔듭니다.
비비라고……. 저기 비비 있다고…….
검은 고양이가 지나가면 아힌이라고 하네요. 우습고 재미난 나날입니다.
혹 독자님들도 동물을 보면 『토·흑·공』 속 동물 친구들을 떠올릴까요?
그런 독자님이 계신다면 당근을 흔들어 주세요.

비비에 관하여

비비는 토끼치고도 생존본능이 강한 캐릭터입니다. 빠릿빠릿하게 뛰어다니고, 들어가는 게 가능한가 싶은 틈새에 숨는 게 특기지요. 한 번은 서랍장 틈새 밑에 숨었다가 몸이 꽉 낀 탓에, 아힌이 서랍장을 들어 꺼내 준 적도 있습니다. 작중에 나오진 않았지만, 비비가 꼽는 치욕스러웠던 순간 중 하나죠.

그도 모자라 빗물 웅덩이에 빠져서 허우적거리고, 신발 속에 숨고, 주방장의 국자와 싸우고. 어딘가 모르게 우스꽝스럽지만, 제 딴에는 치열하게 살아가는 비비에게 아힌을 비롯한 그레이스 저택 맹수들은 점점 매료되기 시작합니다. 그들은 살아남기 위해 저렇게 열심히 노력해본 적이 없거든요.

바구니도 못 여는 새끼 토끼에서, 앞발로 흑표범을 다스리는 장군 토끼가 되기까지. 독자님들은 이미 아시겠지만, 『토·흑·공』은 비비의 성장물과도 다름없습니다.

리의 용감한 겁쟁이는 어쩌면 가장 성장물 주인공다운 주인공이지 않았나 생각합니다. 미래를 그리며 제 나름대로 나아가려 애쓰고, 눈물 많고 겁도 많지만 정의롭고. 성격상 다른 강한 주인공들처럼 시원한 한 방을 날리지는 못하나, 아힌의 인성을 빌린다면 어마어마한 일을 충분히 해낼 힘도 가졌으니까요.

그런 비비였기에 독자님들의 응원과 사랑을 독차지한 게 아닐까 싶습니다. 정말 멋진 솜뭉치 주인공입니다. 물론 멋짐과는 별개로, 겁보 기질은 사라지지 않기에 비비의 도망은 앞으로도 계속됩니다. 오늘도 뜬금없이 아힌과 추격전을 벌이고 있을지도 몰라요.

여담으로 작중 나오지 않은 소소한 정보를 말씀드리자면, 발렌스가 인간인 비비를 처음 만나는 장면이 생략되었는데, 발렌스는 비비를 보고도 딱히 놀라지 않습니다. 비비가 너무 비비처럼 생겨서요…….

비비가 가장 좋아하는 음식은 우유입니다. 아힌 덕분에 처음 먹게 된 인간의 음식인데, 그 감동을 잊을 수가 없나 봐요. 그리고 비비가 쌍둥이를 임신 중인 에피소드 또한 거의 다루지 않았는데요. 너무 요란할 것 같아 생략했습니다.

아힌은 그냥 비비를 들고 다니고, 음치인 이브린은 태교랍시고 동요를 부르죠. 릴리언은 걸걸한 목소리로 종일 동화책을 읽고, 발렌스는 토끼의 복지를 높이기 위해 고군분투합니다. 늘 비비에게 안겨들던 애쉬는 뭔가를 아는지 모르는지, 어느 순간부터 절대 비비의 배를 넘지 않아요. 정말 상상만 해도 시끄러운 일상이네요.

또 비비의 크기를 궁금히 여긴 독자님들이 계셨는데, 우리 모두 주먹을 꽉 쥐어보아요. 비비입니다.

아힌 그레이스에 관하여

외모, 체격, 지위, 금전, 힘, 두뇌. 아힌은 좋은 키워드란 키워드는 다 넣은 남자 주인공입니다. 다만 딱 하나 걸림돌이 있는데요. 바로 연회에서 새끼 토끼와 빙글빙글 왈츠를 추는, 360° 빙글빙글 돈 성격이죠. 이게 혹여 불호 포인트가 되진 않을까 걱정했는데, 다음엔 아힌이 어떤 기행을 벌일지 기대하는 독자님들을 보며 안심하고 집필했습니다. 알다가도 어려운…… 여러분의 취향…….

아시다시피 아힌은 직진만 하는 캐릭터입니다. 이디스로 인해 자신의 죽음은 기정사실화되었기 때문이죠. 얼마 남지 않은 생에 별로 미련이 없었습니다. 그러나 비비를 만난 후, 시간이 지날수록 양보 운전을 하기 시작합니다. 토끼가 다칠까 힘 조절을 하고, 겁먹고 도망칠까 후진도 하고. 아힌이 최소한의 의무를 다하게 만드는 인물이 발렌스였다면, 직진뿐이었던 아힌의 삶에 제동을 거는 존재는 비비였던 셈이죠.

토끼의 발밑을 긴다, 굴종한다, 일단 무릎부터 꿇겠다 등등 아힌이 뱉은 대사의 대부분은 진심입니다. 안타깝게도 누구 하나 믿지 않지만요. 이브린과 핑크빛 분위기를 풍기면서까지 비비에게 피 묻은 모습을 보여주지 않는다든가. 비비가 이리저리 튈 때마다 미친 듯이 초조하지만 제대로 화도 못 낸다든가. 늘 붙어 지내는 이브린만 아힌의 이러한 행동들이 나름의 굴종임을 압니다. 여전히 아힌은 기분이 저조하다가도 비비만 나타나면 발끝이 붕 뜹니다. 아마 쌍둥이는 이겨도 비비만큼은 평생 못 이길 거예요.

아힌의 여담도 말씀드리자면, 작중에도 나왔다시피 아힌은 쓴맛이 나는 차를 싫어합니다. 어린 시절, 귀빈을 만날 때 쓴 차가 나오면 이디스에게 몰래 밀어버리죠. 이디스가 늘 대신 마셔줘서 그런지, 아힌은 아직도 쓴맛이 나는 차를 마시지 않습니다.

극의 초반, 아힌이 데려온 새끼 토끼는 잠버릇이 매우 나쁩니다. 토끼 전용 이불을 덮어줘도 금세 발로 차버리네요. 내심 신경 쓰고 있던 아힌은 제 소매나 옷 속에 비비를 넣어버립니다. 따라서 비비가 잠결에 아힌의 옷을 파고들었다는 건 전부 누명입니다.

또 하나, 비비와 아힌은 쌍둥이 교육관에서 부딪히는데요. 비비는 강하게 키우자는 주의인데, 아힌은 깊이 수긍하는 척하면서, 뒤에서는 어화둥둥 난리도 아닙니다. 비비의 외모를 빼닮은 제니아에게 약하고, 비비의 성격을 빼닮은 이제르에게 약합니다. 이게 다 비비 때문입니다.

애쉬에 관하여

매체 속, 주인공들의 단짝 친구는 늘 의리 있고 멋진 조력자더라고요. 주인공의 단짝 친구를 만들고 싶었는데, 수인 이야기인 만큼 꼭 사람일 필요는 없다고 생각했습니다. 그렇게 탄생한 캐릭터가 애쉬입니다.

경계의 숲에 버려진 비비는 가장 처음 아힌을 만나게 되지만, 그 당시 애쉬도 함께였죠. 어떻게 보면 평생의 친구와 연인을 동시에 만나는 극적인 장면이었네요.

비비와 애쉬는 서로가 서로의 친구이자 엄마이며 자매입니다. 늘 사이가 좋아 보이는데, 사실 사소한 거로 다투기도 해요. 공놀이를 하다가 토라져서 서로 모른 체도 합니다. 하루도 채 안 가지만요.

작중 언급되진 않지만, 애쉬는 비비 다음으로 등장 빈도가 높은 캐릭터가 아닐까 싶습니다. 웬만하면 비비와 1+1이니까요. 현재까지도 비비와 가장 많은 시간을 함께하는 존재입니다. 둘은 지금쯤 뭘 하고 있을까요?

러드 이브린에 관하여

그가 왔다…….

이브린은 제가 정의 내릴 수 없는 존재입니다. 가끔 대사를 정하지 않아도 스스로 말하는 입체적인 캐릭터가 있는데요. 그게 바로 이브린입니다. 작가의 집필을 방해함과 동시에 돕는 캐릭터죠.

이브린은 입만 빼면 상상 이상으로 멀끔합니다. 외모도 준수하고, 키도 크고, 집안도 좋아요. 이브린가(家)는 대대로 줄을 잘 서서 늘 수장의 편에 서거든요. 나이가 차고 혼담이 많이 들어오는데, 이브린은 혼인에 대한 생각은 딱히 없습니다. 할 일이 너무 많기 때문이죠. 비비도 놀려야 하고, 아힌도 보좌해야 하고, 이제는 쌍둥이도 돌보아야 합니다.

어떤 독자님께서 이브린은 언제부터 비비의 편으로 갈아탔냐고 물어보셨는데요. 사실 이브린은 『토·흑·공』 첫 화, 비비가 침대에서 뛰어내리는 순간부터 예사 토끼가 아님을 직감했습니다. 도약하는 모습이 여간 웃긴 게 아니었거든요. 비비에게는 비밀입니다.

아힌과는 아기 때부터 함께한 사이인 만큼 신뢰가 두텁습니다. 딱히 표현하지 않아도 서로의 심중을 알지요. 그럼에도 불구하고 이브린은 이따금씩 아힌이 예측조차 못할 정도의 만행을 벌입니다. 적의 습격이 있을 때, 주인을 버린 채 마차를 타고 홀랑 사라진다든가, 위기상황이 끝나고 나서야 정중히 데리러 오는 뻔뻔함이라든가.

그래도 그 만행 덕분에 아힌이 비비를 만날 수 있었기에, 요즘 아힌은 유사시에는 도망가라고 너그럽게 말하곤 합니다.

룬 마니언츠에 관하여

룬의 처음 설정은 비비의 조력자이자 친구였습니다. 실제로 작중에서도 조력자에 가까운 역할만 수행하지요. 그러나 수려한 외모와 헐거운 성격이 매력적이었는지, 독자님들께서 등장부터 서브남이라고 못을 땅땅 박아버리셨습니다. 분홍색 곱슬머리가 아주 마음에 든다고…….
분홍색 곱슬머리가 인기 요소였나요……? 정말 알다가도 모를 독자님들…….

특이점이라면 아힌은 가랑비에 옷깃이 젖듯 천천히 비비에게 스며들었고, 오히려 룬이 비비에게 첫눈에 반한 사실입니다. 첫눈에 반한 순간은 아무래도 무도회에서 인간으로 변한 비비를 발견했을 때겠죠. 무도회 밤, 술이 들어가 기분 좋은 상태, 그때 나타난 기억에 남는 미인. 나열하고 보니까 안 반하는 게 오히려 이상할 것 같네요.

많은 분께서 룬에게 새로운 사랑이 나타나길 바라셨는데, 작중에서 등장하지는 않을 예정입니다. 한량 같지만 은근히 뚝심 있는 룬이 비비 외의 사람을 좋아하는 건 상상이 안 가기도 하고요. 룬의 먼 훗날은 독자님들의 상상에 맡기고 싶습니다.

룬은 자신의 까칠한 조카, 아인트에게 잔소리를 듣긴 하지만, 좋아하는 육포를 먹으며 행복하게 잘 지내고 있습니다.

모두에 관하여

발렌스는 전형적인 로판 속 군주입니다. 지배자다운 면모와 힘을 갖췄고, 냉소적이라서 깊은 인간관계를 맺지 않아요. 자기 자식도 엄격하게 키운 만큼 아힌과도 살가운 관계가 아닙니다.

그런 발렌스를 조금이나마 무르게 만든 건 이디스입니다. 제멋대로 발렌스의 선을 넘나드는데, 발렌스는 점점 이디스에게 기우는 제 마음을 알면서도 쌀쌀맞게 대하죠. 자신을 자신이 아닌 것처럼 만드는 낯선 감정이 싫었거든요. 결국 사랑한다는 말 한마디 하지 못한 채 이디스를 보내고 맙니다. 발렌스는 아직도 이디스와의 추억 속에서 살아가고 있어요.

이디스는 작중에서도 언급됐듯 눈부시게 아름다운 설정입니다. 저는 이디스의 생김새를 따로 상상하지 않으며 글을 썼습니다. 그 정도로 아름다운 사람을 상상하기가 꽤 어렵더라고요.

키워드는 하나만 꼽자면 능글남입니다. 장난기도 많고 치고 빠지는 것도 잘하는데, 저런 얼굴로 치고 빠지니 발렌스가 속절없이 빠져들 수밖에요. 그러면서도 발렌스가 자신을 좋아한다고는 생각하지 못합니다. 발렌스를 좋아하는 이디스의 마음이 너무 컸던 탓에, 발렌스의 마음이 잘 보이지 않았던 것 같아요.

정이 많은데 표현은 서툰 사람들이 있지요. 릴리언은 딱 그런 사람입니다. 그렇기에 이디스와 아힌, 비비까지 걸쳐 많은 시행착오를 거칩니다. 다행히 제니아와 이제르 대에서 장벽이 허물어졌는데요. 비비가 지나가듯 릴리언 님은 과거에 되게 무서웠다고 말하면, 쌍둥이는 비비가 거짓말을 한다고 여길 정도입니다.

그 외에도 애정을 담은 캐릭터가 많은데, 전부 담지 못해 아쉽네요. 독자님들과 『토·흑·공』을 주제로 이야기를 나눌 수 있어 행복했습니다. 감사합니다.

저는 책을 완독하면 때때로 가슴이 뻥 뚫린 듯한 허전함을 느끼곤 해요. 아마 『토·흑·공』 완독이 주는 허전함을 아직 지우지 못하고 계신 독자님들도 계시겠죠? 그때는 비비와 아힌, 그리고 모두가 어딘가에서 살아가고 있다고 생각해 주세요. 웃고 다투고 화해하면서요.

"있잖아, 아힌. 왜 나를 주워 왔어?"

"잡아먹으려고."

Illustration | Cocorip Title | Limjae

a tempo.

본래 템포대로.

da capo.

처음부터 다시.

al fine.

끝까지.

토끼와 흑표범의 공생관계 4

초판 발행 2021년 9월 27일

지은이 야식먹는중
펴낸이 최재호
펴낸곳 주식회사 에이템포미디어

편집 디자인 s:now* **표지 디자인** Ad del edit
교정 교열 에이템포미디어 출판부

등록번호 2019년 2월 27일 제 2019-000012호
주소 경기도 부천시 부천로 198번길 18, 202동 1101호(춘의동, 춘의테크노파크 2차)
전화 070-4100-0600

전자우편 atempo_media@naver.com
블로그 atempomedia.com
인스타그램 @atempomedia_books
트위터 @atempomedia

ISBN 979-11-6428-548-8